一百种隶书临习与创作

（下）

王本兴 著

北京工艺美术出版社

衡方碑

《衡方碑》全称《汉故卫尉卿衡府君之碑》，东汉灵帝建宁元年（168 年）九月立,《衡方碑》原立于山东汶上县城西南 15 里的郭家楼，清雍正八年（1730 年），汶河泛滥决口，该碑陷卧，村人郭承锡等复建。1953 年移至山东泰安岱庙炳灵门内保存，1983 年 10 月移至岱庙碑廊，碑高 2.4 米，宽 1.1 米，厚 0.25 米。碑阳隶书 23 行，满行 36 字，共 815 字（现已剥泐 341 字）。字径 4 厘米，以文辞温润、字体浑古著称于世。

碑阳文字自宋以后日益漫漶，第五行“竱”字完好者应为宋拓本，第七行“仪之”二字完好者，应为早于宋的旧拓本。现市肆有影印本购买。《衡方碑》碑阴原有铭文，据《翟氏隶篇》记载，可辨者 23 行 71 字。清代嘉庆四年（1799 年）十月，钱塘人黄易捶拓后发现“故吏故民门生”等字最清晰，现已全部漫灭。碑首额下有穿，额为隶书阳刻“汉故卫尉卿衡府君之碑”，计 2 行 10 字，字径 9 厘米，二行之间有竖格线。

碑主人衡方，字兴祖，东汉平陆人（山东汶上县人），官至京兆尹，曾任会稽东部都尉，右北平（汉朝郡名，今河北省）太守，颍川太守。在汉恒帝时为保卫皇宫的卫尉，统六师之帅。衡方还是我国著名的书法家，其书法属四大汉隶之一，门生故吏朱登等镌石以颂其功德。碑文末行有两行小字：“门生平原乐陵朱登字仲希书。”

翁方纲以为朱登是书碑人。此碑自宋欧阳修以来，迭经著录，为著名汉碑之一。碑字结体宽博，笔画肥厚古拙，方圆兼备，风致高雅，体势雄伟。章法布白上，行密格满,《衡方碑》是汉代隶书成熟时期的作品。用笔极为有力，笔画丰润，在转折和撇捺处尤见功力，形成外方内圆的效果。其结体方正，波、磔、撇、捺皆不张扬外露，字体方整严峻，有下紧上松之感。整篇章法紧凑，字与字之间，行与行之间留白很少，但又毫无局促壅塞之感。清代姚华《弗堂类稿》跋说：“《景君》高古，惟势甚严整，不若《衡方》之变化于平正，从严整中出险峻。”何绍基称其“方古中有倔强气”。此碑对后世的影响很大，杨守敬说它“古健丰腴，北齐人书多从此出，当不在《华山碑》之下”。

临习此碑要注意把握如下几点：

其一，把握好笔画的特点。《衡方碑》笔画宽厚圆浑，质感既温润又劲健。先看横画，藏锋入纸，中锋运行，回锋收笔。主横画写得大都比较粗壮，有的横画呈平直状，有的两头粗中间细。波横的收尾稍用力下按，然后向右上提收。竖画较方劲挺拔，用笔与横画略同。无论横竖，在同一结体中粗细变化较为悬殊，一般主笔较粗，其他较细。撇捺画不过度伸展外拓，但很敦厚宽绰，且造势巧妙。如“文”“火”字左右对应平稳，拙厚有力；如“举”字左右撇捺虽很短小，却十分灵动活泼；“先”“宽”等字的挑脚，在有限的距离内，尽力上扬，险劲而充满动势。钩画很有特色，如“州”“尉”等字，笔锋在末端重按，然后向左偏上方向踢出回锋收笔，钩弯处十分丰满自然。转折的临写要把握好转折处的换向或接笔，如“置”“祖”等字转折处竖画高耸，横竖成丁字形接笔，“讳”“兄”等字之折角很尖锐，而“里”字的转折很浑圆属典型的圆折。

《衡方碑》中的点画线条，为了要与之厚重宽博的体势相协调，采用了积点成线的形式。这种求得协调的同时，也适当地变化了某些结字体势。其燕尾就不会像《曹全碑》那样占据非常突出的主流，并在技巧的运用上如此强调。它是在线条的内部匆忙而短促地顿笔、提笔、出锋，整个运动过程中显得隐约含蓄，似乎在极力回避着汉隶中所规定的程式，它的点画线条继承了篆书中锋圆融的样式，但与篆书平划匀称的运动特色截然不同，它饱满粗重，丰腴朴实，讲究运笔的受力点在线条的内部不断转换位置和角度。

其二，把握好结体的特点。《衡方碑》结体骨架宽绰，形态方正，其内在变化也包含在这个基本原则之中。如“讳”“置”“祖”“隆”等字均为典型的方形字，“方”“州”“先”“将”“光”“振”等字，虽然有许多斜曲之笔，但无一笔拓放出去，只是在方形的框架内，寻求空间的对比与疏密险劲的效果。从表面上看《衡方碑》的结体艺术形式有些笨拙古老，体态不符常情，而一些超乎常规的或粗或细，或直或曲，或长或短，或方或圆线条的对比又是非常突出。这一切不但没有减弱反而增强了《衡方碑》的审美特色。真正地展示了古拙的内在夸张需要，并在力量的积蓄上达到了统一。故《衡方碑》的审美特质不仅强烈地表现出汉代浑然朴实的时代特征，同时，也构成了汉代艺术重气势讲古拙的基本风貌。《衡方碑》与《郙阁颂》《孟孝琚碑》《校官碑》等碑文风格，有诸多相通之处，临习时可互相借鉴参考。

其三，把握好用墨的特色。碑文系刻凿而就，非为墨书，用墨问题一般人似乎没有引起重视。其实不然，今天我们无论是临摹还是创作都是用毛笔来完成的，用墨与用笔同样重要。因为《衡方碑》点画或粗或细、或方或圆、或长或短等变化特别丰富悬殊，它和用墨的关系也就更为密切，尤其是在临摹阶段就要注重用墨。临习者应养成用墨的良好习惯，积累了用墨的经验，创作时才会得心应手。当然，有些学书者用废报纸临习，无吸水性，有些则用元书纸临习，吸水性亦不是太强，然不能因此而忽略用墨。

《衡方碑》的用墨与众不同，有独特之处：若墨迹过淡，则拉不出浑厚拙朴的线条来；若用墨过浓，致使线条枯竭，有骨无肉，达不到温润浑朴的效果。黄宾虹先生云："古人墨法妙于用水，水墨神化，仍在笔力。"《书筏》有文云："磨墨欲熟，破水用之则活。"由此可知，墨汁从瓶中倒出，不能就此蘸用，根据需要可以加以研磨，可以加水调活，水墨比例有人以为是墨四水三，有的则以为墨三水一，当然根据实际需要以适宜为主。在中国书协举办的书法高级培训班上，多位书家在讲授时都提及用墨难于用笔，这是很中肯，很有道理的。关于书法用墨问题我另有专论，在此只提出一个用墨原则：浓不板滞，枯不飘滑，湿不漫漶，淡不虚浮。

《衡方碑》隶书可谓大手笔，古拙丰茂，精气饱满，宽绰博雅，不仅开颜鲁公正书之渐，且启近现代伊秉绶、吴昌硕、何绍基、齐白石等一代大家之迹。参见本文附图清何绍基与清杨岘的《衡方碑》书法，二者都能见到原碑的影子，然其点画线条、体势韵味各有特色。前者在起笔和转折上改变了原碑面貌，后者在收笔和撇捺上改变了原碑面貌。"揉春作曲，剪秋成诗"是我创作的带有《衡方碑》笔意的书法作品，用洒金八尺红宣纸，尽力在用墨上多加变化，在保持结体宽博方正的前提下，用自己对原碑的理解和语言书写创作，因而作品风貌与何绍基、杨岘皆拉开了距离，与之有所区别与不同，呈现了另一种景象。

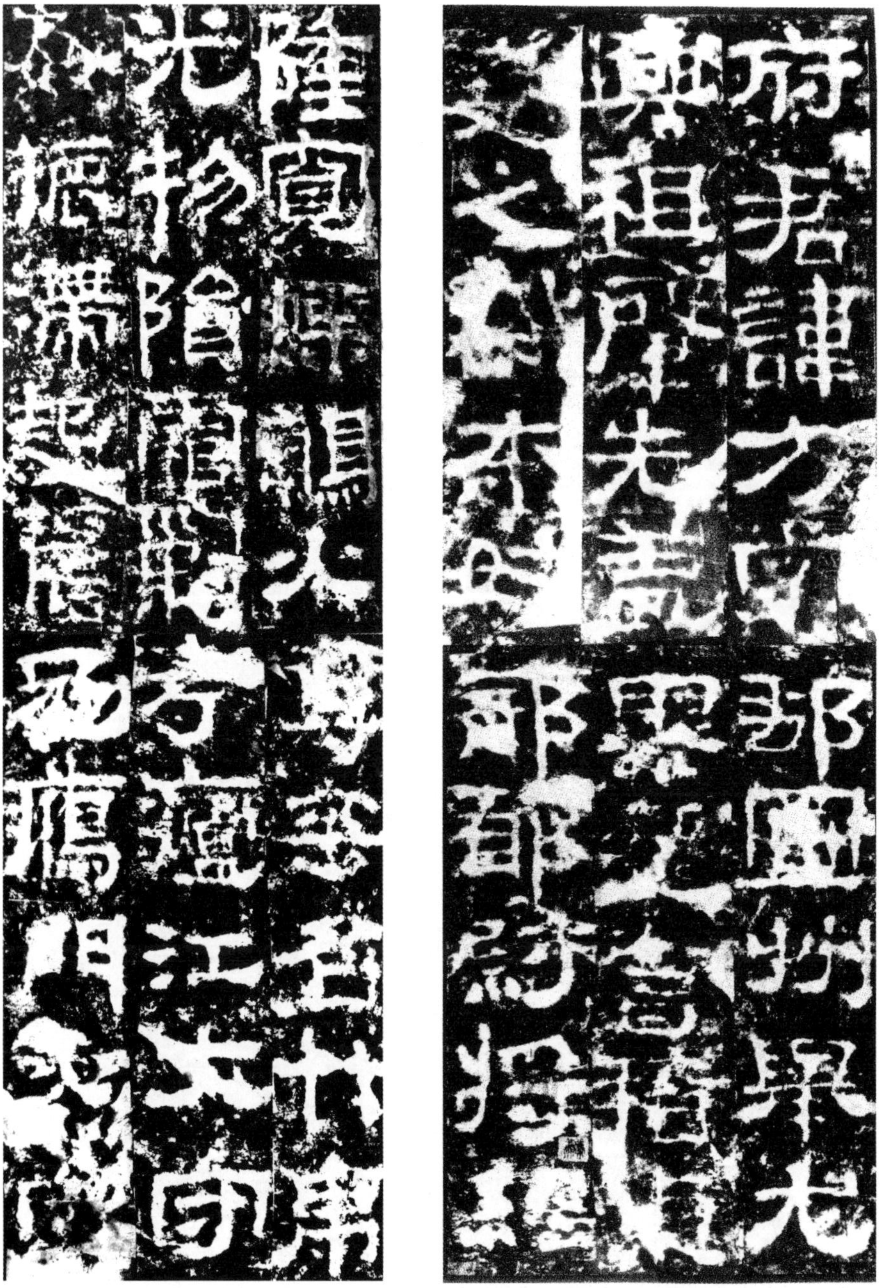

《衡方碑》局部

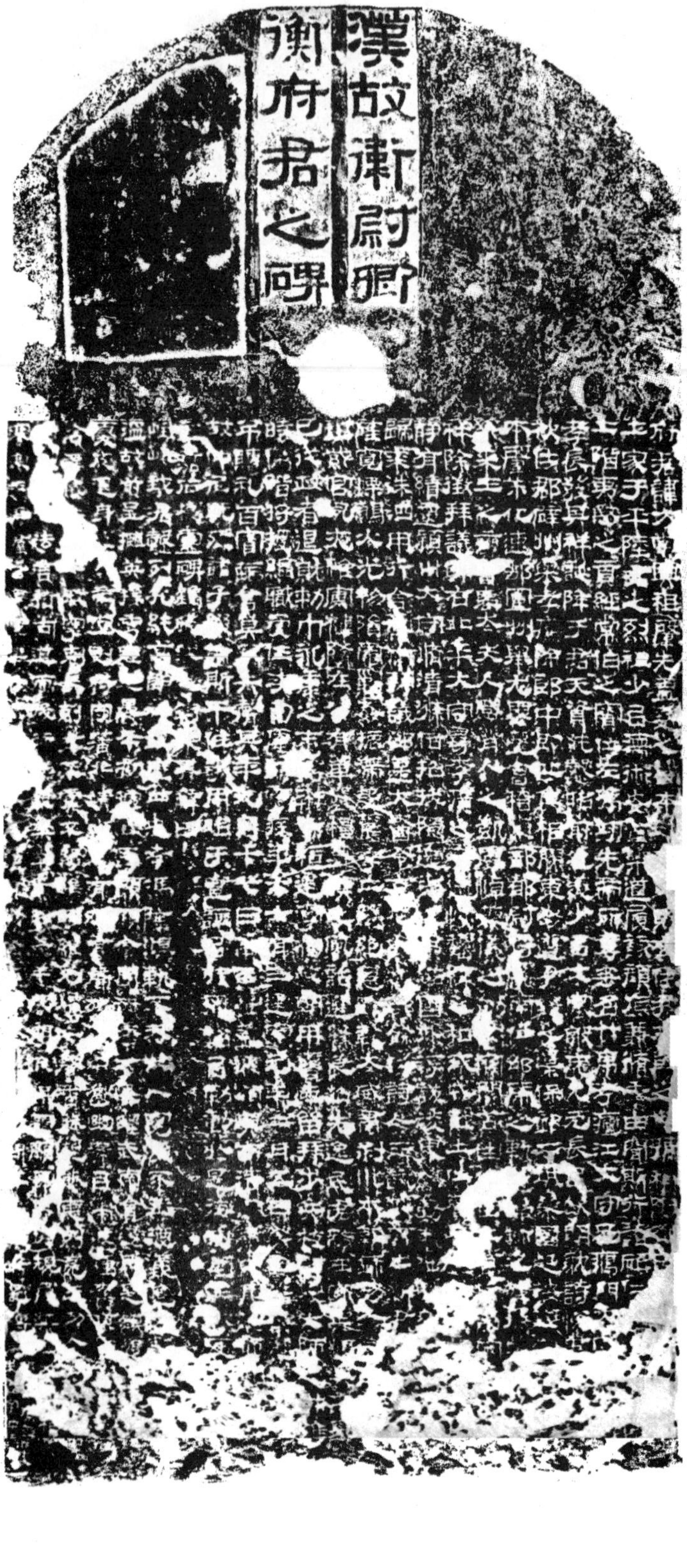

《衡方碑》

《衡方碑》碑文

汉故卫尉卿衡府君之碑

府君讳方，字兴祖，肇先盖尧之苗，本姓□□，则有伊尹，在殷之世，号称阿衡，因而氏〔焉〕，□□□
士，家于平陆，君之烈祖，少以濡术，安贫乐道，履该颜原，兼修季由，闻斯行诸，砥仁〔疠〕，□□□□
士，阶夷愍之贡，经常伯之寮，位左冯翊，先帝所尊，垂名竹帛，考庐江太守，兄雁门太守，□□□
孝，长发其祥，诞降于君，天资纯懿，昭前之美，少以文塞，敦庬允元，长以钦明，耽诗悦书，□□□
秋，仕郡辟州，举孝廉，除郎中，即丘侯相，胶东令，遵尹铎之导，保障二城，参国起按，斑叙□□，□
本肇末，化速邮置，州举尤异，迁会稽东部都尉，将继南仲邵虎之轨，飞翼轸之旌，操参□□□
绥来王之蛮，会丧太夫人，感背人之凯风，悼蓼仪之劬劳，寝暗苫，〔仍留〕上言，倍荣向〔衰，礼服〕
祥除，征拜议郎，右北平太守，寻李广之在〔边〕，恢魏绛之和戎，戎戢士佚，费〔省巨亿，怀〕□□□，□
静有绩，迁颍川太守，修清涤俗，招拔隐逸，光〔大〕茅茹，国外浮谖，淡界缪动，气泄〔狂〕□，□□□□，
归来洙泗，用行舍臧，征拜议郎，迁太医令，京兆尹，旧都余化，诗人所咏，有亡新，君□□□，□
隆宽栗，鹑火光物，陨霜剿奸，振滞起旧，存亡继绝，恩降乾太，威肃剥，本朝录功，入登□，□
翼紫宫，夙夜惟寅，祎隋在公，有单襄穆谟之风，诏选贤良，招先逸民，君务在宽，失顺其文，举
已从政者，退就敕巾，永康之末，君孝桓，建宁初政，朝用旧臣，留拜步兵校尉，处六师〔之帅，维〕
时假阶，将授绲职，受任浃旬，庵离寝疾，年六十有三，建宁元年二月五日癸丑卒，诏遣使□□，
吊赙礼，百寮临会，莫不失声，其年九月十七日辛酉葬，盖雅颂兴而清庙肃，中庸起而祖〔宗〕□，
故仲尼既殁，诸子缀论，斯干作歌，用昭于宣，谥以旌德，铭以勒勋，于是海内门生故吏□□□

采嘉石树灵碑，镌茂伐秘将来，其辞曰：

峨峨我君，懿烈孔纯，高朗神武，历世忠孝，冯隆鸿轨，不忝前人，宽猛不主，德义是〔经，韬综颐〕□，
温故前呈，英接秀，□踵晏平，初据百里，显显令闻，济康下民，曜武南会，边民是镇，惟□□□，
忧及退身，参〔议〕帝室，剖符守藩，北靖□□，有□有声，旋〔守〕中岳，幽滞以荣，迈种旧京，□□□□，
含泽戴仁，□□
休宁，克长克君，不虞不阳，维明维允，耀此声香，能哲能惠，克亮天功，入〔统〕□□，〔赳赳光光〕，
法言稽古，道而后行，兢兢业业，素丝羔羊，訚訚侃侃，颙颙昂昂，〔蹈〕规履，金玉〔其〕相，
謇謇王臣，群公宪章，乐旨君子，□□疆，铭勒金石，□□□□，□问□□，万世是传。门生平原乐陵朱登字仲希书

峨二戏君懿熟孔耗
高朗神武歷世忠孝
覓猛不主遄義是徑
馮隆鴻軏承忿前人
輜綜温故是檻英接
秀鐘迹晏平初緣百
星顯二令間濟康下
民曜武南會

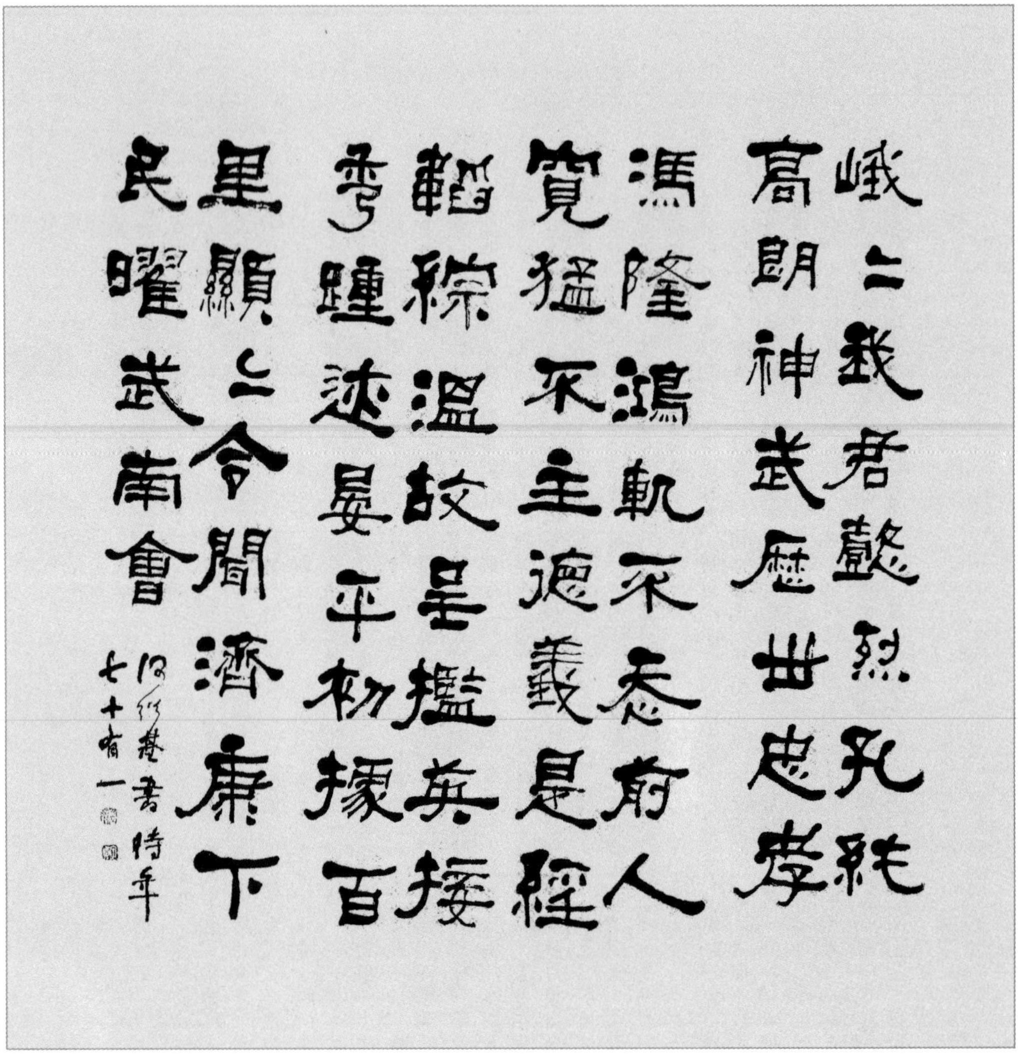

清　何绍基临《衡方碑》

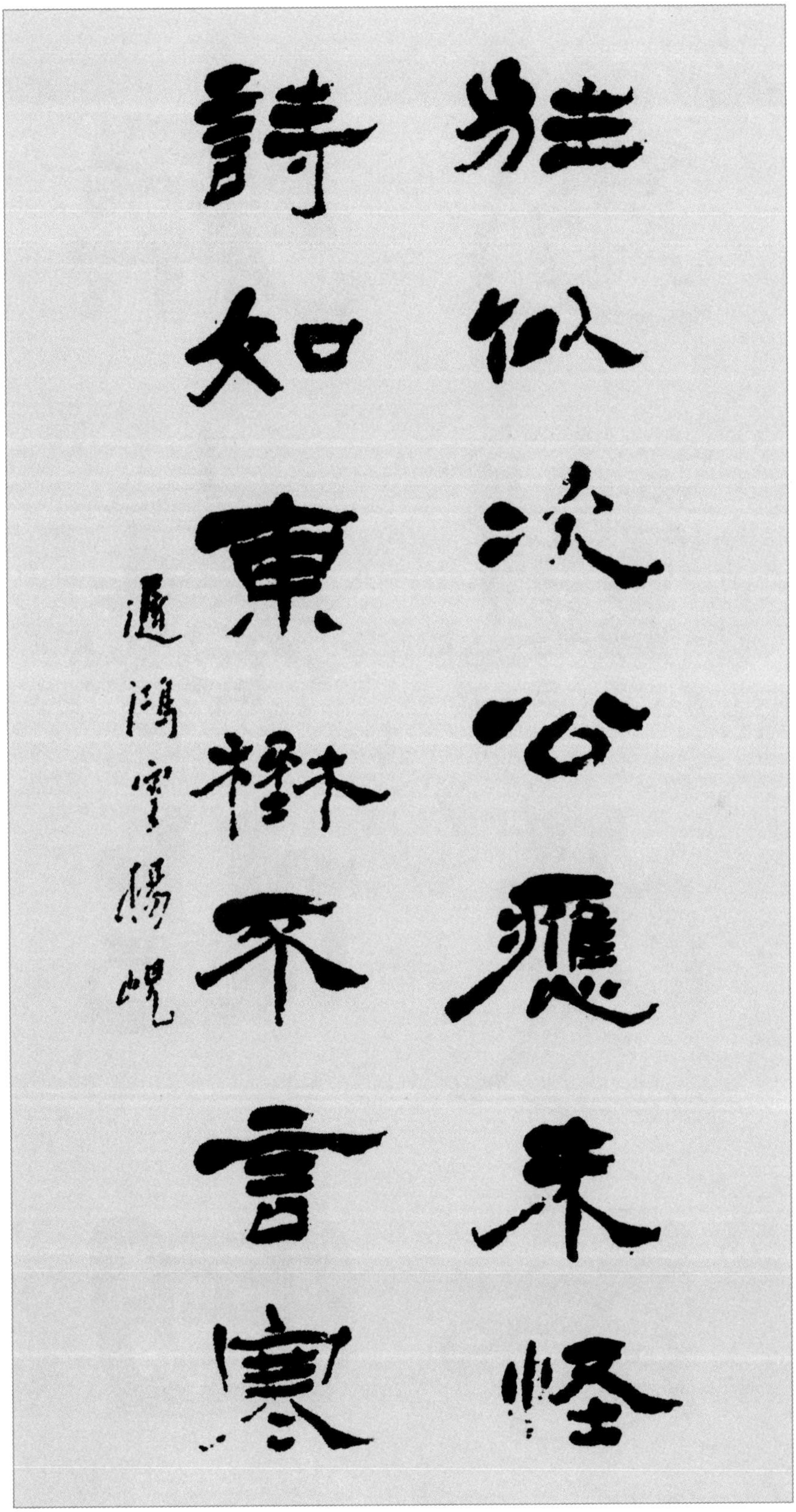

清　杨岘　七言联《衡方碑》笔意

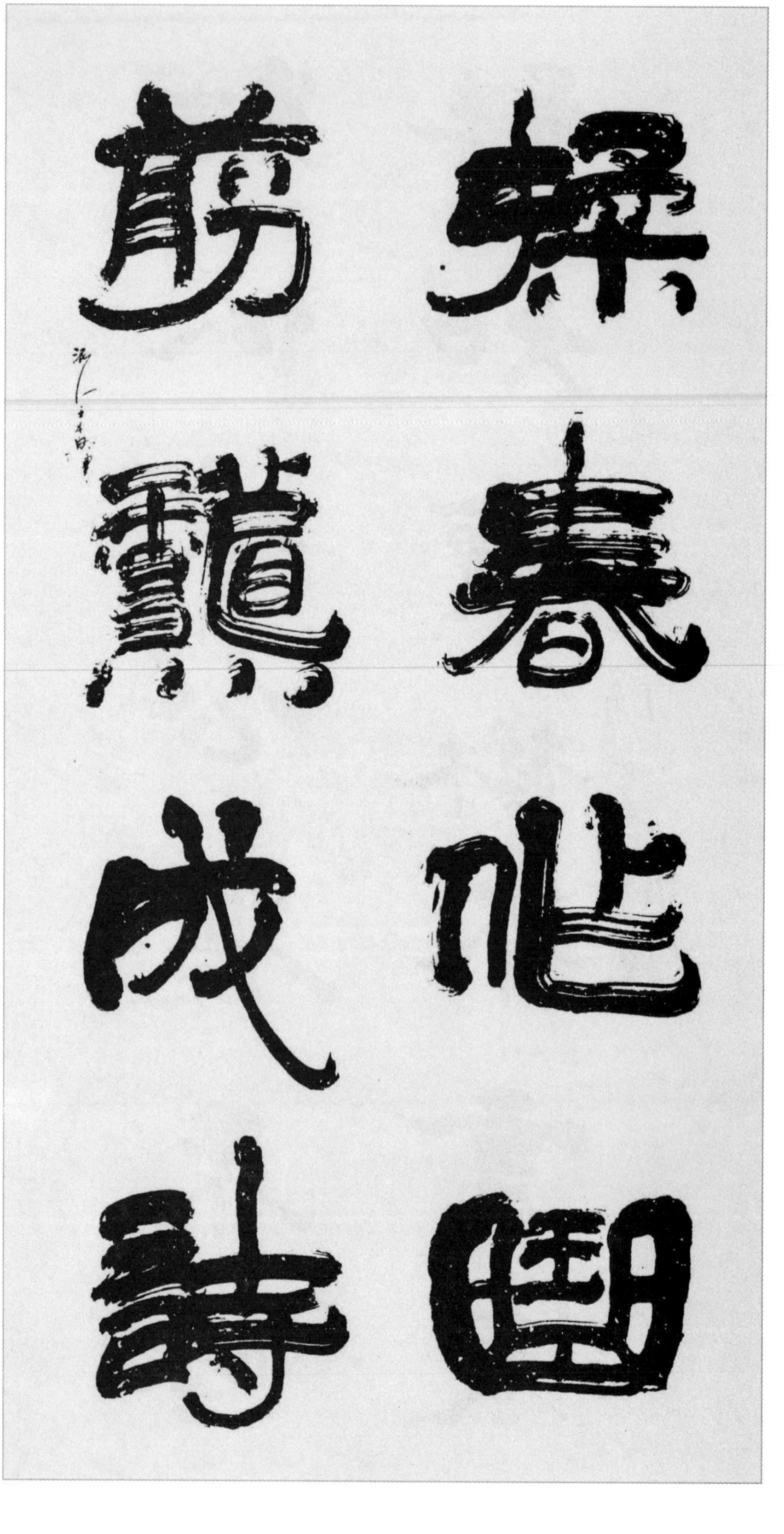

《衡方碑》笔意　王本兴书
揉春作曲　剪秋成诗

李冰石像题铭

东汉隶书《李冰石像题铭》，东汉建宁元年（168 年）刻立，李冰身世、乡里、生卒年代和当时修建都江堰的情况等皆不详。大约在秦昭襄王五十一年（公元前 256 年），李冰被任命为蜀郡守。李冰到蜀郡后，亲眼看到当地的严重灾情：发源于成都平原北部岷山的岷江，沿江两岸山高谷深，水流湍急，到灌县（今都江堰市）附近，水势浩大，往往冲决堤岸，泛滥成灾，从上游挟带来的大量泥沙也容易淤积在这里，抬高河床，加剧水患，特别是在灌县城西南面，有一座玉垒山，阻碍江水东流，每年夏秋洪水季节，常造成东旱西涝。李冰到任不久，便开始着手进行大规模的治水工作。为保护河道、纪念李冰治水功德，东汉建宁元年河道保护官陈壹及辅佐官尹龙刻立此石像，以志后世。

李冰石刻造像于 1974 年 3 月在四川省都江堰市安澜索桥附近（外江三号桥河床下 4.5 米处）出土，此造像为灰白色砂石琢成，通高 2.9 米，肩宽 0.96 米，重约四吨的石刻圆雕。石像头戴冠冕，面带笑容，甚为雍容古朴。石像底有一方榫，残长 0.18 米。两臂及胸前皆有隶书刻字。左臂刻字“建宁元年闰月戊申朔廿五日都水掾”，右臂刻字“尹龙长陈壹造三神石人珍水万世焉”，胸前刻字“故蜀郡李府君讳冰”。此造像现陈列在都江堰市离堆公园伏龙观内。东汉隶书《李冰石像题铭》用笔古拙朴雅，兼得方圆，含稚拙之气。结体方正，线条圆劲，少有波磔，意态庄重。具体临习方法如下：

一、点画

点的用笔与横、竖、掠、捺的用笔相通。一般是头圆尾尖，指向字心，也有椭圆点、圆形点等形式，如“李”“冰”“建”“造”等字。用笔应笔随点势，逆入回出，动作完备。

二、横画

书写时要用锋尖抢势逆入，行笔多一些涩行，速度不宜太快，锋尖保持在笔画中线上，平横收笔时提锋回护，有的呈尖圆之状，如“故”“李”“讳”“年”“建”“长”“壹”等字，带波势的横画为数不多，收笔时出锋顿挫，形成燕尾。碑中的横画有的处理得粗些，有的细些，有的头尾较为平缓一致，各尽其态，如“长”“陈”“三”等字。其用笔方法为：

（1）平横平直，逆锋起笔，圆笔圆转，方笔提笔翻折；

（2）中锋行笔，提中蓄按，按中有提，粗细起伏，很有变化，做到圆润、匀称有质感；

（3）提笔回锋收住。

波横一波三折，逆锋起笔，转向右行，逐渐加力重按，顿笔后，顺势向右上方斜出，出锋回收，形成燕尾。波横美化了隶书，使隶书飘逸舒展，稳定而有横势，波横是隶书夸张、率意的主要特征笔画。波横的粗细长短与行笔速度不尽相同，我们只有准确临习，用心揣摩，方知波横体态变化之味。

三、竖画

此题铭的竖画有粗有细，有长有短，有的上粗下细，上圆下尖，形式多样。直竖笔法为：

（1）藏锋逆入，转锋时轻按，伏笔后下行；

（2）提锋行笔，随势直进，要求中锋涩行，渐行渐提；

（3）有些出锋收笔，呈尖收状。有些提笔向上回转收笔，大多数收笔是裹锋提出，如“郡”“冰”“建”“年”“闰”“申”“陈”“神”等字。

四、撇画

撇画笔势是向左斜势伸展，它与向右的捺形成左掠右波的格局，使体势开张，左右平衡。《李冰石像题铭》撇画形态各异，且与众不同，很有个性与特色。有的撇画弯曲度较大，如“君”“郡”“故”等字。有的作竖画书写，如“戊”字。有的撇画极短极小，如“元”“陈”“神”等字。有的撇画作竖钩处理，如“尹”字。

撇画的一般笔法为：

（1）藏锋逆入，根据字势，可重可轻，可粗可细；

（2）折锋左转涩笔运行，要求中锋始终在线中，渐行渐按；

（3）有的是提锋出收，有的提笔向上回转收笔，大多数收笔应是裹锋回出。

撇画要写得伸展自如，强劲有力，雍容有度。

五、捺画

有平捺与斜捺，另有走之捺、乙挑捺等多种形式。捺画多为一波三折，头部略高，腰部往下渐顿作铺毫，至捺脚处顿笔后蓄势挑出，如“故”“冰”“建”“元”“戊”“长”“造”等字。具体用笔方法为：

（1）藏锋入纸，起笔向左上斜按；

（2）转锋后折而向右下方涩行，渐渐按笔加力铺毫；

（3）至捺脚处顿笔，顺势渐提，上挑出锋，呈燕尾状。

六、折画

折画可作一笔处理，由横画过渡到竖画时，暗转而下，中途不另起笔，《李冰石像题铭》大多数折画是暗转方折，如“故”“蜀”“闰”“月”“申”“尹”“神”等字。有的则用圆转之法书写而成，如“郡”“建”“龙”等字。也有少数字作横竖不连的两笔来写。其笔法是写好横画后，在离横画收笔处竖向起笔写出竖画，转折处明显不相连接。如“宁”字。也有在平横末端提锋向上，使竖画出头上露，如“蜀”“神”等字。无论连或不连，或折或转都要如圆似方，都要意气贯通。

临摹是书法的必修课，即使是有相当艺术水准的书家，也需要通过临摹吐故纳新，从而保持自己旺盛的艺术生命力。你若觉得《李冰石像题铭》对自己的学习影响最深、最容易上手，那么你必须每天临上一通。脑海中经常翻腾它的字体，自己的创作不时表现出《李冰石像题铭》的范本风神。也就是说，自己对此碑一往情深，已达到痴迷的程度。当然，仅仅达到这一步还不够，作品最好渐渐地从此碑的形貌中脱离出来，遗貌取神，完全化为自己的艺术语言，形成自己的风格。当年的李冰为民治水，功德无量，刻写在李冰石像上的题铭又是那么古香古色，别具匠心，其深邃的艺术价值值得我们去吸收、深化、创新。

《菜根谭》名句：“君子之心事，天青日白，不可使人不知；君子之才华，玉韫珠藏，不可使人易知。”予遂以此为内容创作书写隶书作品。尺幅为四尺整宣，叠格为纵向5行、横向6列，共30字，作长方形式处理。落款则布白在两侧。我书写时背帖挥毫，一气呵成，其中“子”“君”两字可以借鉴原碑外，其余皆取《李冰石像题铭》笔意，章法行款取隶书横紧竖宽的传统形式布白，供读者参考欣赏。

《李冰石像题铭》局部

《李冰石像题铭》

（胸前）故蜀郡李府君讳冰

（左臂）建宁元年闰月戊申朔廿五日都水掾

（右臂）尹龙长陈壹造三神石人珍水万世焉

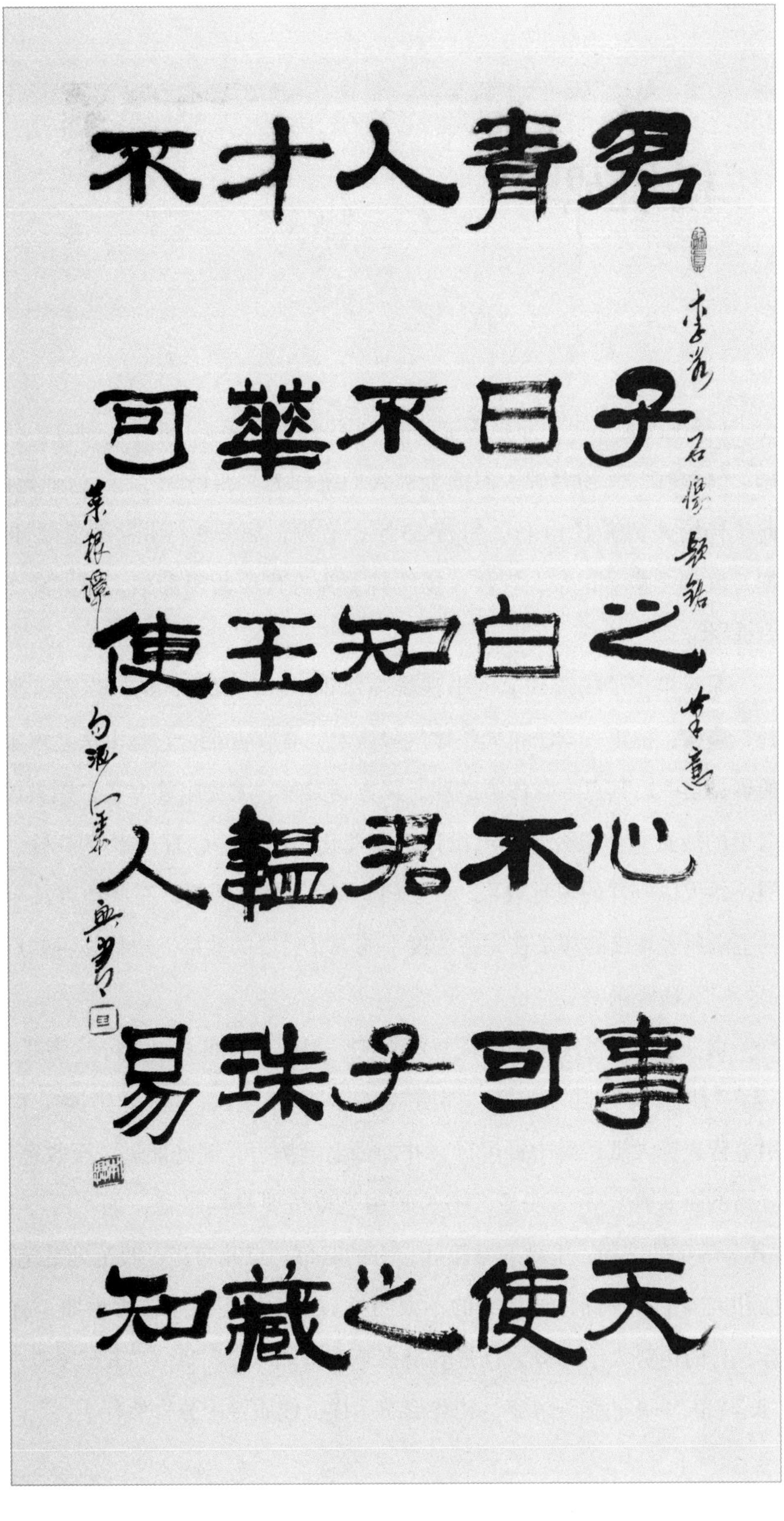

《菜根谭》句 《李冰石像题铭》笔意 王本兴书

君子之心事，天青日白，不可使人不知；君子之才华，玉韫珠藏，不可使人易知。

杨统碑

《杨统碑》亦叫《沛相杨统碑》。东汉建宁元年（168 年）刻立。《杨著碑》《杨统碑》《杨震碑》《杨君碑》习惯上被人们统称为“四杨碑”。四杨碑无传世原石拓本。此《杨统碑》隶书 14 行，每行 35 字，有额，额篆 2 行 8 字“汉故沛相杨君之碑”。据《汉碑全集》记载，现传《杨统碑》为近代徐紫珊翻刻。拓本高 208 厘米，宽约 71 厘米。

东汉隶书《杨统碑》的书法雄强厚重，朴茂沉稳，结构恢宏、平实、严整、古朴、肃穆、稳正。章法布局整体气势恢宏，雍容古雅。它是书法艺术宝库中不可多得的珍品之一。其点画既浑圆恣肆，又方劲凝重，尤见粗壮厚实，别具风貌。那些看似简单的线条立体感极强，虽没作过多变化，但古朴憨直，多姿多彩，节奏感依然强烈，给人以别样的视觉效果。《杨统碑》用笔粗拙便捷，有些地方甚至略显草率，但其笔画所表现出的却是在完备法度下的天真烂漫的效果。现将临习要点介绍如下：

一、横竖画

东汉隶书《杨统碑》的横竖画平实、粗壮、圆润。如“行”“其”“帝”“守”“大”“天”“仕”“长”“才”等字，即便是很短小的横竖画，也写得圆融、浑厚、粗壮。其用笔皆逆锋入纸，后中锋运行，并加强毛笔按力，铺毫涩进，至收笔时，回锋圆收。波横的蚕头燕尾不太明显，书写时用笔提按要自然平稳，如“西”“而”“府”“车”“其”等字的波横，笔致非常粗壮，有的略带一点儿弯势，收笔处毛笔向上提锋回出，捺肚大多平直浑圆，波势有的不太明显。竖钩的用笔亦较为粗拙，有的弯势大于钩势，有的钩势大于弯势，且带有楷书笔意。如“守”“将”“事”“好”“则”“子”“孝”“长”“争”“骑”“翻”等字，钩势形态多样，线质皆十分自然朴实。

二、撇捺画

《杨统碑》的撇捺画呈粗壮浑朴之姿，有的捺笔比撇笔有过之。如“令”“不”“大”“外”“基”“天”“金”“举”“然”等字，撇画用笔粗壮平稳，起讫以圆为主，弯弧自如，是全篇中最有张力与弹性的笔画，书写时，用笔反掠拙涩，必须多用中锋按笔。斜捺画藏锋起笔时就施以重按，全锋铺开，中途平稳推进，不用提笔动作，收笔时顺势中锋按笔，写出捺磔。笔不仅要送到位，而且要带回锋之意，有的波磔呈圆头之状，如“外”“大”“史”“然”等字。有的捺画起笔稍尖细，如“不”“塞”“慕”等字。走之捺用笔大致与上述相同，只是显得更为粗壮浑厚一些，如“之”“乃”“迁”“徒”等字。乙挑捺、心字捺稍带上钩之意，如“德”“也”等字。平直之中寓圆曲之意，收笔处笔锋向上回，屈曲十分自然平稳，波磔提锋回收，笔致圆畅含蓄，气脉贯通。

三、点画

《杨统碑》点画似乎不太起眼，有的像绘画中的“大混点”，憨态实足，有的像正圆点，有的似三角点，有的如缩短了的短横与短竖各呈姿态，形式多样，大小有别。如“然”字的点，方圆各异；如“将”“不”“换”“为”“则”等字的点，势向不同，大小亦不同；“州”“还”字的点，则形态不一。无论何种点，在全字中毕竟很短小，所以要求用笔微妙而精致，逆入回出，提按顿挫不能少。点画内在的完美与变化要比外在的形态丰富得多。临习者要通过用笔巧妙的变化写出各式各样的点画来。

四、转折

《杨统碑》转折大多以方为主，横细竖粗，交接转折平直方正。如“守”“焉”“官”“属”“君”“臣”“器”“者”等字，有的方口转折处，上竖稍作出露，尤见方意。也有圆转之笔，“易”“而”“璠”等字，转折处呈圆曲自然浑厚之状。转折的用笔书写较为微妙，一般不换笔不接笔，方圆之间因字而宜，随机应变。

五、结体

《杨统碑》的结体浑厚、朴茂，有的以扁形取势，有的以方正取形，有的以长方取姿，随字而宜，不刻意而为。其一，突出粗壮、方正、凝重的布白。主要表现为线条粗厚、整齐，四角到位，充实丰满，如“顺”“行”“轻”“征”“徒”“然”等字，宽博丰茂，雍容大度。其二，强调纵放之意而无纵放之形，年久剥蚀，天人合一，线条紧密粘连，别具一格。主要体现在文字的结体中，没有过长，过于舒展的笔画，大多到位即止，以敛蓄势。如“德”“徒”“州”“论”“修”“器”等字，其波横、撇捺很有姿态与动感，但只是纵意内含，无恣肆之状。其三，部首故作大小参差，整个结体面貌为之一新，亦为之而生动多趣。如“将”“璠”“掾”“俗”“绩”等字，左边偏旁写得特别短小。其四，缩短竖画，令结体成扁方。如“而”“山”“也”“郡”“之”“师”“帝”等字。

《杨统碑》的书风不同于劲健峻雅的《曹全碑》《史晨碑》《礼器碑》也不同于端庄方劲的《鲜于璜碑》《衡方碑》《张寿碑》与《樊敏碑》《郙阁颂》，它们之间虽有类近处，但意韵各不相同，可谓别具风韵。笔者因此尤为推崇与青睐《杨统碑》的书风格调。建议临习时选用大一些的中短锋羊毫笔书写，墨色不要过浓，以适中为好。不能过于沉墨积滞，浮湿漫漶。线条要保持朴实浑圆的质感，要有金文的醇厚意趣，豪放凝重，方不失《杨统碑》丰姿遒美的本色。

作品“性急却于棋上慢，身闲每向药中忙”系清代书家惠栋用《杨统碑》笔意所书隶书作品。惠栋（1697—1758），字定宇，号松崖，人称小红豆，江苏元和（今苏州）人。他自幼笃志向学，于经史、诸子、稗官野乘及七经毖纬之学，无所不通，家贫以教学为生。毕沅、江声、王鸣盛等皆从其学。其人其艺影响深远，此书作笔画线条、结体长短皆秉承《杨统碑》之长，增加了圆融、屈曲之势，并参以个性之迹而书，以灵动多姿见胜。

笔者曾在四川成都拜谒武侯祠，因感而作七绝一首：“六出祁山未展襟，犹闻虎帐不平音。世人徒羡囊中计，我仰先生日月心。”说来正巧，其中大部分文字在《杨统碑》铭文中都能一一参照对应。遂以此为创作内容，取四尺整宣书写。考虑到隶书结体粗壮浑厚，用略微光洁一些的玉版宣书写容易把握，并用羊毫中锋毛笔，有利于写出效果。事实证明，正式创作书法作品时，结体特征、载体纸性、笔情墨趣、大小幅式等因素，都要认真考虑，相互协调，以求达到得心应手的最佳状态。

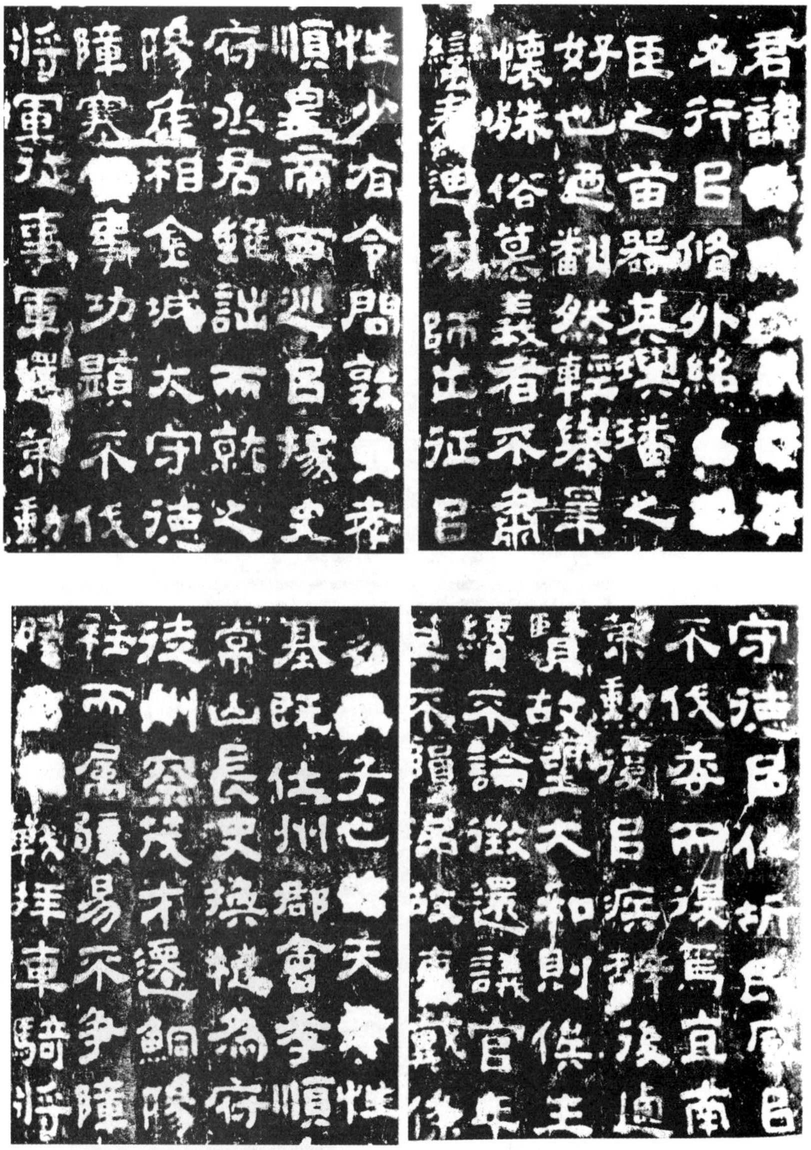

《杨统碑》局部

《杨统碑》

《杨统碑》碑文

君讳□□□□□□□□富波君之□子也。□天□性少有令问，敦□孝以敕内，□□□名行以修外。绍□□□□烈隆构厥基。既仕州郡，会孝顺皇帝西巡，以掾史召见。帝嘉其忠臣之苗，器其玙璠之质，诏拜郎中，迁常山长史，换犍为府丞。君虽诎而就之，以顺时政，非其好也，乃翻然轻举。臬司累辟，应于司徒，州察茂才，迁鲷阳侯相、金城太守。德以化圻民，威以怀殊俗，慕义者不肃而成，帅服者变衽而属，疆易不争，障塞□事，功显不伐，委而退焉。直南蛮蠢迪，王师出征，以君文武备兼，庙胜□□战，拜车骑将军从事。军还策勋，复以疾辞，后乃征拜议郎、五官中郎将、沛相。天吏之治，副当神人，秩礼之选，举不逾贤。故望大和则侯生毓，□严霜则畏辜戮，欣悦竦栗，宽猛必衷。遭贵戚专权，不称请求，考绩不论，征还议官。年五十六，建宁元年三月癸丑遘疾而卒。朝廷愍惜，百辽叹伤。万民逷尔，莫不陨涕。故吏戴条等，追在三之分，感秦人之哀，愿从赎其无由，庶考斯之颂仪，乃镌石立碑，勒铭鸿烈，光于亿载，俾永不灭。其辞曰：

明明杨君，懿铄其德。其德伊何？克忠克力。勤止厥身，帅□靡革。谟兹典犹，道以国。班化黎元，既清且宁。武棱携贰，文怀遐冥。远人斯服，介士充庭。刚柔攸得，以和以平。勋迹藐矣，莫与争光。甘棠遗爱，东征企皇。念彼恭人，□焉永伤。立言不朽，先民所臧。载名金石，贻于无疆。

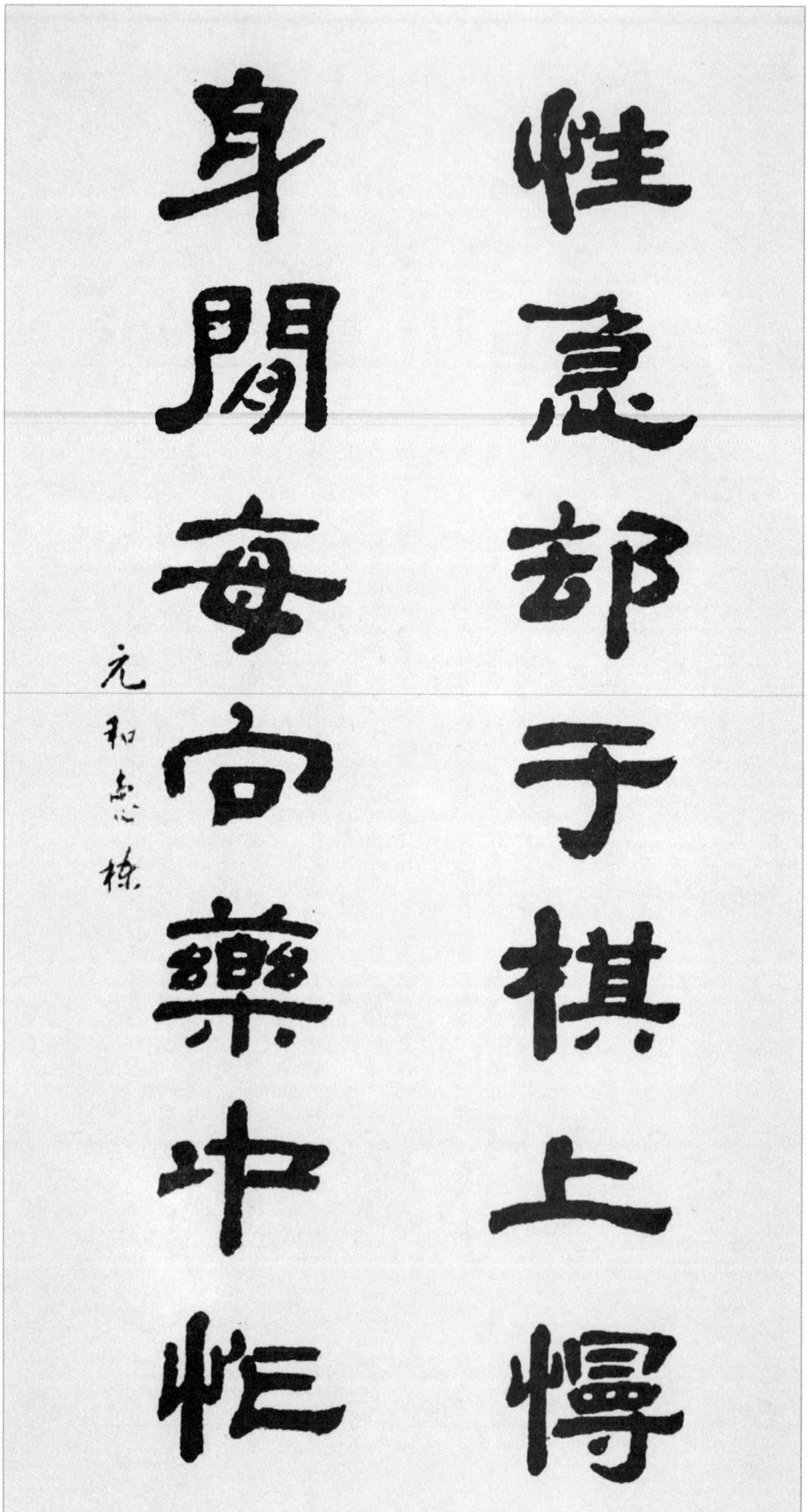

清　惠栋　七言联《杨统碑》笔意
性急却于棋上慢，身闲每向药中忙。

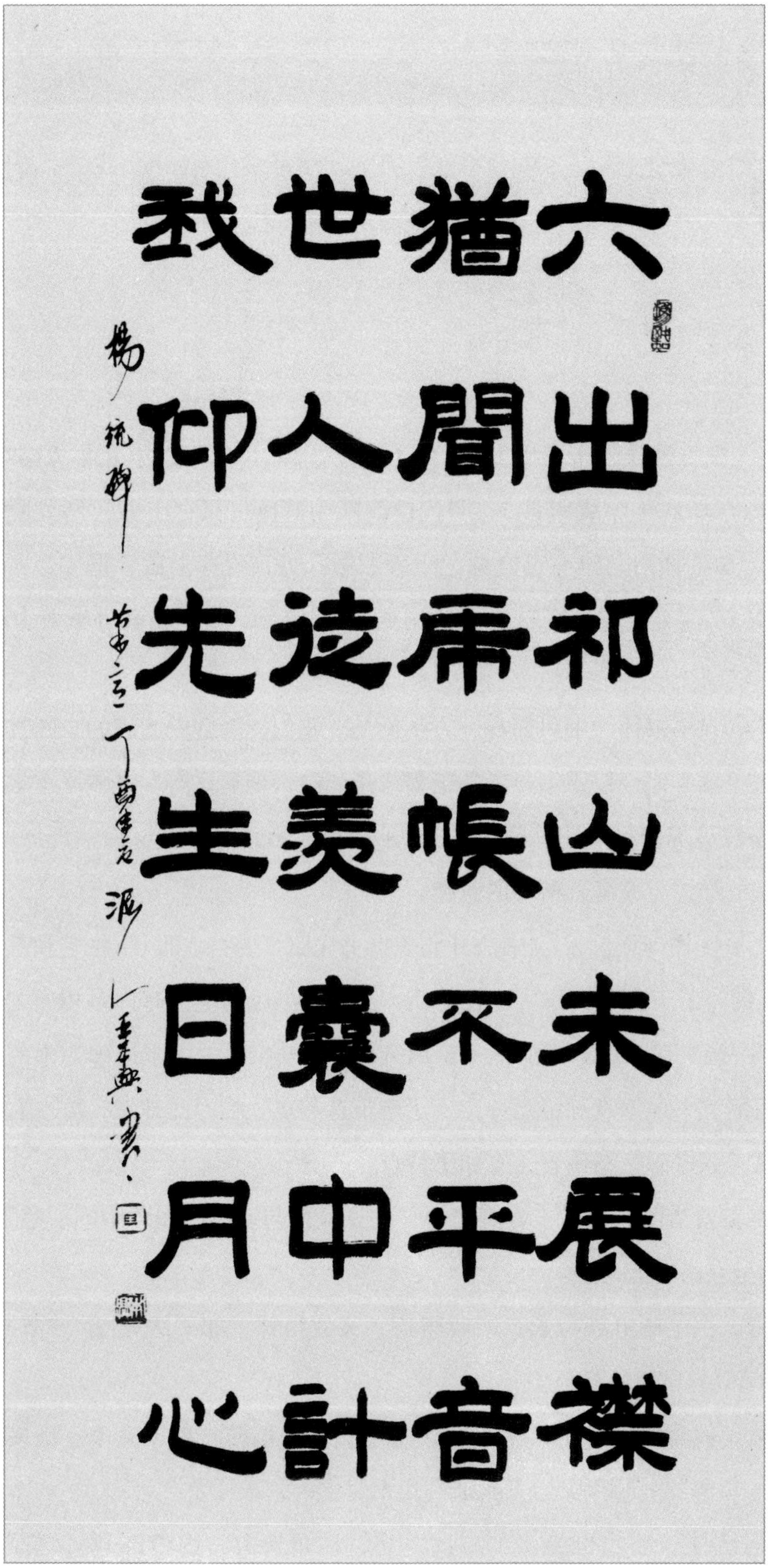

七言绝句《谒成都武侯祠》王本兴撰并书
《杨统碑》笔意
六出祁山未展襟，犹闻虎帐不平音。
世人徒羡囊中计，我仰先生日月心。

张寿碑

《张寿碑》全称《汉竹邑侯相张寿碑》，又称《张仲吾碑》，东汉建宁元年（168年）五月，刻立于山东城武（今成武县）。明代被改断为碑座，只存上截。清乾隆五十六年（1791年）知县林绍龙建亭重嵌题记于碑凹凿孔处，现存上截。据《金石萃编》记载，碑高96.67厘米，宽108.33厘米。16行，行15字，中间凿孔处被毁10行，行4字。

碑文是以方为主的隶书书体。书风简朴，方整遒劲。我们能看到刻此碑的工匠技法刀法均很纯熟，似乎没有完全按照书丹者的笔墨线条刻凿，刻痕显露，方峻厚重之韵味尤真。字的形态没有规则，不计工稳，呈天真自然状。既浑厚朴实又潇洒舒展。其峻利的点画，端庄的结体，充满着楷书的意趣。

杨守敬《激素飞清阁评碑记》云："书法开北魏楷书先路，要自古雅。"将它和三年前（165年）刻立的《鲜于璜碑》作一比较的话，两者在书风用笔上有许多相通之处。其中"自""啬""国""孝""君"等字，与18年后（186年）的《张迁碑》中的字，又十分酷似，可见其书风演变脉络之一二。了解了这一点，临习此碑者，可左右借鉴，融会贯通。从《张寿碑》结体看，有如下特点：

第一，左右部首参差错落，在平正方直之中，尤见险劲与动感。如图中的"懿""卫""慎"等字，均呈左高右低之势。

第二，中宫紧密，主笔画舒展拉长，既收得拢，又放得开。如"达""者""薄""殖"等字，其波磔笔画异常粗壮豪迈。

第三，天真自然，敦实儒雅。如"登""王"等字，如垒墙砖，憨厚直率，底横特粗特长，稳如泰山；"薄"字的草头、三点水，几无变化，憨态可爱。

第四，结体以方为主，略寓圆意。如"国"字，四角皆方，内带圆意。"赞"

"明""卫"等字全用方笔。

《张寿碑》的文字点画确有它自身的特色，故临写时应有所区别，现将《张寿碑》临习要点介绍如下：

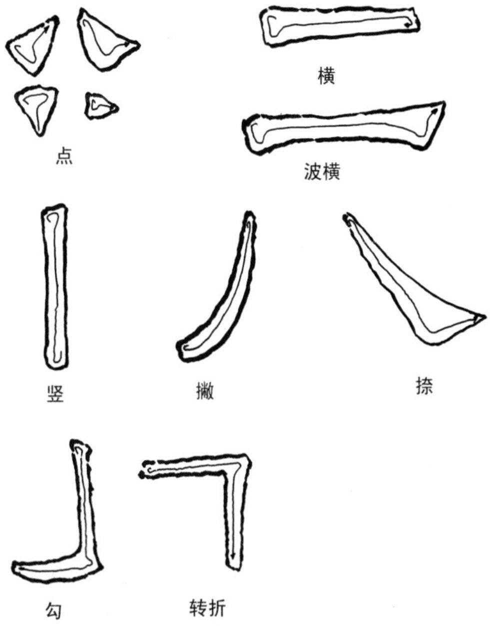

《张寿碑》笔画临摹

点画的临写：藏锋逆入，取势往下，折锋提收，棱角分明，犹似楷点。

横画的临写：须藏锋入纸，转锋后即铺毫运行，笔行要涩，提按不露，锋到即收，有波势的横画，中段稍作提笔运行，后即加重按力，写出的波势要峻利方劲。

竖画的临写：与横画略同，只是起讫提按有所变化，故而竖画的头尾有粗有细。

撇画的临写：落笔取右上势，中间圆转，逆向左送，回锋收笔，笔意有的上翘，有的圆浑。

捺画的临写：起笔与波横同，折回下行时，笔力渐重，捺处顿笔，风韵似楷捺，稍作上挑之势。

钩画的临写：钩画似写转折一样，向后迂回露角，再往左作圆钩。

转折的临写：多为暗过方折，一似魏碑意趣。其实《张寿碑》的点画形态是很丰富的，以上只是提示一下形态较为别致的几种写法。清代著名的书法篆刻家邓石如，极力推崇《张寿碑》，并日日临池，从不放松，最后形成了自己的风格。实践证明，汉隶各体应无好坏之分，只是风格不同。当你喜爱这一碑帖，感情上接近这一风格，你就努力钻进去，下苦功夫，自然会从中受益。

在创作《张寿碑》笔意的隶书作品前，我们不妨先参见附图，梁启超《张寿碑》的临作。作品纵向五行排列，左右紧密，上下宽绰，按隶书传统模式布白，纵横有序，严谨方正，写得非常浑厚雄壮。与《张寿碑》原帖相比，在似与不似之间，其气息韵味保持在同一审美层面上，可谓达到了遗貌取神的效果。其中"谒""赞""卫""慎"

"储""殖""明""薄""罚""王""德""啬""稼""者""国""滋""相"等字，与原作不同，从用笔与书写特色上，我们可以领略到疏朗、大气、宽厚的精神与笔墨韵律。

笔者喜欢唐代张祜诗《读曲歌》："窗中独自起，帘外独自行。愁见蜘蛛织，寻思直到明。"其中"寻思"极妙，语义双关。试用《张寿碑》笔意书写创作，在临习熟练的基础上，用不着有过多的顾忌，用不着从原帖中集字借鉴，完全能根据其笔意而书，予采用六尺宣纸对开的条幅形式，纵向三行排列，按隶书传统款式横紧纵宽布白。落款纵向两行，以纵取势，补齐了作品左下的空缺，使之保持一定的平衡感。

《张寿碑》局部

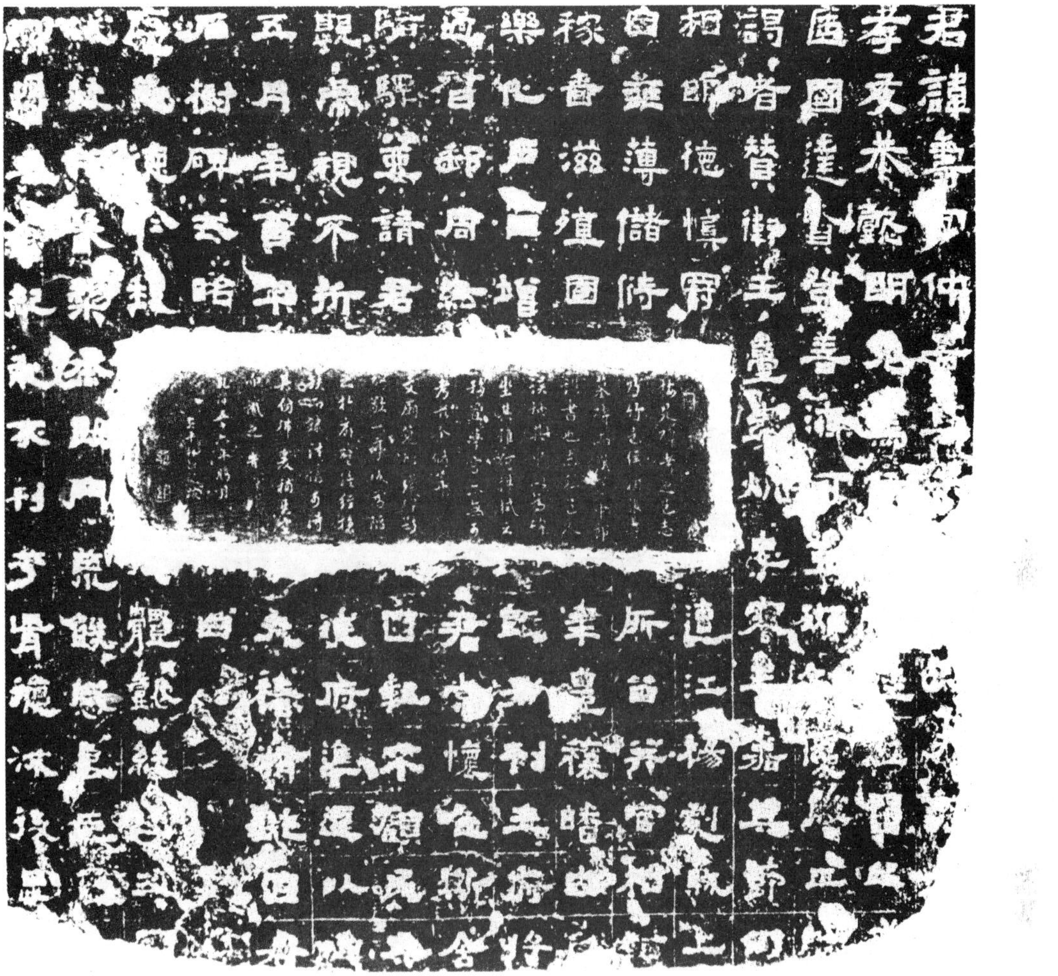

《张寿碑》碑文

君讳寿字仲吾其□□□大夫张老
孝友恭懿明允笃信□□经耳佳习父
匡国达贤登善济可登斑叙优能正躬
谒者赞卫王台娄□忠謇上嘉其节仍
相明德慎罚□□□□遭江杨剧贼上
自菲薄储偫□□□□所留并官相领
稼啬滋殖国□□□□聿丰穰皤白之
乐化户口增□□□□殷功刊王府将
过督邮周□□□□□君常怀色斯舍
骆驿要请君□□□□固执不顾民无
耽虎视不折□□□□徒府进退以
五月辛酉卒□□□□夫积修纯固
石树碑式昭□□□□曰
亮元德于我□□□□体懿纯超三署
赋牧邦畿黎□殷罔荒饥感良臣哀
弥阐垂令纪永不刊于胥德流后昆

謂者贊衛王臺忠謇上嘉
其相明德幀罰遺江楊剥
龍薄儲侍所留並稼番滋
殖國豐穰皤樂化戸增
過晢郵周絋君常懷色斯

希白大弟索临 张寿残碑 乙丑正月 启超

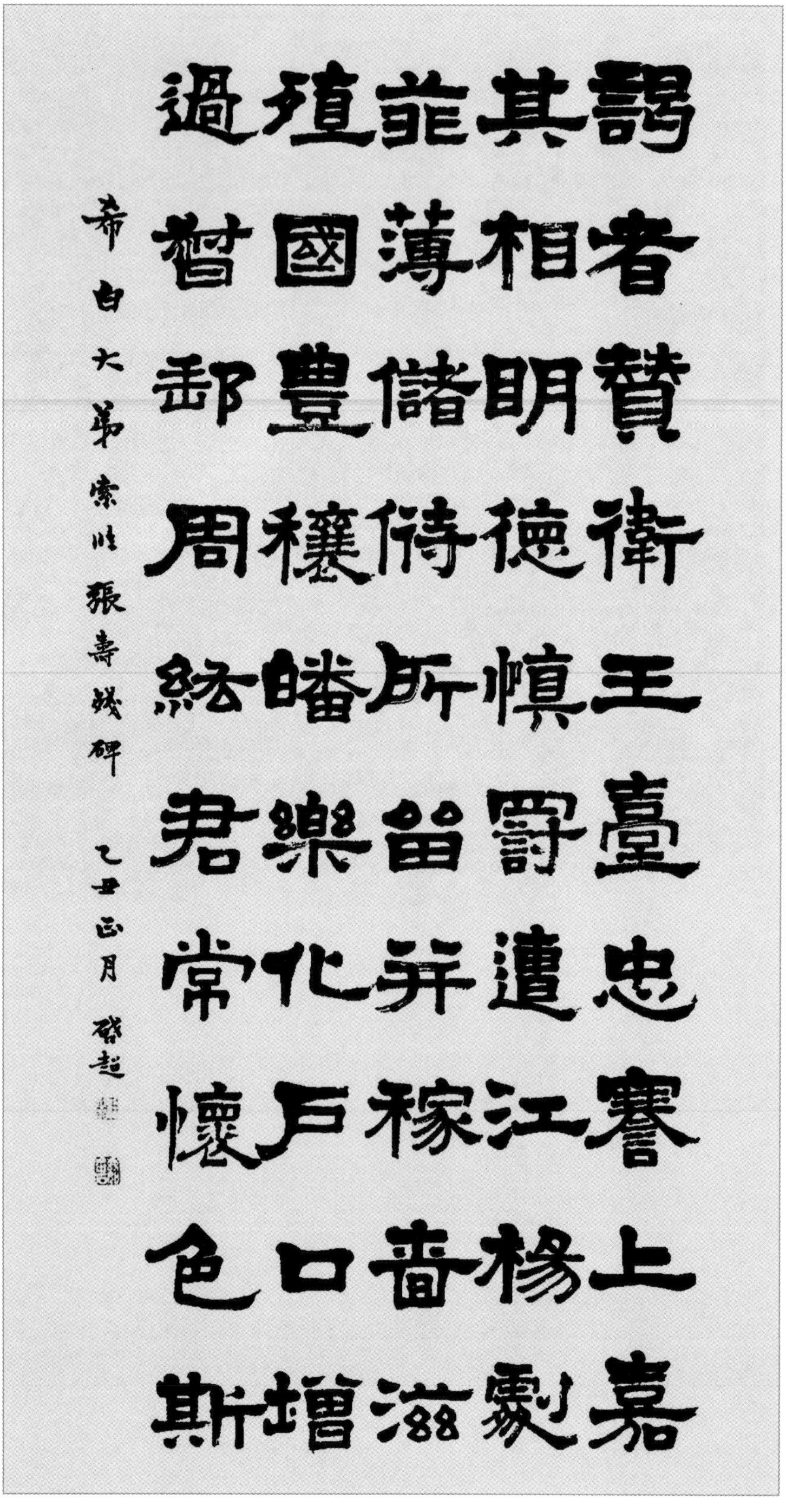

梁启超临《张寿碑》

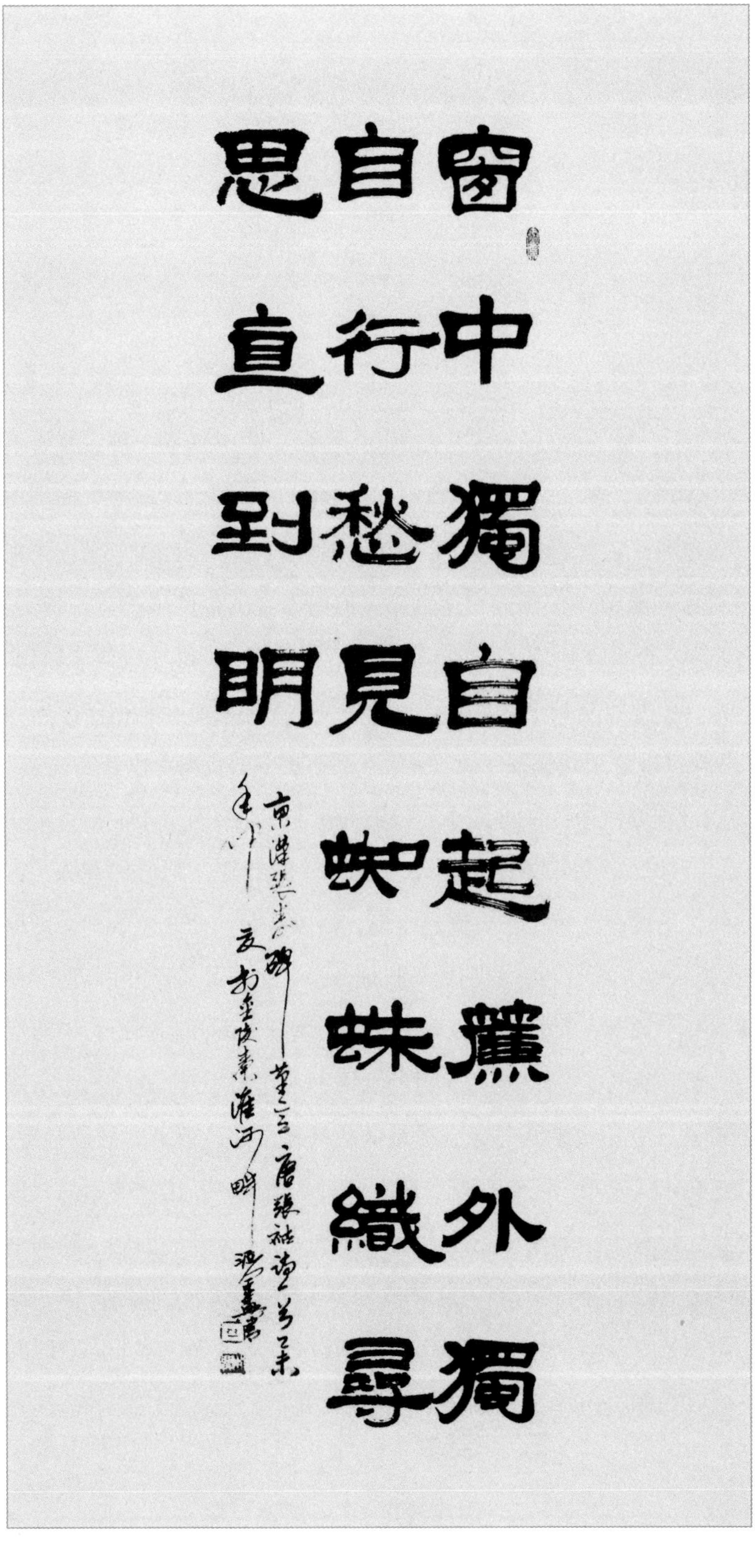
窗中獨自起簾外獨
自行愁見蜘蛛織尋
思直到明

唐　张祜诗《读曲歌》王本兴书
《张寿碑》笔意
窗中独自起，帘外独自行。
愁见蜘蛛织，寻思直到明。

肥致碑

《肥致碑》于东汉建宁二年（169 年）立。碑高 98 厘米，宽 48 厘米。碑首刻隶书 6 行 28 字，碑文有隶书 19 行，满行 29 字，共 484 字。1991 年 7 月，在河南省偃师市汉墓中出土。全碑行文清晰，字口整齐，石面很整洁，碑文仅有一字残损。是近年来出土最完好的一通汉碑，现藏河南偃师商城博物馆。但有学者以为此碑碑刻、碑文、本事诸方面有可疑之处，不合汉碑规范，因而怀疑它是后人伪造，并非东汉建宁原物。笔者以为疑点确实存在，但要完全判定其为伪碑证据尚欠缺，还没有找到何年何人为何伪造的蛛丝马迹。故伪汉碑论于此聊备一说，有待今后有更多的资料可以证实。

此碑书风平稳端庄，雄健宽博，法度谨严，以方为主。与前一年（168 年）刻立的《衡方碑》相比,《衡方碑》方满茂密，粗壮敦实，而《肥致碑》则匀称凝练，古健典雅。与同年刻立的《史晨碑》相比，史飘逸多姿，活泼秀丽，而《肥致碑》则静穆含混，方正沉稳。《肥致碑》具有两者的韵致与长处，论气息与品位不在两者之下。我们随便从碑文上截取一个局部，只见纵横有列，左右紧密，上下开阔宽松，与历代隶书作品的格局没有二样，确亦是一件较为完美的隶书书法作品。《肥致碑》系东汉隶书鼎盛成熟时期的产物，它用笔的娴熟老到，结体的拙朴雄健，神采的静穆含蓄，足以令人叹为观止。正合东汉隶书“一碑一奇，莫有同者”之说，新出土的新品，保存极为完好，清晰逼真，没有太多的风化剥蚀，给我们带来了一个新的面貌、新的书风与品格，值得去学习临摹。下面我就临习此碑的用笔、结体等技法问题，作一浅析。值此说明的是，附图拓片一与拓片二，前者有纵横格线，后者无，实非同一时间所拓，为临摹方便，笔者在例图拓片二上采用集字方式呈现：

一、用笔

点画大多为“雨滴点”，即裹锋圆起，出锋提收，如“然”“河”“赤”“无”等字。

横画有的平直，方中寓圆，以方为主，如附图中的“天”“年”“东”“南”“长”等字的横画，起笔藏锋入纸，在往下作顿按时带出方意，行笔行中有留，注重力度与质感的表现力，笔至尾部应回锋而顿收，略呈两头粗中间细之状。

波横大多是主笔画，微向上弯，弧度有的柔顺畅达，有的平直方劲，波尾有的含而不露，方中有圆，呈上翘之势。蚕头亦用方笔而书，不故作垂露之态。有的波尾很夸张，棱角分明。

竖画的临写与平直的横画同，大多短小方正。像“年”“布”“下”等字的竖画，用笔粗壮，提按之迹明晰，由于收锋顿按用力，呈上细下粗之姿。

撇画的用笔很爽直拙厚，笔锋送到尾端，但无上翘做钩之状，如“孝”“友”“布”“变”等字之撇，斜直平稳自然。

捺画有的起笔细小，收笔出锋，波脚夸大，呈尖削之状，如“举”“东”等字。有的捺画圆润浑厚，波脚平稳，自然过渡。有的挑捺带有一定的弧度，一波三折，神采丰满，拙厚逸宕。

碑文中的转折，以方折居多，如“百”“四”“里”“东”“南”等字的转折，用笔皆为提锋暗转，横平竖直，典型的方折貌。有些圆转折，仍富含方意，如“守”“梁”等字的圆转，用笔应是调锋暗过，呈圆后之方的意趣。

二、结体

《肥致碑》的结体以扁方及方形为主。有飘逸舒展之势，但无开张奔放之态。每个字都在一个基本的框架内展现自己，敛与放高度统一。如“东”“大”“长”等字，撇捺的宽度基本与横画的宽度一致，尽管它很灵动奔放，左舒右拓，但它没有超越那个无形的方形范围。因而整篇作品气势方正肃穆，端庄停匀。此外,《肥致碑》还恪守“蚕不双卧，燕不双飞”的原则，结体谨严。有一点可谓是《肥致碑》的独到之处，那就是把飞动敛劲与稚姿憨态一对矛盾的风格融会在碑文之中，如“字”字，上方相当宽大疏朗，下方“子”部，如低头观脚，短腿短足，呈稚气十足之状。“气”字，不仅四点平稳匀称，毫不浮躁，而且“米”部上方横平竖直，不带弯钩。而“公”字上方的两点，飞动灵活且奇险无比。此外，“化”字的圆势，“赐”字的斜势，“为”“马”“号”等字的殷殷憨态，生趣远出，这些微妙丰富的变化，使作品灵动耐看而有深度。最后，建议临习者使用长锋羊毫或健毫毛笔临习碑文。

创作《肥致碑》笔意隶书书法，笔者选择了自撰诗《南京中山码头即景》一首为内容："群轮泊岸大江横，何处长鸣笛几声。惊起黄昏巢外鸟，斜空直下浪前行。"南京中山码头，面对浩瀚的长江，夕阳西下，鸥行船前，风光无限。28 字书写在六尺整幅宣纸上，叠好格子，纵向五行，横向六列，留下二列空地作落款钤印之用。通过临摹我掌握了《肥致碑》的线条及结体特点，所以创作时完全可以背帖而书，正所谓书从心出，手到笔到，随手发挥，写出《肥致碑》的特色即可。

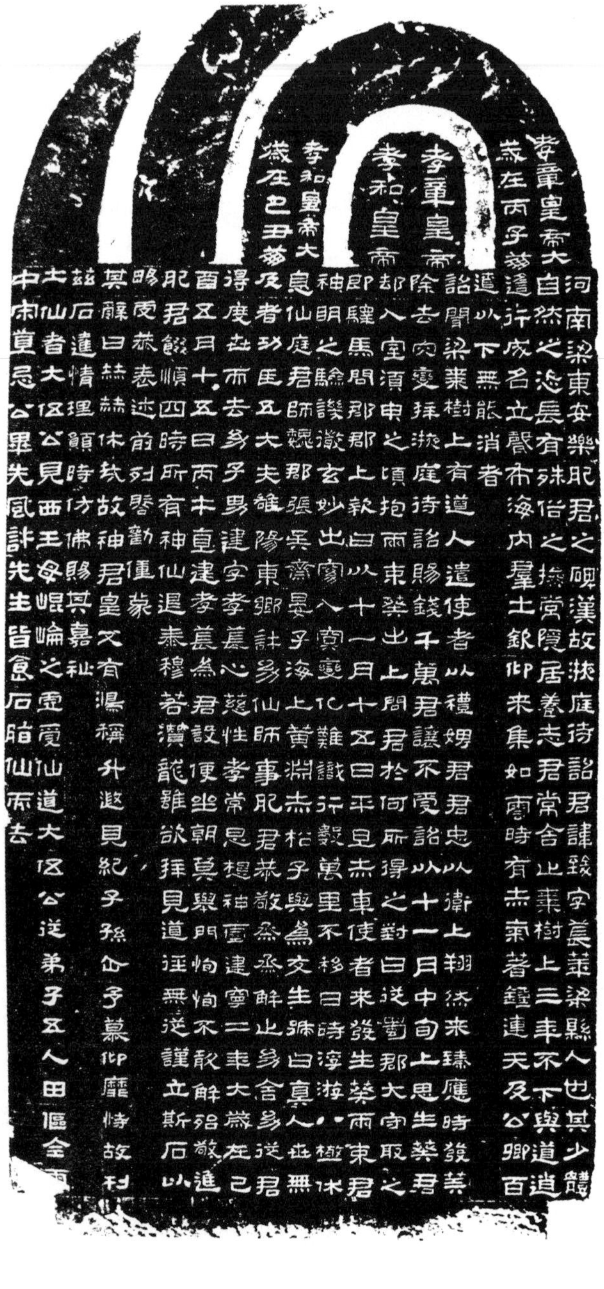

《肥致碑》

《肥致碑》碑文

河南梁东安乐肥君之碑。汉故掖庭待诏君讳致，字苌华，梁县人也。其少体自然之恣，长有殊俗之操，常隐居养志。君常舍止枣树上，三年不下，与道逍遥，行成名立，声布海内，群士钦仰，来集如云。时有赤气著钟连天，及公卿百辽以下，无能消者。

诏闻梁枣树上有道人，遣使者以礼娉君。君忠以卫上，翔然来臻，应时发算，除去灾变。拜掖庭待诏，赐钱千万，君让不受。诏以十一月中旬，上思生葵。君却入室，须臾之顷，抱两束葵出，上问：君于何所得之？对曰：从蜀郡大守取之。即驿马问郡。郡上报曰：以十一月十五日平旦，赤车使者来发生葵两束。君神明之验，讥彻玄妙，出窈入冥，变化难识，行数万里不移日时。浮游八极，休息仙庭。君师魏郡张吴斋、晏子、海上黄渊，赤松子与为友生，号曰真人，世无及者。功臣五大夫雒阳东乡许幼仙，师事肥君，恭敬，烝烝解止幼舍。幼从君得度世而去。幼子男建，字孝苌，心慈性孝，常思想神灵。建宁二年大岁在己酉五月十五日丙午直建，孝苌为君设便坐，朝莫举门，恂恂不敢解殆，敬进肥君，餟顺四时所有，神仙退泰，穆若潢龙，虽欲拜见，道径无从，谨立斯石，以畅虔恭，表述前列，启劝僮蒙。

其辞曰：赫赫休哉，故神君皇，又有鸿称，升遐见纪，子孙企予，慕仰靡恃，故刊兹石达情理。愿时仿佛，赐其嘉祉。

土仙者，大伍公，见西王母昆仑之虚。受仙道，大伍公从弟子五人，田伛、全□中、宋直忌公、毕先风许先生，皆食石脂仙而去。

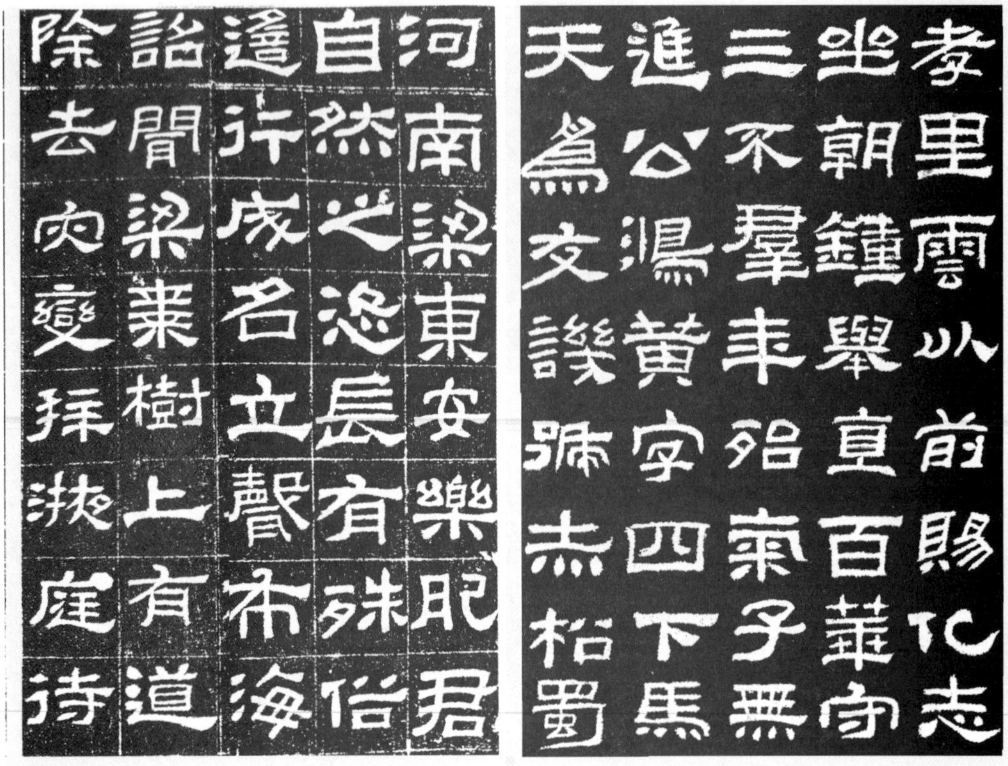

《肥致碑》拓片一（局部）

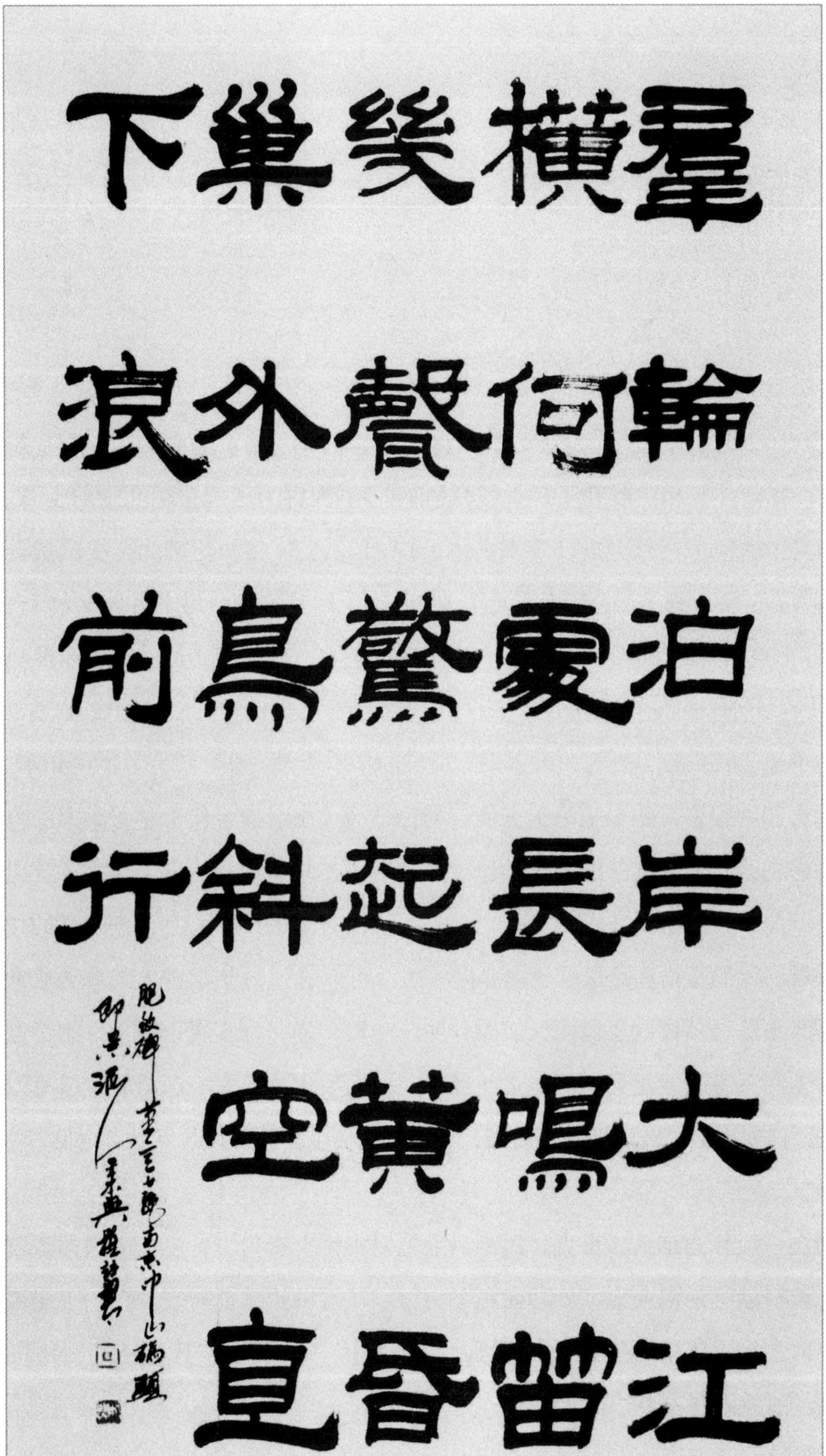
羣輪泊岸大江
橫何處長鳴笛
幾聲驚起黃昏
巢外鳥斜空直
下浪前行

七言绝句《南京中山码头即景》王本兴撰并书

《肥致碑》笔意

群轮泊岸大江横，何处长鸣笛几声。

惊起黄昏巢外鸟，斜空直下浪前行。

史晨碑

《史晨碑》为汉代名碑之一，分前碑和后碑，两碑同刻一石。前碑为《鲁相史晨祀孔子奏铭》，亦称《鲁相史晨孔子碑》《史晨前碑》。内容为记载祭祀孔子的奏章，东汉建宁二年（169年）三月刻立，隶书书体，17行，行36字。后碑为《史晨飨孔庙碑》，通常称《史晨后碑》，东汉建宁元年（168年）四月刻立。隶书书体，14行，行36字，内容记载飨孔的盛况。碑高233.33厘米，宽113.33厘米，原碑在山东曲阜孔庙内。

前后碑的书风比较一致，当为一人手书。最早的拓本应是"秋"字完好的明拓本。目前市场上的影印本很多，购买临习很方便。当你选择《史晨碑》作为学习隶书的范本时，就要意识到，孔子儒家学派的美学思想，特别庄严规矩而有法度，特别正统典雅，此碑要置于曲阜孔庙这样庄重的圣洁之地，当初书丹者的严肃心态，刻凿者的技艺水准，以及对书风的定格和品位的要求非同一般。可以看到，《史晨碑》的章法非常温文和谐，不激不厉，结体端庄遒丽，波磔分明，法度严谨，确实属于庙堂巨制。也有人称之为"馆阁"隶书，足见它的华贵与经典。因而要求临习者心态清静，摒绝万念，心正笔正，规规矩矩，按法度秉笔而书，下面就如何临写此碑提几点参考意见：

一、横画

非主笔横画一般较为细劲、平直、短小。毛笔以中锋上提为主，主笔横画大多较为粗壮浑厚。波横起笔逆向左上，旋即向左下斜行，接着翻折调锋向右运行，中途稍带提锋，收尾时稍用力下按，乘势写出燕尾，如例图中"河""时""首""上"等字的横画，呈典型的蚕头燕尾之状。

二、竖画

大多平直方正，但有粗细之分，有的呈两头粗中间细，如"讳""校""拜"等字的竖画，凡方“口”部首左右的竖画，基本都竖而不直，不是向里歪斜，就是带弯曲之状，如“相”“晨”“伯”“臣”等字。

三、撇捺

起笔细圆遒劲，向下运行时逐渐加强按力，最后回锋圆收，如“史”“晨”“拜”“君”等字的撇画，很自然而富有弹性。

四、捺画

起笔亦细圆遒劲，尖锋逆起，旋即重按毛笔，乘势上收写出波尾，如“长”“晨”“史”“越”等字的捺画，无比峻洁优美，尤具楷捺之姿，写得很有气势与动感。

五、点画

瘦细短小，然很老辣质朴，且不雷同，如“河”“谦”等字的点笔即有此特点。“时”“尉”寸部的点画，回锋转而上提，笔意犹重。

六、结体

中宫严密方满，端庄平稳，文字呈长方、正方、扁方三种形态。撇捺大都呈左右对称伸展，其弧度又长又大，似大鹏展翅，翩翩自得，具有带夸张的装饰美，风神逸宕。但也有一些左敛右展的结体，如“元”“长”“书”“越”等字，左面呈收敛状，右面却极尽舒展，一擒一纵，不落俗套，别具新意。左右结构的文字保持一定的宽松距离，如“河”“讳”“尉”“谦”等字，左右拉开并不十分靠紧。如果说“晨”“史”等字是上窄下宽，以下托上的话，那么“罪”“字”“尚”等字，则是下窄上宽，呈以上抢下之势。文字结体中的转折，大多呈方折，如“宁”字的盖头，“尚”字的口部，“书”字的日部，都平方正直。

七、用笔特点

其一，方圆并重。如“臣”字的波横，切锋逆入，落笔峻削，波尾棱凛露锋，方劲为主，而上方的横画，回锋圆收。“晨”字底部的短竖短挑，有用一弯钩，有用暗过方折一笔写成。方与圆互相衬托，特有生趣。

其二，刀笔并重。此碑刻凿精良，全碑约 900 字，字径 3 厘米。细者如毫发，粗者宽厚无比，刀凿切痕非常明显，富有金石味，但又充满笔意，从线条质量上看，尤见米芾所说的“无垂不缩，无往不收”的衄锋意韵。

其三，趣韵并重。如例图中“史”字，“口”字底横不封死，分两笔写成，“河”字的口部左竖写成斜撇式，似简帛中的笔意，“年”字中的短竖用横代替，“尉”字中的竖画用点代替，变化多端，妙趣横生，内含丰富。故而历代书家推崇备至。总之，临习《史晨碑》，除掌握技法与特点外，还需要一丝不苟的精神。

附图中郑簠的隶书书法贺铸词《浣溪沙》，参以诸多汉体而成，但主要是以《史晨碑》为基础进行创作书写。郑簠（1622—1693）字汝器，号谷口、谷口农，江苏上元（今南京）人。能医，康熙十五年（1676年）到北京行医，朱彝尊赠以长歌。康熙二十年（1681年）在南京与王概、王蓍补得《天发神谶碑》30字，著《天发神谶碑补考》。工隶书，学汉碑三十余年，间参草法，为一时名手。《湛园题跋》有云："谷口晚书奇变，殆是游刃之余，未有舍规矩而能成巧者也。"《枕经堂金石书画题跋》有云："谷口山人专精此体，足以名家，当其移步换形，觉古趣可挹。至于联扁大书，则又笔墨俱化为烟云矣。""本朝习此体者甚众，而天分与学力俱至，则推上元郑汝器、同邑邓顽伯。汝器戈撇参以《曹全碑》，故沉着而兼飞舞。"可知郑簠隶书作品，主习《史晨碑》，灵活应用《曹全碑》，移步换形，沉着飞舞，夸张撇捺，粗看起来似乎飘浮缺乏古拙神韵，然笔法较唐分则稍纵，依然是汉律风范，尚不伤雅而别具一格。换言之他的作品则为抛开原帖，以意为魂，自由书写创作。这正是我们所追求的创作方法。

笔者在不断临摹、体验、总结的实践中认识到，《史晨碑》在用笔上与《曹全碑》比较接近。一波三折，精细工整，其笔画圆秀典雅，端庄，自然可爱。波挑委婉绵缠，姿态动人。且结体平正，注重法度，而它的整体布白疏朗明快。字与字之间，行与行之间，留有充分的间隔，间隔间也很讲究呼应，如果不注意这些特点，临习便很容易落入平俗。"江南梅雨细而稠，慈母捋桑十里沟。翘首门前儿盼急，带回桑葚解馋喉。"系笔者自撰诗一首，儿时曾记家中养了蚕，黄梅雨季，父母还得冒雨下田，捋叶剪桑，我只得守在家门口，盼望父母早归，多带桑葚，常常吃得满嘴通红，紫液横流，此情此景，恍惚如昨，作此绝句，以感其怀。并于此借助《史晨碑》笔意创作书写而成。力求遗貌取神，以意挥毫，形式上作了一些调整与变化，采用大红宣纸，中间粘贴窄小的一条白色宣纸，并把款文布白在中间的白色宣纸上，这样比较新颖亮丽，引人注目。

建寧二年三
月癸卯朔七
日己酉魯相
臣晨長史臣
頋首死罪以建寧
闕臣以建寧

尚書臣晨頋
首頋首死罪上
死罪臣叩
頋首死罪
息前叩
思惟
軼稷

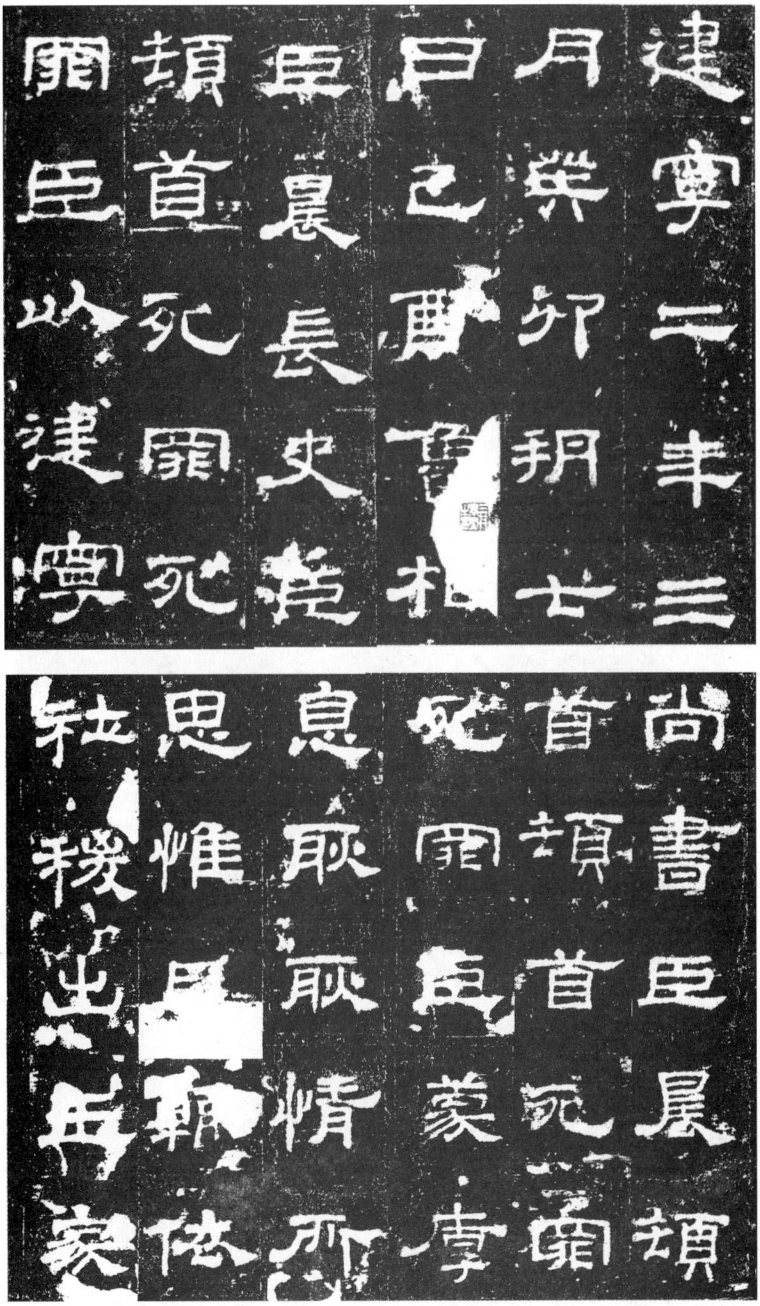

《史晨前碑》局部

《史晨前碑》

《史晨前碑》碑文

建宁二年三月癸卯朔七日己酉，鲁相臣晨，长史臣谦顿首死罪。上

尚书：臣晨顿首顿首，死罪死罪。臣蒙厚恩，受任符守，得在奎娄，周孔旧寓，不能阐弘德政，恢崇壹变，夙夜忧怖，累息屏营。臣晨顿首顿首，死罪死罪。臣以建宁元年到官，行秋飨，饮酒畔宫，毕，复礼孔子宅，拜谒神坐，仰瞻榱桷，俯视几筵，灵所冯依，肃肃犹存，而无公出酒脯之祠，臣即自以奉钱，修上案食醊具，以叙小节，不敢空谒。臣伏念孔子，乾坤所挺，西狩获麟，为汉制作，故《孝经援神挈》曰：玄丘制命帝卯行。又《尚书·考灵耀》曰：丘生仓际，触期稽度为赤制。故作《春秋》，以明文命。缀纪撰书，修定礼义。臣以为素王稽古，德亚皇代。虽有褒成世享之封，四时来祭，毕即归国。臣伏见临璧雍日，祠孔子以大牢，长吏备爵，所以尊先师重教化也。夫封土为社，立稷而祀，皆为百姓兴利除害，以祈丰穰，《月令》祀百辟卿士有益于民。矧乃孔子，玄德焕炳，光于上下。而本国旧居，复礼之日，阙而不祀，诚

朝廷圣恩所宜特加，臣寝息耿耿，情所思惟。臣辄依社稷出王家谷春秋行礼，以共烟祀。余胙赐先生执事。臣晨顿首顿首，死罪死罪。臣尽力思惟庶政，报称为效，增异辄上。臣晨诚惶诚恐，顿首顿首，死罪死罪。上

尚书。　时副言大傅、大尉、司徒、司空、大司农府治所部从事。

昔在仲尼，汁光之精，大帝所挺，颜母毓灵，承敝遭衰，黑不代仓，周流应聘，叹凤不臻。自卫反鲁，养徒三千。获麟趣作，端门见征，血书著纪，黄玉韷应。主为汉制，道审可行。乃作《春秋》，复演《孝经》。删定《六艺》，象与天谈。钩《河》擿《雒》，却揆未然。魏魏荡荡，与乾比崇。

《史晨后碑》

《史晨后碑》碑文

相河南史君讳晨字伯时，从越骑校尉拜，建宁元年四月十一日戊子到官，乃以令日拜谒孔子，望见阙观，式路虔跽，既至升堂，屏气拜手。祗肃屑僾，仿佛若在。依依旧宅，神之所安。春秋复礼，稽度玄灵；而无公出享献之荐，钦因春飨，导物嘉会，述修壁雍，社稷品制。即上尚书，参以符验。乃敢承祀，余胙赋赐。刊石勒铭，并列本奏。大汉延期，弥历亿万。

时长史庐江舒李谦敬让，五官掾鲁孔畅，功曹史孔淮，户曹掾薛东门荣，史文阳马琮，守庙百石孔赞，副掾孔纲，故尚书孔立元世，河东大守孔彪元上，处士孔褒文礼，皆会庙堂，国县员冗，吏无大小，空府竭寺，咸俾来观。并畔官文学先生、执事诸弟子，合九百七人，雅歌吹笙，考之六律，八音克谐，荡邪反正，奉爵称寿，相乐终日。于穆肃雍，上下蒙福，长享利贞，与天无极。

史君飨后，部史仇誧，县吏刘耽等，补完里中道之周左墙垣坏决，作屋涂色，修通大沟，西流里外，南注城池。恐县吏敛民，侵扰百姓，自以城池道濡麦给令，还所敛民钱材。

史君念孔渎颜母井去市辽远，百姓酤买，不能得香酒美肉，于昌平亭下立会市，因彼左右，咸所愿乐。

又敕：渎井，复民饬治，桐车马于渎上，东行道，表南北，各种一行梓。

假夫子冢颜母开舍及鲁公冢守吏凡四人，月与佐除。

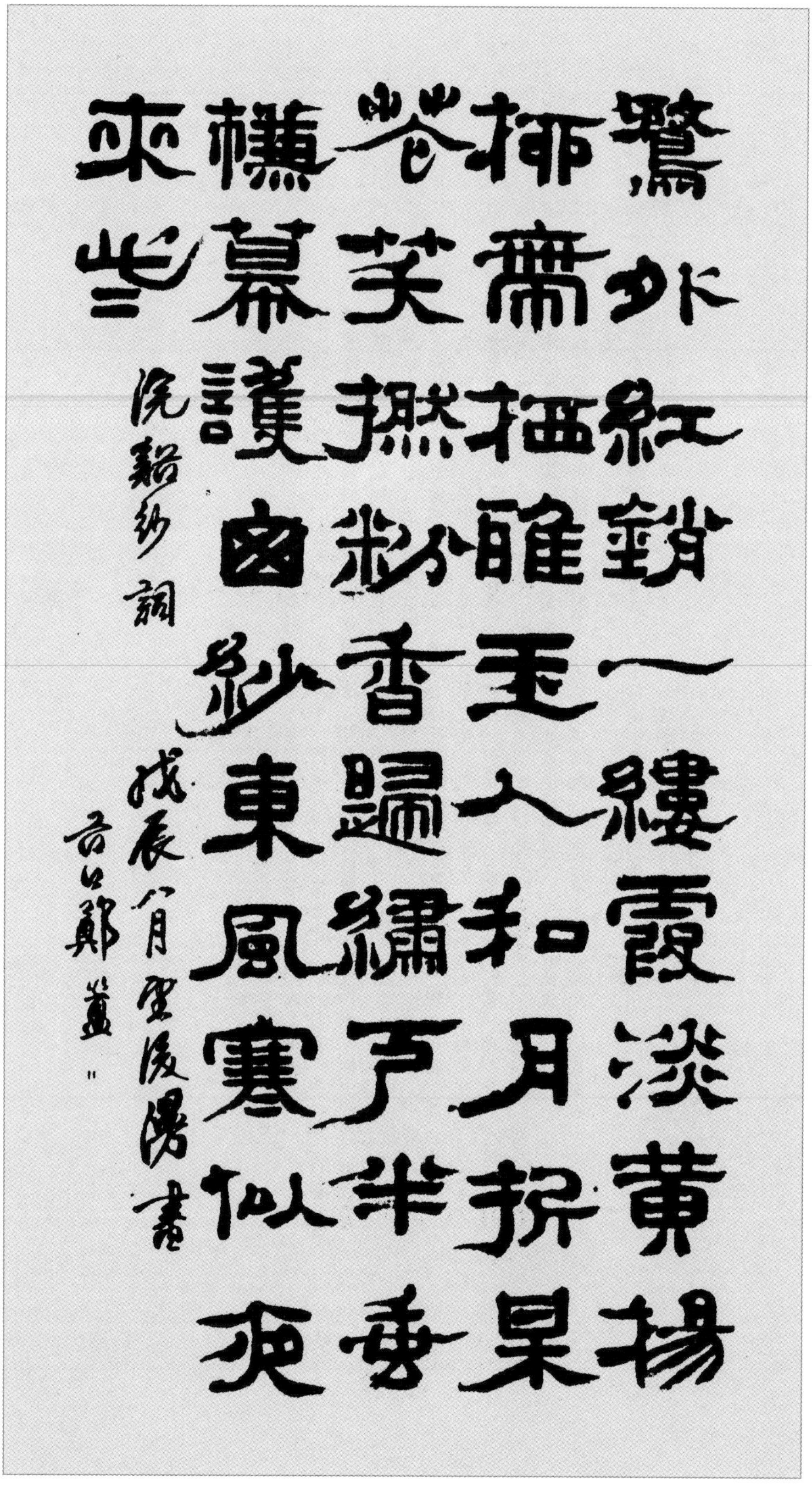
鷺外紅綃一縷霞淡黃楊
柳帶棲鴉玉人和月摘梅
花笑撚粉香歸洞户更垂
簾幕護窗紗東風寒似夜
來些

贺铸词《浣溪沙》　清　郑簠书
《史晨碑》笔意

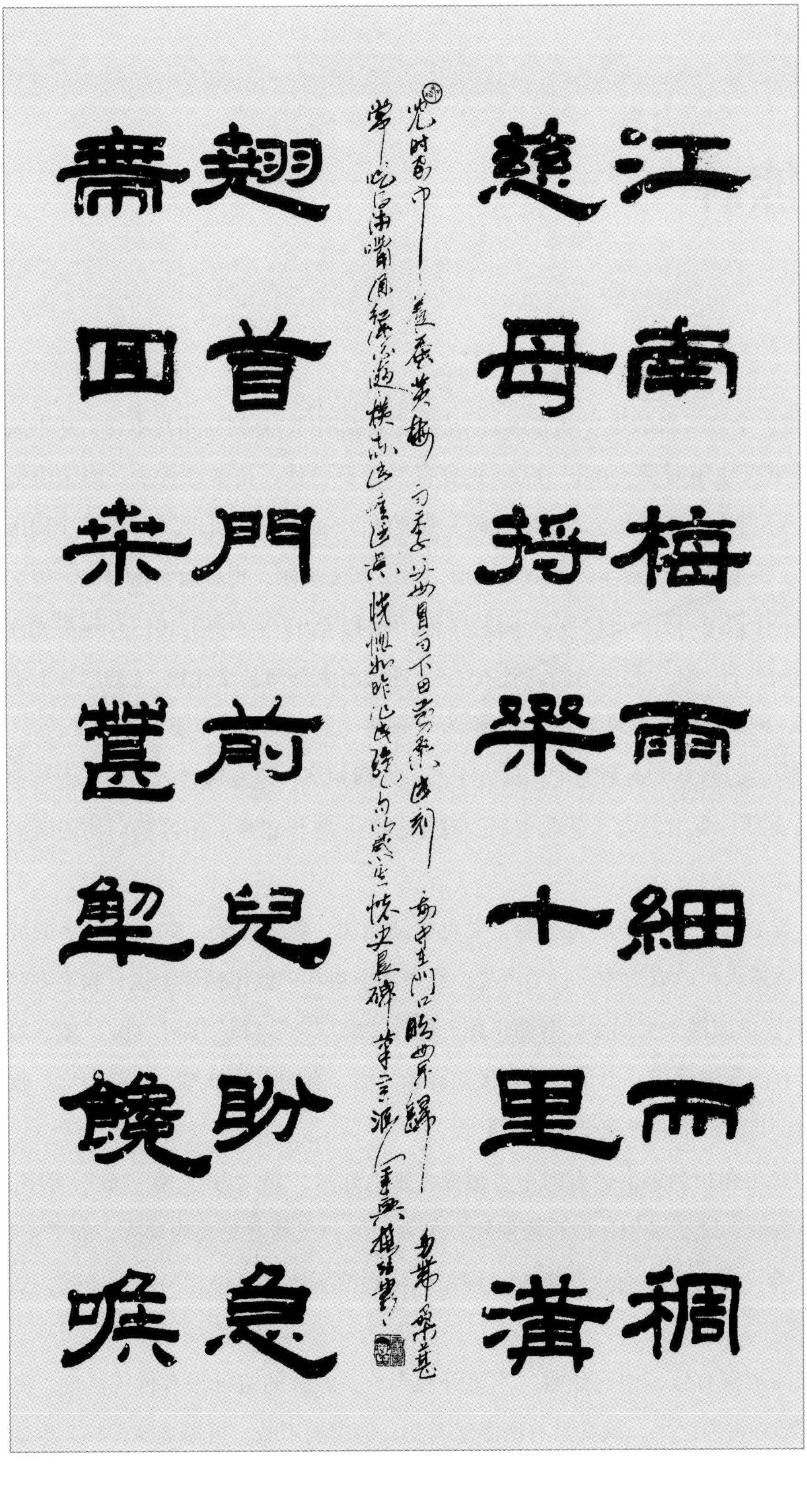

七言绝句《母亲雨中采桑》王本兴撰并书

《史晨碑》笔意

江南梅雨细而稠，慈母捋桑十里沟。

翘首门前儿盼急，带回桑葚解馋喉。

刘熊碑

《刘熊碑》全称《汉酸枣令刘熊碑》，又称《刘孟阳碑》。刻立年月不详，从书风看，应当是东汉建宁时期（168—172）的作品。原石已佚，拓本亦稀少。南宋洪适《隶释》详记了碑文。传世的全本《刘熊碑》有两件：一是清刘鹗旧藏本，现藏中国历史博物馆；二是范懋政旧藏本，经剪裱成册，后又恢复整幅，现藏故宫博物院。碑文分上下两段，上段15行，行12字，下段23行，行15至17字不等。1915年顾燮光在河南访得碑阴残石一块，存文8行，计63字，现藏河南延津县文化馆。《刘熊碑》书风典雅流畅，刚劲遒丽，是隶书碑帖中的佳品。现将《刘熊碑》临习要点介绍如下：

《刘熊碑》的笔画以圆劲为主，寓方于圆，方圆相济，笔意婉转遒劲。竖画与平横写得形质古拙，骨力内含，忽收忽纵，忽重忽轻，忽长忽短，俯仰势向均因字而异，随字而变。

波横、撇、捺是隶书中的主笔画，尤见生动活泼、飘逸多姿。如“子”字的波横，起笔藏锋逆入，以方为主，行笔沉凝，线条浑厚粗壮，波尾顿笔上提，收笔方劲峻峭。“而”字的波横头大尾小，含而不露。再看“取”“今”“民”“后”“欣”“咸”等字的捺笔，有的前细后粗，出角露锋，极为圆畅流丽，有的平直拙厚，粗细匀称，收笔藏锋圆收，与前者呈两种完全不同的形貌。

撇画的变化亦相当丰富，有的平直短促，张力外露，如“为”“相”“欣”等字。有的则大曲大弯，既长又粗，似长霞散绮，吴带当风，飞动之美尤为动人，如“子”“君”“更”“今”等字。还有一些撇画也许是风化剥蚀所致，显得相当瘦细遒劲，如“人”“炎”等字。

此碑结体疏密有致，中宫敛收，主笔舒展奔放，点画的组合很有传统法度，寓刚劲峻雅于拙朴古厚之中。碑文虽有所漫漶剥泐，但趣韵不减，更显老辣浑朴，生动多姿。如“后”字，以圆劲取胜，左撇右捺特具“八分”之意，其点画线条既纵放舒展，又呈紧促敛收之状，其丰富的弹性与张力外露了一部分，也控制内藏了一部分，这样的体势在碑中很多见。再如“为”字，上部形态尖削高耸，势如岱锋，下部宽博无比，点画全部撑开，形成了磐石一般的稳重宽博的主体。“而”字富有别趣，从左至右，无论横竖，由粗向细、由重到轻缓缓过渡，笔笔形态都各展其姿，不尽相同。由此可见,《刘熊碑》的结体，在天人合一的作用下，气息浑朴，别具一格，其临习意义与价值也就非同一般。

《刘熊碑》诸多方面与东汉建宁二年（169 年）的《史晨碑》，熹平二年（173 年）的《熹平残碑》以及《武荣碑》《乙瑛碑》有相近类通之处，可参照同时临习，以便触类旁通，获益更丰。

笔者自拟《刘熊碑》笔意创作隶书作品“水唯善下能成海，山不争高自极天”，用纯羊毫长锋毛笔书写，笔画皆逆入回出，使用传统笔法，长横画有的是平直走向，有的带有波磔燕尾。有些较为细弱的笔画则顺锋顺势起讫。有两个要点我们必须在书写中把握好：其一，无论横竖撇捺，在同一结体中要呈现出粗细反差的悬殊感，特别是左向的弯撇，一般写得较为细小；其二，带有方口形的部首一般较为方正匀称。笔者采用四尺宣纸对开作为斗方形式，联句共有 14 字，把纸纵横叠为四字格，留有两字的空地做落款用，谋篇布局都事先策划设计好，做到胸有成竹。

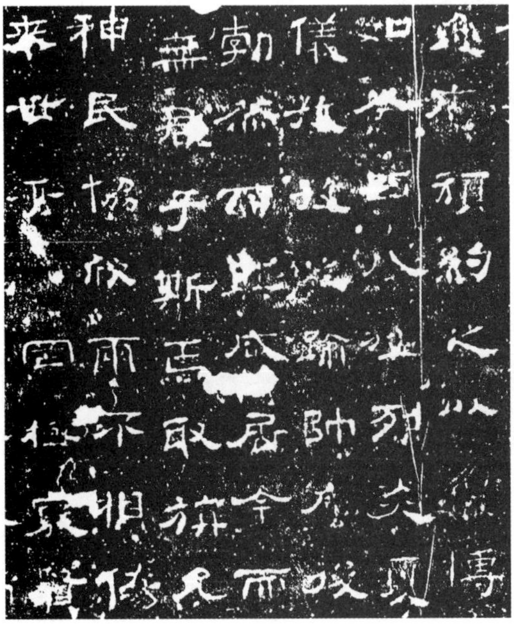

《刘熊碑》局部

《刘熊碑》顾燮光碑阴残石拓本

君讳熊字孟□□□□西
孙亭之分源而流枝叶扶
光武皇帝之玄广陵王之
柴守约履勤体圣心睿敦
宜京夏莫不师仰六藉五典
出省杨土流化南城政犹北辰
礼官赏进厉顽约之以礼博之
仁恩如冬日威猛烈炎夏贪
济济之仪孜孜之逾帅厉后学
素七业勃然而兴咸居今而
其人鲁无君子斯焉取旃允
载克成神民协欣雨不相伤
表诸来世垂之罔极褒贤
以卒为更愍念蒸民劳

《刘熊碑》刘鹗旧藏本

大帝垂精接感笃生圣明
爵列土封侯载德相继丕显
季子也诞生照明岐嶷逾绝长
兼古业核其妙行修言道□
练州郡卷舒委随忠贞□
有成来臻我邦循东□
慎徽五典勤恤民殷□
德惠潜流邕芳旁布尤愍县
风莫不响应悦诲日新砥□□
有所由处民之秉彝实我刘父
礼习聆匪徒丰学屡获有年□
在昔先民有作洪勋则甄盛□□
序在位量能授宜官无旷事□□□
造设门更富者不独逸乐贫者□□□
父吏民爱若慈父畏若神明□□□
乃相□咨度诹询采摭谣言刊□□
厥醇诞生岐嶷言协□□
一震天临保汉实生□
灵不傍人
涣乎成功□暇民豫
丰黔首歌颂

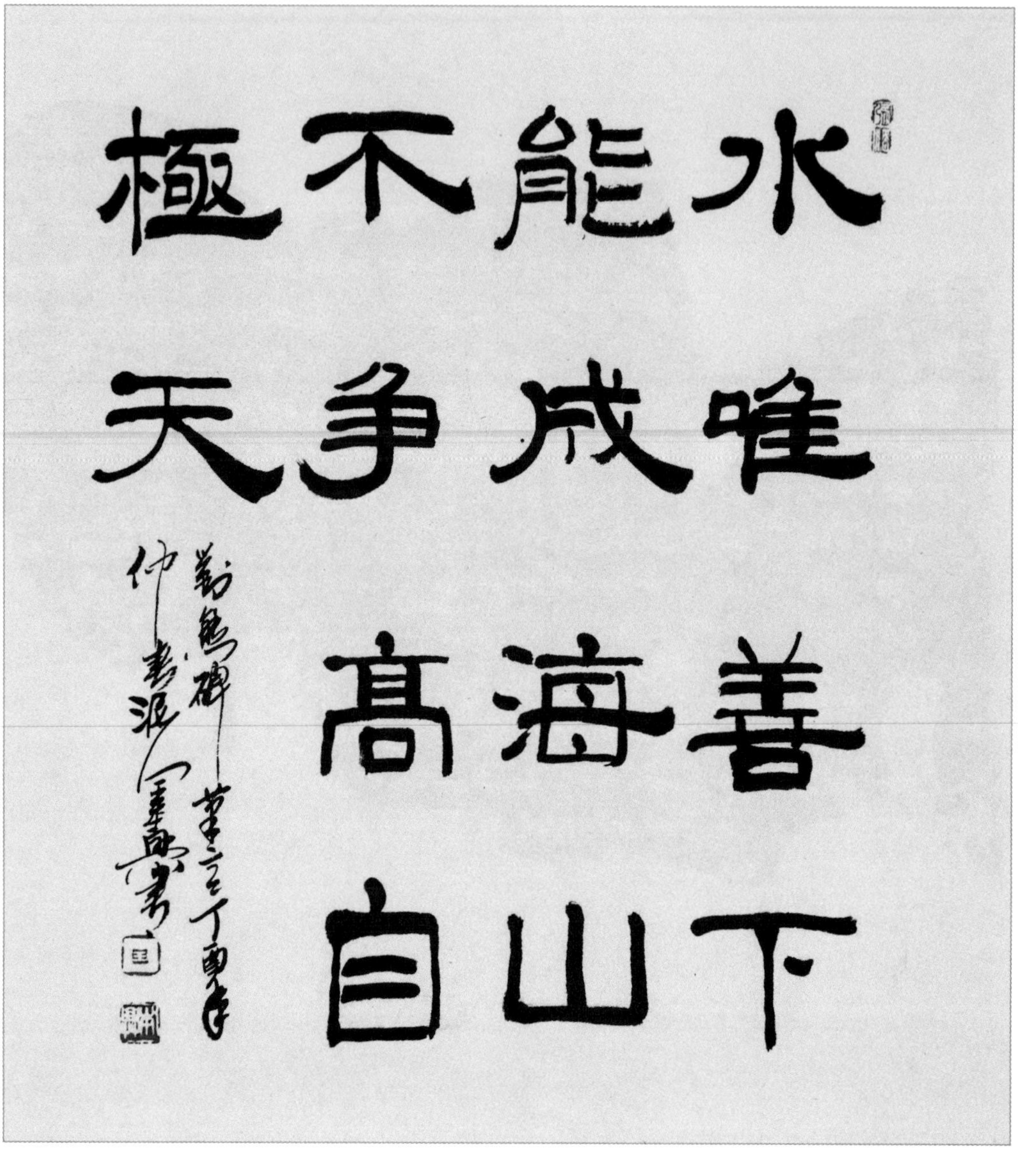

《刘熊碑》笔意　王本兴书

水唯善下能成海，
山不争高自极天。

武荣碑

《武荣碑》全称《汉故执金吾丞武君之碑》，立碑年月不详。按碑文当在东汉建宁时期（168—172），存10行，行31字，前为叙，后为铭。中界裁毕，虚其一半无文字。碑文有所风化剥泐，现存山东省济宁市博物馆。

碑文记武荣学优则仕及因桓帝驾崩悲痛过甚而逝等事。碑阴有清代人铭刻的文字，“张力臣第四次来题，子增桐、孙裒冉从行。道光廿一年七月，日照许翰补刻”“丁未四月，路腾奇到此一观”等。此碑隶书书体，古雅俊健，多姿多彩，很有艺术魅力。历来被书家推崇为汉隶佳碑和正宗。《武荣碑》明拓本首行“孝”字存末笔，“经论语”三字完好，“汉”字尚存。二行“学优则”等字未损。清康熙乾隆年间拓本，首行“孝经论语”下“汉”字泐。嘉庆道光年间拓本“孝”字末笔泐，“经”字左半已损以后损之更甚。现以清拓本为范例，将临习此碑基本技法分述如下：

一、写好平直的笔画

如图“大”“长”“和”“诗”等字，其横画和竖画都极为刚健挺拔，有的方起笔，有的圆起笔。收笔亦然，有的出锋露尖，有的驻笔平出，有的回锋圆收。无论何种起讫，均需藏锋逆入，裹锋涩行，走笔速度不宜太快，有提有按，平稳渐行。收笔不能一抬手或一提笔就完事，而要意到笔到，含而不露为好。

二、写好波捺曲笔

曲笔在全篇之中特具飞动秀逸之姿，如“史”“功”“从”“大”“子”等字，斜向的撇捺弧度较大，且极意舒展奔放，富有弹性与张力，亦富有装饰性的夸张之美。撇画的起笔稍粗重一些，中部笔力略上提，至收笔处再加重按力，大多回锋圆收。也有撇尾稍带钩意的，或恰似反掠的捺笔状，出角露锋。捺画的用笔关键在捺肚的形态上，收笔处顿笔下按，再往上提锋踢出，其波磔（如“从”字）圆劲粗大，气势雄强。波横的蚕头燕尾大多比较平稳，姿态飘逸优美。

三、写好转折与乙挑

此碑转折大多以方折为主，如“和”“官”“史”“君”“鲁”“韦”“事”等字，转折处表现得平正方直，有棱有角，表现突出，但有的转折呈脱肩式，如“煌”字，有的转折呈耸肩式，如“史”“鲁”等字。乙挑的写法是毛笔先往下竖（如“也”字），在转折处笔锋稍向上提，调正方向后，即用力下按，铺毫右行，最后顿笔出锋，写出波磔。

四、搭好架子布好白

搭好架子指写好文字间架结体，布好白指设置好点画的疏密距离。《武荣碑》的结体方圆兼备，刚柔相济。在方整沉稳，骨节开张，笔调活泼，布白庄重整肃方面，此碑有东汉延熹八年（165 年）《华山碑》的风神。在隶法严谨，疏密有致，收放自如，庙堂气韵方面，有《史晨碑》的特色。《武荣碑》的结体布白平稳端庄，方峻逸致，不急不火。如“功”，左右部首上下错落，彼此呼应。“学”字，上密下疏，很有韵律，“鲁”字，整个字势以敛为主，唯上方一撇，舒展奔放，这一放一收，妙趣横生。

概言之，此碑字形有大有小，有长有短，有方有扁，有粗壮有瘦劲，变化极为丰富。古人书刻娴熟的法度与技巧，加上天工风化剥泐，使《武荣碑》更苍劲拙厚，气韵更高古峻雅，这需要临习者深入进去，久品久临才能体悟到。

在临习《武荣碑》的作品方面，何绍基的临作较为著名，参见所附例图即为何氏临《武荣碑》之作，相比之下，与原碑反差悬殊，与《武荣碑》相去甚远。那么何氏在临《武荣碑》时，到底运用了怎样的笔法呢？其一，加大了笔画提按力度，使线条两侧出现了锯齿状的起伏与扭曲；其二，将结体中的横画，写成两头上翘中间向下弯曲的弯画；其三，将结体中的口字部，都写成上凹下凸式的模样；其四，大多数文字的结体，左边大于右边，形成右边向左边开放之状；其五，左右结构的文字，左右部首相隔都有一定的距离，有的甚至较远。如果把何绍基临习其他汉隶碑帖的作品，整体加以观照对比的话，那么你会发现，他的临习作品有诸多似曾相识的共同点，而原碑原帖在他的作品中只是有一点儿影子，这样也就可以肯定，他是用自己的写隶习惯与方法，参照所临碑帖的主要特点，在书写临摹，乃至创作隶书作品。故两者的反差悬殊，形貌不同，也就在情理之中。

笔者由此得到启发，临摹与创作不必拘泥于原碑原帖，重要的是掌握好本身的书写习惯与方法，作品才会有生气，有自己的变化与面貌。于是我选好创作内容：“济世菩提愿，利群俗子心”。取六尺宣纸对开裁成对联形式，用大号羊毫斗笔书写，用笔既平直又带婉转，波挑保持粗壮而有力度，且圆中寓方，微带上翘意趣，线条浑朴敦厚，结体可以参考原碑中“原、君、世、合、济、和、仰、府、悲、掾”等字，用自己的临习书写的习惯，挥洒自如，不计工拙，不计形似，只求格调与神韵。我想，凡喜爱隶书的人，都可作此有意义的尝试。

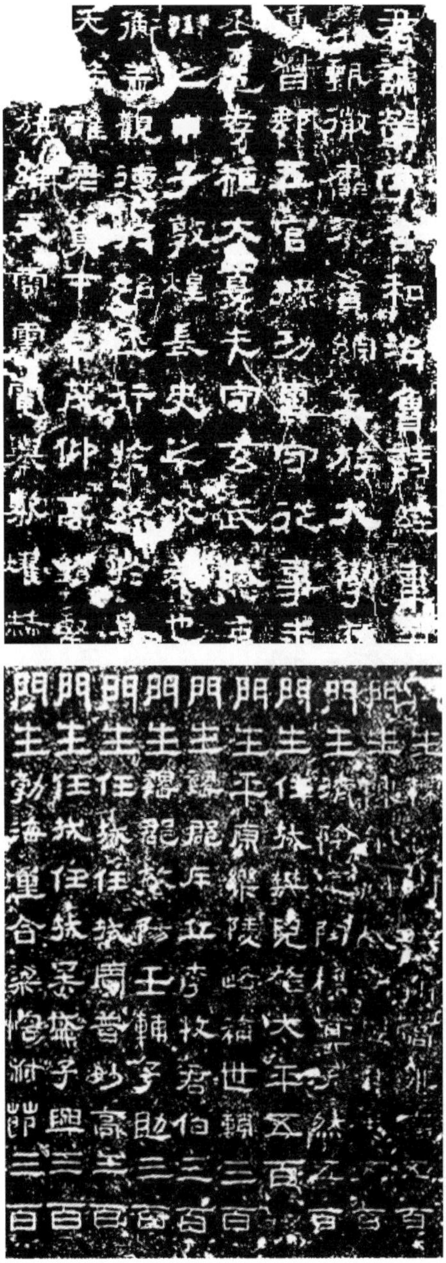

《武荣碑》局部

《武荣碑》碑文

君讳荣，字舍和。治鲁诗经韦君章句，阙帻传讲，□□□□□□□□□□学甄彻，靡不贯综。久斿大学，□然高厉。鲜于□□□□□□书佐、郡曹史、主簿、督邮、五官掾、功曹、守从事。年卅六，汝南蔡府君察□廉，□□郎中，迁执金吾丞。遭孝桓大忧，屯守玄武。戚哀悲恸，加遇害气，遭疾□□，□□□□。君即吴郡府卿之中子，敦煌长史之次弟也。廉孝□承，亦世载□。□忝□□，□□命□，□□□衡。盖观德于始，述行于终。于是刊□□铭，垂示□□。其□□：

天降雄彦，资才卓茂。仰高钻坚，允文允武。内干三署，外□师旅。□勒屯□，□□□□。□旗降天，雷震电举。敷耀赫□，陵惟哮虎。当遂股肱，□之元□。□□□□，□□□□。

痛乎我君，仁如不寿。爵不副德，位不称功。咸里伤怆，远近哀同。身没□□，□□□诵。

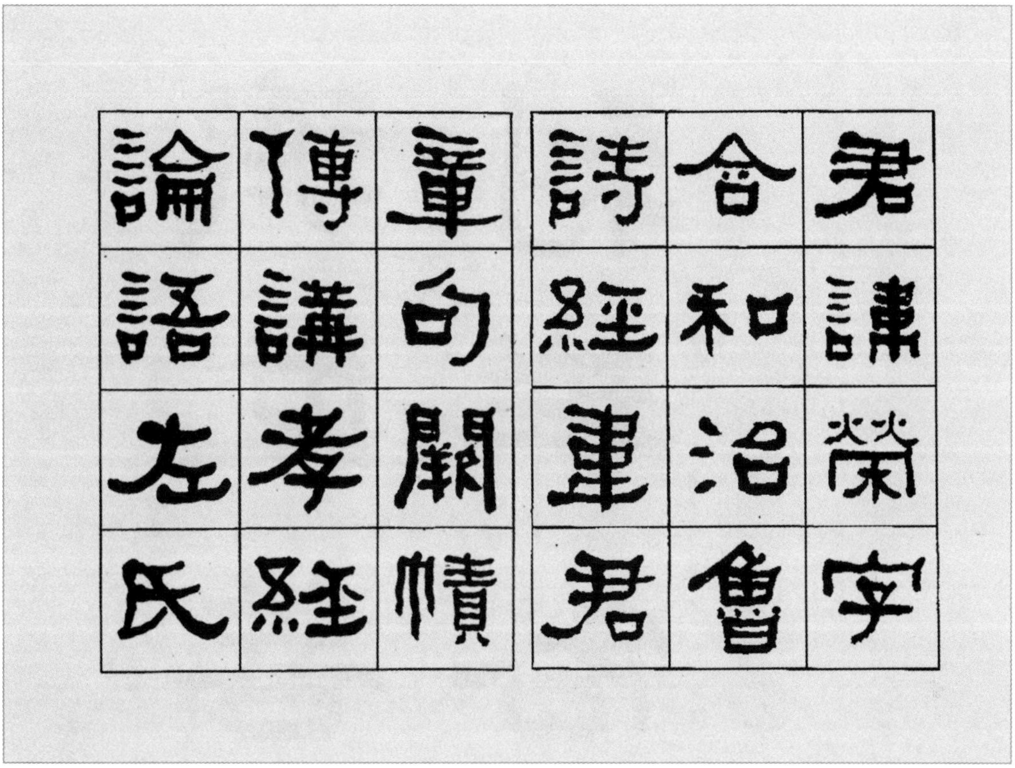

何绍基临《武荣碑》

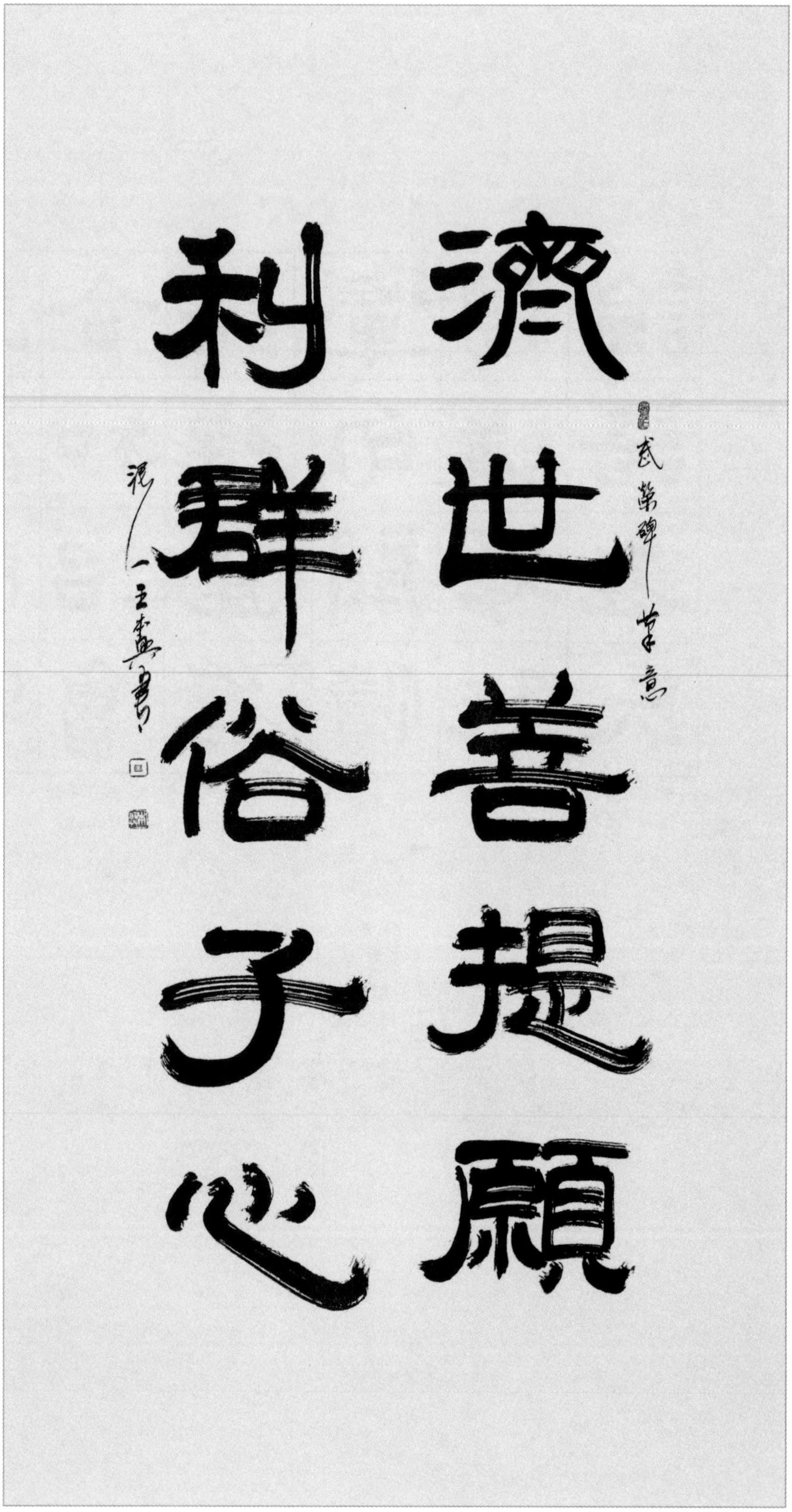

《武荣碑》笔意　王本兴书
济世菩提愿　利群俗子心

夏承碑

《夏承碑》全称《汉北海淳于长夏承碑》，也称《夏仲衮碑》。东汉灵帝建宁三年（170 年）六月刻立。碑主夏承，字仲兖，其祖、父及兄皆居显位。承有文德，累任县主簿、督邮、五官掾功曹，冀州从事等职，建宁三年（170 年）六月卒。据宋赵明诚《金石录》记载，碑在洺州（今河北省邯郸市永年区东南），宋哲宗元祐间（1086—l093），因治河堤得于土壤中。明成化十五年（1479 年），广平知府秦民悦发现此碑倒于府治后堂，就在堂之东隅建“爱古轩”把它遮盖起来。但碑的下半截 110 字，已为后人剜剔。明嘉靖二十二年（1543 年），因筑城为工匠所毁。两年以后，知府唐曜于漳川书院（紫山书院）取旧拓重刻一碑置亭中。今存河北永年区碑刻，原碑 14 行，行 27 字。重刻碑高 2.59 米，宽 1.24 米，文 13 行，行 35 字。额为阳文篆书，3 行 9 字。存世唯一比较可信的原石拓本，为明无锡华夏（号东沙）真赏斋本，缺 30 字。有翁方纲长跋，世称孤本。《夏承碑》为著名汉碑之一。以其结字奇特，隶篆夹杂，且多存篆籀笔意，骨气洞达，神采飞扬，自元王恽始定为蔡邕书，此后诸家多沿其说，故间有提出怀疑者，然实无确据。

姑不论书丹者为谁，历来书界对其书法有高度评价，此碑书体舒展奔放，改变了隶书一般扁方形的规律，而呈长方形，文字大小参差，精彩飞动，现将此碑基本笔画临写技法归结如下：

一、横画

平直的横画应逆入回出，笔力可前重后轻，前主圆，后主方。如例图中“金”“天”“燕”等字的横画。波横应藏锋左上落笔，斜向左下逆行，然后回锋向右推进，中部稍作提势，到捺脚处应用力按笔，顿而驻锋，徐徐挑出波势，如“告”“其”“泣”字的波横画，为典型的蚕头燕尾之状。

二、竖画

竖画基本有四种形态，参见笔画示意图，有头细尾粗、头粗尾小、头尾粗中间细及平直型等四种。书写时抢势逆锋入纸，由上而下，中锋涩行，粗壮处用按，纤细处用提，平稳沉着，起讫处要方圆并重，注意变化参见附图中的“惟”“辞”“勒”等字。

三、撇画

撇画和弯钩用笔及形态基本一致，故而放在一起描述。如“摧”“孤”字的钩画，“天”“佐”“忉”“金”“石”等字的撇画，落笔往左上取势，转锋偏右随弯而弯，再向左下推出，收笔时笔意上翘，笔锋到位，要写得圆劲浑厚，体现出《夏承碑》隶书独特的笔姿。有些撇画，收尾时似反向的捺笔，如“天”“金”“佐”等字的左撇，与右捺差别不大，呈“八分”意趣，起到了对称呼应与平衡作用。有些字的钩撇笔画，已类近了楷笔，这些丰富而微妙的变化，临习者在临写时要把握好并体现出来。

四、捺画

捺画的起笔尖圆，头部较细，如“丧”等字的捺画。向右下运行时迅速加大按力，捺处顿笔，向上提锋回收，其捺脚酷似楷捺。也有起笔粗重，腰部稍细的捺画。挑捺在《夏承碑》中很特别，它不是按照“竖”“弯”“捺”的程序写出，如“此”字，它将竖画竖到了底部，而挑捺从其旁边，另外起笔写出。大多数挑捺比较飘逸舒展，一波三折，风姿绰约，以纵取妍。

五、点画

点画即点笔,《夏承碑》的点笔写得很有动感与姿态。成三角形态的点笔，虽然棱角分明，但藏锋回收，均在法度之中。有些点画的用笔与挑、捺相同，只是这些笔画的缩形而已。“约”字的点，藏锋圆起出锋尖收笔，形似楷状。“之”字的点，露锋抢势入纸，带弯而下，然后迅速翻转向右挑出，这不仅是楷点的用笔，而且是楷点的形态，峻利遒劲，灵动活泼。

六、转折

转折见笔画示意图，方角平直的转折，毛笔在拐角处调锋，略作顿笔动作，再往下运行。丁字式的转折，可提锋向上作逆入之势，再下行。也可分横竖二笔写成。圆转折似篆书用笔，如“约”“咏”“勒”“孝”等字的某些部首，及“咏”字的方“口”正是“体参篆籀”，一派篆书韵味。有些方“口”与众不同，在书写左竖时，将毛笔扭曲一下，竖而不直，似一个“S”形，而它的左下角无比尖利，与右上角耸肩之方折，恰成对角呼应之状，如“曰”字。这种“S”形的笔致在其他文字中也有体现，如“道”“丧”“其”等字亦然，可谓新意别出，趣味无穷。

《夏承碑》原碑已毁坏，只能从现有的拓本及影印本，就字论字。纵览全碑书风，奇诡多姿，有形有趣，上承篆意，下启楷法，别具一格。具有篆、楷基础者临习此碑，会更有感觉和体会。初涉此碑的临习者，最好能结合临习一点儿正楷书体，对临习会更有帮助与促进。当然，书家见仁见智，对此碑历有褒贬，前有古人诫告，到此碑为止，不可再去用此“奇法”，否则易堕“魔道”。余以为这样的告诫，促进后学者变得更加认真谨慎，是大有补益的，但也不能停止不前，完全可以本着追求淳朴汉人气象的原则，以《夏承碑》的“奇法”融会贯通，这正是百花齐放的艺术精神。据传，米芾极为推崇此碑，还有诸多清代书家亦受此碑影响。说这些，笔者旨在鼓励临习《夏承碑》的同道，大胆地往前走，不要有何顾虑，下得苦功夫，终会得正果。

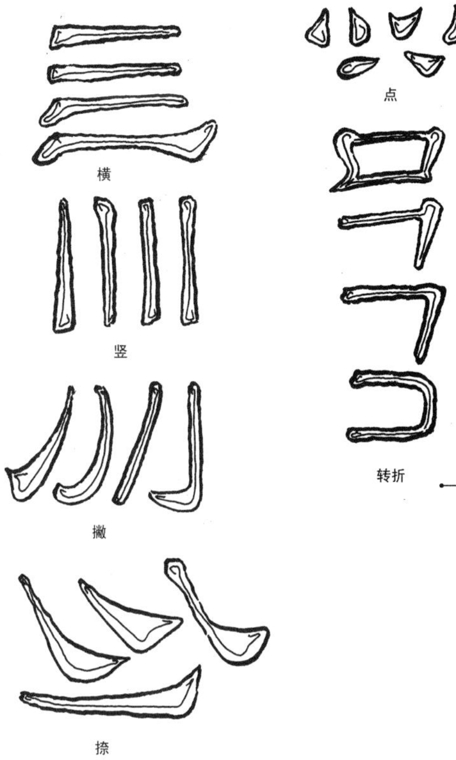

《夏承碑》笔画示意图

附图中宋珏的《夏承碑》笔意隶书作品可谓韵味横溢。宋珏（1576—1632）一名宋毂，字比玉，号荔枝仙、莆阳老人，福建莆田人，流落金陵（今南京），国子监生。工诗，与李流芳过从甚密。善画山水，出入二米及吴镇、黄公望而略有变化，风格简逸，笔墨雄秀不拘成法。人品高洁，诗情画笔名闻于时，钱谦益甚为称赏。善书，包世臣《艺舟双楫》谓其“八分及榜书能品上”。宋珏客死吴门，后归葬故里。观此隶书作品，线条沉着厚重，结字诡异多变，行笔轻重相间，其横画的波势、撇捺的提按，以及带扭曲状的竖画呈长方形体势的结体，俱为《夏承碑》笔致，较为准确地把握了《夏承碑》的疏朗端严的神韵，以及章法布白的宽宏灵动的仪态。正如钱谦益《列朝诗集》所谓：“珏善八分书，规摹《夏承碑》，苍老雄健，骨法斩然。”但作品中也注入了个人情趣与用笔习惯，如点画、转折方笔居多，横粗竖细的体势较为突出，结体由险劲走向端庄平稳等特色，既有汉隶的雄健，又有唐书的丰腴之美。

予在临摹的基础上进入创作时，选择了联句“自知性僻难谐俗，且喜身闲不属人”为内容，取六尺纵向对开宣纸，为把文字写得粗壮一些，用短锋羊毫笔书写，其中“知”“性”“僻”“难”“俗”“不”“人”等字尤见《夏承碑》点画与结体的意趣，同时在墨色上作了一些浓淡枯湿调整，信手而书，一气呵成，取笔墨凝重、端庄浑厚一路的格调。

《夏承碑》碑文

君讳承，字仲兖，东莱府君之孙，太尉掾之中子，右中郎将弟也。累叶牧守，印绂、典据十有余人，皆德任其位，名丰其爵。是故，宠禄传于历世，策熏著于王室。君钟其美，受性渊懿，含和履仁。治《诗》《尚书》，兼览群艺，靡不寻畅。州郡更请，屈己匡君。为主簿、督邮、五官掾、功曹、上计掾、守令、冀州从事，所在执宪，弹绳纠枉，忠洁清肃。进退以礼，允道笃爱。先人后己，克让有终，察孝不行。大傅胡公，歆其德美，旌招俯就。羔羊在公，四府归高，除淳于长。到官正席，流恩褒善，纠奸示恶，旬月化行，风俗改易，輶轩六戀，飞跃临津，不日则月。皓天不吊，歼此良人，年五十有六，建宁三年六月癸巳，淹疾卒官。呜呼痛哉！臣隶辟踊悲动，左右百姓，号咷若丧考妣。咳孤愤泣，忉怛伤摧，勒铭金石，惟以告哀。其辞曰：

于穆皇祖，天挺应期。佐时理物，绍纵先轨。积德勤约，燕于孙、子。君之群戚，并时繁祉。明明君德，令问不巳。高山景行，慕前贤列。庶同如兰，意愿未止。中遭冤夭，不终其纪。夙世實祚，早丧懿宝。抱器幽潜，永归蒿里。痛矣如之，行路感动。党魂有灵，垂后不朽。

君諱承字仲兗東萊府君之孫太尉掾之中子右中郎將弟也累葉牧
守印紱典據十有餘人皆德任其位名豐其爵是故寵祿傳于歷世策薰
著于王室君鍾其美受性淵懿含和履仁治詩尚書兼覽群藝靡不
尋暢州郡更請屈已匡君爲主簿督郵五官掾功曹上計掾守令冀州
從事所在執憲彈繩糾枉忠絜清肅進退以禮允道篤愛先人後己克
讓有終察孝不行大傅胡公歆其美旌招俯就羔羊在公四府歸高
除淳于長到官正席流恩襃善糾姦示惡旬月化行風俗改易軺軒六
轡飛躍臨津不日則月日天不弔殲此良人年五十有六建寧三年六
月癸巳淹疾卒官嗚呼哀哉臣隸辟踊悲動左右百姓號咷若喪考妣
孫憒泣忉怛傷摧勤金石惟以告哀其辭曰
於穆皇祖天挺應期佐時理物紹縱先軌積德勤紹燕于孫子君之群
感並時繁祉明明君德令問不已高山景行慕前賢列庶同如蘭意願
未世肇遭冤夭不終其紀夙世霣祉早喪懿寶抱器幽潛永歸蒿里痛
路感動黨魂有靈嘉後不朽

《夏承碑》

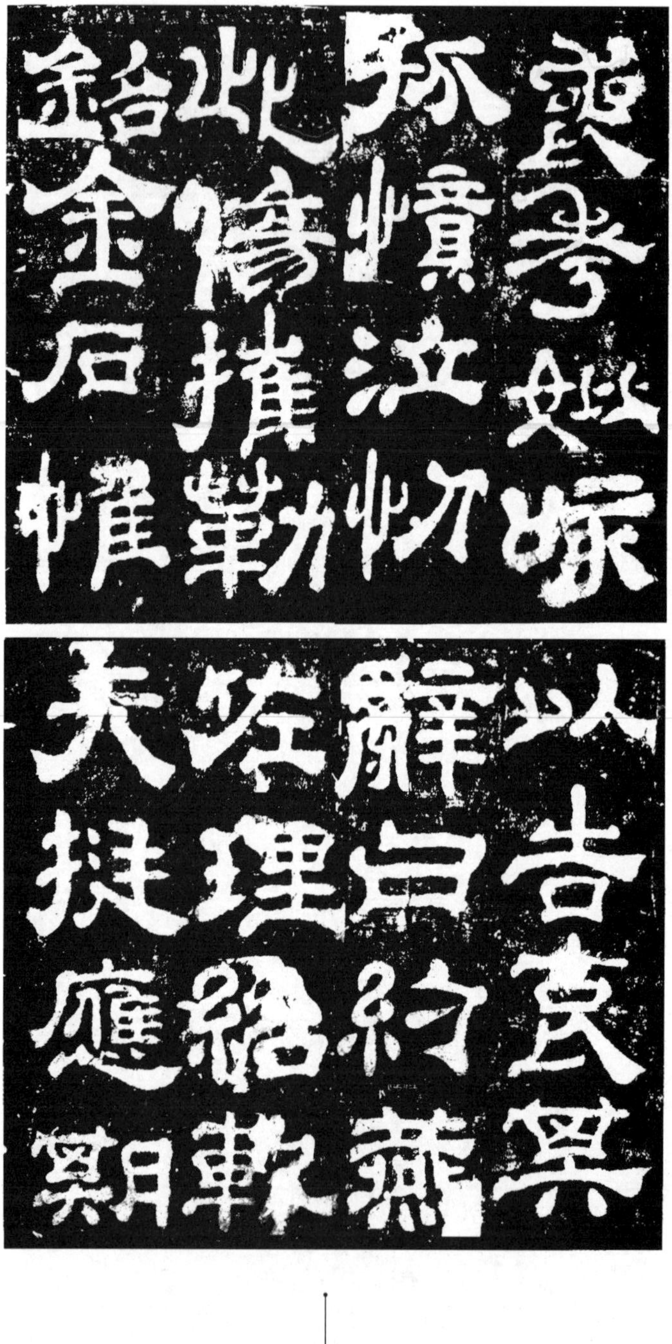

《夏承碑》局部

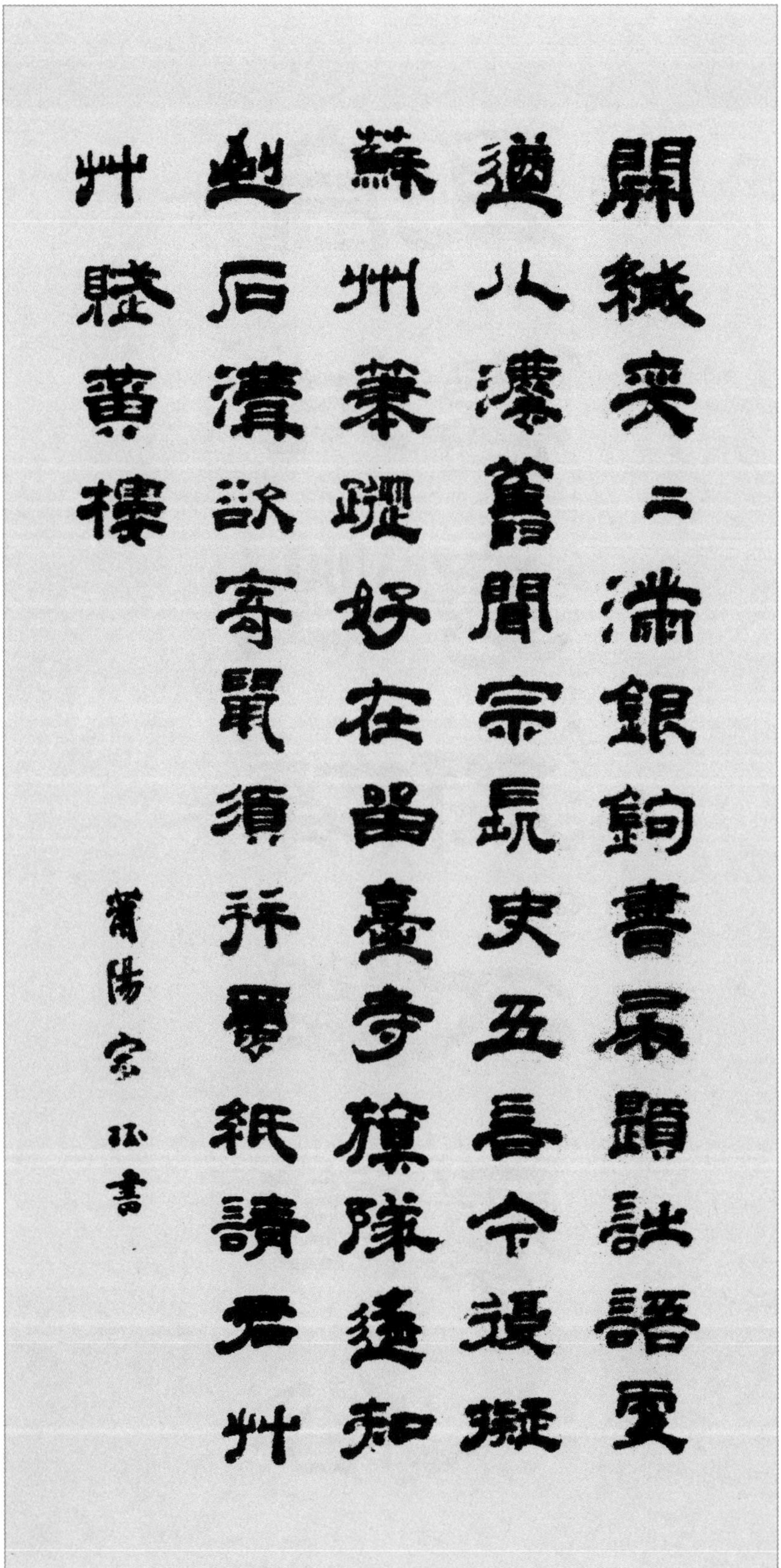

明　宋珏　七言律诗《夏承碑》笔意

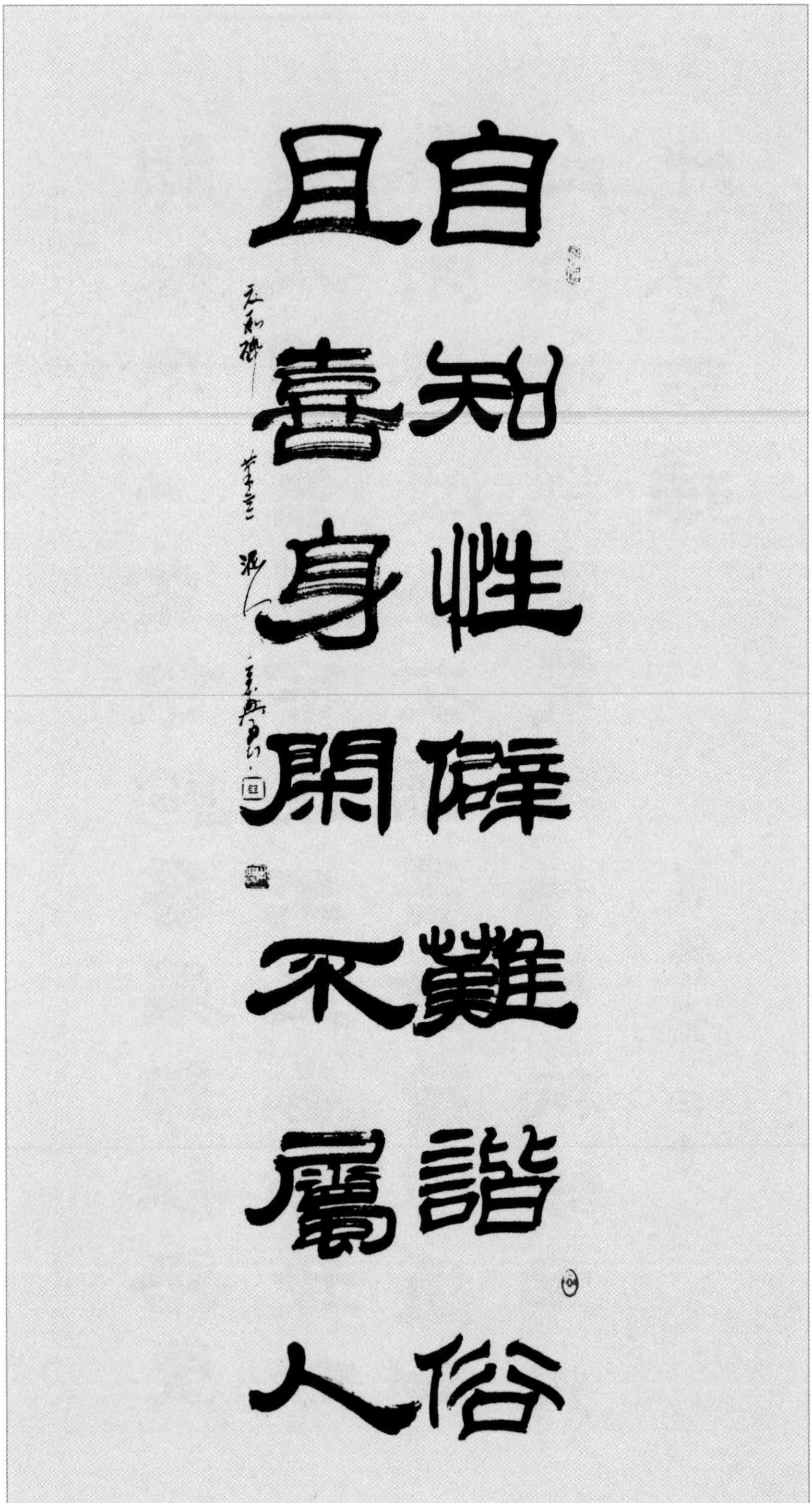

《夏承碑》笔意　王本兴书
自知性僻难谐俗，且喜身闲不属人。

许阿瞿画像志铭

《许阿瞿画像志铭》东汉建宁三年（170 年）刻立。许阿瞿墓志铭画像石 1973 年出土于南阳市东郊的曹魏墓中，三国人用汉代画像石重新筑造坟墓，它被挪用做墓顶石，该墓志画像石高 70 厘米，长 112 厘米，石面左方为志文，隶书，竖刻 6 行，满行 23 字，共 136 字，末行有 16 字漫漶，不能尽识，从铭文中可以得知，东汉建宁三年（170 年），墓主许阿瞿年仅 5 岁便夭折，全家人极为悲伤。

许阿瞿墓志铭画像石上，有雕刻精美的画像，内容为许阿瞿生前玩赏百戏的场面，人物形象生动多姿，深含意趣。还锲刻有墓主人的姓名和确切的纪年等文字，是中国目前发现的最早的墓志铭之一。

许阿瞿的墓志铭铭文为四言韵文，语句流畅生动，书法方正整齐自然，在端庄厚重中透出率真稚气，与该画像石风格浑然一体，再现了汉代统治阶级迷恋于“楚歌郑舞”的生活方式，而且也反映了东汉时期崇信鬼神的观念和迷信思想，是研究汉代社会生活和思想意识的珍贵的实物文字。画像石现藏南阳市博物馆。

此画像志铭隶书书体，字体方正，带有浓重的汉代简书、帛书笔意，似简帛向隶书过渡的一种格调。结体风格率心随意，笔画粗细不一，不强调波势挑捺，某些点画充满楷意，现将临习要点及用笔方法介绍如下：

一、横画

横画很有特色，可以说与其他隶书的横画不同，没有按规矩运笔收笔，因而横画的视觉效果别具一格，自成面貌。如碑帖中的“三”“去”等字，起笔并不粗犷，之后渐行渐重，以按收笔。整个横画呈头轻尾重，有的收笔处见平断面而不见波磔燕尾。再如碑帖中“长”“谒”“宁”“年”等字，其横画平稳细弱，头尾粗细较为一致，亦无明显波磔挑势。还有一种横画模式，请看碑帖中“祖”“五”等字，其横画较粗

《许阿瞿画像》

壮，且稍带弯弧并微显波磔燕尾。

二、竖画

竖画的要求不严亦不高，与横画相差无几，只是方向不同而已。如碑帖中“岁”“世”“啼”“西”等字，可以看到各种竖画长短粗细皆随字而宜。但起笔收笔都坚持传统用笔，保持竖画的古拙浑朴感。

三、左向撇画

左向撇画有的带有弯弧圆曲之势，如“夜”“宁”“仗”等字。有的以斜直为主，如“复”“劣”“处”等字。有的稍带波势或呈圆头，如“荣”“乃”“先”等字。

四、右向捺画

右向捺画包括走之捺及钩捺，它们都带有不同的波磔挑势，而且都较为粗壮宽厚，是整个结体的主要笔画与亮点。如碑帖中“之”“逐”“哉”“遂”等字的捺画，尤见特别厚重粗壮。再如“见”“先”“此”等字的钩撇之捺，既圆融浑厚，又灵动活泼，很有特色。而“戊”“政”等字的长捺则呈圆收圆头之状，不露圭角，亦别具一格。

五、“口”字部

这里的口字部包括日、田、目等方口形部首，如碑帖中“甲”“中”“就”“增”“皆”“旬”“瞿”等字，基本是横平竖直，较为平稳方正，转折、过渡亦相当平稳自然。再看“见”“西”“甘”等字，情况就不一样了，笔画有粗细之分，形体充满大小、歪斜之变化，转折、过渡粗细交替，起伏不平。因而用笔要强化提按力度，形态间架定位要准确，特别是翻笔、调锋的动作灵活敏捷，不露痕迹。

规范、成熟型隶书，笔画与结体都形成了一定的规律，线条、结体都定格在一定的模式之中。而《许阿瞿画像志铭》粗率随意，自由自在，变化丰富，结体千姿百态，粗的极粗，细的极细，大小、方圆、歪斜、长短各有千秋，整个结体憨态可掬，充满着稚拙天趣，似乎还没有形成规矩与定律。予一直认为，学习隶书，临摹碑帖，需要从规范成熟的隶书入手，当打好了基础，掌握了隶书基本书写能力，再学习一些粗率、自由自在、变化较大的书体，无疑《许阿瞿画像志铭》隶碑正是必不可少的一种形式。它有助于临习者练习放开手脚，灵活用笔，是一种很好的选择。一个主题的两个方面，互相补充，互相取益，相辅相成。

《许阿瞿画像志铭》局部

根据《许阿瞿画像志铭》笔意，创作书法作品，笔者奔着只求神似不求形同的原则，背帖而书。内容为自撰七言绝句《甘露寺》：“甘露寺门对蜀开，吴侯嫁妹不须媒。古今兴废离奇事，恰似江潮退又来。”甘露寺位于镇江北固山上，三国吴甘露元年（265 年）始建，传为刘备招亲处，原为孙权以妹招亲为饵，乘刘备过江之机，扣留刘备夺取荆州。谁知弄巧成拙，假戏真做，遂成千古美谈。诗四句共计 28 字，采用竖式条幅形式。大凡隶书作品的布白，横向字字挨紧，竖向字距较大，此作品按此传统模式布白创作。笔者尽管放开手脚，以意取神，书写了多次，但总是每次都有不同，每次都有体会，作品与原作相比，还是方正规范有余，率意变化不足，笔者没有苛求，因为这可以留待以后再去实践努力，达到完全理想的效果。

《许阿瞿画像志铭》石刻文

惟汉建宁，号政三年，三月戊午，甲寅中旬，痛哉可哀，许阿瞿身，年甫五岁，去离世荣。遂就长夜，不见日星，神灵独处，下归窈冥，永与家绝，岂复望颜。谒见先祖，念子营营，三增仗火，皆往吊亲，瞿不识之，啼泣东西，久乃随逐，当时复迁。父之与母，感□□□，□壬五月，不□晚甘。羸劣瘦□，投财连篇，冀子长哉，□□□□，□□□此，□□土尘，立起□埽，以快往人。

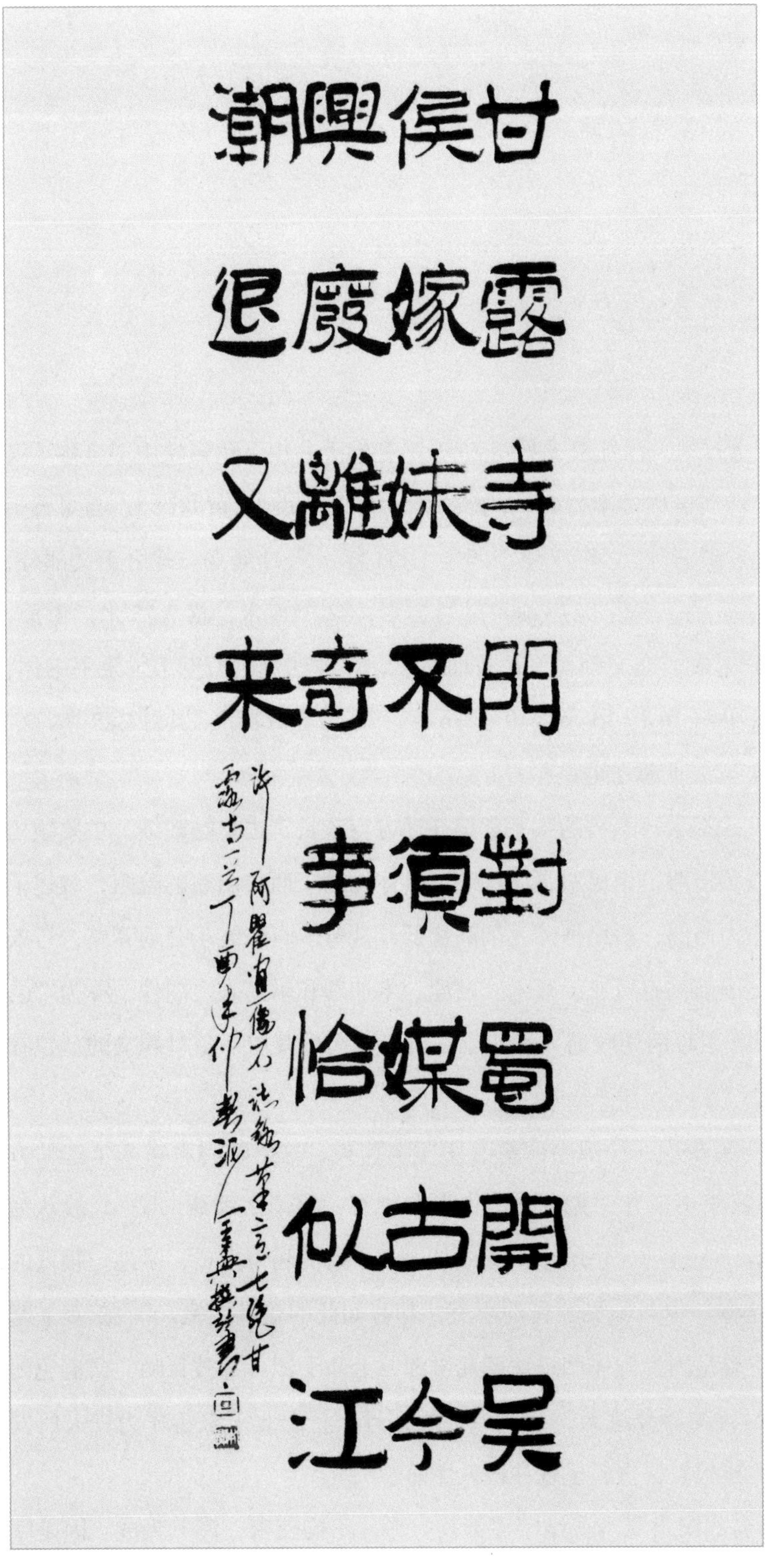

七言绝句《甘露寺》 王本兴撰并书
《许阿瞿画像志铭》笔意
甘露寺门对蜀开，吴侯嫁妹不须媒。
古今兴废离奇事，恰似江潮退又来。

西狭颂

《西狭颂》系摩崖石刻，在甘肃成县西 13 千米处的天井山下鱼窍峡中。全称《汉武都太守李翕西狭颂》，也称《李翕碑》《李翕颂》《惠安西表》《黄龙碑》。与《石门颂》《郙阁颂》合称“汉三颂”。东汉建宁四年（171 年）六月刻立。碑之正文部分，高与宽皆为 145 厘米左右，整个摩崖颂碑呈长方形，纵 3.06 米，横 3.75 米，由额、图、颂、题名四部分组成，全文刻在一块表面平整、崖体凹进的石壁上。隶书书体，20 行，行 20 字，其中第 16 行 15 字，19 行 16 字，第 20 行 14 字，共计 385 字，字径的高与宽大致在 4 至 7 厘米之间。

碑文除记述东汉武都太守李翕的生平和屡任地方行政长官之卓越政绩，主要颂扬了他率领民众开通西狭道路，为民造福之德政。具体描绘了西狭山路的险阻，叙述了李翕下令有关官吏奋力修路，凿崖清障，削高垫低，截弯取直，终于开通新路，行人欢腾，歌颂功德等。颂前刻有黄龙、嘉禾、白鹿、木连理和承露人之图像，称为“邑池五瑞图”，象征李翕主政期间政通人和，五谷丰登，民乐其居，是对碑文的形象补充，颂后刻有题字。

北京图书馆藏有明拓本，一般书店都有影印本购买，这给临习者带来了选帖方便。《西狭颂》为东汉隶书成熟时期的作品。题名中有“仇靖字汉德书文”，故认为撰文、书丹均为仇靖一人所为。仇靖字汉德成县人，李翕的随侍人员，是地位很低的官府小吏，即便是这样一位名不见经传的小吏，却有如此的盖世之笔。《西狭颂》摩崖石刻保存完好。主要是因为碑体凹进崖壁几米深，上凸下凹，不被日晒，又避免雨淋。碑刻位于半崖，曾被藤萝遮蔽，一般人很难接近，直至北宋末年才为樵夫所发现，举世闻名的《西狭颂》始重新呈现在世人面前。

《西狭颂》为著名的汉隶范本。结字多带长方形，不拘疏密，浑然天成。因是摩崖刻，字迹显得粗犷雄强。其书风方整雄伟，宽博遒丽，气象浑穆，碑刻字体清晰，简洁古质，结构美观，刀法有力，可谓汉隶之上品，在我国金石学、文化史、书法史和交通史上均占有重要位置，是中华民族优秀传统文化的一颗璀璨明珠，享誉海内外，2001 年 6 月被国务院列为全国重点文物保护单位。《书法精论》评《西狭颂》："结构严整，气象嵯峨，此汉碑中之高浑者也；结构曼妙，笔有余妍，汉碑中之秀丽者也；风回浪卷，英威别具，此汉碑中之雄强者也。"评价最高也不为过，确是我国东汉隶书成熟时期的代表作品之一，深得后世青睐。下面我们试从点画和结体诸方面，探析临习与书写的基本技法问题：

一、点画

碑文中点的写法极为多样，如例图中"迹"字之点，以方为主，"渎"字之点方圆相参，几近楷法。"字"上之点，呈扭曲之状，应为曲点。临写时要藏锋起笔，裹锋加以顿按动作后，圆点回锋而收，方点驻锋提收，三角点平提出锋而收。点画的临写，还要注意它本身的方向和动势，要注意轻重大小有别，写得活泼自然。

二、横画

横画一般写得比较平直，起笔有方有圆，均以逆锋入纸，毛笔在向右运行时，提按变化很丰富，"屋漏痕"的质感很明显。收笔有顿笔方收，或回锋圆收，如例图"年""讳"等字。波横微弯，中部稍细，蚕头方圆兼备，有的切削锋利，很有姿态，如"五""年"等字，捺脚平稳，稍带上翘之意，不露波锋，显得生动而含混。

三、竖画

竖画应写得方中寓圆，有粗有细，变化多端，如例图"讳""面"字的竖画，刚劲拙朴，直中有曲，骨力内含。"不"字之竖，头部尖利，尾部宽阔方正。"中"字的中竖，万毫齐铺，裹锋逆入又裹锋回收，表现了粗壮雄之感。

四、撇画

左向的斜撇可谓形式多样，随着斜撇的角度、长短、粗细的不同，而改变着势态。如图"阳"字的四撇，写得匀称整齐，方劲有力。"威"字之撇，则写得婉约柔顺，圆起圆收，一如篆出。"不"字之撇，两头尖细，犹如反写之捺笔，非常飞动多姿。

五、捺画

捺画要写得意到笔到，既遒劲又蕴藉，过长过硕大的捺笔不多。如"人""迹"等字的捺笔，已可谓长捺了。具体写法为藏锋入纸，起笔较细，折回右行，逐渐加大按力，至捺脚处，毛笔作提顿后向上踢出。“狭”“能”等字的短捺，写得很精彩，用笔与长捺同。还有“讳”“都”等字的挑捺，出笔平稳，至捺脚处，或方或圆，着意而书。

六、钩画

碑文中不同形态的竖钩很多，有的短小尖利，有的圆妍逸拓。如“字”的钩画，婉转遒劲，中锋逆行，收笔时露锋尖收。“能”字的钩笔，短小如点。书写时不须换笔，当毛笔由上至下，运行到位时，暗转调锋，随之提笔踢出即成。

七、转折

大多用方折，基本系横平竖直，暗转过渡。如“中”“面”“讳”“阳”等字的转折，写得十分凝练方正，无一点儿装饰作秀之痕。而“字”的盖头，纯粹是十分柔顺的圆转。

八、结体

（一）以方取胜

如“面”字极力扩大“口”部，与上方横画保持一致，方正无比。“继”字用5个“8”即10个“0”组成了一个圆的世界，结体饱满，四角充实，外形方正，其圆转的线条，尤见篆意。隶中夹篆，除上述“继”字外，另如“都”“嵬”等字，亦具有篆书风韵。按理在东汉隶书成熟时期，已远离了篆书，然而《西狭颂》却营造一种隶夹篆的书风。时至今日，还有诸多书家不断沿用承袭此法，使作品更古雅多趣一些。

（二）聚放有度

中国文字的结体倡导“八面收心”，即指文字的一种向心力。如“威”“五”“年”等字，中宫较为敛聚紧密，飘展的点画也不离重心。但也有一些文字结体，却以“散”与“放”为主，如“路”“都”“能”“渎”等字，左右拉开距离，中宫宽松开放，然而形散而气聚，一点儿也不影响文字结体的和谐。总而言之，《西狭颂》方正宽博，妙趣横生，从艺术的角度与逻辑来看，这是隶书的发展由生到熟，熟后再带生的大智若愚的境界，这需要长期不懈的临习才能体悟到。

清代巴慰祖（1744—1793）所临《西狭颂》作品，险劲飞动，飘逸秀丽。一改《西狭颂》方正生拙的格调。清代吴让之（1799—1870）所临《西狭颂》作品，奔放圆润，突出了笔画粗细反差，转折方圆兼宜的意韵。作品在似与不似之间流失了很多神韵。由此，我们应当看到，从《西狭颂》临摹走向隶书创作，需要有思想力，有创造力，这是一个长期积累的过程。当然我们也不能把临帖和创作完全割裂开来，从前贤巴慰祖、吴让之的作品可以体验到，这是一个你中有我，我中有你的融合性工程，也是一个书家终身相伴不断拓展自己书写艺术的过程。

再看所附作品例图，童大年的《西狭颂》集字联作品，写得极为平正古朴，线条较为匀称，但掺杂别体较多，其中“曲”“德”“惟”等字的结体，没有按照原帖格调书写。台静农的《西狭颂》集字联作品，提按有度，行中有留，力透纸背，用笔古拙凝重，参有《石门颂》笔意，颇见功力。但结体过于整肃，波势一律，缺少《西狭颂》本真。因而作为集字书法，流失并远离了诸多《西狭颂》神韵。清代是一个隶书大盛的时代，但集字可以让人们初尝创作的乐趣，清代书家的隶书创作为我们留下了一些可资借鉴的实例。刘熙载在《艺概》中说：“书贵入神，而神有我神、他神之别。入他神者，我化为古也；入我神者，古化为我也。”从《西狭颂》的临摹，走向隶书的创作，是一个由他神到我神的过程。为了体验集字创作的书写过程，享受集字创作的快乐，在“入他神与入我神”之间寻找平衡与支撑点，我从《西狭颂》中集字“穆如清风”四字，采用过矾的大红宣纸，以四尺对开的条幅形式，完全在背临的形式下，独立书写创作完成。作品与原帖相观照，显然未斤斤计较于点画之细节，只求气韵同辙，精神一致即可。

《西狭颂》局部

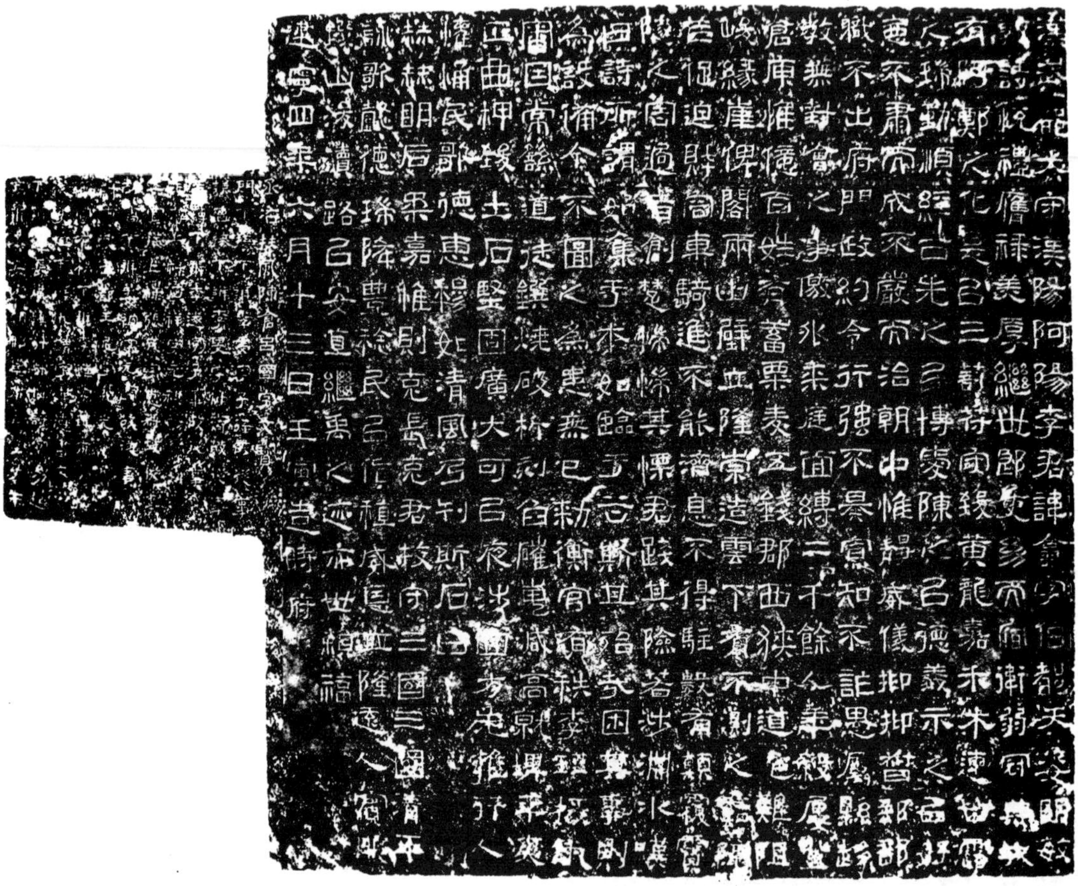

《西狭颂》

《西狭颂》碑文

汉武都太守汉阳阿阳李君讳翕，字伯都。天姿明敏，敦诗悦《礼》，膺禄美厚，继世郎吏，幼而宿卫，弱冠典城，有阿郑之化。是以三剪符守，致黄龙、嘉禾、木连、甘露之瑞。动顺经古，先之以博爱陈之以德义，示之以好恶，不肃而成，不严而治，朝中惟静，威仪抑抑，督邮、部职不出府门，政约令行，强不暴寡，知不诈愚，属县趋教，无对会之事，徼外来庭，面缚二千余人，年谷屡登，仓庾惟亿，百姓有蓄，粟、麦五钱。郡西狭中道，危难阻峻，缘崖俾阁，两山壁立，隆崇造云，下有不测之溪，厄芒促迫，财容车骑。进不能济，息不得驻，数有颠覆霣隧之害，过者创楚，惴惴其栗。君践其险，若涉渊水。叹曰：『《诗》所谓「如集于木，如临于谷。」斯其殆哉！困其事则为设备，今不图之，为患无已。』敕衡官有秩李瑾，掾仇审，因常繇道徒，鐉烧破析，刻臽確嵬，减高就埤，平夷正曲，柙致土石，坚固广大，可以夜涉。四方无雍，行人欢悀，民歌德惠，穆如清风，乃刊斯石。曰：

赫赫明后，柔嘉惟则，克长克君，牧守三国，三国清平，咏歌懿德。瑞降丰稔，民以货稙。威恩并隆，远人宾服。鐉山浚渎，路以安直。继禹之迹，亦世赖福。

建宁四年六月十三日壬寅造，时府承右扶风陈仓吕国，字文宝，

门下掾，下辨李虔，字子行，故从事。

议曹掾下辨李旻，字仲齐，故从事。

主簿，下辨李遂，字子华，故从事。

主簿，上禄石祥，字元祺。

五官掾，上禄张亢，字惠叔，故从事。

功曹，下辨姜纳，字元嗣，故从事。

尉曹史，武都王尼，字孔光。

衡官、有秩，下辨李瑾，字汉德。

书文，下辨道长，广汉什邡任诗，字幼起。

下辨丞，安定朝那皇甫彦，字子才。

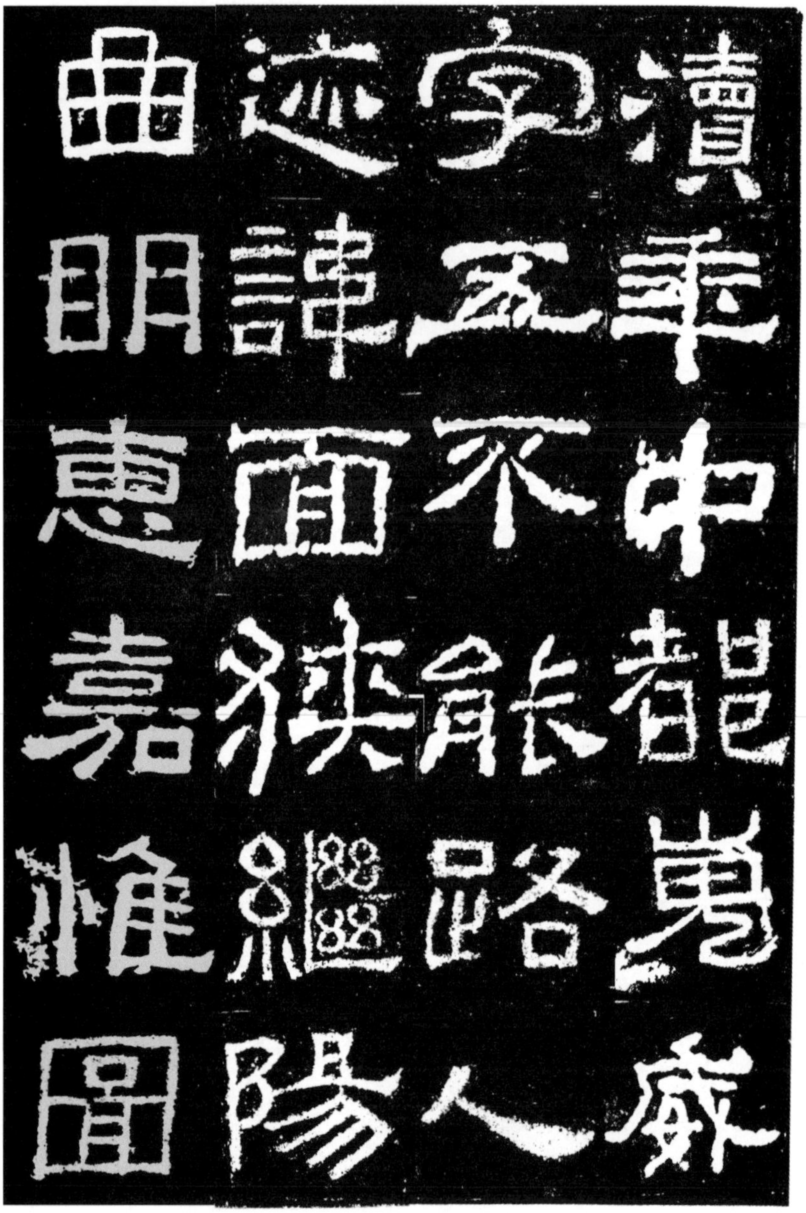

《西狭颂》选字

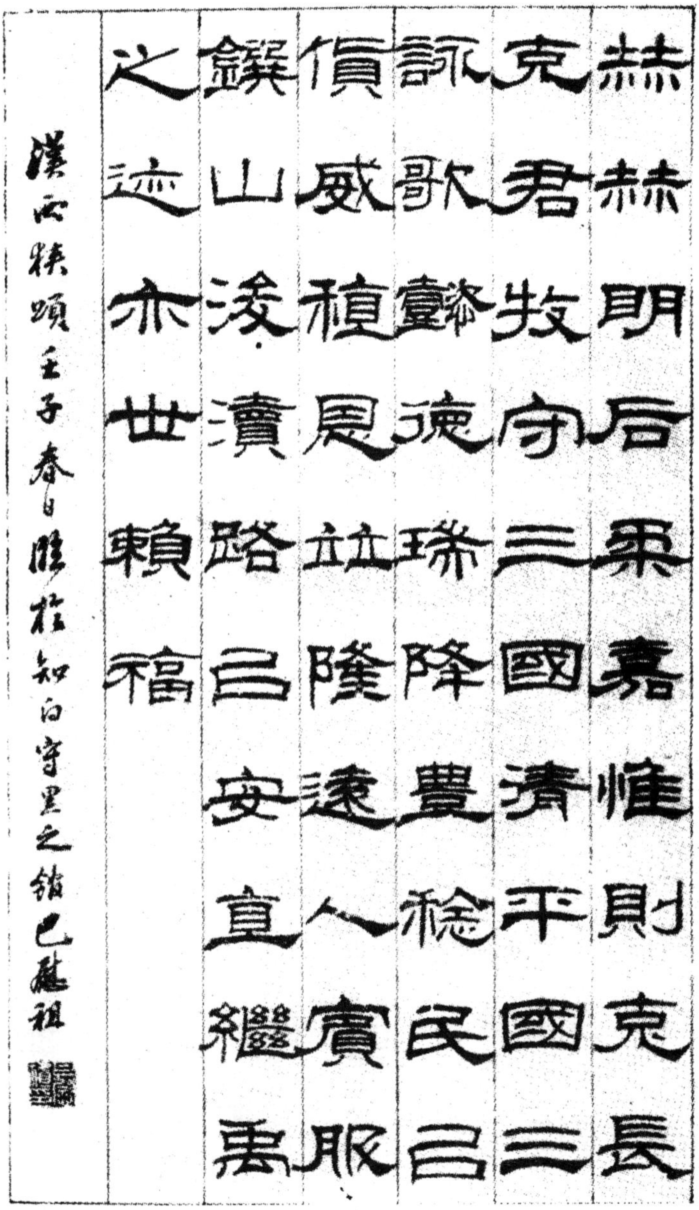
赫赫明后柔嘉惟則克長
克君牧守三國清平國三
詠歌懿德瑞降豐稔民以
貨稙威恩竝隆遠人賓服
䥶山浚瀆路以安直繼禹
之迹亦世賴福
漢西狹頌壬子春
巴慰祖

清　巴慰祖临《西狭颂》

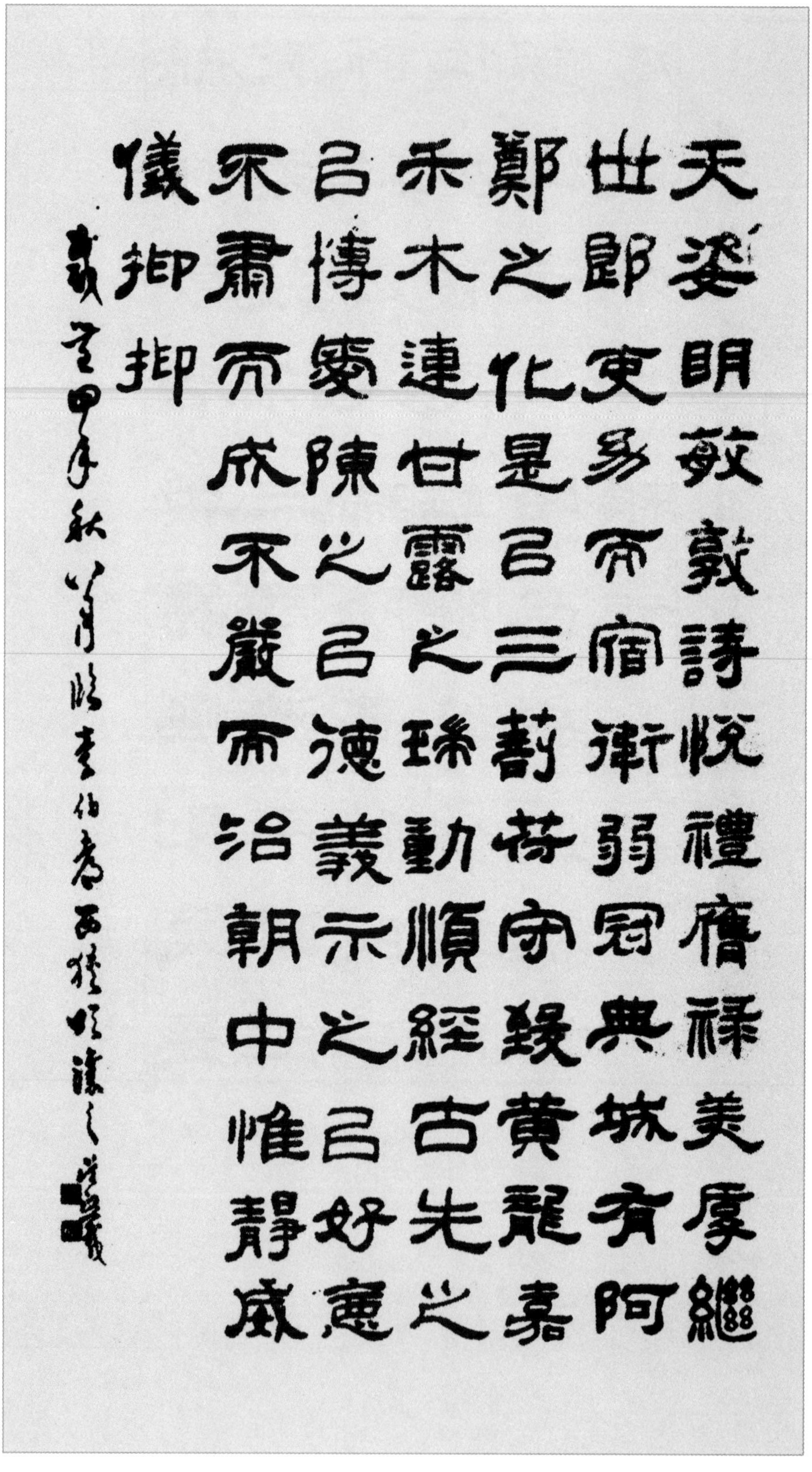
天姿明敏敦詩悅禮膺祿美厚繼
世郎吏多用宿衛弱冠典城有阿
鄭之化是以三剖符守致黃龍嘉
禾木連甘露之瑞動順經古先之
以博愛陳之以德義示之以好惡
不肅而成不嚴而治朝中惟靜威
儀抑抑

清　吴让之临《西狭颂》

嘉時為進清平曲

令德惟歌福禄詩

鏞樓先生鑒家曰絵集臨西狭頌字

乙丑夏仲心企龍臺幸梅亭雷峰片石之庵圖

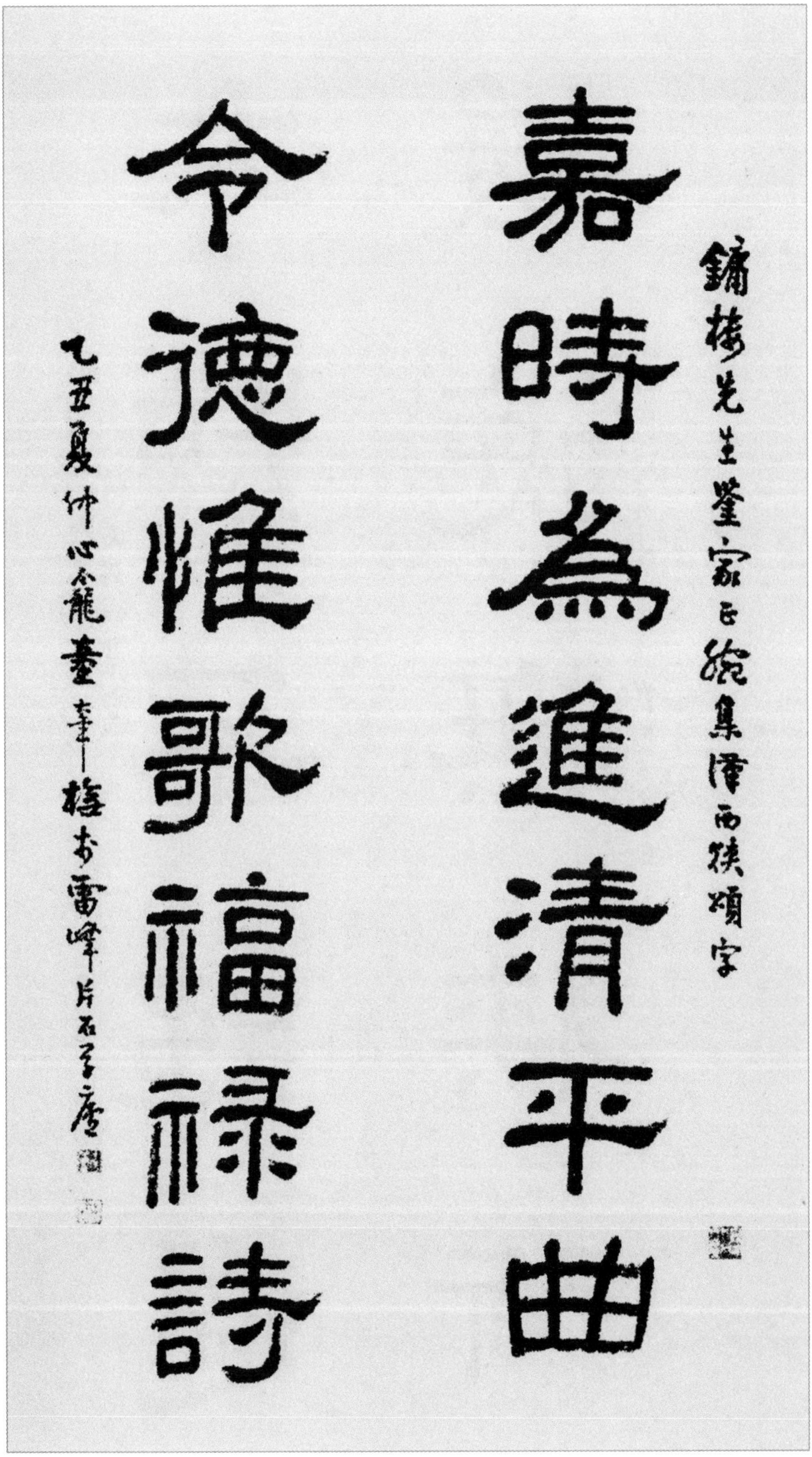

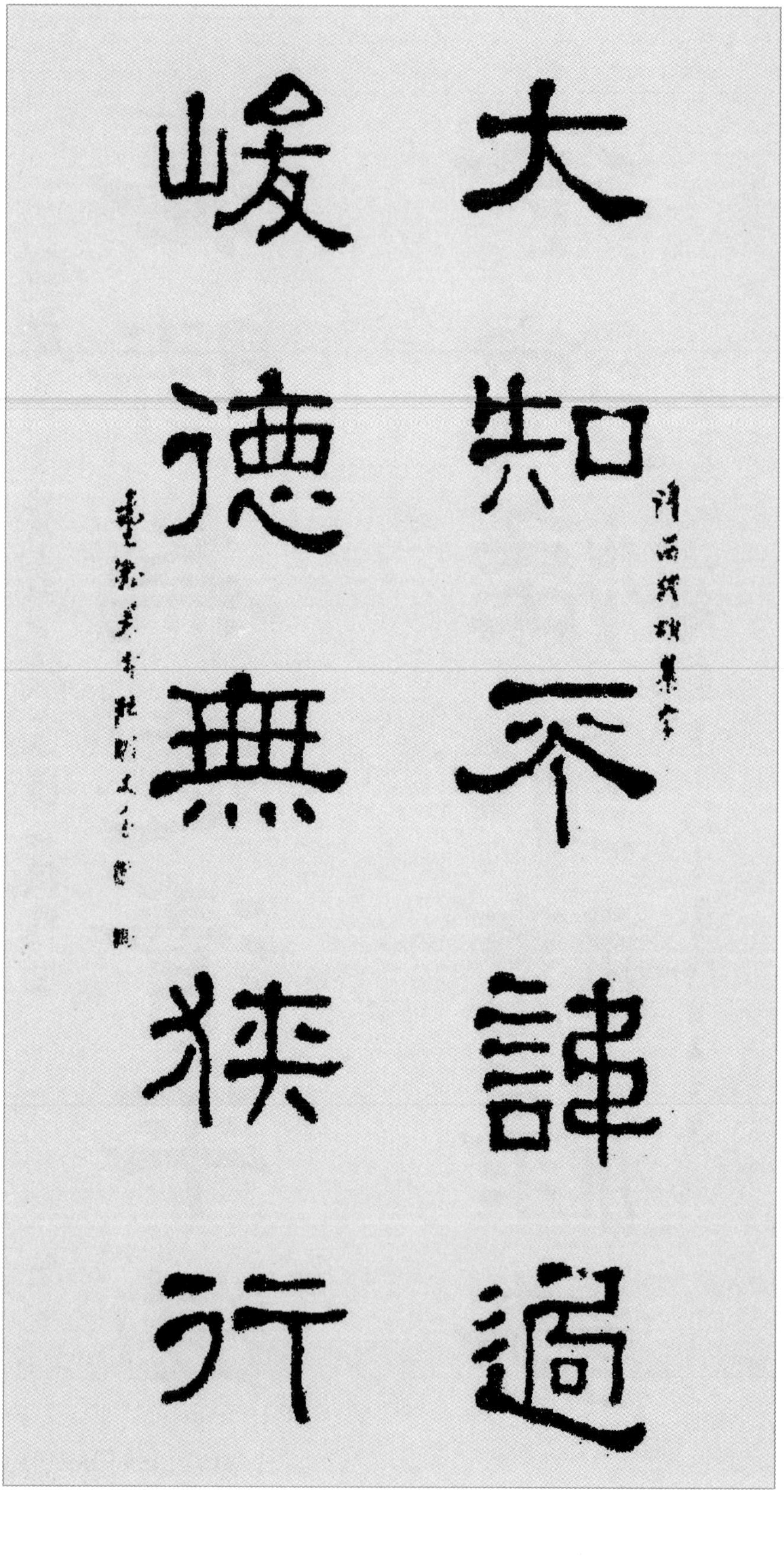

《西狭颂》集字联　台静农

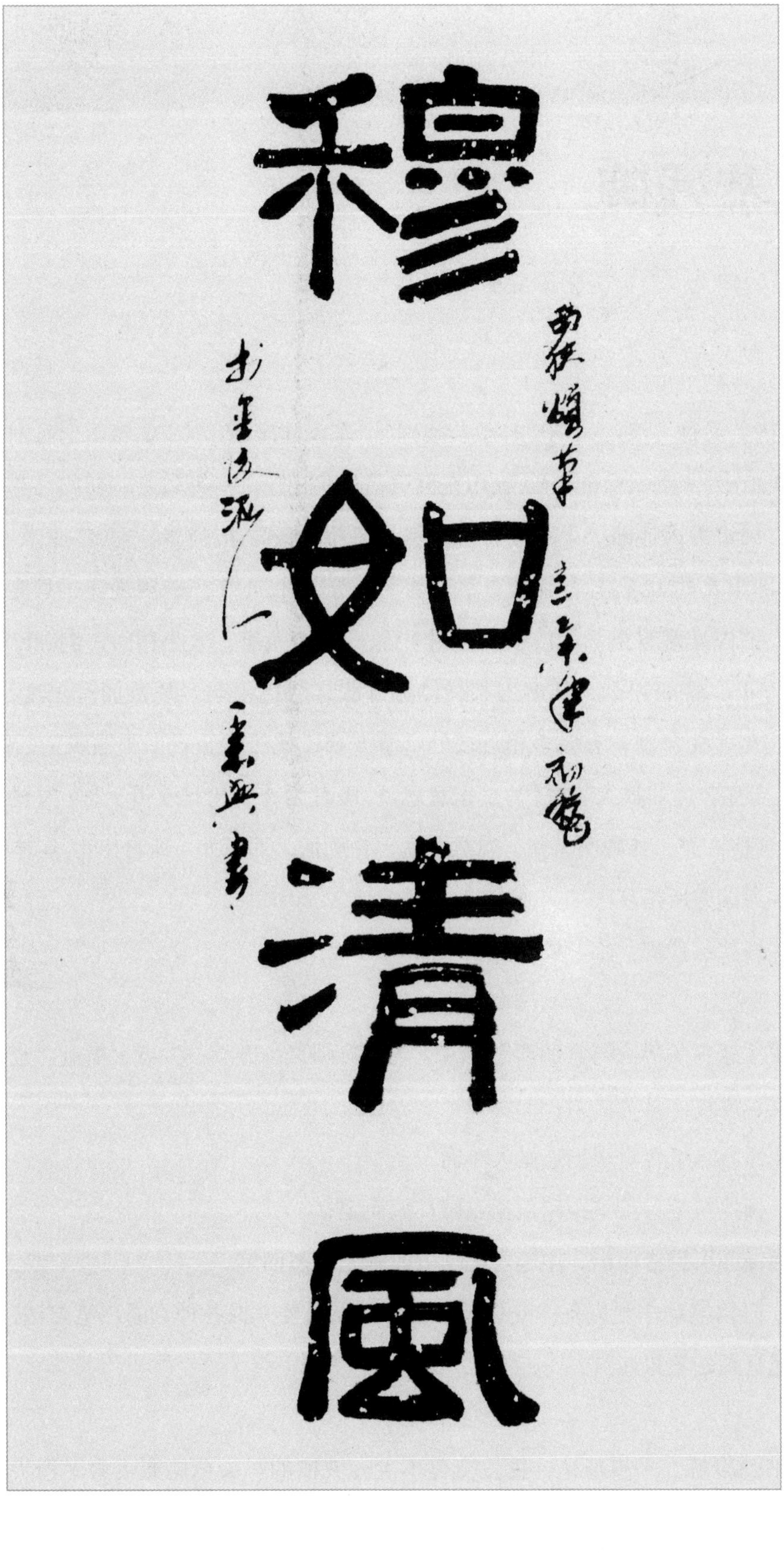

《西狭颂》集字 王本兴书
穆如清风

杨叔恭残碑

《杨叔恭残碑》又称《汉沇州刺史杨叔恭残碑》。东汉建宁四年（171 年）七月六日刻立，清嘉庆二十一年（1816 年），在山东巨野昌邑集出土。碑残较甚，初归马邦玉，后被端方、周进等人递藏。今藏故宫博物院。拓片碑身高 46 厘米，宽 57 厘米，侧宽 26 厘米。碑阳文共 12 行，行字数 2 字至 9 字不等，计 71 字。碑阴漫漶，只能辨认“孟坚仲尹书佐元盛叔举”等数字。碑侧 4 行，存 20 余字，大小相间，剥蚀已甚。书法体势方正，雅丽秀劲，结字工整，体势开张，骨肉停匀，规范而有法度，书风古雅秀润，与《礼器碑》有诸多相近之处。清方朔《枕经堂金石书画题跋》云：“书法古雅秀挺，有合《韩敕》《史晨》二家意思。”康有为《广艺舟双楫》称：“《杨叔恭》《郑固》端整古秀，其碑侧纵肆，恣意尤远，皆顽伯（邓石如）所自出也。”本文所附图示拓本为端方所拓。

东汉隶书《杨叔恭残碑》临习要点：

一、点画

点的临写要注意它的势向与它的形态。常见的点有圆点、方点、尖点、横点、竖点、撇点、捺点、挑点。其笔法为：

（1）逆入藏锋，入纸轻重根据点画大小而定；

（2）蓄势，顿挫行笔，行笔距离根据点画长短而定；

（3）涩出回锋亦可提锋而出，用笔可根据尖或圆之形态而定。

点画虽小，但用笔动作须完备，变化须丰富。写点既要掌握各种点的用笔方法，更要注意与其他笔画的笔势连贯。

二、横画

平横写得细劲凝练，平直通达，提按变化不大。波横的蚕头燕尾亦较为平稳尖锐，较为明显，且带有楷书意趣。如“尔”“与”“作”“诗”“聿”“宣”“者”等字。

（1）藏锋起笔，波横笔往下顿，蚕头略呈下垂之状；

（2）然后再翻锋右行，行笔以平直为主，或稍带弯势，为末端的波挑作准备；

（3）收笔时用圆势顿按，提锋趯出，捺肚呈圆顺含蓄状。若收笔时顿按露角出锋，捺肚呈方峻劲削之状，如“尔”“与”等字的波横。

三、竖画

《杨叔恭残碑》竖画大多较平直挺拔，刚健细劲。如“聿”“用”“听”等字的竖画，隽永平直，遒劲凝重。并不是说所有的竖画千篇一律，其长短、粗细也有变化，有的呈上细下粗状，有的上粗下细呈垂露状，书写时随字而宜，把握好其形态特点。

四、撇捺钩画

撇的起笔应以锋入纸，呈尖圆之状，收笔稍加按力，顿笔后再平向回锋而收，亦有向上凸出，作上翘之状。如“泰”“城”“旧”等字。有的行笔平稳，撇尾丰厚粗重，收笔处方圆兼备，姿态含蓄优美。竖钩的形态主要有几种，如“招”字之钩，行笔出锋较快疾，钩笔短而尖圆。再如“戚”“用”字，屈伸圆畅自然，收笔处顿按回锋上趯，尖圆收笔，呈圆形波势状。向右斜捺、钩捺之画，尖圆起笔，渐行渐加大按力，收笔处向右趯出，尤多楷意，尖起尖收，棱角分明，如“殄”“旌”“戚”“贤”“盛”等字。走之捺与乙挑捺写得一波三折，飘逸流丽，如“丑”“聪”“德”等字。

五、转折

此碑的转折大多用方折，方“口”部的折竖暗转调锋垂直向下，一笔写出，较为端庄方正。亦有折竖向里倾斜，呈上宽下窄之状，如“程”“招”“德”“丑”等字。

六、结体

《杨叔恭残碑》的结体遒劲秀丽，端庄俊逸，刚健挺拔，外拓又较为奔放舒展。较好地呈现出隶书的传统用笔与结体特色，尤其是撇画圆曲上翘，有的钩棱分明，姿态秀美别致，捺画顿按出锋，两者形成左右顾盼呼应之势，使全篇增添了灵动与活力。其用笔、结体有诸多楷意，已开魏晋碑志隶法之先河，但要注意用笔不要过于粗壮圆熟，不能过于伸展夸张。

《杨叔恭残碑》隶书属瘦劲秀逸型。此类作品是汉隶具有代表意义的作品，最具隶书特征。字形扁方，用笔遒劲圆润，造型内紧外松，多骨丰筋，波磔分明，韵味超逸，笔法多姿，结构严整，风格劲健，气韵生动。线条纤细而不弱，如曲铁盘丝，刚劲瘦硬。既然它如此规范严谨，创作内容就可选择多字名作名文。陶渊明《归去来兮辞》较为合适。其正文共计 399 字，可采用横披幅式，市肆有售四尺划好红格的色宣，两张粘接起来，刚好用现成的载体书写创作。正文内容为："归去来兮，田园将芜胡不归？既自以心为形役，奚惆怅而独悲？悟已往之不谏，知来者之可追。实迷途其未远，觉今是而昨非。舟遥遥以轻飏，风飘飘而吹衣。问征夫以前路，恨晨光之熹微。乃瞻衡宇，载欣载奔。僮仆欢迎，稚子候门。三径就荒，松菊犹存。携幼入室，有酒盈樽。引壶觞以自酌，眄庭柯以怡颜。倚南窗以寄傲，审容膝之易安。园日涉以成趣，门虽设而常关。策扶老以流憩，时矫首而遐观。云无心以出岫，鸟倦飞而知还。景翳翳以将入，抚孤松而盘桓。归去来兮，请息交以绝游。世与我而相违，复驾言兮焉求？悦亲戚之情话，乐琴书以消忧。农人告余以春及，将有事于西畴。或命巾车，或棹孤舟。既窈窕以寻壑，亦崎岖而经丘。木欣欣以向荣，泉涓涓而始流。善万物之得时，感吾生之行休。已矣乎！寓形宇内复几时？曷不委心任去留？胡为乎遑遑欲何之？富贵非吾愿，帝乡不可期。怀良辰以孤往，或植杖而耘耔。登东皋以舒啸，临清流而赋诗。聊乘化以归尽，乐夫天命复奚疑！"

《杨叔恭残碑》局部

正文书写完成后，还有 240 字的序言，这对于《归去来兮辞》亦很重要，不可缺少。我决定在正文后用行草书以款文形式书写。序言内容为：

"余家贫，耕植不足以自给。幼稚盈室，瓶无储粟，生生所资，未见其术。亲故多劝余为长吏，脱然有怀，求之靡途。会有四方之事，诸侯以惠爱为德，家叔以余贫苦，遂见用于小邑。于时风波未静，心惮远役，彭泽去家百里，公田之利，足以为酒。故便求之。及少日，眷然有归欤之情。何则？质性自然，非矫厉所得。饥冻虽切，违己交病。尝从人事，皆口腹自役。于是怅然慷慨，深愧平生之志。犹望一稔，当敛裳宵逝。寻程氏妹丧于武昌，情在骏奔，自免去职。仲秋至冬，在官八十余日。因事顺心，命篇曰《归去来兮》。乙巳岁十一月也。”

陶渊明（约 365—427），名潜，字渊明，字元亮，号五柳先生，东晋末期南朝宋初期诗人、文学家、辞赋家、散文家。东晋浔阳柴桑人（今江西九江）。曾做过几年小官，东晋安帝义熙元年（405 年），陶渊明弃官归田，作《归去来兮辞》。这篇辞体抒情诗，全文描述了作者在回乡路上和到家后的情形，并设想了日后的隐居生活，从而表达了作者对当时官场的厌恶和对农村生活的向往。此文不仅是陶渊明一生的转折点，亦是中国文学史上表现归隐意识的创作之高峰。兹用瘦劲飘逸、端庄典型的隶书，以长幅横披的形式书写创作，亦算是对陶氏名辞的一点儿纪念与心意。

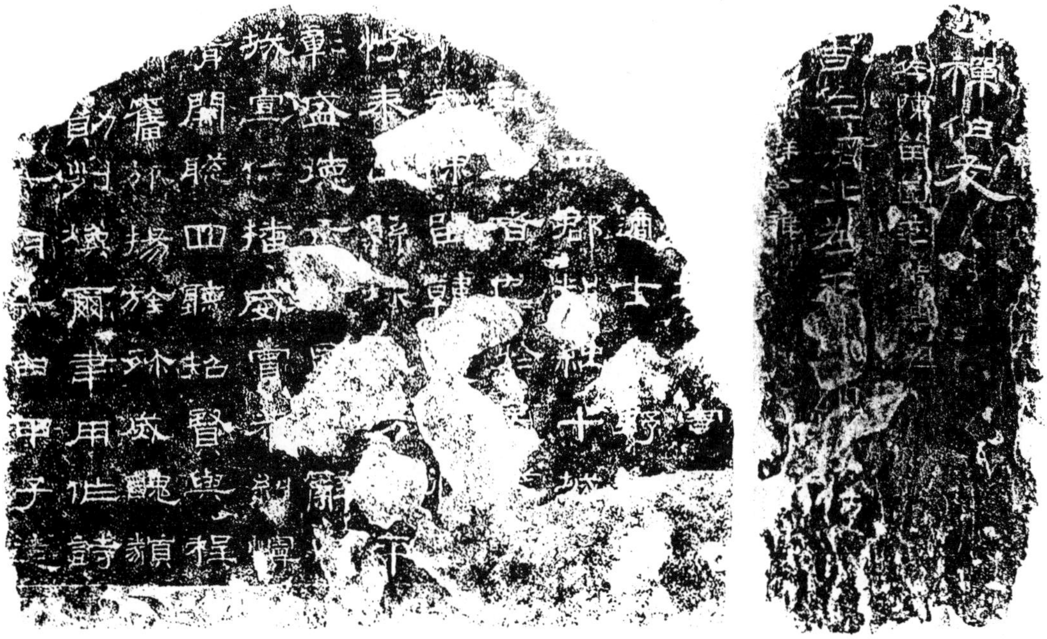

《杨叔恭残碑》碑文

禅伯友
佐陈留□范□□□
□左齐北在□

适士□野□□
四郡□□十城□
甄□者也于□□□
秦陈留韩□□□□
怿泰山县□□□□平
彰盛德承□□□辞□
城宣俭播威赏恭纠懔
有开聪四听招贤与程
旧旅扬旌殄威丑颡
勋列焕尔聿用作诗
□月六日甲子造

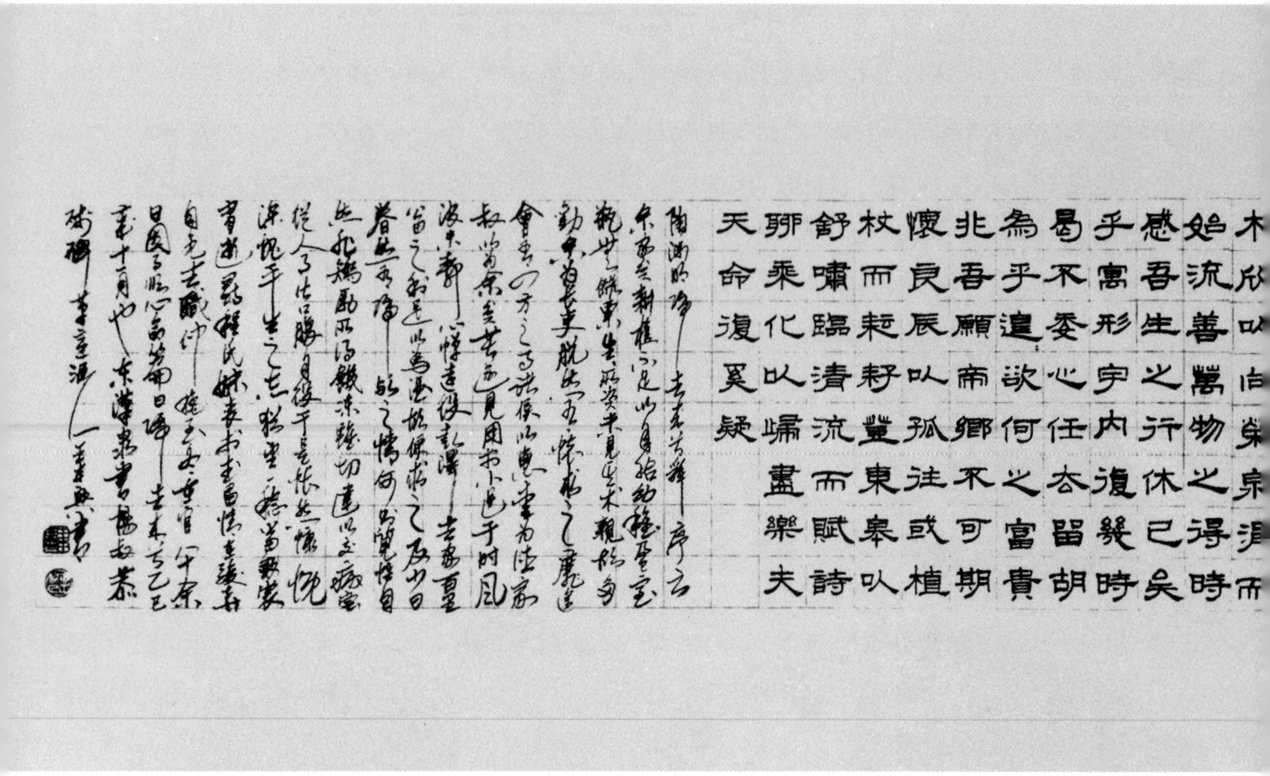

话，乐琴书以消忧。农人告余以春及，将有事于西畴。或命巾车，或棹孤舟。既窈窕以寻壑，亦崎岖而经丘。木欣欣以向荣，泉涓涓而始流。善万物之得时，感吾生之行休。已矣乎！寓形宇内复几时？曷不委心任去留？胡为乎遑遑欲何之？富贵非吾愿，帝乡不可期。怀良辰以孤往，或植杖而耘耔。登东皋以舒啸，临清流而赋诗。聊乘化以归尽，乐夫天命复奚疑！

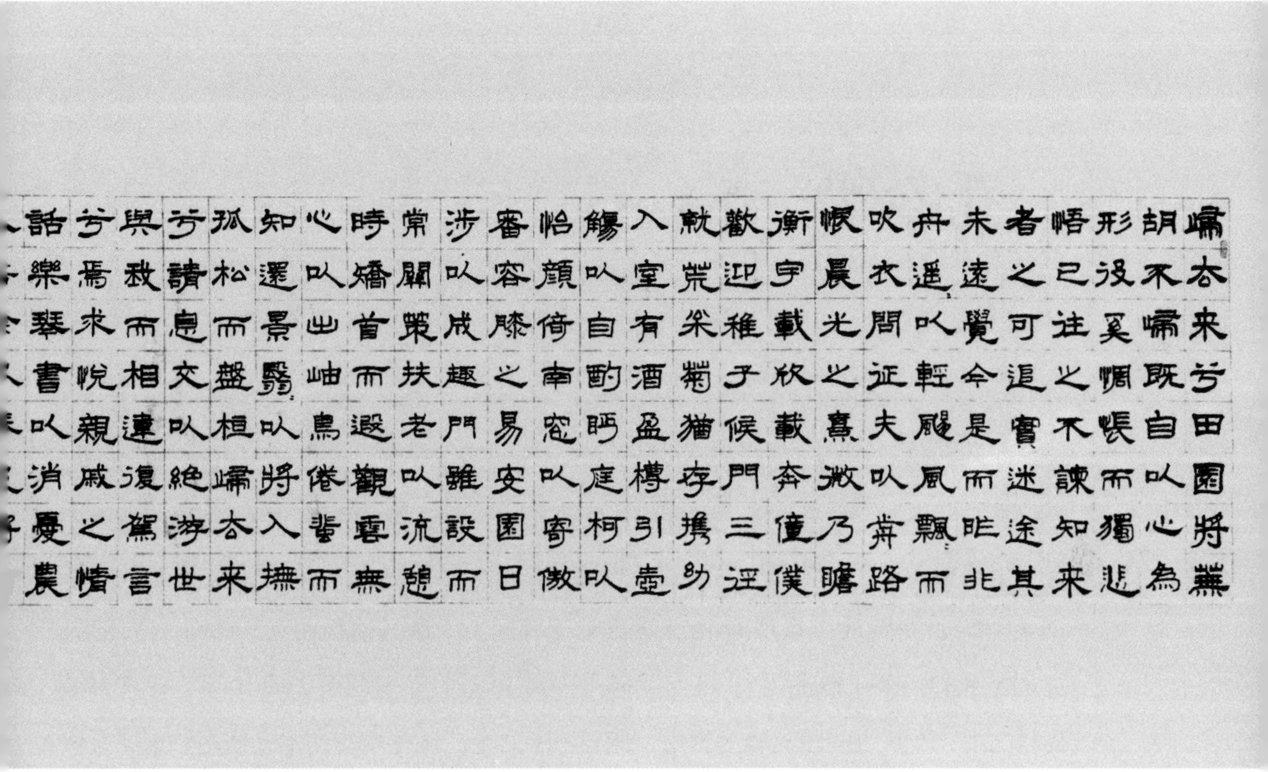

陶渊明《归去来兮辞》

《杨叔恭残碑》笔意 王本兴书

归去来兮，田园将芜胡不归？既自以心为形役，奚惆怅而独悲？悟已往之不谏，知来者之可追。实迷途其未远，觉今是而昨非。舟遥遥以轻飏，风飘飘而吹衣。问征夫以前路，恨晨光之熹微。乃瞻衡宇，载欣载奔。僮仆欢迎，稚子候门。三径就荒，松菊犹存。携幼入室，有酒盈樽。引壶觞以自酌，眄庭柯以怡颜。倚南窗以寄傲，审容膝之易安。园日涉以成趣，门虽设而常关。策扶老以流憩，时矫首而遐观。云无心以出岫，鸟倦蜚（飞）而知还。景翳翳以将入，抚孤松而盘桓。归去来兮，请息交以绝游。世与我而相违，复驾言兮焉求？悦亲戚之情

孔彪碑

《孔彪碑》全称《汉博陵太守孔彪碑》，孔彪，字元上，孔子十九世孙，孔宙弟。生活在东汉后期。初举孝廉，任郎中，博昌长。后历任尚书侍郎、治书御史、博陵太守、下邳相、河东太守等职。以病辞官退养。东汉建宁四年（171 年）七月亡故，享年 49 岁。此碑为故吏崔烈等 13 人（题名于碑阴）为颂其遗德而立。碑高 343 厘米，宽 115 厘米。碑阳 18 行，行 45 字，碑阴一列 13 行。篆书题额 2 行 10 字。碑文书于界栏之中，文字之间距离较为宽松，能容一字之余。现存山东曲阜孔庙内。市肆有影印本购买，可供临习。

此碑虽然剥落比较严重，但书风瘦劲淳雅，娟秀可爱，字形较扁，左右分张，波磔明显，法度严谨，在汉隶中堪称上乘。自欧阳修《集古录》以来，迭经著录，书家品评颇高。《孔彪碑》隶书书体笔道精劲，结体谨严，极为古朴遒劲，沉着飘逸，一似行云流水，具有鲜明的个性与特色，深得后世青睐。下面就此碑的一些艺术特点与临习方法，作一浅探，以供临习者参考。

《孔彪碑》书风和谐统一，总体上字形趋扁方与长方两种形式。结体似乎都恪守一个原则，就是中宫比较紧密，重心敛收团聚。像波横、撇捺一类主笔画，则极尽舒展外拓之态，写得活泼多姿，充满着险劲与动感，如附图字例“彭”“上”“而”“不”等字。文字中点画之间的粗细反差较大，细笔画用锋尖涩行而书，粗笔画铺毫裹锋推行。收笔处有的回锋圆收，大多出锋收笔，如例图“九”的竖钩，“君”的左撇，“也”的挑捺，均见露锋之笔。其收笔处与众不同的是，少用下按之力，利用本身的粗壮宽阔，提锋而平出。保持了主笔画的雄劲与动势。

波横亦然，藏锋入纸，起笔就进入万毫齐铺的格局，然后裹锋而行，向上略作弯曲，收笔又向上提锋平出。如“世”“上”等字。与东汉中平二年的《曹全碑》相比，用笔方圆精劲，姿态秀妍，飘逸俊雅是它们的共同特点。而《孔彪碑》敛中有放，婉约圆畅，粗拙而又浑厚的格调与韵味，则是它独有的特色。经数千年的风化剥落，字口拙涩粗疏，尤见“虫蚀木”的效果，使原来峻洁的线条多了许多豪迈质朴的苍莽感。因此书写临习时，用笔的要求应有所不同，用笔的动作与变化要灵活而有节律。

毛笔可选用锋稍短一些的羊毫，有利于铺毫与出锋效果。临写时不要去仿效字口漫漶处点线的粘连与夸张的墨韵渗化之态，而是用丰富的提按动作与行中有留的笔触，来体现它的浑厚与圆润。如“君”字，笔笔粗壮，但它骨力内含，内敛外拓，十分飘逸奔放。“上”字亦然，笔画虽少，但雄壮有力，丰腴蕴藉，方圆兼备，古雅厚重，气势博大。再看“子”“孙”等字，其“子”部的上方写得很窄小紧密，然而下面的竖钩却铺毫用力下按，弯度自然，非常刚劲有力。这一张一弛，有敛有放的笔法表现了生动极致的活泼动态。有一点应注意，即文字的左右伸展呈不对称不平衡之状，如“元”“之”等字极力向右纵展，“君”“子”等字极力向左纵展。这种单向出锋造势的字重心不偏，仍呈方正平稳之态，可谓有胆有识，迥异时流。李瑞清跋对此碑之言十分中肯切合：“用笔沉着飘逸，大得计白当黑之妙，直与《刘熊》抗衡。学者得此，可以尽化板刻，脱尽凡骨矣。”

“用笔沉着飘逸”之句，以笔者临摹体会与感悟，深知此乃临摹与创作《孔彪碑》隶书书法之灵魂，为了能更好地发挥《孔彪碑》笔意的书写，在进行书法创作时，我采用六尺宣纸对开的形式，书写五字楹联“彭祖八百岁，老子五千言”之句。文字写得较大，所以用相应较大短锋羊毫毛笔书写，其中“彭”“祖”“八”“子”“言”等字，皆可观照原帖附图字例，当然，更多的是根据《孔彪碑》笔意尽情发挥，只要不偏离原帖结体及点画的精神，作品总会显示出原帖的气质与特色来。由于六尺宣纸比较宽大，正文书写好后，在楹联正文左右用行草书配以长款，这样以纵取势，不仅使作品式样焕然一新，而且使作品增添了许多内涵。

《孔彪碑》局部

《孔彪碑》

《孔彪碑》碑文

君讳彪，字元上，孔子十九世之孙，颍川君之元子也，君少履〔天〕姿〔自〕然之正，帅礼不爽，好恶不愆，考衷度衷，修身践〔言〕
龙德而学，不至〔于〕谷，浮斿尘埃之外，皭焉汜而〔不俗，郡〕将嘉其所履，前〔后聘〕召，盖不〔得已〕，乃翻尔束带，弘论穷理，直〔道〕
事人，仁必有勇，〔可以〕託六，授命如毛，诺则不〔宿，美之至〕也，莫不归服，举〔孝〕廉，除郎中，〔博〕昌长，〔疾病〕留宿□，〔迁〕□〔京府丞〕，
未出京师，遭大君忧，〔泣喻〕□〔鱼〕，丧过乎哀，谨畏〔旧〕章，〔服〕竟还〔署，试〕拜尚书侍郎，无〔偏无党，遵〕王之素，荐可黜否，〔出〕□□
度，日恪位伫，所在祗肃，拜治〔书〕御史，膺□陶之〔廉〕恕，□□〔参之〕□□，□□□〔律，祇〕用既平，〔迁博陵大守〕，郡阻山□，□□
以饥馑，斯多草窃，罔不〔寇〕贼〔刘〕曼，张丙等白日攻剽，〔坐家不〕命，君下〔车〕之初，□五〔教〕以〔博〕□，削四凶以胜残，乃□□□，
爰向桓桓，扦马蠲害，丑〔类〕已殚，路不拾遗，〔斯〕民以〔安发号施〕宪，每合天〔心〕，□〔之所恶，不以强〕人，义之所欲，不〔以〕□□，〔百〕
姓乐政，而归于德，望如父母，顺如〔流〕水，迁下邳相，河东大守，举此□□，君〔子风〕也，未怒〔而惧〕，不令而从，云行雨〔施〕，□□
大和，海内归公卿之任矣，〔劳〕而不〔伐，有〕实若虚，固执谦需，〔以病辞〕官，〔去位阖〕□，〔以孝〕竭〔情，余暇迟〕□，弹琴磬，□□□
之味，而不改其静，上帝棐谌，天秩未究，将据师辅，之纪〔之〕纲，〔而〕疾〔弥流〕乃□乃□，〔年〕□卌〔九〕建宁四年七〔月〕辛〔未〕〔卒，鸣呼〕
哀哉，魂神超迈□兮冥冥，遗孤忉绝，于嗟想形，□□哀〔逝〕，念不欲生，群臣号咷，靡〔所〕愎〔逞〕，夫逝往不可〔追〕兮，〔功〕□□
识，惟君之轨迹兮，如列宿之错置，〔易〕建八卦，揆肴□辞，述而不作，彭祖赋诗，〔皆〕赞〔所〕见，于时颂□〔于是故吏崔〕〔烈，催恢〕
王沛等，伏信好古，敢咏显□，乃〔刊〕斯石，钦铭洪基，昭示后昆，申锡鉴思，其辞曰：
穆穆我君，大圣之胄，惇懿允元，睿其〔玄秀，惟〕岳降精，诞生忠良，奉应郡〔贡〕，亮〔彼〕我□，〔克明王道，辩物居方，周〕□□□，〔必〕
也正名，朝〔无〕秕政，直〔哉〕惟清，出统华夏，化以□成，〔巨〕猾殄进，贤倚□庭，〔帝重〕乃〔勋，自〕□□征，〔所临如神〕，□□□□，□□
之翰，先民是程，宜乎三事，金铉〔利〕贞，而〔絜〕白〔驹〕，俾世愦恻，〔当享眉〕耇，莫匪尔〔极，大〕□□□，邈〔矣〕不意，〔于〕嗟悲〔兮〕□□□
息，漫漫庶几，复〔焉〕所力，咨乎不朽，没而德存，伊尹之休，格于〔皇天，惟〕我〔君绩〕绩，表于丹青，永永无沂，与日月并，于〔嗟〕□□，
于以慰灵。

《孔彪碑》笔意　王本兴书
彭祖八百岁，老子五千言。

东海庙碑

《东海庙碑》又名《东海祠碑》，原碑应在江苏东海县，东汉灵帝熹平元年（172年）四月刻立。原碑石已佚，没有原石拓本存世，摹刻拓本亦十分少见。此碑帖有篆额“东海庙碑”四字，碑文隶书，宋洪适《隶释》与欧阳修《集古录》均有著录。但“屡言难得”盖此碑在宋代已不存。明代未见著录，清代著录者仅数家。北京图书馆藏有明末清初翻刻本，碑阳仅存9字，碑阴存17字。此本清道光二十一年（1841年）见于淮南，曾为顾沅、徐谓仁、谭敬等收藏，有钱泳、闽人梁章钜、费屺怀等跋文。此拓较完整，碑高152厘米，宽84厘米。虽中下部毁约70字，但完整之字尚保存270余字。碑石剥落痕及字形拓工，极似原碑拓片。纸墨极旧，亦可能是初明拓本。

《东海庙碑》这么珍稀可贵，我们不妨来看一下它的艺术风格与价值。该碑纵横有序，相比之下，是传统隶书横紧竖宽的布白。结字体势端庄典雅，飘逸多姿，顾盼有情，劲健遒逸，俯仰向背，互为呼应。结体疏密匀称，藏风聚气，字势俊俏舒展，线条圆润，似棉里裹针，伸曲自然，粗细得体，顿挫有法，跌宕飘逸，蠶头护尾，一波三折，蚕头燕尾极有情趣。该碑用笔方圆并举，圆多于方，笔法多姿，结构严整，风格劲健，气韵生动。线条纤细而不弱，如曲铁盘丝，刚劲瘦硬，起伏跌宕，极具风神。此碑实为汉碑中较为成熟的隶书之一，因而我认为此碑严谨规范，很适宜初学临习。现将临习要点介绍如下：

一、点画

《东海庙碑》隶书之点，或圆或方，或平或竖，或露或藏，形态多姿。具横、竖、撇、捺、挑的特点，与其他线条形成一种对比关系，有间隔线条和呼应的作用。亦有一定的方向性，它使隶书生动活泼，充满活力。常见的点，有圆点、方点、尖点、横点、竖点、撇点、捺点、挑点。如“汉”“念”“海”“进”“堂”“无”“之”“落”等字。

点画笔法为：

（1）逆入藏锋；

（2）蓄势，顿挫行笔；

（3）涩出回锋。

隶书点的用笔看似平常，其实有其丰富性与复杂性，如：左右两点有对称性；八字点多为上合下开，左点似掠，右点似短竖或短捺；三点水的三点一般是头圆尾尖，指向字心，点有挑向右部上方的；四点一般是聚散呼应，彼此成形。

二、横画

横画的临习书写要做到逆入回出，要多一些涩行，行笔速度不宜太快，锋尖保持在笔画中，平横收笔时提锋回护，波横收笔时出锋稍快，形成燕尾。碑中的横画有的处理得粗些，有的细些，有的头尾低俯而腰背拱起，有的腰部稍下沉而首尾上仰，各尽其态，或秀逸，或奇肆，或沉雄，或刚健，极具变化。次外，主横与次横有明显的区别，主横大多数写成蚕头燕尾，次横大多平直提收。平横的笔法：

（1）平横平直，有些甚至头粗尾细。逆锋起笔，圆笔圆转，方笔提笔翻折；

（2）中锋行笔，提中蓄按，按中隐提，粗细匀称，变化宜小，做到圆润匀称有质感；

（3）提笔回锋收住，或提笔出锋顺收。

波横一波三折，起笔逆锋入纸，形成头部方圆兼济的形态，然后提笔缓行，行笔过腰后，逐渐加力重按向右下方斜行，笔画渐粗至右下方顿笔后，顺势向右上方斜出，出锋略快，做成燕尾。波横美化了隶书，使隶书飘逸舒展，稳定而有横势，波横是隶书夸张率意的主要特征笔画。至于波横的弧度曲直，波横的粗细轻重，以及波磔处宽窄，各字各有区别，因字而宜，灵活应变，我们只有准确临习，用心揣摩，方知波横体态变化之味。

三、竖画

此碑隶书的竖画较为平直短壮。隶书字形趋向扁平，以横方向夸张为主，所以竖画之长短要把握分寸。直竖笔法一般先上行藏锋，转锋时轻按，转笔后下行，回锋收笔。要写出圆润遒劲浑厚之感。

四、撇画

《东海庙碑》隶书之撇画可称为掠画，其笔势是向左斜势伸展，它与向右的捺形成左掠右波的格局，使体势开张，左右平衡。撇的形态变化较多，有斜撇、弯撇、长撇、短撇等。撇画笔法为：

（1）藏锋逆入；

（2）提锋左转向下行笔，随势掠出，要求中锋运行，渐按；

（3）有些撇渐提出锋，有些撇提笔向上回转收笔，大多数收笔是裹锋提出，形成圆头、尖圆或类近燕尾。

撇画的重心和力量集中在下部，头部峭劲轻巧。撇画上轻下重，伸展自如，强劲有力，雍容而有气势，充满弹性与张力。

五、捺画

捺画有平捺与斜捺、乙挑捺、心钩捺之别。用笔多为一波三折，头略高，腰部往下渐顿作铺毫，至捺脚处顿笔后蓄势挑出，书写有一定的速度。斜捺变化大，往往与撇配合而成左右伸展之姿，故捺磔粗壮劲峭，姿态优美。

写捺画时，藏锋入纸，起笔向左上斜按，转锋后折而向右下方涩行，渐渐按笔加力铺毫，至捺脚处顿笔，顿笔渐提，上挑出锋，呈燕尾状。

六、折画

折画是指横与竖联结处的笔画。折画可做一笔处理，也可做横竖不连的两笔来写。其笔法是以平横的笔法写好横画后，在横画收笔处提笔向上折后向下方行笔，转折处稍稍挫笔。也有在平横末端提锋向上，使竖画头露，或另起笔写竖，使横竖笔断。无论连或不连，或折或转都要如圆似方，都要意气贯通。《东海庙碑》隶书之折画形式较多，有平直直角式，有竖画露头式，向里倾斜式，等等。折画书写时要随字而宜，灵活应用。

在用《东海庙碑》笔意创作书法作品时，我首先想到杜甫的“笔落惊风雨，诗成泣鬼神”之句。唐代大诗人李白被放逐后，杜甫思念李白时所作的五言古诗《寄李太白二十韵》。众所周知李杜情谊深厚挚笃，杜甫看到他笔落即成文章，风雨为之感叹，读到他的诗篇，鬼神皆为之动情哭泣，以此来点赞李白的成就与学养。此句常为后人引用，此外，该诗句十字在《东海庙碑》铭文中都能直接或间接对应，找到出处，这给创作带来了许多参照。笔者遂以此为创作内容，取三张专业书画报纸，粘贴成条幅形式，作为作品载体。不过此三张报纸上，皆刊载有我撰写的拙文与书法作品，以此来增加一些作品的意义与由头。我把此报纸条幅纵向两行叠成五字格，饱蘸浓墨，用长锋羊毫书写而成。落款文字写得稍大一些，并布白在中间位置，以示醒目并便于识读。

追宴百羹致焉
窆礼川兼为天
之世淵四
堂无宗时
嘉闲经举
羨迷著祠
君作八盘祥

暮者四永
莰不时哥
民享元
相祀束
师有泰
三寍正
四宓海月

《东海庙碑》局部

《东海庙碑》碑文

惟永寿元年表正月有汉东海
念四时享祀有常每餙壹切旋
费者不永宁凡尊庐祇敬鬼神
咸慕蔑民相帅四面并集乃部
殿作两传起三艰经构既立事
荣非仁也故遂□而不著初县
绝请求姑息之谅濒海监□月
见贫富俱均下不宾奸□仁忧
熹平元年夏四月东海相山阳
进瞻□□退宴礼堂嘉羡君功
惜勋绩不着后世无闻遂作颂
浩浩仓海百川之宗经落八极
物云雨出为天渊□□祯祥所
有司齐肃致力四时奉祠盖□
阙倚倾于□桓君是缮是修□
孙□退述

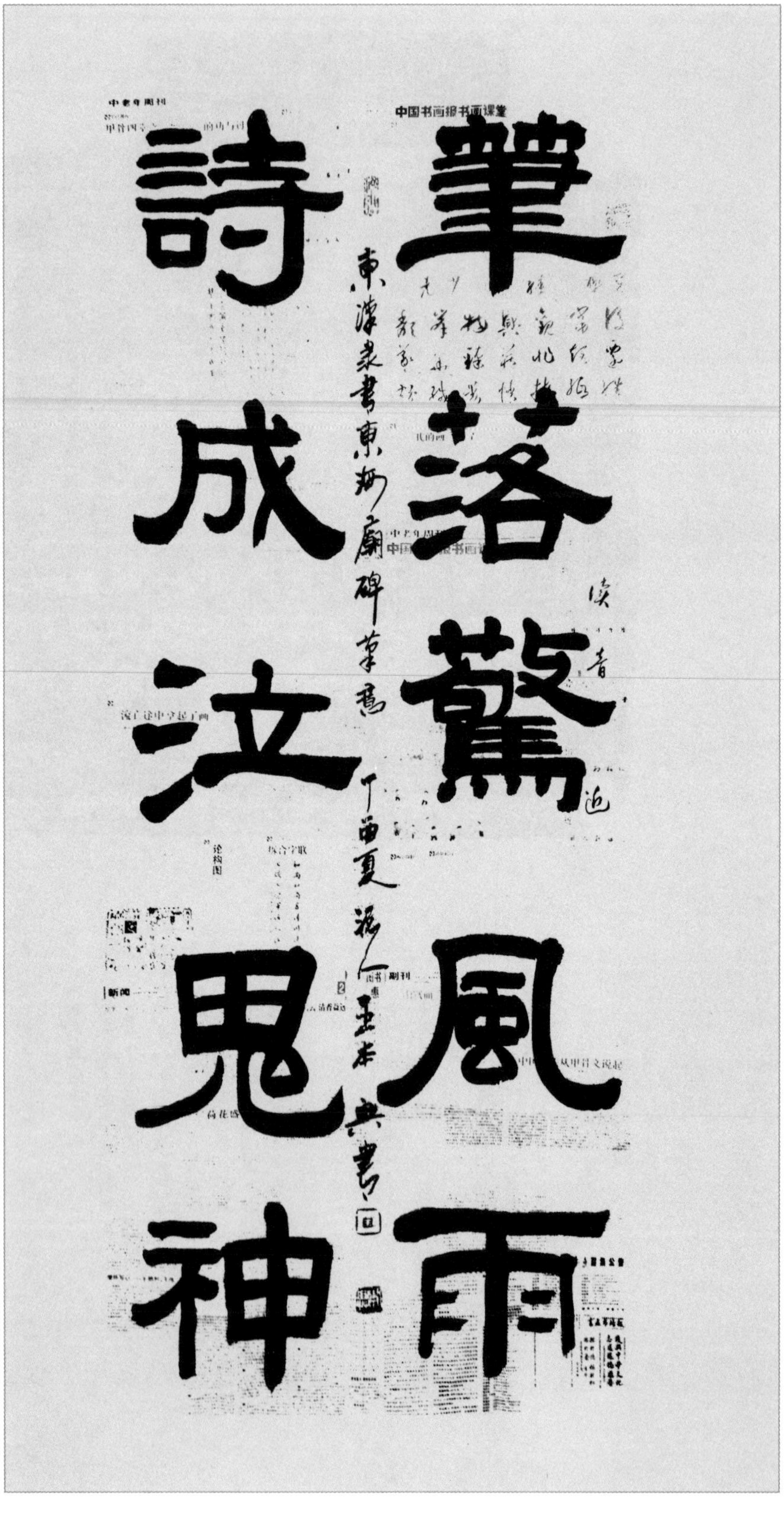

杜甫句《东海庙碑》笔意　王本兴书

笔落惊风雨，诗成泣鬼神。

灵台碑

《灵台碑》亦称《成阳灵台碑》。东汉建宁五年（172 年）刻立。原碑已佚。现存宋翻刻，明拓本。碑文记颂尧母功德。《中国古今地名大辞典》“成阳”条下说：“尧游成阳而死葬焉。汉曰成阳县，晋改为城阳，隋更名为雷泽县。故城在今山东濮县（今属河南濮阳）东南。”“尧陵”条下说：“尧陵在雷泽城西，与濮县接界。”由此可知，成阳即雷泽县，今在山东省菏泽市鄄城县境内。

康有为《广艺舟双楫》有文云：“《成阳灵台》笔法丰茂浑劲，《杨统》《杨著》似之。”黄易《小蓬莱阁金石目》著录考证后“益信此本必从祖石摹出也”，定为“重刻成阳灵台碑宋拓本”。后人则更倾向于认为是宋翻明拓。

阅《隶释 · 成阳灵台碑》的碑文记载：“惟帝尧母，昔者庆都，兆舍穹精，氏姓曰伊。体兰石之操，履规矩之度，则乾坤之象，通三光之曜。游观河滨，感赤龙交，如生尧。”说的是尧母庆都怀孕生尧的事，尧母“游观河滨，感赤龙”而孕尧，其“河滨”应理解为河岸边，此河指的是黄河。《灵台碑》碑文有一千余字，四字句式，叙事达意顺畅，文句隽永工致，值得阅读赏析。而其书风除康有为所言“丰茂浑劲”外，尚可看到方正古朴，自然稚拙，凝练典雅的书卷、金石气息。这里所临习的《灵台碑》，以宋翻明拓本为范例，现将临习要点介绍如下：

一、横画

由于碑帖的漫漶与残损，《灵台碑》无论是结体还是线条，都呈一种自然斑驳之状，因而其横画具有一定的特色。平直的横画，显得短小浑拙，带波挑的横画显得圆融内敛。用笔必须逆锋入笔，藏锋后毛笔向右运行，速度不要过快，作提按淹留之势，行笔时感觉有反力相阻，线条呈毛涩之状。平直横画回锋收笔，带波挑的横画收笔顿按上提，速度稍快。波挑与众不同，一般上翘内敛，伸缩有度，不过多地超出结体框架。如平直横画的字“来”“毛”“谨”“时”“择”等。横画带波挑的字“共”“血”“雨”“百”“立”“牲”等。

二、竖画

笔法与横画相类，横画从左至右，而竖画从上到下。竖画的用笔方法是落笔逆锋向上，提笔调锋，笔锋向下，中锋运行，收笔时提笔向上收锋。书写时可留意中指指力相抵时的用力均衡，则较易达到竖直效果。如“中”“神”“降”“市”“卜”等字。

三、撇画

撇画是隶书的主要特征之一，由于是向左方向运笔，比之于向下、向右方向运笔更难掌握。撇画的落笔与竖画相似，落笔速度稍快些，行笔时，运用腕的转动使笔锋保持在线条的中间运行。撇画的妙处在于收笔的变化。汉碑风格多样，而各碑的撇法都有自己的特色，即使是同一碑内相同字的撇法也会作不同处理，因轻重、长短、角度收放的不同而变化多姿。《灵台碑》撇画形式较多，如“庭”“谷”等字，其撇画较为平缓，粗细反差不大，收笔时不按不顿。如“不”“来”“表”“服”等字，其撇画头细尾粗，收笔时施以顿按之力，带有上翘波磔之状。

四、捺画

捺画在隶书中往往起到主笔的作用，有时与撇画相互呼应共同构成隶书的风格特色，有时独自成立，起到稳定一个字重心的作用。《灵台碑》捺画有斜捺、钩捺、走之捺等多种，只是大小、势向有别，用笔法则大同小异。捺画的方法是落笔取逆势，调锋后提笔右行，用力均匀，捺脚处稍顿后提锋，运用腕力向外迅速送出，用笔一波三折。汉碑经过石工用双刀法凿刻，且历经风蚀，捺画收笔处有回锋之形，捺画的落笔没有与其他笔画相接时，常作蚕头状，与捺脚一起称作蚕头燕尾，注意《灵台碑》特点是“蚕不双设，燕不双飞”。且捺画大多不作过长的飘逸伸展之姿，与结体保持在一个方正的框架之内，以敛取势。如“之”“毛”“庭”“谷”“不”“人”“成”等字。

五、转折

《灵台碑》的结体转折有方折有圆转，方折居多，圆转见少。转折是由笔画横竖相接而成的，须留意结体圆或方的特点，相接处须自然不使圭脚外露。用笔圆转处调锋过渡，自然婉顺。方折处提锋暗转，顿而调锋，动作灵动快捷，中锋下行。如方折字有“贫”“勒”“血”“雨”“曰”“国”“革”等。圆转字有“均”“富”等。

此外点画是各种笔画的浓缩，写点时既要掌握各种点的用笔方法，更要注意与其他笔画的笔势连贯。一点虽小，常常能起到画龙点睛的作用。这里不再赘述。

六、结体

此碑结体一反隶书常规的以扁方为主的传统特色，而呈正方、长方为主，扁方为副，过长的伸展飘逸之笔少见，以敛取势。因而书写时其结体布白在一个无形的方正框架内进行。无论纵势横势，长方或扁方，重心平衡则是处理结构的基本原则。隶书的结体由独体字和合体字组成，独体字通过点画的巧妙搭配使字势取得平衡，合体字则注重左右或上下部首的配合，每个部位都能独立成形、重心平衡，各部位的平衡构成合体字整体的重心平衡。初学者在临摹合体字时，易犯局部松散致使重心不稳的毛病，没有掌握部首独立成形的特征，另外易犯的是结体呆板的毛病，部首之间的搭配作机械的均匀排列，从而失去艺术趣味。所以把握好结体的布白十分重要。

吴让之临《灵台碑》条屏作品，浑厚粗壮，增加了柔丽圆转之姿，强化了撇捺波势，中宫收缩，突现飘逸奔放之趣，自有个性与面貌，属以意而临的作品。

再如陈鸿寿临《灵台碑》隶书作品，横平竖直，爽直通达，少有柔曲，部首大小有所变形夸张，形态别具一格，不见明显的波磔撇捺，完全是背帖而书，韵味有别，独具新意，两者很难找到形似之处。

清代钱泳所临《灵台碑》，严谨规范，点横撇捺协调一致，洋溢着传统隶书的气息与韵味，以《灵台碑》神韵为根本，求神似不计形似，减少了原碑的斑驳古拙感，强化了柔丽多姿、蚕头燕尾、飘逸奔放的笔情墨趣。

予以为在临习之余进入创作之际，还是以坚持原碑风貌为主，成熟了达到一定的掌控能力后，再独辟蹊径、别创新意。汉隶的章法是纵有序，横有列，字距宽行距密。这种章法能充分展现隶书形式美的特征，整体和谐、端正。基于此笔者选择了集字组句，从原碑中选取“甘雨时降，百谷孰成”为创作内容，以三尺宣纸对开条幅形式书写。把纸折成长方形格，单字安排在格内中间偏高处，一气呵成。以供读者参考鉴赏。

《灵台碑》局部

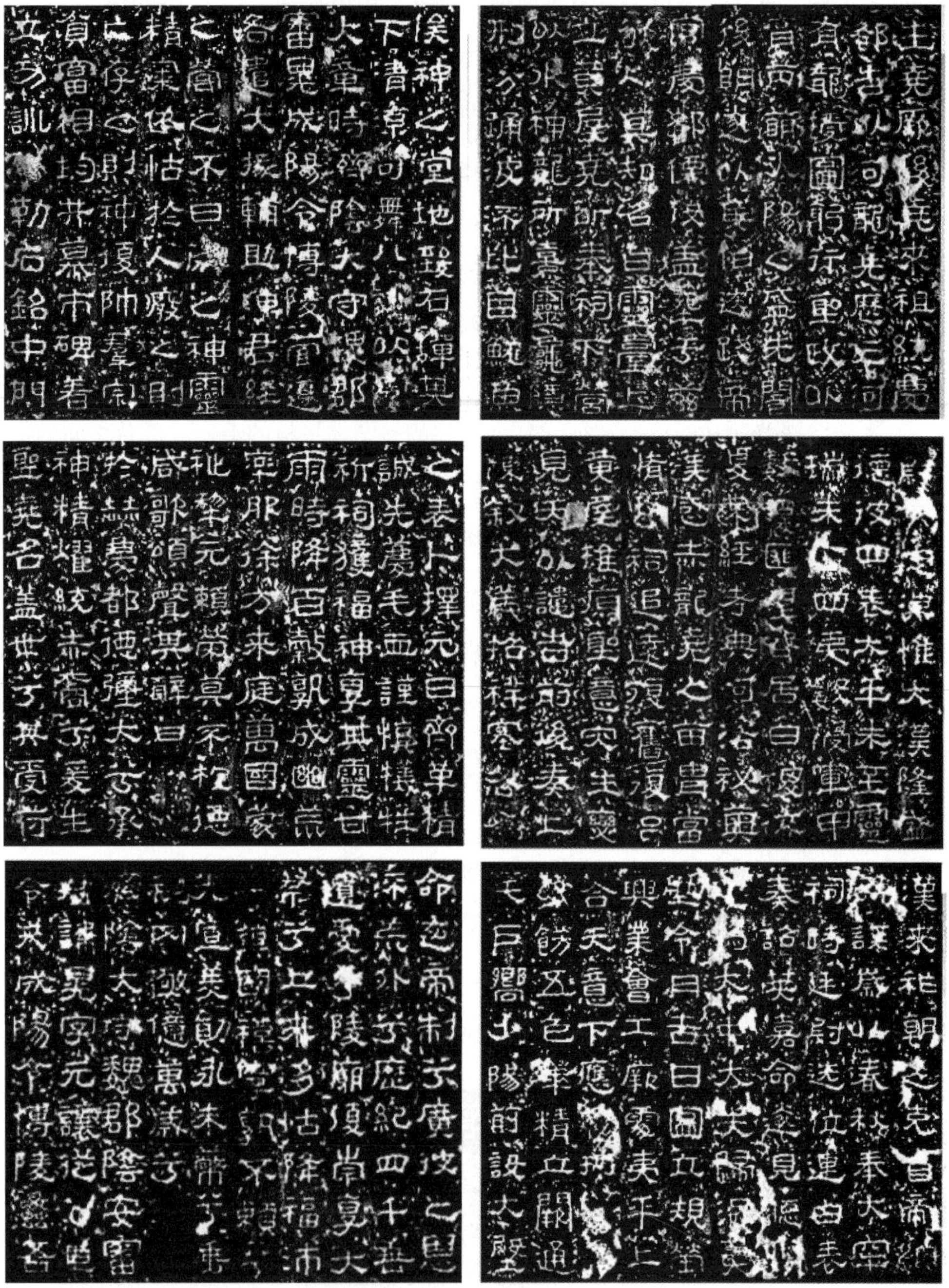

《灵台碑》

《灵台碑》碑文

生尧厥后尧来祖统庆
都告以河龙尧历三河
有龙授图躬行圣政以
育苗萌火阳之盛先暗
后明遂以侯伯恢践帝
宫庆都仙殁盖葬于兹
欲人莫知名曰灵台上
立黄屋尧所奉祠下营
以水神龙所熹灵龟隐
形汾踊波流比目鲂鱼

尉仲定深惟大汉隆盛
德被四表大平未至灵
瑞未下四夷数侵军甲
数扰匪皇启居日稷不
夏案经考典河洛秘奥
汉感赤龙尧之苗胄当
修尧祠追远复旧复□
黄屋推原圣意灾生变
见天以谴告前后奏上
陈叙大义招祥塞咎为

汉来祚朝廷克省帝纳
其谋岁以春秋奉大奥
祠时廷尉选位连白表
奏诏英嘉命遂见听□
□为大中大夫归治黄
殿令月吉日图立规茔
兴业会工厥处夷平上
合天意下应□□□□
□饰五色华精立阙通
天户向少阳前设大殿

侯神之堂地致石□其
下清凉可舞几□以□
大章时济阴大守魏郡
审晃成阳令博陵管遵
各遣大掾辅助仲君经
之营之不日成之神灵
精气依怙于人废之则
亡存之则神复帅群宗
贫富相均共慕市碑著
立功训□勒石铭中门

之表卜择元日齐革精
诚先荐毛血谨慎牺牲
祈祠获福神享其灵甘
雨时降百谷孰成幽荒
率服徐方来庭万国蒙
祉黎元赖荣莫不被德
咸歌颂声其辞曰
于赫庆都德弥大兮承
神精耀统赤裔兮爰生
圣尧名盖世兮其爰符

命恢帝制兮广彼之恩
流荒外兮历纪四千垂
遗爱兮陵庙复祟享大
祭兮上来多怙降福沛
兮万国禧宁孰不赖兮
光宜美勋永□蔽兮垂
视罔极亿万岁兮
济阴太守魏郡阴安审
君讳晃字元让从公车
令来成阳令博陵蠡吾

清 陈鸿寿临《灵台碑》

清 钱泳临《灵台碑》

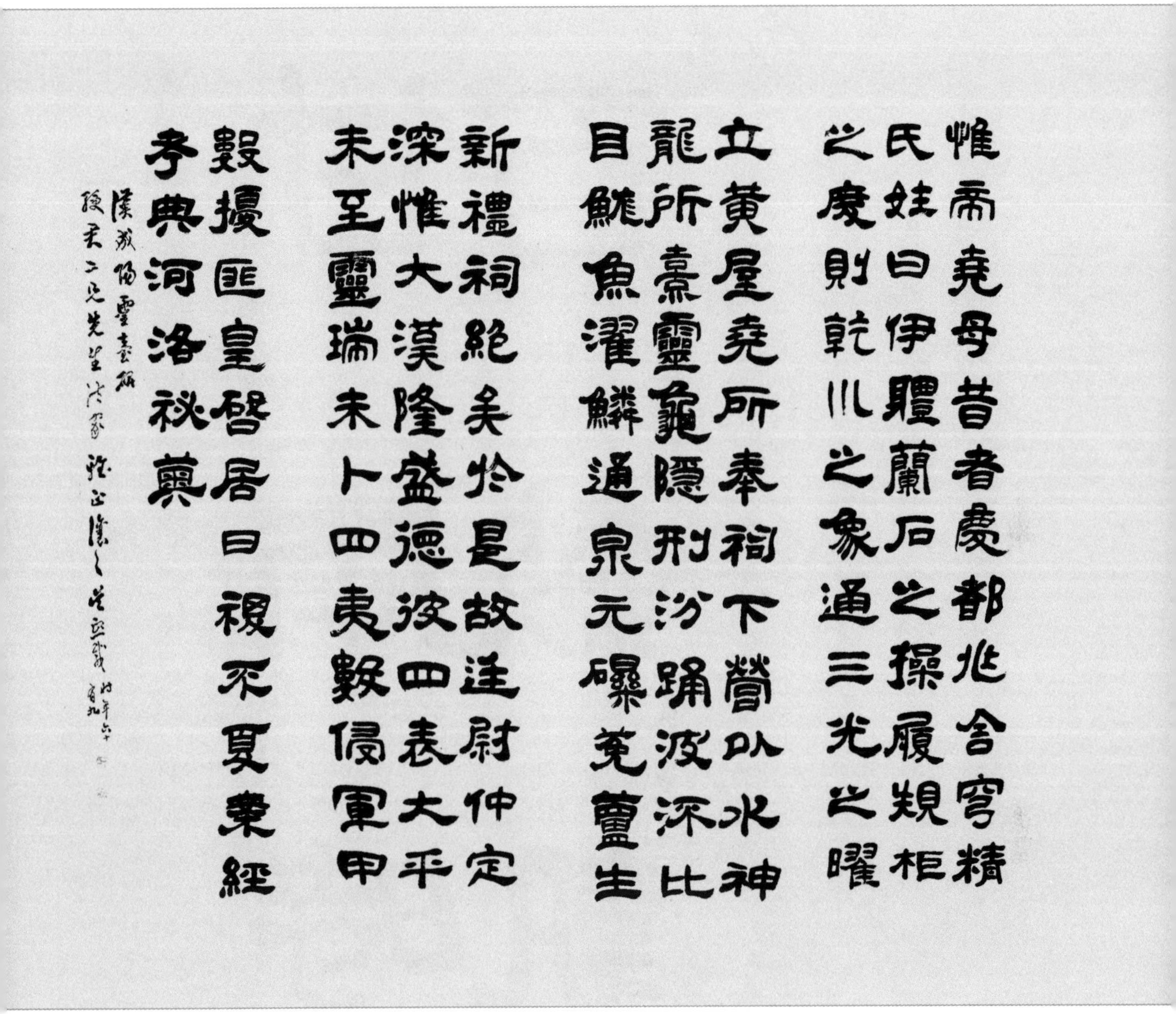
惟帝堯母昔者慶都兆舍穹精
氏姓曰伊體蘭石之操履規柜
之度則乾川之象通三光之曜
立黃屋堯所奉祠下營以水神
龍所熹靈龜隱刑汾踊波沵比
目鯥魚濯鱗通泉元灓莬蘆生
新禮祠絕矣於是故廷尉仲定
深惟大漢隆盛德被四表太平
未至靈瑞未下四夷數侵軍甲
數擾匪皇啟居日艱不暇棠經
考典河洛祕冀

清　吴让之临《灵台碑》

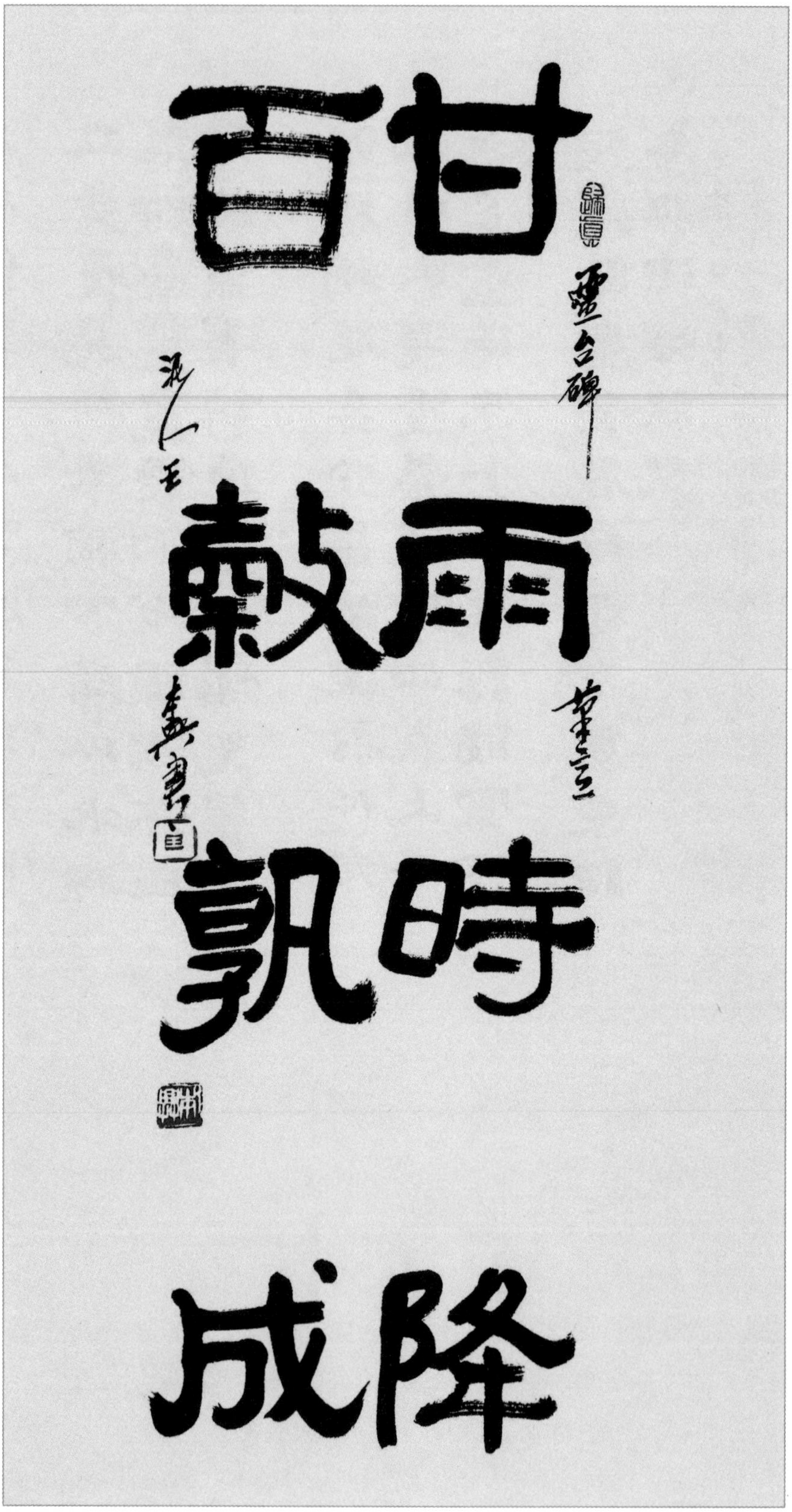

《灵台碑》笔意　王本兴书
甘雨时降　百谷孰成

郙阁颂

《郙阁颂》全称《汉李翕析里桥郙阁颂》，又称《汉李翕郙阁颂》。东汉建宁五年（172 年）二月刻立。原刻在陕西省略阳西北旧栈道白崖峭壁之上，为摩崖石刻。高 251 厘米，宽 182 厘米。

当时为纪念武都郡太守李翕重修郙阁栈道，而在石崖上为之刻写的颂扬文章。因摩崖刻石地处嘉陵江边拐弯处，古人拉船纤绳将刻石右上额磨出印痕七道，最长者可达 70 厘米，最短者亦有 20 厘米。刻石东距水面 8 米，不仅受风雨剥蚀风化，而且经沧桑岁月磨砺，常受夏秋洪水冲刷，致使字迹漫漶，左下角剥落了长宽各约 50 厘米，右上角剥落的若三角形。清道光二十二年（1842 年）撰修的《略阳县志》云：“左下角缺40字，右上角缺53字，中缺4字，清显者240余字。”此说基本与实际现状相符。

《郙阁颂》在南宋时就剥落严重，沔州知州田克仁不惜重资，用所得旧藏墨本拓片，在略阳县南的灵崖寺罗汉洞口，依原样复制摹刻了《郙阁颂》。此刻石 170 厘米高，125 厘米宽，全文 19 行，第 6、12 行为 11 字，第 15 行为 18 字，其余每行 27 字，共计 472 字，现存 220 字。明代万历年间，知县申如埙又重加补刻，并在石尾上加刻“知县申如埙重刻”七字。此刻字迹清晰，流布于世，以致鱼目混珠。

因《郙阁颂》书法价值极高，长期以来传为大书家蔡邕所撰所书，故旧之省府县志以讹而载。但南宋洪适《隶释》、明赵函《石墨镌华》、清翁方纲《两汉金石记》、清王昶《金石萃编》、清陈奕禧《金石遗文录》、朱剑心《金石学》等皆确认,《郙阁颂》为仇靖所撰，仇绋所书。早在魏晋南北朝时期它就盛名天下，各种金石专论多有著录。它同《石门颂》《西狭颂》并称我国汉碑“三颂”。

《郙阁颂》结体方正，平稳端重，宽博雄强，具有汉缪篆的格调。布白纵横有列，疏密相宜。点画线条有金文的质感，十分拙朴凝练，基本不带波势燕尾，但英气勃发，雍容大度。且风格沉郁，结体布白严整，章法茂密，风规自远。但《郙阁颂》长期暴露在日光与风雨之中，所以它不可能一直保持着最初的面貌。自然的风化，人工的翻刻，原本方折峭健的笔画转变成浑圆遒劲的气息。这样的转变还使诸多书评家处于被动地位，难免对此碑的描绘与评说有所变换与不同。余以为对于摩崖碑刻只能就字论字，时代的沧桑感不会重现与再见。近年来，喜爱《郙阁颂》的习书者渐多，故对如何临习此刻的技法问题，提出几点参考意见。

第一，临习者对《郙阁颂》应当认真读帖，模糊不清的字可放弃不临，从清晰处寻找它的特点。抓住此碑方正博大的格调及古拙凝重的气息，力求在临习中充分表现出来。

第二，无论横、竖、撇、捺，用笔都必须逆入回出，并做到行中有留，疾涩得宜，粗壮的笔画笔力下按，万毫铺开，平稳推进。细劲的笔画笔锋稍提，绞锋拖行，捺画的收笔隐含波势。点的临写既要逆入回出，又要用顿挫的动作写出。转折基本都是提笔转锋而下，一笔写成，结体呈正方扁方，笔笔到位。不纵不展，不张扬不夸大。有些字的结体很像楷书，如第二个“斯”字及某些三点水笔画，楷意尤重。《郙阁颂》的每个文字看上去都很圆劲粗壮，实际上圆中寓方，方圆结合，形方意圆。确切地说可以概括为两点：

其一，点画的起讫，线条的质感以圆劲为主格调；

其二，部首结体四角丰满匀称，以方折为主格调。

如附图中的“析”“扬”“州”“崖”“凿”“载”“乘”“为”“古”“迄”等字，点画圆头圆尾，线条亦显得浑圆而有立体感，然结体异常方正充实。临习摹写时应把握好这些形貌与特点。

创作具有《郙阁颂》笔意的隶书作品，我的体会是：

其一，用笔用圆笔，圆起圆收，点画线条要圆润浑厚，且不要过度伸展舒放；

其二，结体必须方正饱满，壮阔匀称，气局开放博大；

其三，注意墨色的反差与变化，款式要讲究传统美，款文钤印要恰到好处。

“指点江山，激扬文字”是毛泽东词《沁园春 · 长沙》中的诗句，在创作书写时采用对联形式，其“江”“山”“激”“扬”“文”“字”等6字，在《郙阁颂》铭文中皆能一一对应参照书写，“指”“点”二字可参照铭文中“里”“扬”“化”“自”“为”“日”等字之笔意书写。临摹出的作品，或自拟原碑笔意创作的作品，均是一种书法范畴内的艺术创作活动，只要融入了个人情感，无论是书法的初级创作，还是真正意义上的深层次的艺术创作，都是在某种物质形态形质上地创造性地再创作。书法创作为旨在表现欲望与心迹的一种有形意象，所以创作是一种最高级、最快乐、最神圣的精神性劳动过程，我们一定要很好的把握它。

《郙阁颂》局部

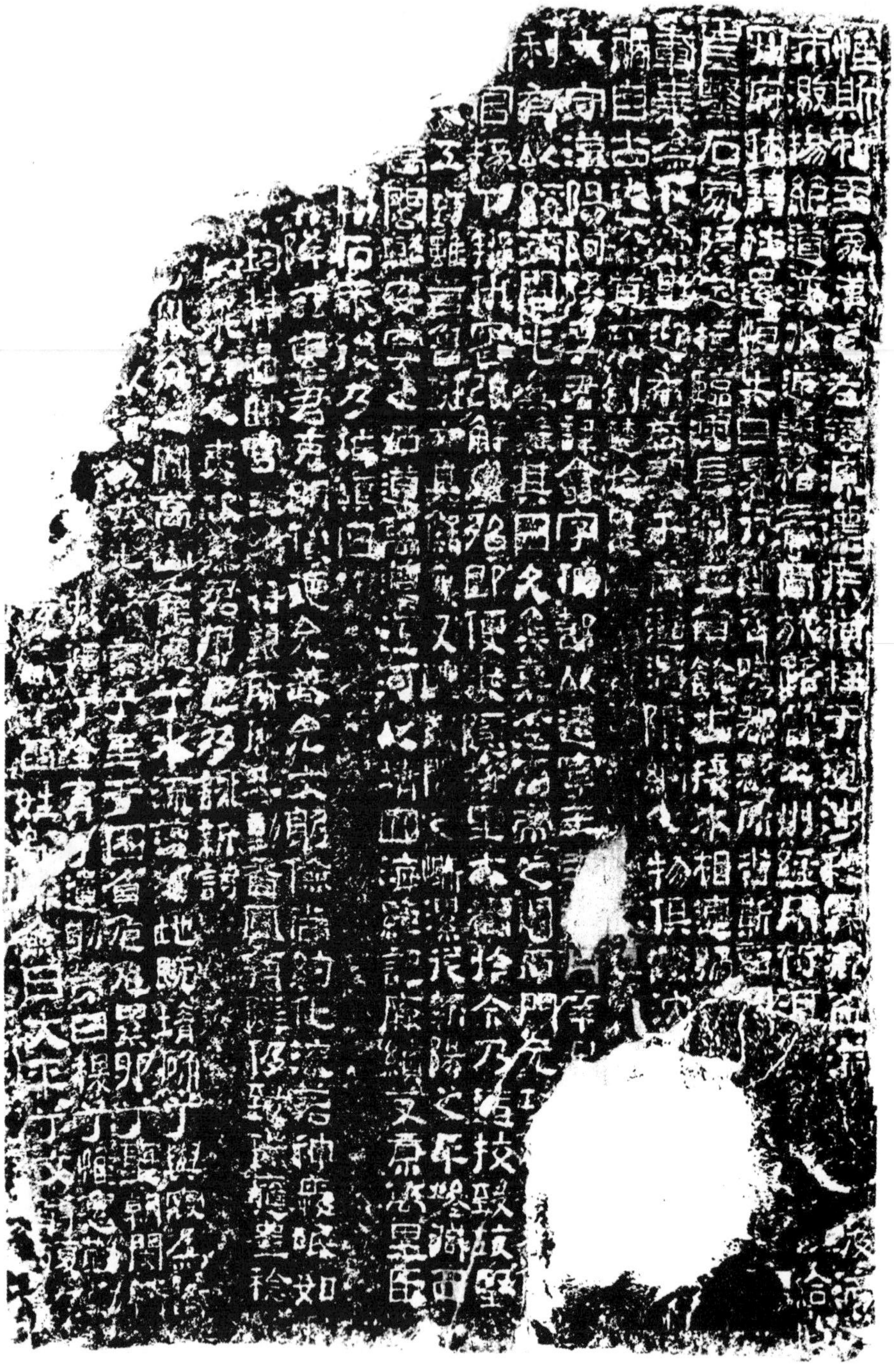

《郙阁颂》

《郙阁颂》碑文

惟斯析里，处汉之右，溪源漂疾，横柱于道。涉秋霖漉，盆溢□□，□波滂沛，激扬绝道，汉水逆让，稽滞商旅。路当二州，经用□沮，□□□□，□给州府。休偈往还，恒失日晷，行理咨□，郡县所苦。斯溪既□，□□□□，□崖凿石，处隐定柱，临深长渊，三百余丈，接木相连，号□□□。□□□□，载乘为下，常车迎布，岁数千两，遭遇颓纳，人物俱堕，沉□□□，□□□祸，自古迄今，莫不创楚！于是

太守汉阳阿阳李君讳，翕字伯都，以建宁三年二月辛巳□□，□□□利，有以绥济。闻此为难，其日久矣！嘉念高帝之开石门，元功□□，□□衡官掾下辨仇审，改解危殆，即便求隐，析里大桥，于今乃造，校致攻坚，□□工巧，虽昔鲁班，莫亦凝象、又配散关之崭漯，从朝阳之平参，减西□□高闻，就安宁之石道。禹导江河，以靖四海，经纪厥续，艾康万里。臣□□□勒石示后，乃作颂曰：

□□□□，降兹惠君，克明俊德，允武允文、躬俭尚约，化流若神、爱氓如□□□□均。精通皓穹，三纳符银。所历垂勋，香风有邻。仍致瑞应，丰稔□□。□□安乐，行人夷欣。慕君靡已，乃咏新诗：

□□□□□坤兑之间，高山崔巍兮水流荡荡，地既嵴确兮与寇为邻，
□□□□□□以析分，或失绪业兮至于困贫，危危累卵兮圣朝闵怜，
□□□□□□□、□□救倾兮全育孑遗，劬劳日稷兮惟惠勤勤，
□□□□□□□□□，□□充庶兮百姓欢欣，佥日太平兮，文翁复存。

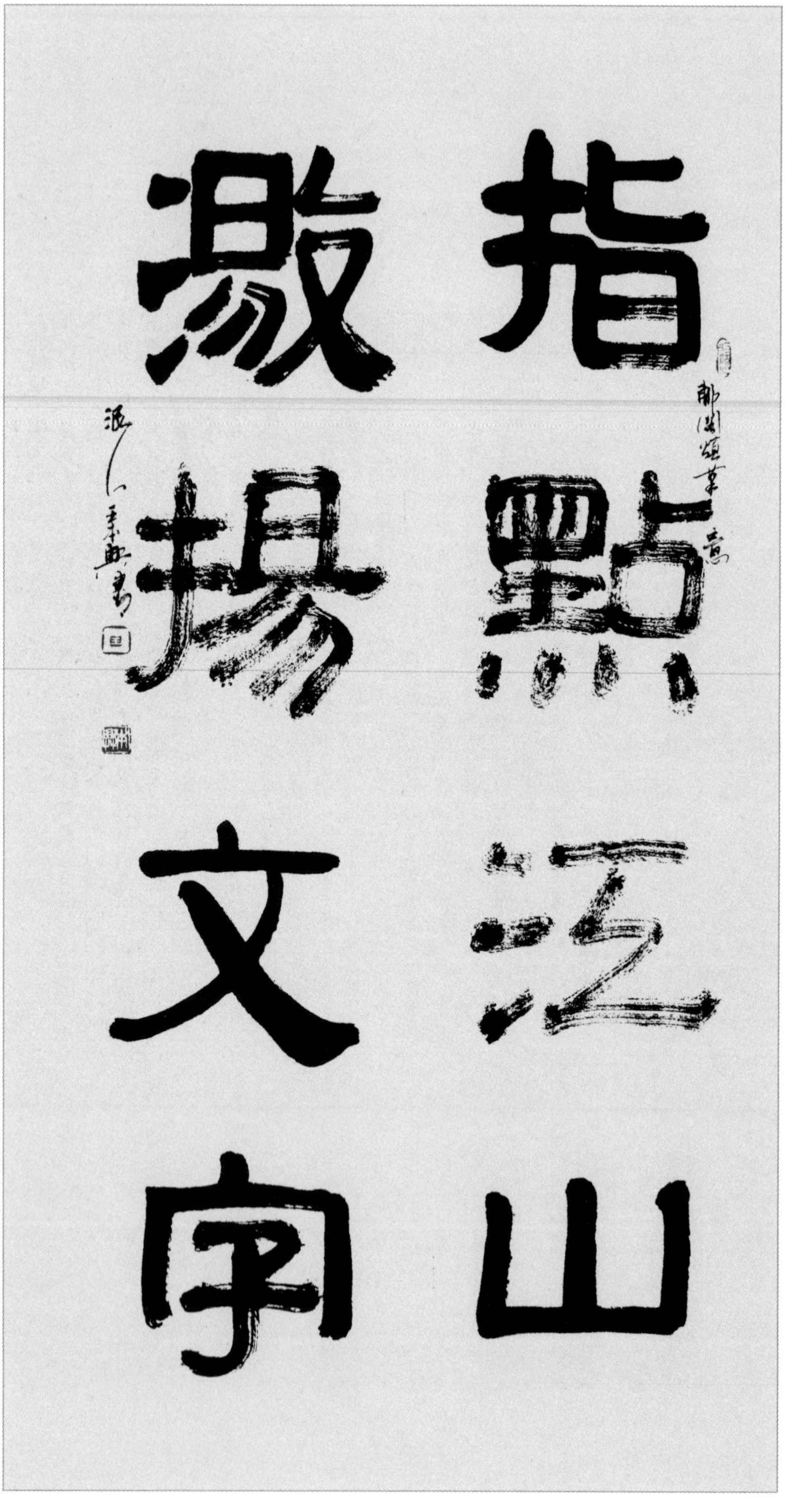

《郙阁颂》笔意　王本兴书
指点江山　激扬文字

鲁峻碑

《鲁峻碑》全称《汉故司隶校尉忠惠父鲁君碑》，又称《鲁忠惠碑》。东汉嘉平二年（173 年）四月刻立。碑高 380 厘米，宽 149 厘米，碑厚 23 厘米。碑文 17 行，行 32 字，原石存山东济宁市博物馆，碑主人鲁峻，字仲岩（一作仲严），山阳昌邑（故治在今山东金乡县西北 40 里）人。官至司隶校尉、屯骑校尉。熹平元年（172 年）卒于住所，终年 62 岁。次年四月，门生故吏于商、马荫等 320 人为之树碑颂德。碑原在金乡焦氏山南鲁峻墓所。据有关记载，墓前尚有石祠石庙，墓前之碑，后被人移置任城（今济宁）孔庙。

碑文内容记述了子继父德等有关事例。隶书书体，书风宽疏雄伟，刚劲古雅。而浑厚之中又极见飘逸遒丽。杨守敬评其碑文书风谓“丰腴雄伟”；万经评其碑文书风谓：“字体方整匀净，凡勒笔、磔笔、趯笔、挑起处极丰肥，开元诸家似效其体。”此碑漫漶颇甚，许多字已不可辨识。其书法方劲厚重而丰腴，兼有萧散古逸之致。其字有大有小，欹正相生，布局活泼可爱。碑阳与碑阴之字非出一人之手，碑阴多为姓名及出资款银数，碑阴古朴自然。当然今所临碑文则以碑阳正文为主。现将临习此碑的要点介绍如下：

一、用笔的特点

逆笔涩进，提按不拘谨，起伏不狂怪。这 14 个字总体上概括了临习此碑的用笔。无论是横、竖、撇、捺，都须逆入回出，以中锋行笔，并做到行中有留，提按动作自然妥帖，尤为强调轻重反差。线条呈顿挫抑扬古拙老辣感。波横的燕尾与捺笔的捺脚，粗壮浑厚，起讫以圆为主，但骨力通达，丰精内含。如附图“迁”“延”“民”“之”“长”等字的波挑，尤见锋芒，相当遒劲挺拔。《鲁峻碑》的文字笔画，有一点很特别，即在尾部收笔时，一反提锋而收的常规，大多加重按力，使末端变粗阔浑厚之状，如“守”字的竖钩，“中”字的中竖，“南”字的左右竖等点画，均为尾部粗于头部的形态。

二、结体的特点

方圆兼备，形体不歪斜，转折不混杂。这 14 个字从总体上概括了此碑结体的特点。严正朴茂，方圆兼备，不仅点画遵循此原则，结体同样是这一原则。有些字左右轻重不平衡，如“九”“子”等字，但其重心不偏，摆得平，站得稳。如“如”“百”等字，其方“口”部写得异常宽博粗大，呈外方内圆之态。“明”字结构以方为主，但其左竖的弯钩，写得非同一般，既宽大，又粗壮圆劲，用上按中提下按之笔而书。其右竖，为了与左竖顾盼呼应，向里作弯曲之状，上下向外突出，整体效果无比生动多姿。

三、章法布白的特点

大小参差，神情显自然，顾盼不做作。此碑点画的粗细，用笔的轻重，结体的方圆，以及挑捺、燕尾的丰肥粗大，显得仪表堂堂，豪迈潇洒，气度轩昂，既灵动活泼，又多姿多彩。布白纵横有序，有条不紊。可以看到书丹刻凿者本身就十分虔诚恭敬，气脉畅通，技法娴熟，功力很深。

有的书家认为《鲁峻碑》笔画的个性太强，用笔不易掌握，也不易学到手。初学隶书者不宜选临此碑，一定要既有字内功夫又有较好的字外修养者才能临习。这样说也许有道理，但也不尽然如此，倒是提醒初学者，方方面面都要引起足够的重视，加倍地去努力，多注意它与众不同的特点，既要从灵动多姿的字内技巧上去掌握它的“形”，又要从雄强古朴的字外修养上去研究它的“质”，才能得到它的“神”。功夫不负有心人，临习者持之以恒，一定会达到理想的目的。

《鲁峻碑》虽然被岁月漫漶剥泐，但天人合一，苍茫古朴，别具天趣。故进入创作层面时，我们要抓住此特色。如附图“从善如流”，为笔者创作的《鲁峻碑》笔意隶书书法，用四尺对开条幅，其中“如”“流”在原帖中有碑文可对应借鉴，“从”可以参照原帖中“延”字，“善”可以参照原帖中“喜”字等字形。字势书写创作，逆入回出，中锋涩行。我们事先可以把作品文字通盘练习好，包括落款都要预先设计好，胸有成竹，熟能生巧，在宣纸上正式创作时才能一气呵成，没有犹豫的痕迹，达到形神兼备，突出金石气息的效果。

《鲁峻碑》局部

《鲁峻碑》碑阳

《鲁峻碑》碑阳碑文

君讳峻，字仲岩，山阳昌邑人。其先周文公之硕胄，□□伯禽之懿绪，以载于祖考铭也。君则监营谒者之孙，修武令之子。体纯和之德，禀仁义之操，治《鲁诗》，兼通《颜氏春秋》。博览群书，无物不刊，学为儒宗，行为士表。汉□始仕。佐职牧守，敬恪恭俭，州□举孝廉，除郎中谒者，河内太守丞。丧父如礼，辟司徒府，举高第，侍御史、东郡顿丘令。视事四年，比踪豹产，化行如流。迁九江太守。□残酷之刑，行循吏之道，统政□载，穆若清风。有黄霸、召信臣在颍南之歌。以公事去官，休神家巷，未能一期，为司空王畅所举，征拜议郎、大尉长史、御史中丞。延熹七年二月丁卯拜司隶校尉，董督京辇，掌察群宝，蠲细举大，榷然疏发。不为小威，以济其仁。弸中独断，以效其节。案奏□公，弹绌五卿，华夏祗肃，佞秽者远。遭母忧，自乞拜议郎，服竟还拜屯骑校尉，以病逊位。守疏广知足之计，乐于陵灌园之洁。闭门静居，琴书自娱。年六十一，熹平元年□月癸酉卒。明年四月庚子葬。于是门生汝南干商、沛国丁直、魏郡马萌、渤海吕图、任城吴盛、陈留诚屯、东郡夏侯弘等三百廿人追惟在昔，游、夏之徒作谥宣尼，君事帝则忠，临民则惠，乃诏告神明，谥君曰忠惠父。息睿不才，弱冠而孤，承堂弗构，斫薪弗荷。悲蓼莪之不报，痛昊天之靡嘉，俯企有纪，能不号嗟。刊石叙哀，其铭曰：

巘巘山岳，礧落彰驳。棠棠忠惠，令德孔爍，命□时生，雅度弘绰。允文允武，厥姿烈逴。内怀温润，外撮强虐。督司京师，穆然清邈。当迁绲职，为国之榷。非究南山，遐迩忉悼。凡百君子，钦谥嘉□。永传亿龄，焕矣灼灼。

《鲁峻碑》碑阴

《鲁峻碑》碑阴碑文

故吏河内裹管懿幼远千
故吏九江寿春鹇龚伯麟五百
故吏九江寿春任琪孝长五百
故吏东郡顿丘许逾伯过五百
门生沛国谯丁直景荣千
门生勃海高成吕图世阶千
门生东郡濮阳殷敦登高千
门生汝南邵陵干商朝公五百
门生南阳新野魏颢文台五百
门生平原般路龙显公五百
门生平原西平昌壬端子行五百
门生陈留尉氏胡嵩永高五百
门生陈留尉氏胡昱仲表五百
门生济阴定陶棣真子然五百
门生任城樊儿雄大平五百
门生平原乐陵路福世辅三百
门生魏郡斥丘李牧君伯三百
门生魏郡繁阳壬辅子助三百
门生任城任城周普妙高三百
门生任城任城吴盛子兴三百
门生勃海重合梁□叔节三百

门生河东蒲反李□□时三百
门生河东蒲反阳成□文智三百
门生汝南汝阳郑立□节三百
门生东郡临邑夏侯宏子松二百
门生东郡博平孙谦□□二百
门生东郡乐平邢颢□□二百
门生东郡乐平邢□季□二百
门生魏郡内黄马萌于□二百
门生魏郡犁阳壬□少□二百
门生汝南□强尹棱□□二百
门生汝南□强尹颢叔□□百
门生勃海南皮刘扶节□□百
门生勃海南皮刘盛兴□□百
门生河间阜成东乡晨子□二百
门生河间阜成东乡恭公□二百
门生平原西平昌刘丕景高二百
门生平原股张谦伯让二百
门生陈留尉氏夏统子思二百
门生济阴乘氏许仁伯德二百
门生济阴离狐周维元兴二百
义士梁国宁陵史强强良二百

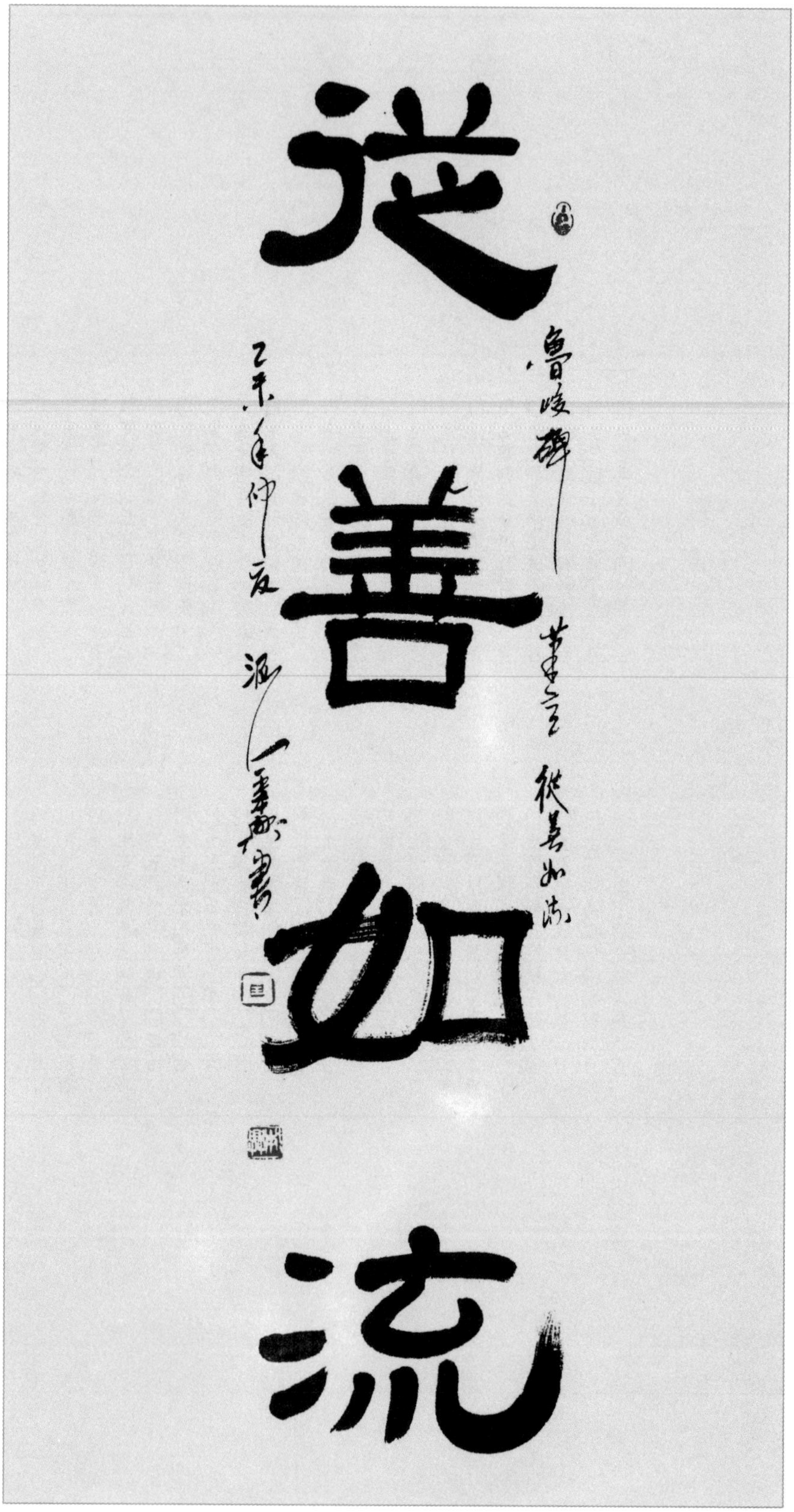

从善如流
《鲁峻碑》笔意　王本兴书

朐忍令景君碑

东汉隶书《朐忍令景君碑》亦叫《汉巴郡朐忍令景君碑》或《汉巴郡朐忍令景云碑》。此碑立于东汉灵帝熹平二年（173 年）。重庆市云阳县的汉代县城“朐忍”一直是个鲜为人知的地方，在距离云阳旧县城遗址 70 千米左右的李家坝遗址，1994 年，考古专家发现了一方封泥，上有“朐忍丞印”四个字。可见，李家坝遗址秦汉时在朐忍县城的管辖范围之内。2004 年 3 月，吉林省文物考古所三峡考古队发现了《汉巴郡朐忍令景君碑》，该碑正面文字十分完整，仅断裂处几个字稍残。据首句“汉巴郡朐忍令广汉景云叔于以永元十五年季夏仲旬已亥卒”，名之为《汉巴郡朐忍令景云碑》。石碑制作精美，碑侧饰青龙、白虎的浮雕。碑额晕线旁亦有 3 幅浮雕，左侧为一朱雀，右侧为一兔首人身形象，正中为一妇人立于半开门后。碑文隶书，共 13 行 367 字，四周环以阴刻的流云、飞鸟。碑文中间一大段都是赞扬景君德政的言辞，由碑文知，景云于东汉永元十五年（103 年）死于朐忍任上，其同乡后任朐忍令雍陟为其勒铭。此碑今入藏云阳县文物保护管理所。

《朐忍令景君碑》隶书多半用方笔，有楷书笔意，有稚拙意趣。骨力雄浑，气势雄厚。结体平直，布局大方，不求小的变化，品格古雅。与《曹全碑》《礼器碑》《史晨碑》等秀逸型隶书碑帖在风格上形成鲜明的对比。但也吸取了秀逸型隶书灵动飘逸、刚劲峻雅的特色。与《乙瑛碑》《鲜于璜碑》《张寿碑》等，用笔上有许多共同因素。用笔粗拙端庄，笔法方齐，挺拔厚重，体势严整，折角方正，钩捺凌厉，风格质朴，气息雄伟，遒劲而灵秀。布置缜密，魂魄夺人。它是汉碑中别具特色，风格雄强的隶书之一。现将临习要点介绍如下：

一、点画

隶书之点，或圆或方，或平或竖，或露或藏，形态多姿，具微缩后的横、竖、撇、捺、挑的特点，与其他线条形成一种对比关系和节奏关系，有间隔线条和呼应的作用。它亦有一定的方向性，使隶书生动活泼，充满活力。据所附点画示意图可知，该碑常见的点有：圆点、方点、尖点、横点、竖点、撇点、捺点、挑点、三角点等。形式极为丰富。这里要特别提请注意，《朐忍令景君碑》隶书之点，大多锋颖特别凌厉，有棱有角，姿态优美峻洁，有的充满楷意。临习者书写时用笔动作要丰富到位，不可马虎。其笔法为：

点画

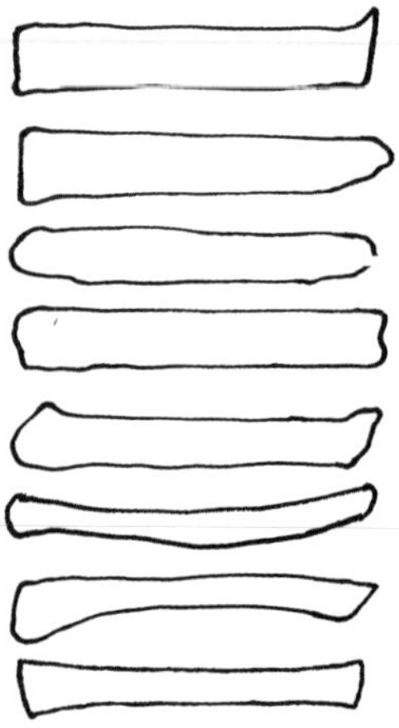

平横

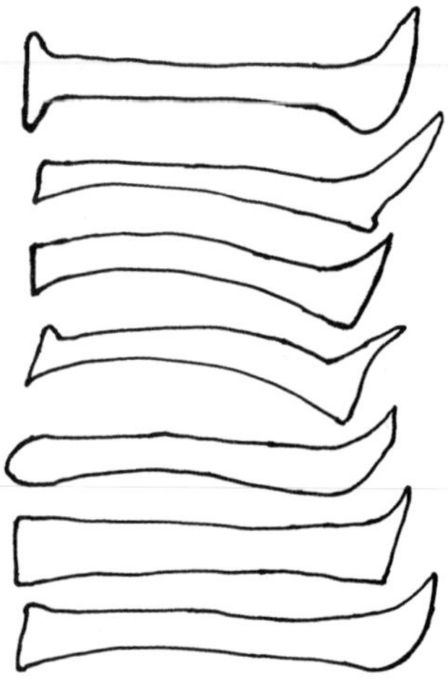

波横

《朐忍令景君碑》笔画示意图

（1）压笔入纸，逆入藏锋；

（2）蓄势，顿挫行笔；

（3）锋尖上提，涩出回锋。

该碑隶书点的用笔看似平常，但有其丰富性与复杂性。如左右两点有对称性；八字点多为上合下开，左点似掠，右点似短竖或短捺，如“东”“族”“兮”“斯”“矣”“紫”“典”等字；三点水的三点非同一般，如“泣”“凌”“汶”“泽”“海”等字，有头圆尾尖，有三角形并作上掠之状，皆指向字心的；四点一般是聚散呼应，左右分张，彼此成形，如“抚”“熊”“烝”等字。

二、横画

《朐忍令景君碑》隶书的横画也有自身的特点，包括平横与波横，形式多样，参见横画示意图。无波磔的横画叫平横，如“不”“二”“三”“丧”“朱”“夫”“盖”“其”等字，写得粗壮平缓。书写时铺毫涩行，行笔速度不宜太快，锋尖保持在笔画中线上，大多呈方起方收状。波横收笔时出锋稍快，上起下行，后再翻笔往右，营造方峻凌厉之状，中途有的平直，有的稍显瘦劲带有弯势，收笔形成燕尾。值此说明的是此碑平横及波横写意夸张，特别是燕尾写得上翘而尖长，飞动之势有点儿超乎寻常，如“行”“有”“二”“布”“右”“其”等字，可谓各尽其态。主横与次横有明显的区别，主横大多数写成蚕头燕尾（少数主横也写成平横），临习者书写时要把握好。

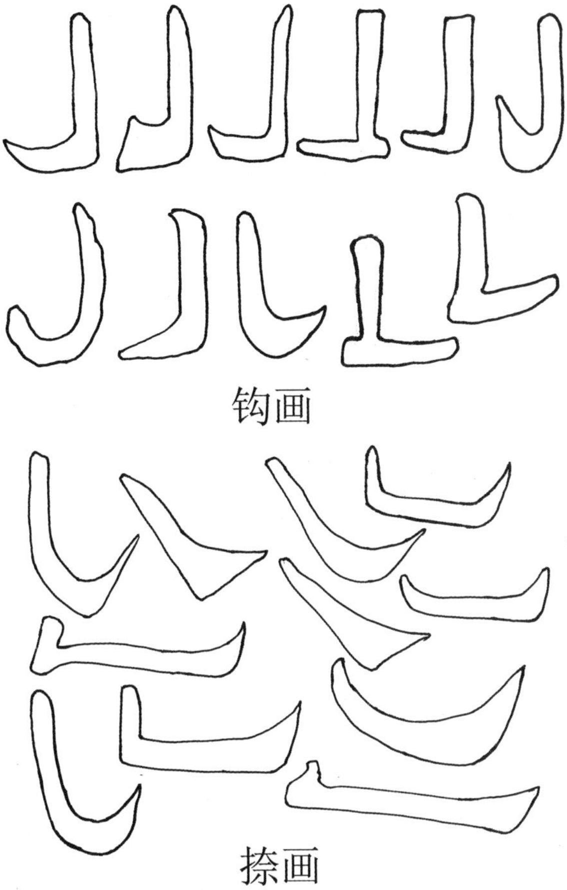

《朐忍令景君碑》笔画示意图

平横的笔法：

（1）平横平直粗壮，逆锋起笔，方笔提笔翻折；

（2）中锋铺毫行笔，少作提按，按中涩行，粗细匀称，变化宜小，做到圆润匀称有质感有力度；

（3）提笔以方回锋收住。

波横一波三折，写波首蚕头时，方转向下，再翻笔右书，形成头部方劲峻利棱角分明的形态，然后提笔缓行。写波腰，行笔过腰后，逐渐加力重按向右下方斜行，笔画渐粗至右下方顿笔后，顺势向右上方斜出，出锋略快，笔意延长，稍带夸张，书成燕尾。波横美化了隶书，使该碑隶书飘逸舒展，稳中有动，波横的形态各有区别，粗细长短与行笔速度也不尽相同。临习者只有准确临习，用心揣摩，方能把握好波横体态变化之味。

三、竖画

参见所附竖画示意图，此碑隶书的竖画形式多样，或粗或细，或长或短，或方或圆，各有区别。如“布”“载”“东”“慨”“术”“中”“不”“丧”“朱”“行”牧”“年”等字。此碑隶书字形方正带有扁平之姿，以横方向取势为主，所以竖画长短要把握分寸。直竖笔法一般先上行藏锋，大多用方笔起笔，转锋下行时涩行渐进，收笔方中寓圆，回锋收笔。此隶书中除平缓平直的竖画外，还有一种竖画呈上小下大，顿按之力大于上端。竖画书写时要笔随字势，提按由人，追求骨力刚劲，浑厚凝练。

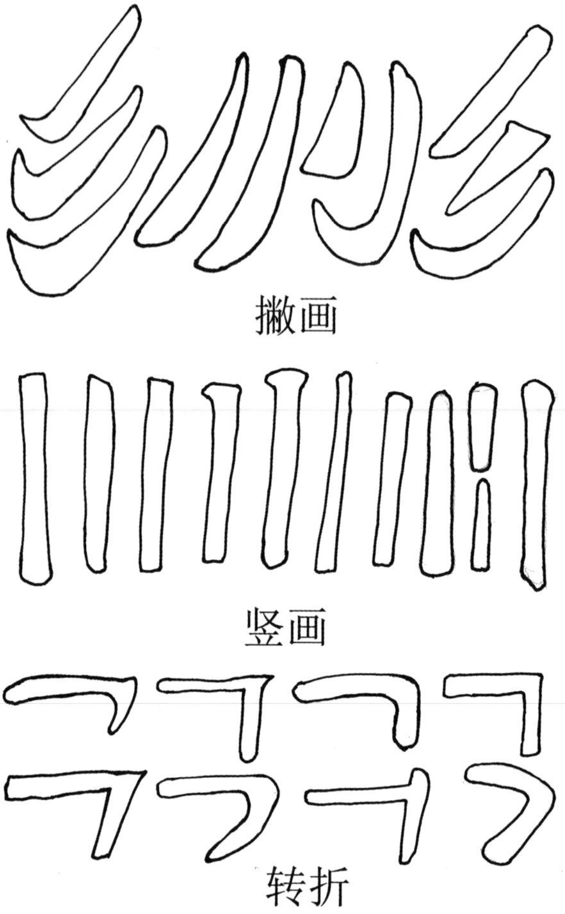

《朐忍令景君碑》笔画示意图

四、撇画

如附图所示，撇画亦十分粗壮遒劲，飞动灵活。其笔势是向左斜势伸展，它与向右的捺形成左掠右波的格局，使体势开张，左右平衡。撇的形态变化很多，有斜撇、竖撇、弯撇、点撇、长撇、短撇等。

撇画笔法为：

（1）藏锋逆入，有以方为主的起笔，也有以圆为主的起笔；

（2）提锋左转向下行笔，随势掠出，要求中锋运行，渐行渐按；

（3）提笔向上回转收笔，大多数收笔是裹锋出笔，撇尾上翘，呈反捺之状。

撇画的重心和力量集中在下部，头部峭劲轻巧，呈上轻下重。如“凌”“不”“夫”“朱”“大”“布”“父”“裳”“君”等字。撇画伸展自如，强劲有力，雍容而有气势。有的上翘而稍带钩意，要求用笔因字而宜。

五、捺画

参见所附捺画示意图，有平捺、斜捺、弯捺、乙挑捺、心字捺、走之捺之别。用笔均须逆锋入纸，行笔方向不同，最后皆渐行渐按，加重顿力，再向上提收。波磔形态各有特色，有的粗壮，有的上翘，有的呈弯钩状，有的呈楷书之捺。如“不”“路”“织”“殁”“牧”“农”“夫”“大”“朱”“紫”“城”“父”“汶”等字。斜捺多为一波三折，头略高，腰部往下渐顿作铺毫，至捺脚处顿笔后蓄势挑出，往往与撇配合而成左右伸展之姿。

六、折画

参见所附折画之图例，折画是指横与竖联结处的笔画。《胸忍令景君碑》隶书折画一般作一笔处理，少有换笔作两笔书写。其笔法是以平横的笔法写好横画后，在横画收笔处提笔向上转折，调整好笔锋再向下行笔书写。注意转折处有的以弯势圆融而下，有的以直角形式转锋而下，有的横竖接笔，竖画露头而下，有的呈棱角分明，尖利锐角之状。如“字”“纽”“豪”“覆”“禹”“猛”“关”“东”“石”“中”“强”“典”等字。

隶书的结体由独体字和合体字组成，独体字如“父”“夫”“中”“大”“不”等字，合体字如“妣”“诸”“纽”“始”“妇”“牧”“颠”等字。独体字通过点画的巧妙搭配使字势取得平衡，合体字则注重左右或上下部首的配合，每个部首都能独立成形，重心平衡，各部首的平衡构成合体字整体的重心平衡。初学者在临摹合体字时，易犯局部松散重心不稳的毛病，没有掌握部首独立成形的特征，另外易犯的是结体呆板的毛病，部首之间的搭配作机械的均匀排列，从而失去艺术趣味。此碑隶书中相同的字点画形态也各有变化，我们须细心观察，反复比较才能领会。每个字笔画的长与短、粗与细、直与曲的不同取势方法，所以相同的字产生细微的区别。此外该隶书章法是纵有序，横有列，上下字距宽左右行距密。这种章法能充分展现隶书形式美的特征，使文字整体和谐端正。临习者书写时，把纸折成长方形格，单字安排在格内中间偏高处即可。

《增广贤文》有“妻贤夫祸少，子孝父心宽”之句，此句通俗易懂，体现社会生活哲理，是从人生教训中总结而来，不失为格言醒语。我以此为作品内容，用四尺玉版宣，选取大号长锋长毫毛笔，以中堂形式书写。作品纵向两行，每行四字，格子叠好之后，我以《胸忍令景君碑》隶书笔意一气呵成，以此作品供读者参考品赏。

《朐忍令景君碑》局部

《朐忍令景君碑》局部

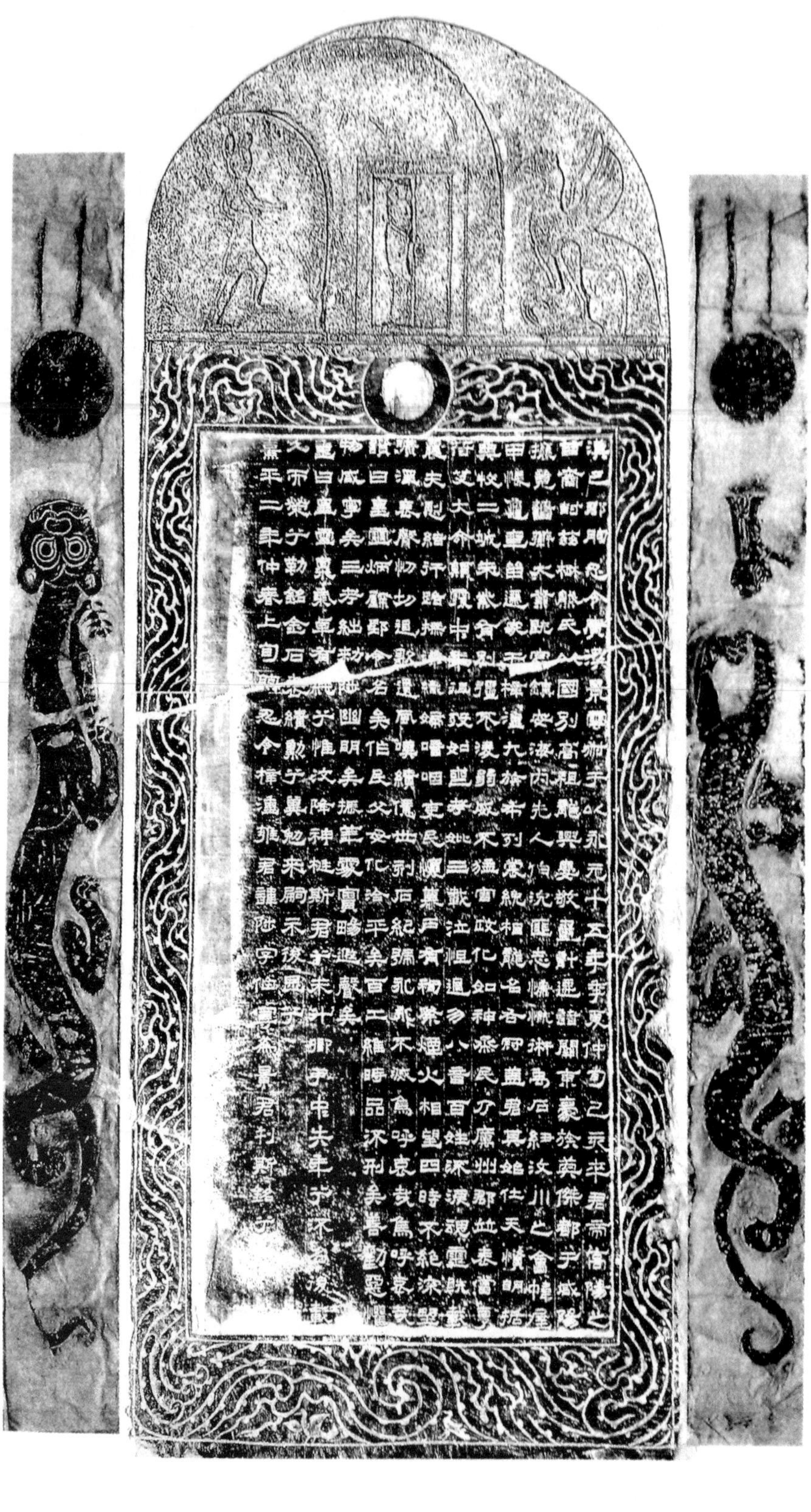

《朐忍令景君碑》

《朐忍令景君碑》碑文

汉巴郡朐忍令广汉景云叔于以永元十五年季夏仲旬己亥卒君帝高阳之苗裔封兹楙熊氏以国别高祖龙兴娄敬画计迁诸关东豪族英杰都于咸阳攘竟蕃卫大业既定镇安海内先人伯况匪志慷慨术禹石纽汶川之会帏屋甲帐龟车留遰家于梓潼九族布列裳絻相龙名右冠盖君其始仕天愤明哲典牧二城朱紫有别强不凌弱威不猛害政化如神烝民乃厉州郡并表当亨符艾大命颠覆中年徂殁如丧考妣三载泣怛追勿八音百姓流泪魂灵既载农夫恖结行路抚涕织妇喑咽吏民怀慕户有祠祭烟火相望四时不绝深野旷泽哀声恻切追歌遗风叹绩亿世刻石纪号永永不灭乌呼哀哉乌呼哀哉

赞曰皇灵炳璧郢令名矣作民父母化洽平矣百工维时品流刑矣善劝恶惧物咸宁矣三考绌敕陟幽明矣振华处实畅遐声矣

重曰皇灵禀气卓有纯兮惟汶降神梃斯君兮未升卿尹中失年兮流名后载久而荣兮勒铭金石表绩勋兮冀勉来嗣示后昆兮

熹平二年仲春上旬朐忍令梓潼雍君讳陟字伯宁为景君刊斯铭兮

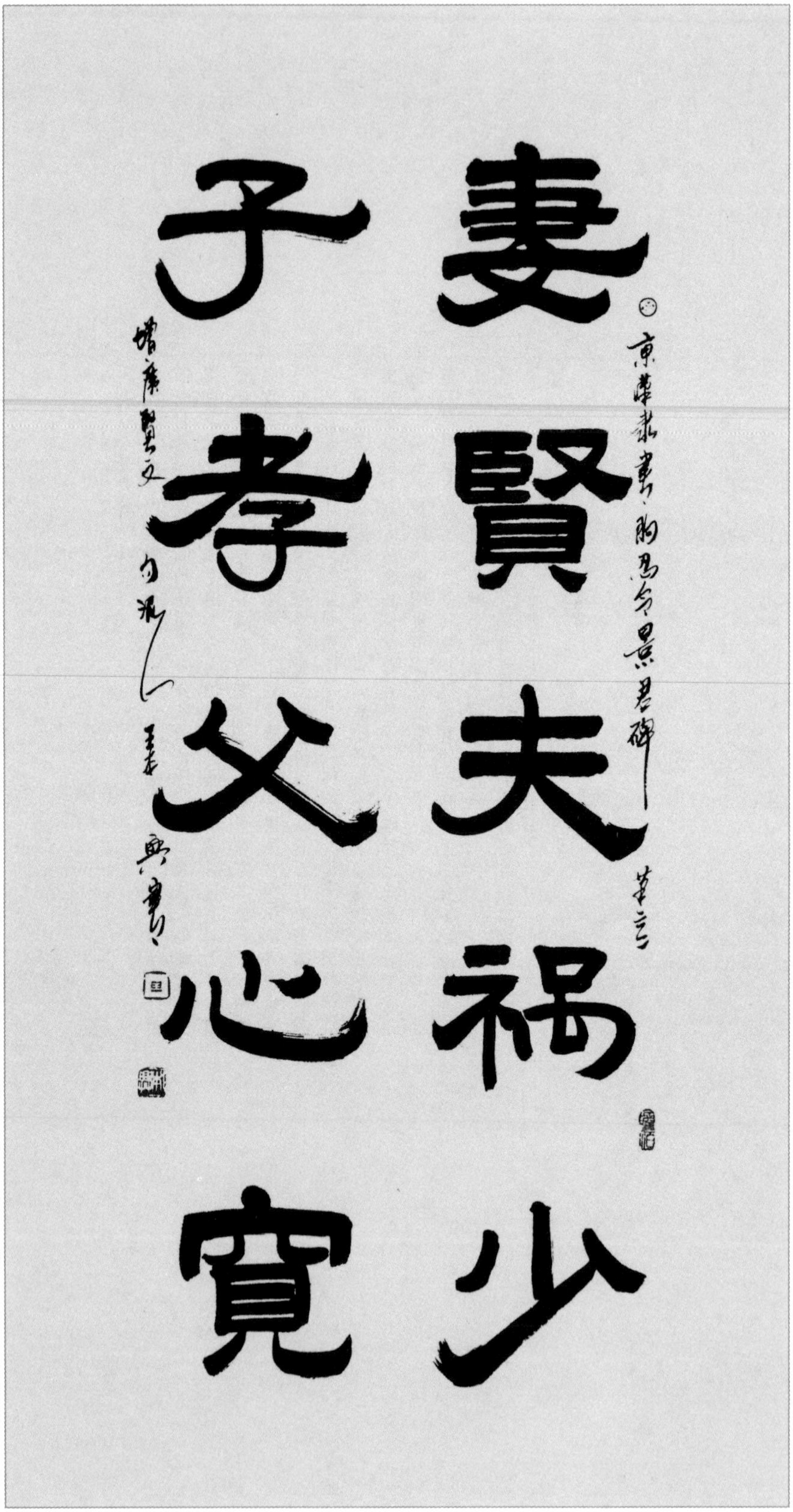

《增广贤文》句 《胸忍令景君碑》笔意 王本兴书

妻贤夫祸少，子孝父心宽。

熹平残碑

现藏山东曲阜孔庙的《熹平残碑》于东汉灵帝熹平二年（173年）十一月刻立。清乾隆五十八年（1793年）为黄易在曲阜东关外访得，阮元将发现经过及出土时情况刻于石左。文曰："乾隆癸丑十月，元按试至曲阜，黄司马易访得此石于东关外，告元，掘土出之，审示得七十三字，不全者六字，其熹平二年十一月乙未下遘字存少半，此卒之年月作立碑年月。如鲁峻卒于熹平元年□月，碑立于二年四月也。因移置孔子庙以飨学者，学使詹事府詹事，仪征阮元识。"另有隶书两行，为翁方纲、袁廷㮊等观看题记。从颜怀志《熹平残碑》"城东有残碑，精怪壁间出"诗句看，当时于墙上发现。1978年移入孔庙东庑，残碑当为原碑中下部左半，呈不规则形，右侧最高处71厘米，中部最宽处82厘米，厚21厘米。隶书书体，存文8行，首行8字，2行13字，3至7行各14字，5行无字，末行只一字，共计78字，其中有6字不全。此碑书体用笔方峻，结体平正严谨，风格淳朴，方中寓圆，疏密有致，十分端庄稳重，犹似隶中之楷，丰茂而挺拔，属于东汉隶书成熟时期的作品。

其临习要点如下：

一、碑文的笔画线条大多用方笔书写，起讫处突出了方意，但中锋过处却浑厚圆润，在用方欲圆的意念与作用下，线条显得凝重，既有斩钉截铁方正锐利的气息，又有婉转遒劲刚柔相济的古厚格调。

二、结体中的主笔画收展纵放自如。点画粗细变化很微妙，反差极小，起伏很平稳，横竖一般较为平直。从文字的整体看，线条的粗细比较一致匀称。如附图的"平""年""月""君"等字。

三、横竖（包括点）的临习，要写得粗壮浑厚，力求丰满。其波横亦头尾相当，中部稍带弯势。捺肚有的有棱有角，尖利峻洁，如"乙""一"等字。有的中锋拖行，缓缓提锋回收，使捺肚呈圆润含蓄之状，如“年”字，再看“表”“君”“未”等字的撇画，含实不虚，尾部稍粗于头部，很有力量感。

四、捺笔和波横的形态基本一样，有峻利出锋，如“民”“以”等字，有拙厚圆畅，含而不露，如“未”等字。而竖钩则写得尤见方折锐利之意，如“府”字的钩画，外方内圆，毛笔向左递行，提锋平出，很有特点。

五、残碑的结体大多呈内敛外拓，疏密兼宜。文字结体很讲究自然适意。这样就产生了字形大小、宽窄一致比较匀称的效果,《熹平残碑》的转折比较单一，大多用方折，如“君”“风”“民”“国”“书”“自”“月”等字的转折，很平方板正，开启后来的魏书之风。有人认为《熹平残碑》用笔起伏过小，结体平正，作为隶书似乎还不够成熟，或者还没有形成最终风格。其实不然,《熹平残碑》气息高雅，居静以动，极力淡化装饰性，寓风流于平正雄强之中，以方劲峻雅的体态独立于当时的大汉书坛，风规自远，确实很了不起。

最后要强调的是，临习此碑必须中锋用笔，铺毫运行，提按动作少了，但淹留涩行的功夫要深，纸与笔的摩擦力要加强。鉴于此，我们可选用大一些的中短锋软毫笔临写，这样更有利于表现线性、线质的形似与凝重，易得《熹平残碑》书体的朴茂效果。

《熹平残碑》虽然字数不多，但端庄典雅，遒劲凝重，足可作为临摹、书写、创作之典范。笔者取四尺宣纸，竖式整幅创作书写，内容为:“一塔凌空浩气升，江天可览拟攀登。蓁贫但厌门票贵，未到拿云最上层。”20世纪80年代，我偕同慈母游杭州六和塔，因怜惜门票费用，只围塔转了一圈，未曾入塔登级而上，遂作此绝句永留纪念。作品形式纵向四行，款文置于正中，并用红线勾画框格，给作品增加了一点儿新奇与特色。书写前要叠好合适的格子，书写时要背帖挥毫，临习者随意发挥，按《熹平残碑》的风格用笔。它毕竟是属于东汉隶书成熟时期的碑帖，所以严谨规范又不失灵动自然，书卷气息十分浓厚，我在书写创作此作品时，深切地体会到了这一点。

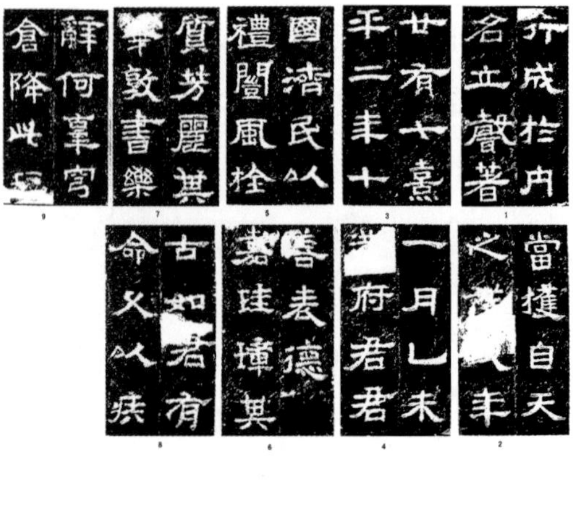

《熹平残碑》局部

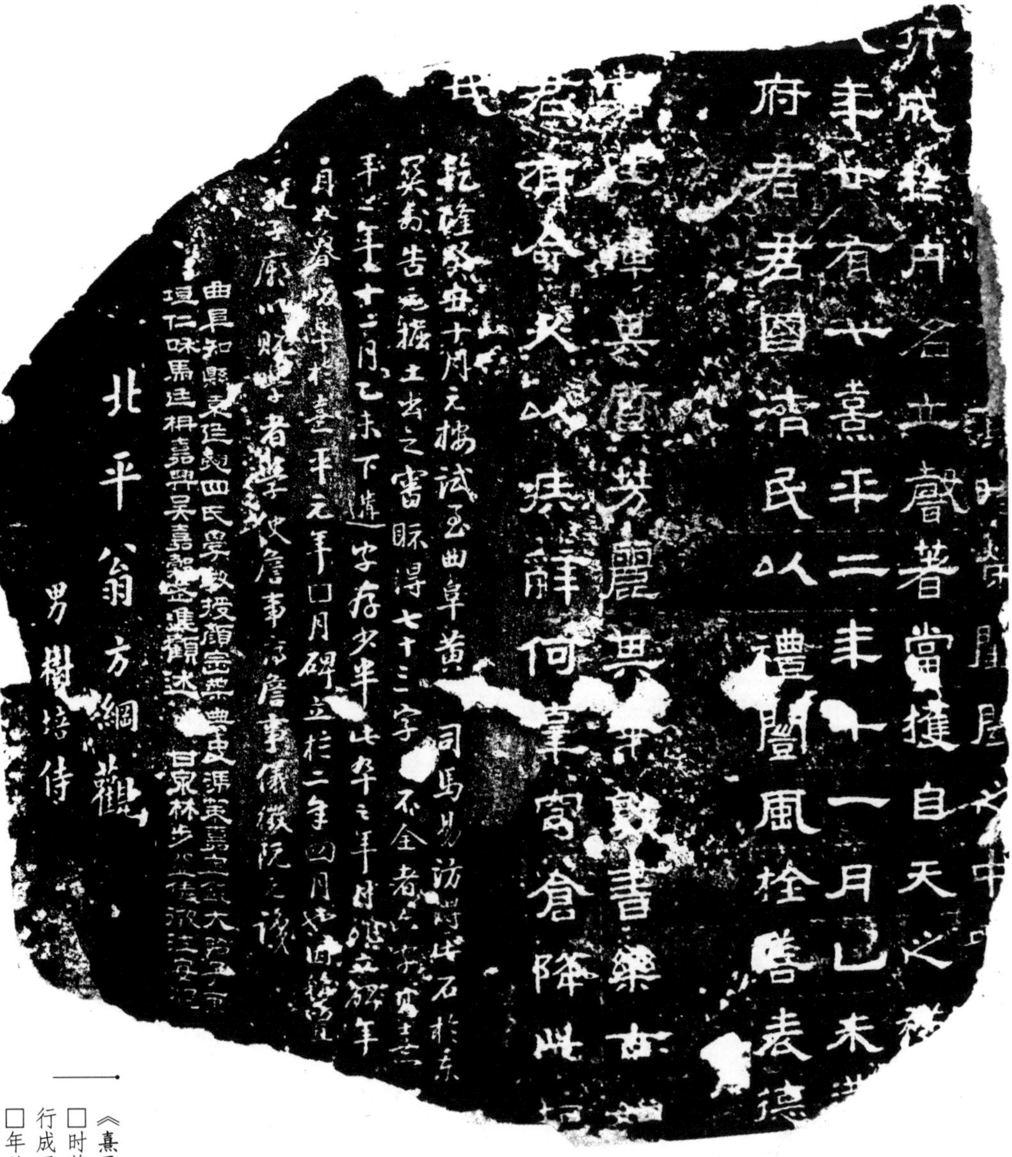

《熹平残碑》碑文
□时荣闺□之中□
行成于内名立声著当获自天之□
□年廿有七熹平二年十一月乙未□
府君君国济民以礼阊风栓善表德
嘉珪璋其质芳丽其□敦书乐古如
君有命必以疾辞何辜穹仓降此□□我

七言绝句《未登六和塔》 王本兴撰并书
《熹平残碑》笔意
一塔凌空浩气升，江天可览拟攀登。
蓁贫但厌门票贵，未到拿云最上层。

杨淮表记

《杨淮表记》为摩崖刻石，全称《司隶校尉杨淮从事下邳相杨弼表记》，或《下玉过石门颂表记》。东汉熹平二年（173年）二月，黄门下玉文镌立于陕西褒城（今陕西勉县）石门西壁摩崖南侧。刻石现已移至汉中博物馆。

碑文为隶书书体，7行，行25字不等。此刻与《石门颂》相间26年，书体风格有同，有不同。宽绰疏朗、纵放自然、豪迈野逸、刚劲挺拔是两者共同特色。隶书爱好者，在临习《石门颂》，追求疏拙峻拔、豪放野逸、潇洒自如一路的格调时，可结合临习《杨淮表记》，以补益恣肆跌宕、险劲飞动之气韵。换言之，临习《杨淮表记》，亦可结合临习《石门颂》，以求在用笔结体上互相参照，融会贯通，相得益彰。《石门颂》又称《杨孟文颂》，据传，杨淮、杨弼乃杨孟文之孙，尽管如此，从书体风格看，两者之间还是有所区别，我们要记住的是:《杨淮表记》有更多的内敛紧凑之势，线条平稳直划而过，似用力切削一般，少有提按，少有圆转，可谓古奇纵逸，疏荡天成。临习此碑要点如下：

一、笔画的临习

（一）横画用笔抢势逆入，笔锋杀纸要灵活、果断、有劲，笔锋折回后向右涩行，毛笔的提按及线条的粗细变化不大。但横画的势向形式多样，有的呈弯曲，横而不平，有的呈倾斜之状，收笔时不使用过多的按力，回锋平收。波横的燕尾不明显，只是在收笔时，出锋提收，稍带上翘之意。

（二）竖画用笔同横，线条大多写得匀称挺拔，行笔注意力度与质感。撇捺及竖钩用笔相近，如附图中的“故”“校”“令”等字，逆入起笔，中锋涩行，轻重、快慢、提按皆以平稳匀称为原则，收笔提锋圆收。

（三）竖钩的弯弧窄小而自然，如“尉”“将”“廉”等字。

（四）撇捺的弯弧平直酣畅，如“令”“史”“大”等字。

（五）点画大多为缩小了的横竖撇捺，写得拙厚含混即可，如“廉”“尉”“将”等字。

（六）转折如“司”“讳”“伯”“尚”“书”等字，以方折为主，转折处用笔都用调锋暗转，过渡要自然。

二、结体的特点

疏朗空灵，如“故”字，左右拉开距离，留出一块空白。“郎”“侍”等字亦然，显得很宽绰空阔。其特点概言之有三：

其一，收放自如：如“校”字，上下收敛紧凑，左右纵放飘展；“举”“蔡”“书”等字，中宫紧密，而撇捺波横等主笔画极力伸展，显得很潇洒娴雅。

其二，随字赋形：文字的宽窄、长短、大小大多根据字画的多少而定，随字赋形，并不可以固定在某一种形态上，因而文字各具姿态，大小不一，字字不同，显得十分生动多趣。

其三，憨态稚趣：“故”字的“古”部，写得上大下小；“尚”字却写得上小下大，看上去有点儿呆；“举”字上下比例反常，而且带有歪斜之姿；“君”字的头部特别宽大，下方的“口”部很小。这些大小反常，歪斜不一，挺胸凸肚，无拘无束的形貌，表现出乱头粗壮，憨厚天趣，似野仙散圣，给人以仙风道骨之感。

此外，临习此碑认真读帖尤为重要，临习前要注意观察每一字每一笔的笔意，上一笔与下一笔，部首与部首之间的关系。注意观察文字的重心、距离、角度、长短、轻重、疏密、势态等变化。因年代久远，碑文有所剥泐，可择清楚一点儿的文字临习，初习时可慢一点儿，先慢后快，由生到熟，循序渐进。

余有个习惯，喜欢把习字纸写上日期，一张一张收集装订起来。过一段时间从头翻看一下，对帖检查，既看到了不足的地方，也看到了自己的进步，不妨一试。一种帖临五十通尚少，临一百通不多，关键是临习者要有潜心探索的精神与坚持不懈的毅力。

关于《杨淮表记》碑帖的创作问题，还有两点务须说明：

其一，古老的摩崖碑刻其特点就是天真雄放，气势雄浑古厚，朴质野逸。《杨淮表记》尤为天然古拙，其因势谋篇，随意布阵，自然变化，无拘无束。豪放不羁之态，呼之欲出。若野仙散墅，乱头乱服，不衫不履，形骸放荡，却神情清峻，可谓是浑金璞玉，粗犷稚拙之中透出古厚俊雅之气。是汉隶中尚意的典型代表，这是务须吸取与继承的地方。

其二，大凡摩崖古隶，尚欠周正规矩，加之风雨千年剥蚀，与原作面貌定是大相迥异，有些文字漫漶不堪，无法辨识与临摹，故我们要理性地看待这些，应取其精彩部分，去其漫漶失真部分。不能不问青红皂白，千篇一律，兼容并蓄，一概而论。

基于此，我选取“淡如秋菊，清到梅花”句，以楹联形式创作。为便于发挥气势的广博，采用六尺宣纸，书写时不过分追求线条粗细反差，注重匀称平稳，以原帖为基准，突出点画的力度与弹性，笔势开张，用笔沉着扎实。但增加了《石门颂》《赵君碑》的飘展拓放意趣，增加了《史晨碑》《礼器碑》的秀媚遒丽气息，增加了《夏承碑》《孔彪碑》的圆润弯姿。《石门颂》《杨淮表记》，与同时期的山东曲阜一带《史晨碑》《孔彪碑》等庙堂碑相较，则见两地迥异之地域书风。现在予大胆尝试，两风结合，兼收并蓄，各取所长，使线条面貌在似与不似的层面上。再看书写时结体的构成，参照了《杨淮表记》收与放的整体风格，但以端庄方正、方圆兼顾、因字立形为主。在落笔书写时，调水调墨工作要完善，使楹联文字墨分五色，浓淡枯湿一应体现，且左右文字浓对枯，湿对干，各有变化。常言说：囊括万殊，裁成一相。此作品即在此理念下书写创作，也因而使作品自具面貌。

《杨淮表记》局部

一

《杨淮表记》碑文

故司隶校尉杨君，厥讳淮，字伯邳。举孝廉、尚书侍郎，上蔡、雒阳令，将军长史、任城、金城、河东、山阳太守。御史中丞，三为尚书，尚书令。司隶校尉，将作大匠，河南尹。伯邳从弟讳弼，字颖伯，举孝廉，西鄂长。伯母忧，去官。复举孝廉，尚书侍郎，迁左丞，冀州刺史，大医令，不邳相。兄弟功德牟盛，当究三事，不幸早陨。国丧名臣，州里失覆。二君清□□，约身自守，俱大司隶孟文之元孙也。□黄门同郡卞玉，字子珪，以熹平二年二月廿二日谒归过此，追述勒铭，故财表纪。

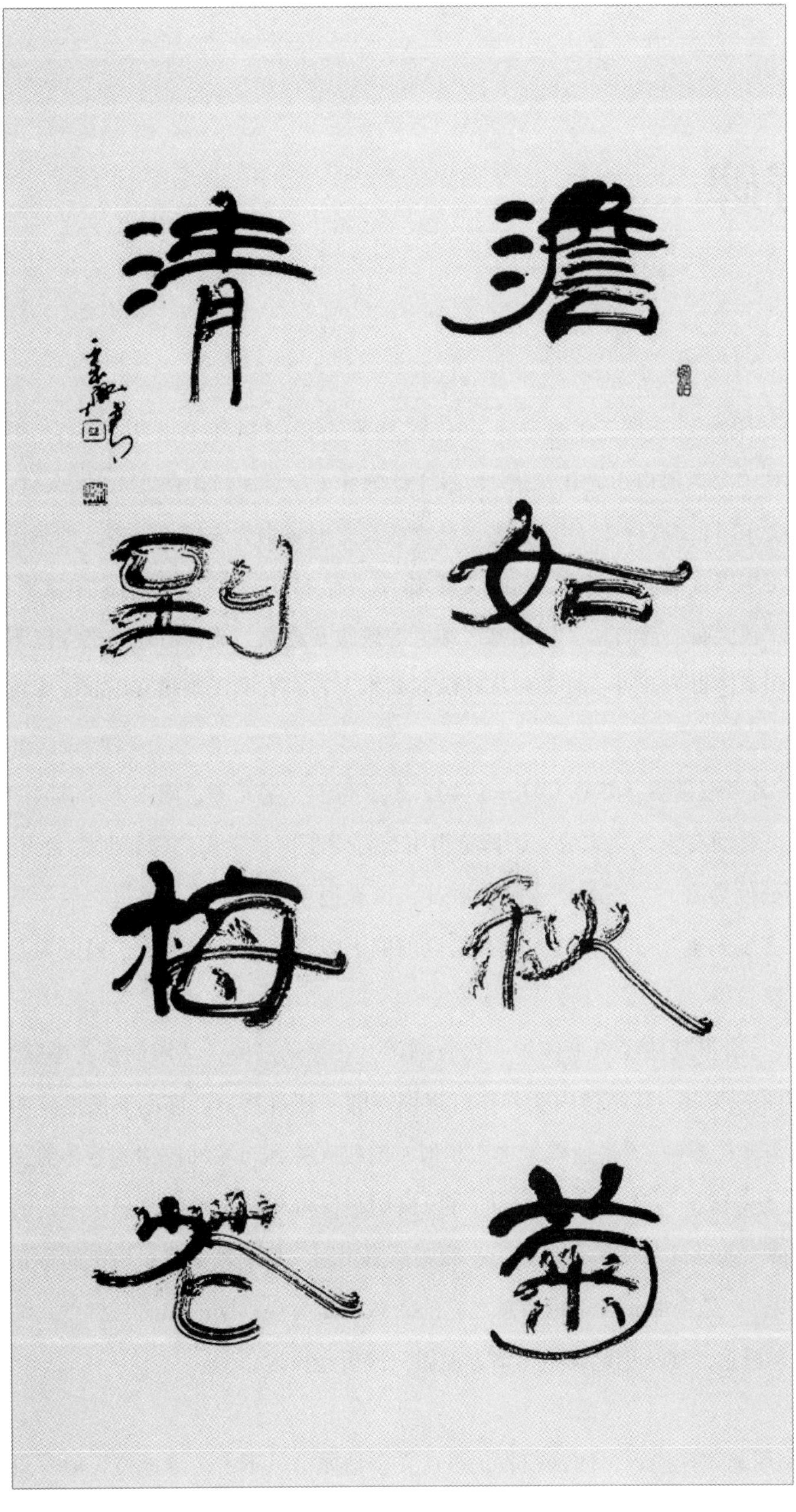

《杨淮表记》笔意 王本兴书
淡如秋菊 清到梅花

娄寿碑

《娄寿碑》全称《汉玄儒先生娄寿碑》，东汉熹平三年（174年）正月立。石初置湖北襄阳光化县（今老河口市光化街道），后迁乾德县（今老河口市西北），石久佚。隶书书体，碑文13行，每行25字。据考，传世较真之旧拓本为宋拓剪裱本，即华氏真赏斋旧藏本（华氏真赏斋旧藏本，前缺3开48字，存11开）。有明清名家丰道生、朱彝尊、何焯、钱大昕、龚自珍、何绍基、端方等题跋及观款，流传有序，惜今已不知所在，幸有印本传世。此外，桂馥曾据钱泳双勾本上石，有顾氏则据寒山赵氏本重刻于山东济宁。

《娄寿碑》名声很显赫。娄寿（97—174），东汉高士，字元考，南阳（今属河南省南阳市）人。自幼有志，立志成才，博览群书，好学不厌，学识高深，时为名士。后来，官府屡征他为官，均不就。遂隐居收徒，以教授弟子为乐。他去世之后，其门人谥其为“玄儒先生”，时有58人全都是以前的下级官吏或赋闲绅士，捐资为其立碑。

《娄寿碑》与诸多其他汉隶书体做一比较的话，它灵动多姿，活泼而富有趣味，是比较规正婉丽的汉隶，其结体内紧外拓，粗细方圆一任自然，严谨而有法度。明代人认为此刻与《礼器碑》《张迁碑》之法相似，清代人称其与《韩仁铭》等体势类近。实际上，《娄寿碑》与整个东汉社会的书风格调是保持和谐一致的，只是书丹者不甘寂寞，在碑文的结体、用笔、形态上，频频透露出新气象与新消息，清王澍称它为“开唐隶之先”。是否如此且不论，总之它的新意就是与众不同的风韵与特点。临习它就必须要掌握它，现从用笔及结体诸方面做一浅析与探讨：

一、用笔

（一）点画用笔藏锋逆入，四锋圆收，点在文字结体中虽不占主导地位，但写得凝重拙浑，不草率。

（二）横画浑圆朴实，如附图的“生”“习”“主”“不”“司”等字，其细窄的横画大多用毛笔锋尖部分写出，毛笔在运行时，只提不按，到位后笔锋上提平收，写得细劲有力度。“主”“博”“不”“生”等字的主横画，粗壮浑厚，起笔有方有圆，中段稍作提锋，捺笔驻后略作顿收，写出波势。横画大多较平直，有的一波三折，呈上弯之状如“玄”字，但有的却稍呈下弯之势，如“不”“石”“主”“业”等字的横画。

（三）竖画起笔由下而上，逆势入纸，中锋下行，驻笔回收。竖画大多很粗壮朴茂，行笔要铺毫沉着，力透纸背，涩而拙，拙而浑，浑而实。用笔提按平稳如“乐”“阳”“不”等字，竖钩顿而踢出，犹如楷法，如“刻”“博”“寿”等字的竖钩。

（四）撇从右上抢势落笔，左下转锋行笔，弯处自然畅达，渐行渐加重按力，回锋收笔，要写得厚重圆顺，如“石”“不”“身”等字。捺笔亦然，如“不”“攸”“忘”“乐”“殁”等字，其捺处以按为主，往往不是立即提锋而收，而是缓缓拖延捺行，然后再回锋回收。

（五）折画以方折为主，折处皆呈藏锋暗转连笔写成。

二、结体

其一，取横势扁形。文字大多上下收敛，横画写得较细，竖画写得粗壮，左右较为舒展，以求扁形之姿，如“人”“以”“玄”“石”“主”等字。当然并非千篇一律，文字有长有短，有长方有正方。如“习”“朝”“讳”“回”等字以方为主，“德”“忧”“寿”“笔”“曾”等字则以长方为主。其二，大小不一，形态多样。《娄寿碑》文字的大小悬殊，宽窄不同，长短各异。连文字本身的部首差异亦很大。如“乐”字，上方的“白”“幺”部首写得特小，下方的“木”部却尽情伸展，写得特大。“岐”字的“山”部与“支”部，一小一大，悬殊但很协调。而“征”字，粗大的捺画，顶斜了整个字势，灵动、险劲、多趣。其三，文字结体各部首大多保持一定的独立性，互不接让。这一特点很突出也很重要，它有别于其他汉隶书体，如“讳”“阳”“祖”“刻”“铭”“讲”“知”“博”等字，左右部首都保持一定的距离，互不接触。像“学”“讲”“习”“处”“终”等一类的文字，上下左右、部首之间，甚至点画之间都不接让。

《娄寿碑》字字有变，新意别出，写得十分轻松自然，少有装饰作秀之痕，加上碑文的风化斑驳，平添许多古拙高雅之韵。临习时，要求一丝不苟，临近古人这种境界，心手相应，意到笔到。参看清代名家吴云所临《娄寿碑》书法，吴云（1811—

1883）字少甫，号平斋，又号愉庭，晚号退楼，浙江归安（今湖州市）人，道光举人，官苏州知府。他笃学好古，至老不疲。精鉴赏，富收藏，所藏齐侯罍两件，王羲之《兰亭序》旧拓两百种最为珍贵。篆隶书法宗秦汉，此隶书系吴云临宋拓《娄寿碑》作品，纵横有序，款式优美，用笔老到。比较原帖，凝重浑厚有过之，而灵动活泼的结体气息稍逊。

《娄寿碑》局部

再看清代名家黄易所临《娄寿碑》作品，黄易（1744—1802）字大易、大业，号小松、秋盦（庵），别署秋影盦主、散花滩人、莲宗弟子等，浙江杭州人，黄树谷之子。曾官山东济宁州同知，工诗文，尤工填词，善金石书画，与丁敬、蒋仁、奚冈齐名，为西泠八家之一。有“小心落墨，大胆奏刀”一语，深得篆刻三昧。他的这幅临作，结体自然古朴，在似与不似之间，属自由挥洒、大胆意临的范畴。写得沉着质拙，参以钟鼎意味，尤见古雅。但由于左右布排过紧，影响笔画舒展，结体的构筑，与原帖拉开了距离。这是值得我们在临习与创作中思考与重视的问题。

“梅翁一路卖梅行，唤得酸涎满口生。最是解馋红发紫，至今耳际犹闻声。”小时候每当麦收时节，有一卖梅翁挑担沿村叫喊，唤得小孩个个嘴馋涎流，我至今难以忘怀，遂赋此七言绝句并用《娄寿碑》笔意书写创作。取两件洒金瓦当宣纸，叠好格子，纵向两行书写，虽然是背帖挥毫，然笔画、结体皆统一在原帖的格调之下。行书款文分置左右两边，下件作品左边钤盖姓名印两枚，为求款式布白对应与审美视觉平衡，上件作品右边亦钤印二枚，只是钤印位置有了变化与不同。供同道交流品味。

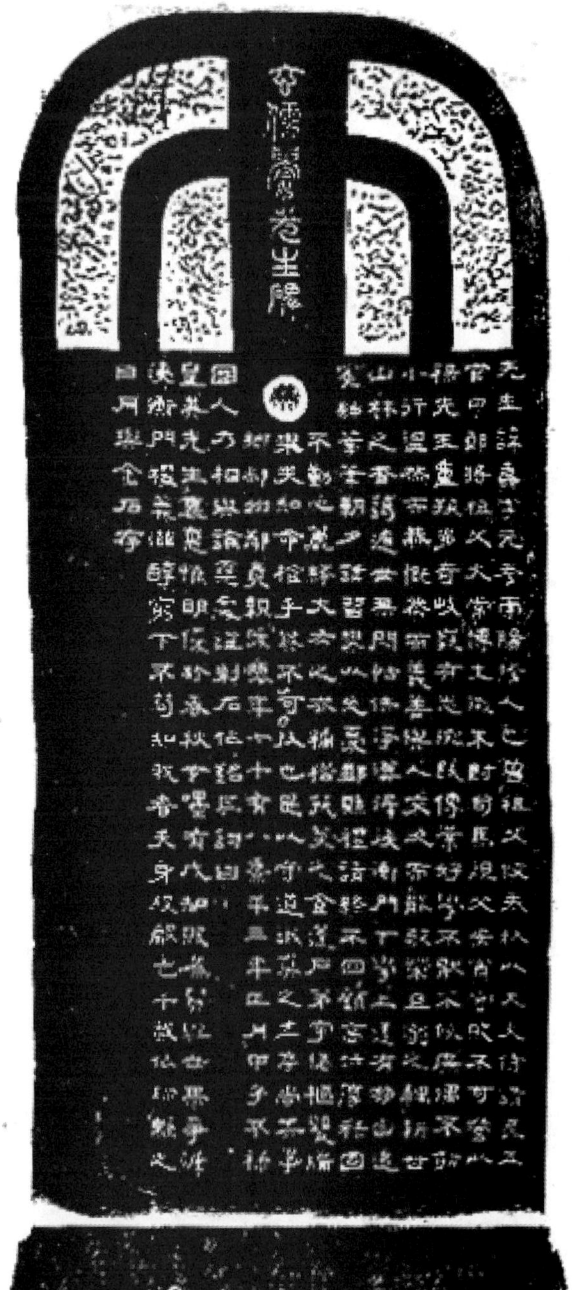

《娄寿碑》碑文

先生讳寿，字元考，南阳隆人也，曾祖父，攸春秋，以大夫侍讲，至五官中，郎将，祖父大常博主，征朱爵司马，亲父安贫守贱，不可营以禄，先生童孩多奇，岐嶷有志，捥□传业，好学不猒，不攸廉隅，不饬小行，温然而恭，慨然而义，善与人交，久而能敬，荣且溺之耦耕，甘山林之杳蔼，遁世无闷，恬佚净漠，□徛衡门，下学上达，有朋自远，冕绅莘莘，朝夕讲习，乐以忘忧郡县礼请，终不回顾，高位厚禄，固不动心，麓绛大布之衣，□□蔬菜之食，蓬户茅宇，棬枢瓮牖，乐天知命，榷乎其不可扶也，是以守道识真之主，高尚其事，乡鄙州邻，见亲爱怀，年七十有八，熹平三年正月甲子不禄，国人乃相与论德处谥，刻石作铭，其词曰：皇矣先生，里德惟明，优于春秋，玄嚜有成，知贱为贵，与世无争，□徛衡门，礼义滋醇，穷下不苟，知我者天，身歾声鬯，千载作珍，绵之日月，与金石存。

掎髮傳業榮且溺心恬供筆漠冥紳筆朝夕終不回顧
溫然而恭好學而不獸不佼廉隅不飭小行
慨然而不善興人交久而能敬
輻耕甘義善之杳調遁世無悶
衡山林下學上達有遁自遠
議習樂以忘憂郡縣禮請
高位厚祿固不動心

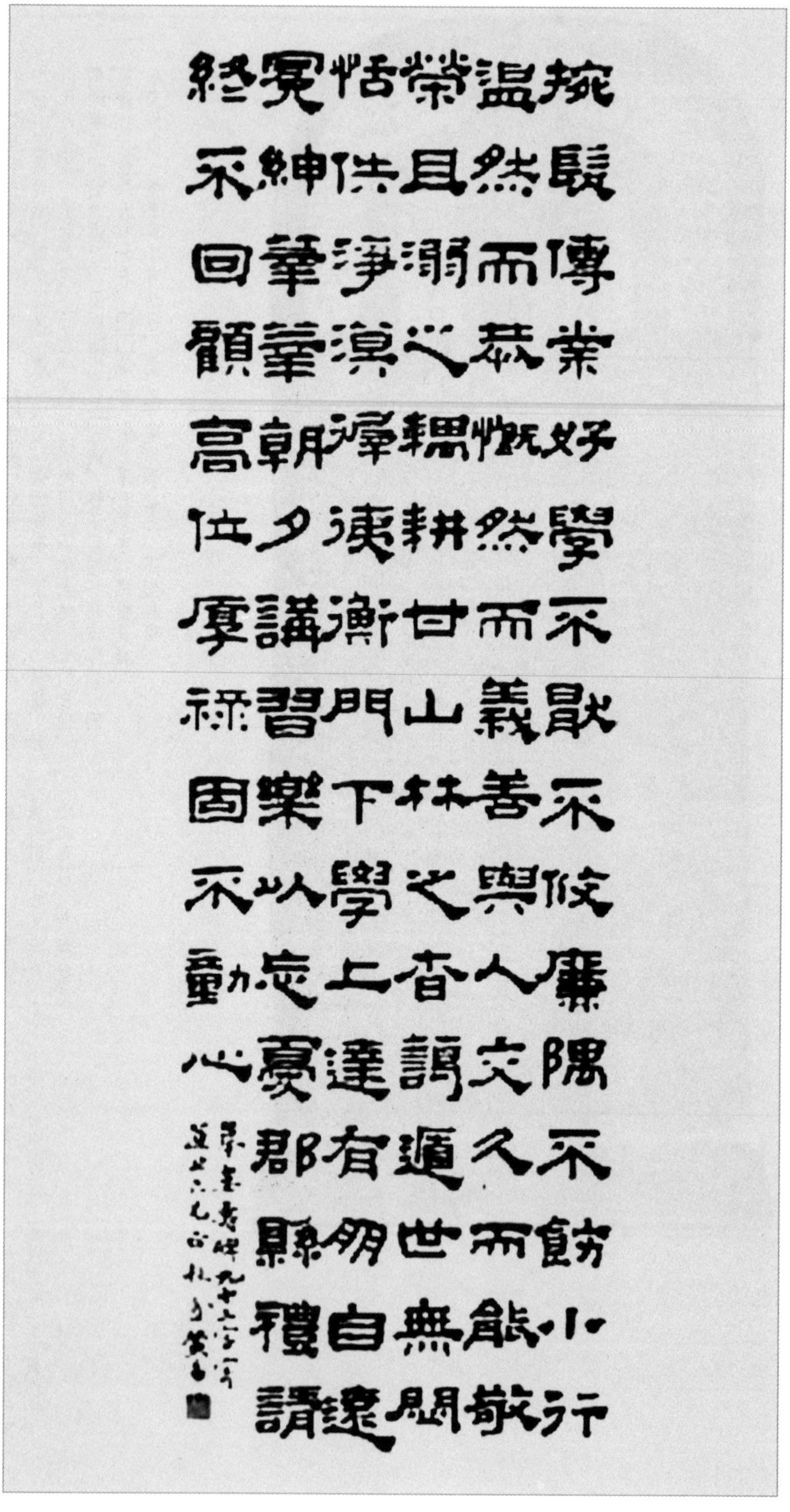

清　黄易临《娄寿碑》

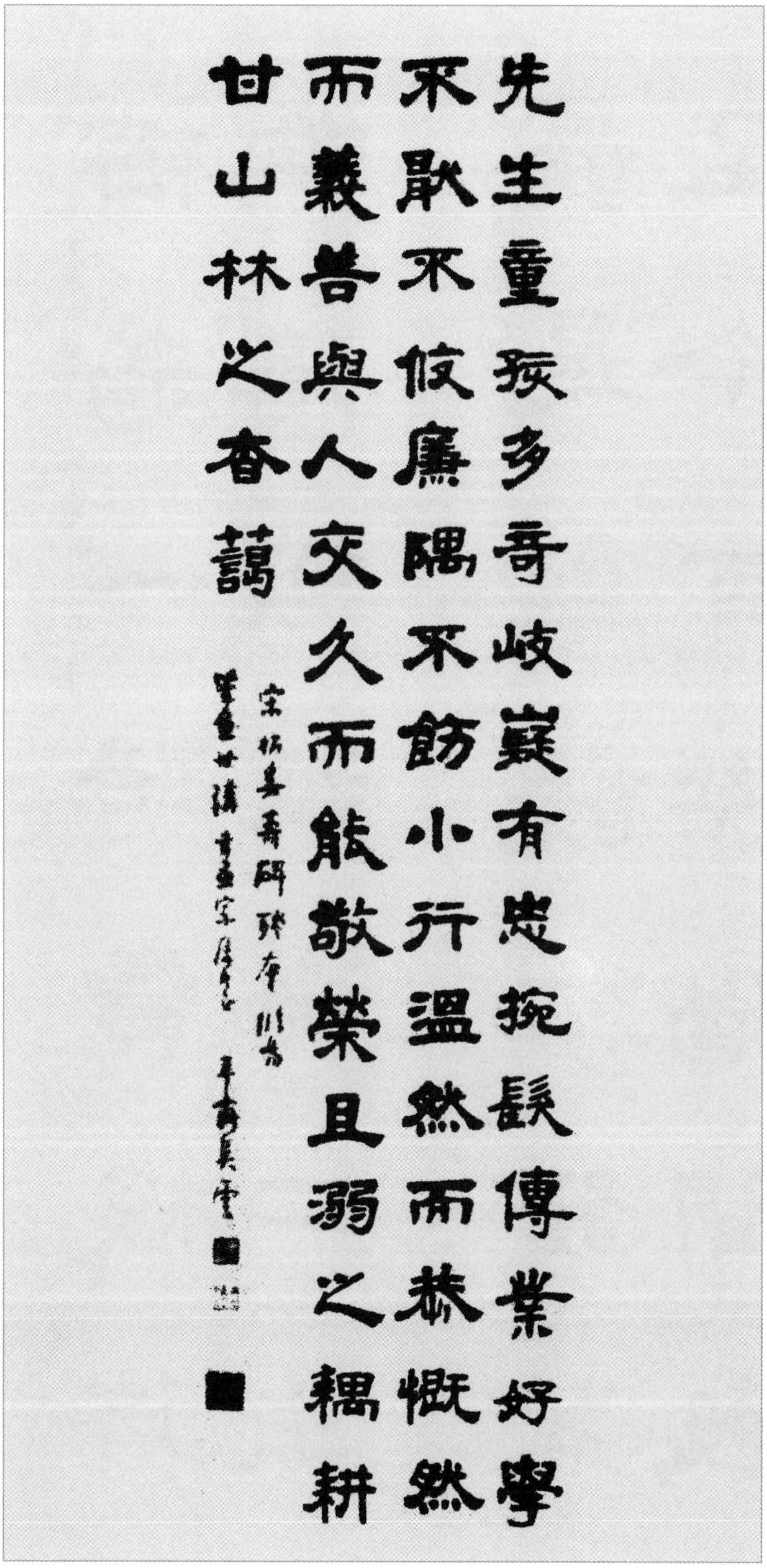
先生童孩多奇岐嶷有志捥髮傳業好學
不猒不倦廉隅不飭小行溫然而恭慨然
而義善與人交久而能敬榮且溺之耦耕
甘山林之杳藹

清　吴云临《娄寿碑》

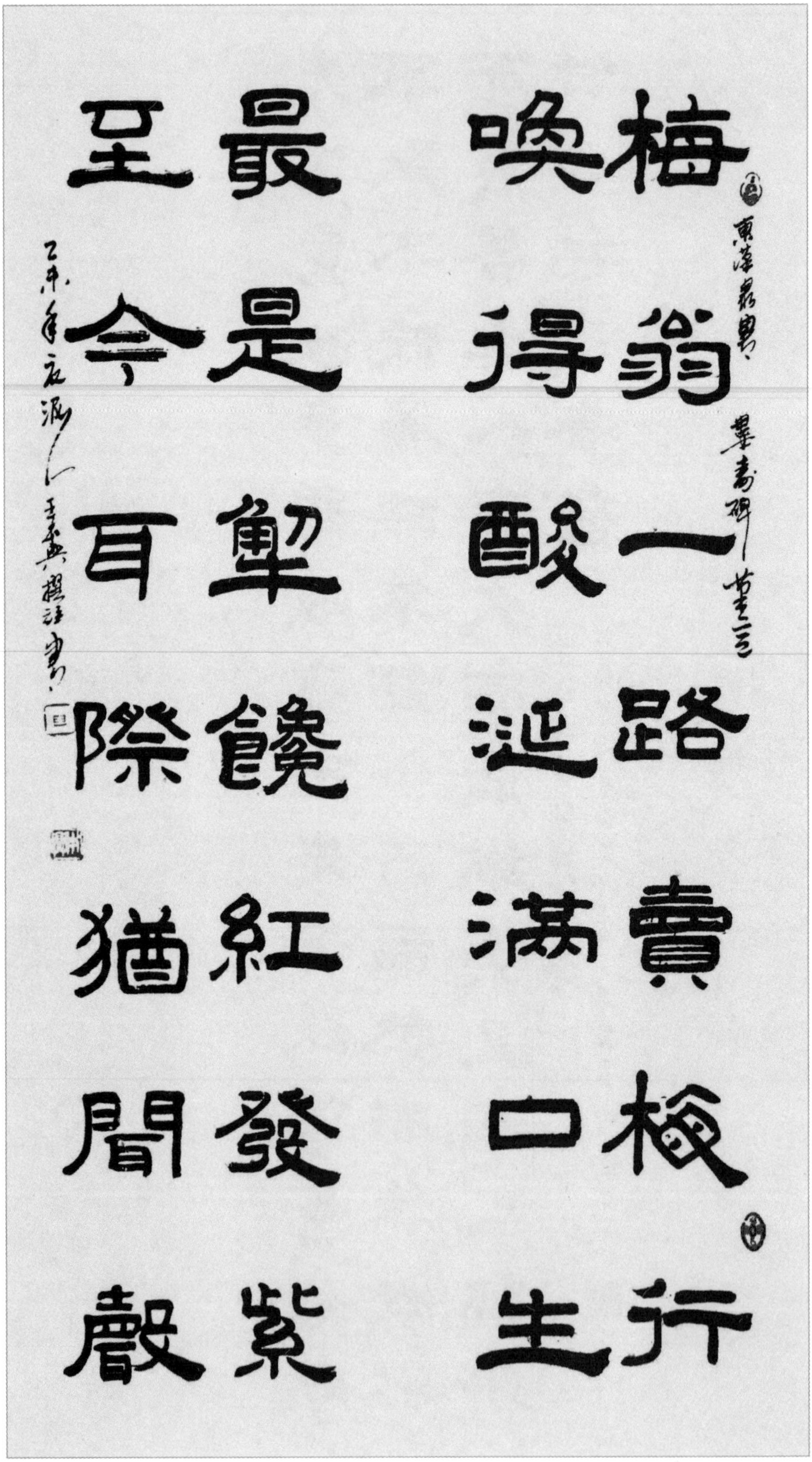

七言绝句《无锡大浮杨梅印象》王本兴撰并书
《娄寿碑》笔意
梅翁一路卖梅行，唤得酸涎满口生。
最是解馋红发紫，至今耳际犹闻声。

熹平三年残碑

《熹平三年残碑》亦称《伯兴妻残碑》东汉孝灵帝熹平三年（174 年）刻立。1980 年文博人员在文物普查时于山东枣庄市台儿庄区张山子公社（现张山子镇）官牧村发现，据悉此碑在“文革”前夕出土于官牧村的一座汉墓中，后被石匠截断充作石材。现存碑刻右上半部分，其左半部分与下半部分均缺失。此残碑长 86 厘米，宽 33 厘米，厚 13 厘米，石质为青色石灰岩，虽泐蚀较严重，但尚可认读碑文。

据碑上纪年，我们可知此碑刻于东汉孝灵帝熹平三年。存字 5 行，共计 69 字。此碑书法方峻古质，以方笔为主，我们可以从中看到一些汉代成熟隶书的风格。且此碑特别方正平直，自然多姿，时出拙趣，似有《张迁碑》的气息，结体灵活生动，不拘成法。如“是”字上大下小，极具特色，“妻”字结体虽平正，但笔法起势收笔处丰富多变。因此碑处于东汉晚期，书法的审美趣味已与东汉鼎盛时期有所不同，我们可在此碑的字体上见到某些书体演变的痕迹。由于此碑为近年出土，没有太多的打拓痕迹，故字口锐劲，更多地保留了一些原始状态，对了解汉代的碑刻不无益处。现将临习此碑的要点介绍如下：

一、点画

点画有方点、圆点、雨点、三角点等，都比较精细，如“熹”“翱”“幸”“终”“梁”等字，书写时毛笔顿挫、扭动、回锋等动作必须完善到位，不能因为其细小而轻视或忽略了它应有的书写方法。

二、横画

横画平直细劲，少有起伏。一般用毛笔锋端部分书写，如“年”“平”“唐”“塞”“元”“天”“善”等字的平横。起笔有方、圆、尖（露锋）等形式，收笔大多出锋，也有回锋收笔。

三、波横

波横平直或微弯，略粗于平直的横画。如“平”“年”“在”“温”“早”“妻”“盖”等字的波横。起笔一如平横，向右运行时稍作提笔，收笔时顿按提收，顺势写出波挑。波挑一般不大，但很有姿态，如“妻”字只是略呈波意，而“佐”“在”“盖”等字波挑锐利，且均呈上翘之势。

四、撇画

撇画有的呈斜直形，如“力”“元”等字的撇画；有的呈弯弧形，如“身”“失”等字的撇画；有的呈反捺形，带有波脚，如“月”“梁”“在”等字的撇画。临习者根据不同的形式施以不同用笔。

五、捺画

捺画大多呈波捺，三角形形态，有的甚至较为锐利。如“是”“以”“梁”“天”等字的捺画。书写时尖起笔，往右下运行加重按力，顺势踢出波捺。

六、折画

碑文结体内部空间多以疏朗为主，横竖线条交接多是以方折搭接，棱角分明，用笔的感觉表现得极其明确。如“绵”“唐”“高”“知”“是”“日”“早”“伯”“酉”等字的转折，均以方为主。

七、结体

结体较为方正平均，无大起大伏，点画显得较为平直，转折以方折为主，遒劲刚健，结体呈现出直率挺拔、方峻有力的气局。碑文线条伸展自如，爽直通达，点画纵横奔放，刀感胜于笔意，力度超越一切，这是很有特色的隶书。碑主人殁后，家人可能着急将他下葬，刻手和书手应为当地民间匠人，故刻画比较粗率，较之曲阜孔庙里的一些传世经典名碑来看，风格上拉开了距离，它那率性而为的刀笔，具有摩崖石刻的感觉，呈别具一格的效果。结体的临习当然要做到形似与神似。

在临摹碑帖的具体操作中，临摹常常可以划分为对临、背临、实临、意临等，实临即是无我，意临则是有我。实际上，无我并不是真正完全没有自我，而是尽量重现原貌，意临则贯穿了强烈的自我意识。要做到忠实原貌难度很大，而要做到时时呈现自我意识，又不失原碑帖要旨，更是一件难事。 所谓意临并非随意、肆意或任意，而是意与古会，即作品在精神上与古人风格的一种默契与共鸣。临习者在经过多种方法临摹的基础上，对原帖文字的书写有了足够的驾驭能力，方可试着进入创作阶段。

笔者自撰《山居》七言绝句一首："门含山色径连村，屋后泉声枕上闻。犬吠桥前榕树下，炊烟袅袅伴闲云。"20 世纪 70 年代，我曾在福建为龙岩至坎市的铁路工程做过地质勘测工作，在深山老林，有时来不及返回基地，就地借宿村居一二户，榕树旁犬吠，到早晨，炊烟闲云风致万千，我印象极深。遂以六尺宣纸对开条幅形式，以《熹平三年残碑》之笔意，挥毫而书，一气呵成，作品应属意临范畴。书写中以《熹平三年残碑》平直方劲的特色为主体，并贯穿了一种自我意识。此残碑漫漶剥泐，但点画依然奔放自然，临习者创作作品时虽不能表现模糊的剥蚀块面，但可以通过墨韵的变化来表达原有的笔致与锋颖，努力做到意与古会，使作品在精神上与古人的风格形成一种默契与共鸣。

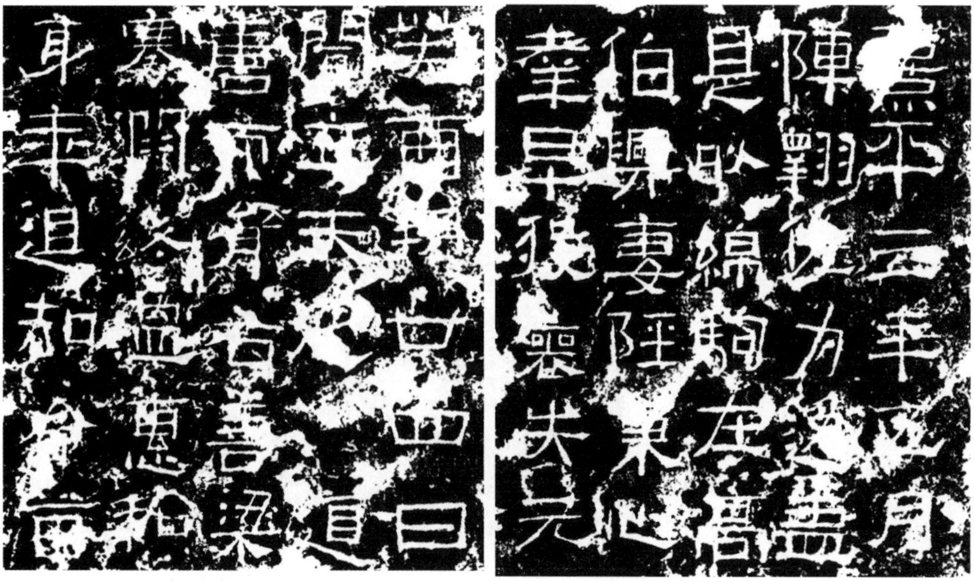

《熹平三年残碑》局部

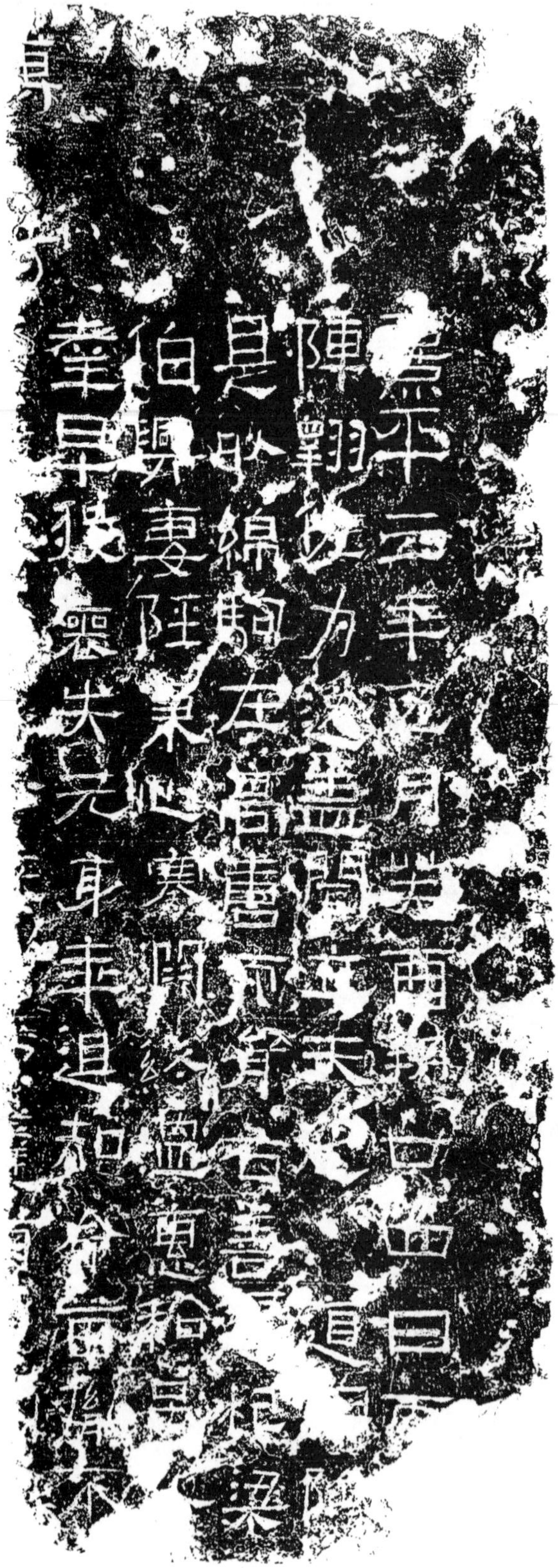

《熹平三年残碑》碑文

熹平三年五月癸酉朔廿四日丙□
陈翱佐力逸盖闻立天之 道曰阴
是以绵驹在高唐而齐右善歌杞梁
伯兴妻陉秉心塞渊终温惠和□□
幸早殁丧失元身年退知命苗胤不

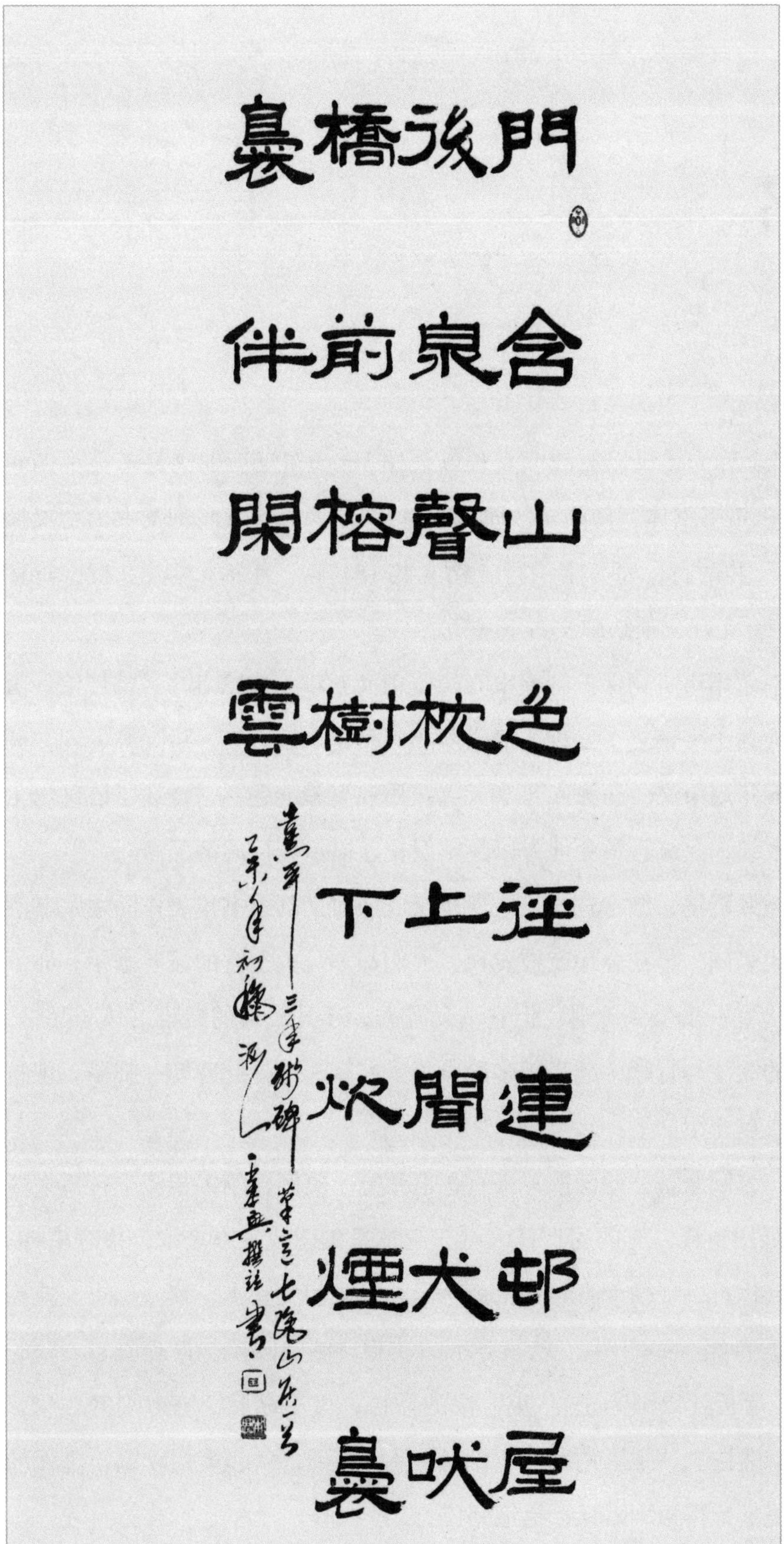

七言绝句《山居》王本兴撰并书
《熹平三年残碑》笔意
门含山色径连村，屋后泉声枕上闻。
犬吠桥前榕树下，炊烟袅袅伴闲云。

韩仁铭

《韩仁铭》碑名全称为《汉循吏故闻憙长韩仁铭》，为东汉后期汉灵帝熹平四年（175 年）十一月刻。隶书书体，碑高 185 厘米，宽 97 厘米，碑额阴刻篆书为“汉循吏故闻熹长韩仁铭”共两行，每 5 字一行。铭文共 154 字，为隶书，共 8 行，行存 17 至 19 字不等，字皆完好，唯缺碑文右下一角。

该碑现存于河南荥阳市文物保护管理中心。金正大五年（1228 年),《韩仁铭》由河南省荥阳县令李天翼（字辅之）发现，清康熙年间又曾一度散失，后又被发现。碑文左侧刻有金正大五年赵秉文、正大六年李天翼跋语和李献能题铭，详述了该碑出土情况和韩仁做官的政绩，上级官员令地方以少牢祭祀，以示褒扬的情况。

此碑书法用笔遒劲舒畅，结字宽博，应属东汉成熟时期的隶书代表作品之一。然而，这座高古的汉代名碑，早在金代就被发现，人们却不见关于它的显要著录，亦不见明清学者的评论，它一度受到冷遇。但它清劲疏秀，超凡脱俗的峻雅书风与品格，受到了近现代书家的关注与青睐，越来越多的隶书爱好者，选择此碑朝夕临摹。现将临习《韩仁铭》之要点介绍如下：

用笔平稳严谨，方圆兼备。此碑取势平直，笔致方中寓圆，刚柔相济。转折大多以方为主。毛笔入纸用逆锋，有的用正锋入纸，起笔呈尖圆或尖方之状，很有精神。行笔锋势裹来，沉着运行，平横、直竖均提锋平出，笔画粗细基本一致。燕尾、波捺圆笔上提，捺肚嫣润自然。如“酉”“之”等字的波势，洒脱圆畅，很有姿态。“制”“到”等字的竖钩，弯折处以圆为主。“吏”字的撇捺，极尽纵展，笔力刚健。“乙”“也”字的乙挑，前者主方，后者主圆，用笔非常平稳精到，从起笔到收笔，毫无局促感，娴雅畅达，尾部皆露角不露锋，笔笔到位。

结体宽绰疏朗与结体茂密紧敛并存。宽绰疏朗主要表现在文字的间架拉得开，四角充实。如“甲”“到”“酉”“日”等字。也有一些文字结体与之相反，中宫茂密紧敛，如“憙”“书”“遣”“吏”等字。就其外在形态而言，有方形、有长形亦有扁形，可见其形式多样，变化丰富，不囿成法。此外文字线条粗细起伏有度，其捺画波挑十分粗壮，在全篇之中很醒目亮丽，特别有装饰味。通常点画茂密处占地多，稀少处占地少，以求布白匀称，但此碑某些文字却反其道而书，如“礼”字的“丰”部上方，笔画多，写得细劲且占地少，笔画相对较少的“豆”字部，粗壮且占地多。这样的结体既奇妙又合理，形态非常优美，耐人寻味。

在诸多汉碑隶书中，此碑以刚柔相济、清劲秀逸之美见长。点画的曲直遒丽，结体的宽博多姿，形态的大小变化，营造了《韩仁铭》独有的生动气韵。此乃缘于古刻书丹者的技艺由生至熟，由熟返生，生拙不混所致。临习《韩仁铭》，我们首先要掌握基本点画的书写，然后使结体达到与原碑帖形似，临写时间长了，有了一定的体会，熟能生巧，巧而知变，才能写出它的风格与神采。

“惠政在诚”为扇面形书法，系笔者按《韩仁铭》笔意创作，意思是说当官为政，功在为民，为民必须有诚信。此四字有三字在原碑帖中都能直接找到对应的参照文字，“诚”字可参照原帖“成”字书写创作。扇面有一个弧度，书写时必须对正每一个文字，字距保持匀称，在“惠政在诚”之下，空地太多，因地制宜，笔者用行草书形式书写了款文，形式别致新颖，此作品供读者参考鉴赏。

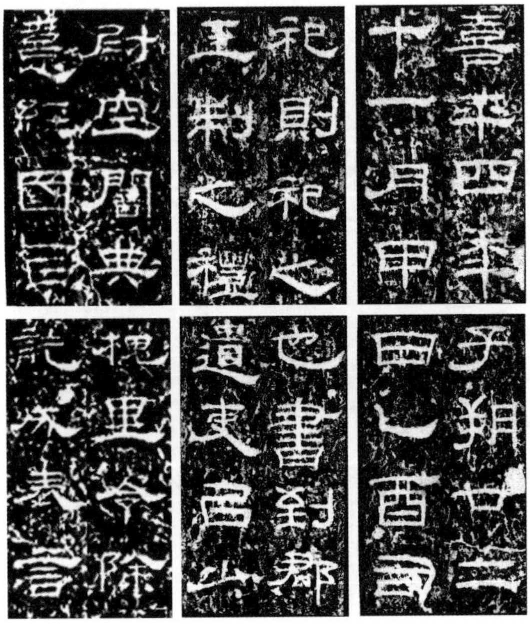

《韩仁铭》局部

《韩仁铭》碑文

熹平四年十一月甲子朔廿二日乙酉司隶
河南尹校尉空暗典统非任素无绩动宣善
仁前在闻熹经国以礼刑政得中有子产君子
尉表上迁槐里令除书未到亢幸短命丧身为
祀则祀之王制之礼也书到郡遣吏以少牢祠
勒异行勖厉清惠以旌其美竖石讫成表言如律
十一月廿二日乙酉河南尹君丞熹谓京写
坟道头讫成表言会月卅日如律令

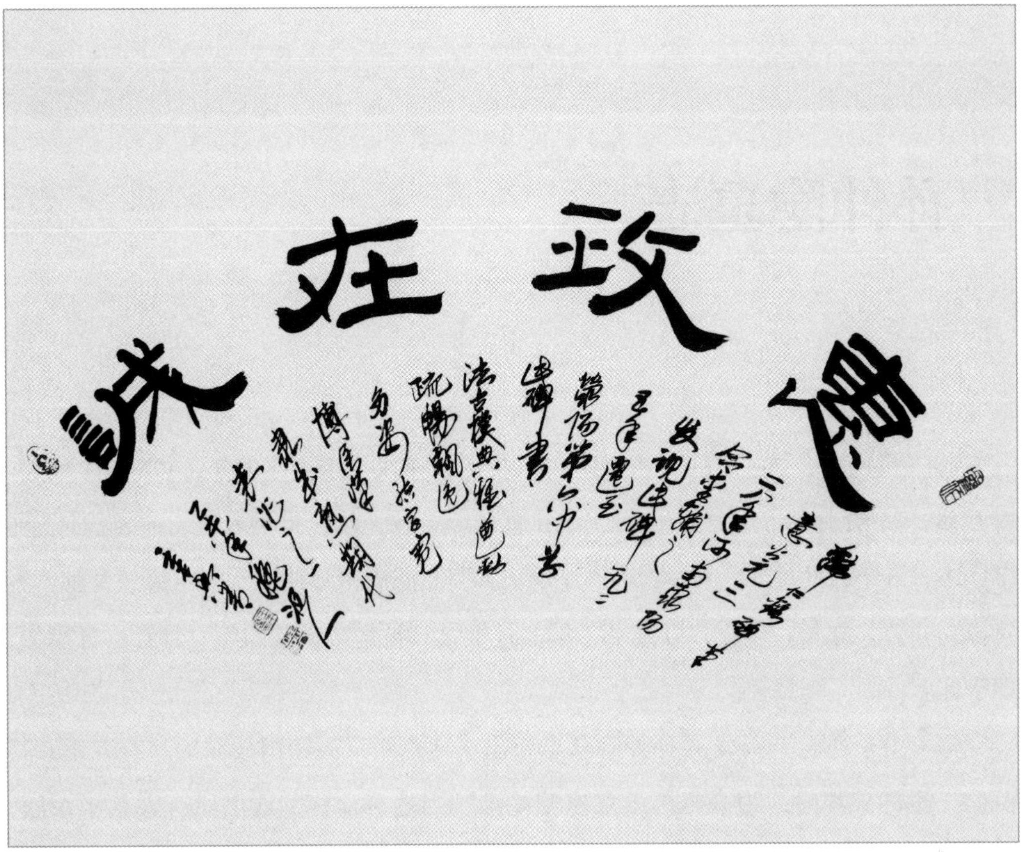

惠政在诚

《韩仁铭》笔意　王本兴书

孙仲隐墓志

《孙仲隐墓志》亦叫《高密孙仲隐墓刻石》。东汉灵帝熹平四年（175 年）刻立。青石质，高 87 厘米，宽 33 厘米，厚 10 厘米。圭首无额，隶书 6 行，前 5 行每行 9 字，末行 6 字，共计 51 字，文为："青州从事，北海高密孙仲隐，故主簿、督邮、五官掾、功曹、守长。年卅，以熹平三年七月十二日被病卒，其四年二月廿一日戊午，葬于此。"

据《山东通志》所载，《孙仲隐墓志》出土地点距汉高密国故城址只有五里，其西南三里的狼埠岭，为高密国王室家族墓地。当地群众称，这里原有大墓十余座，1958 年整地时，作为耕地。1973 年住王庄村的村民使用古墓砖石建新房。打开其中一墓，发现有画像石门，门楣刻有羊头图案，皆为浮雕，门内墓道亦垒砌画像石。此石平置于石门内约一米半处，圭首对向墓门，石后置半米多高的绛色陶马三匹。因乡民迷信，未敢继续挖掘，陶马亦未敢取出，即将墓封平。仅移出画像石三十八条及此志，一并作为建屋之用。1983 年 12 月，山东省高密县（现高密市）文物管理所李储森等人，于县城西南五十里田庄乡住王庄村东头场院屋墙上，发现嵌砌一批汉画像石，及有东汉熹平四年纪年的刻石一块，至 1984 年 3 月，始从墙上取下此石，运至高密县文物管理所保存。

《孙仲隐墓志》是我国目前发现最早的汉代墓志。高密孙氏系殷纣王的叔父比干之后，为当时高密一带大族，而且显赫于世。该墓志碑文为隶书书体，其书者也许并非名人学者，故受规矩束缚较少，作品在不经意处意态横生，结体不拘法度，字的形态或扁阔或长方，大小不一，笔法粗细不均，间距不等，造成错落美感，别有新意。有些字结体率真，点画出人意料，并流露出楷书笔意。

汉碑隶书，有官书与私书两类。官书者如《孔宙碑》《乙瑛碑》《礼器碑》《史晨碑》《曹全碑》等，在端正中各具风格。私书者大多出自下层知识分子之手。有的书者文化并不甚高，书录碑文偶有错字，如《张迁碑》即是一例。在《孙仲隐墓志》中，“卒”“葬”字，其点画亦有误。我们还应注意的是，《孙仲隐墓志》用笔、结体似乎还很不到位，章法似乎还没有掌握好。这些不太符合当时要求，甚至有悖于书者初衷的现象，从现在的审美眼光来看，不但没有影响书法的艺术水平，而且出现了很多特殊的效果。在隶书端庄、匀称、平稳、秀美的大框架下，此碑却打破了这个惯例，独树一帜，给观者带来了非常丰富的联想和审美情趣。我们通过认真分析研究，可以从中发现许多艺术规律，使我们的隶书创作取得更大进步。

下面我们从临习笔画开始学习：

一、横画

横画在此碑帖中大多是主笔画，平直横画书写临摹时必须逆入回出，行笔不宜过快，有所提按，有粗细变化，有长短之分。两头圆润含蓄，如同篆法，参见“二”“从”“平”字；中间细挺两头粗重者，参见“青”“年”字；一端圆一端尖者，参见“五”“六”字；中间粗两端细者，参见“月”“三”字；两头方者，参见“事”“曹”字；燕尾出锋者有时重按而轻出，参见“平”“卒”“十”字；有时方劲如刀切，参见“五”“二”字；有时轻拂而上扬，参见“年”“卅”字。

二、竖画

竖在《孙仲隐墓志》中变化多端。有的呈两端尖，如“仲”“故”“隐”等字；有的收笔戛然而止，粗壮如立柱，如“青”字；有的起笔轻，收笔重，收笔时反而加大按力，呈上细下粗之状，如“年”“卒”“平”等字；有的竖画加上了钩的意念，如“州”“年”等字。

三、撇画

撇有直如竖者，参见“戊”“督”字；有重如捺者，参见“病”字；有轻如掠者，参见“密”“功”字；有弯如钩者，参见“州”字；有细直如针者，参见“五”“戊”“掾”字。撇的变化极为丰富，临写时应随机应变，写出它的气质与状态。

四、捺画

捺画有的不奔放，但极为夸张粗大，如“从”“以”“此”等字；有的起笔收笔都比较平稳，如“戊”“葬”等字；有的捺画收笔时特别上提，呈上翘之状，如“长”“被”“故”等字。

五、点画

《孙仲隐墓志》中的用点特别精彩：有重如泰山压顶之点，如“高”“守”“卒”“病”等字；有轻如蜻蜓点水之点，如“督”“熹”“隐”等字；有圆如精美珍珠之点，如“州”字；有的点如短横，如“平”“海”等字；有的点画毛笔动作丰富，尖起、顿转、出锋提收，呈三角形、雨点形、弯钩形等，如“其”“病”“守”“从”等字。点画用笔因势而发，不拘一格。

六、结体

《孙仲隐墓志》的结体在汉隶中是别具一格的，打破扁方常例。化方为长，如“青”“事”“仲”“隐”“簿”“曹”“长”“年”“熹”“葬”等，其中“青”“事”“年”“长”等字的高度与宽度比其他字超过一半以上，这在汉碑中是极为罕见的。隶书一般将字体写得比较匀称，《孙仲隐墓志》中不少字表现出了明显的虚实不均、大小不等，如“从”“密”“督”“邮”“事”等。字的结体忽疏忽密，字的重心忽上忽下，部首布白忽大忽小，特别是“口”字部首在碑帖中普遍被夸张放大，书写临摹时要注重这些变化。

《孙仲隐墓志》的章法，上文已说及，虽然纵横有列，上下宽，左右紧，在传统模式的范畴内，但大小悬殊，间距不等，布行歪斜，显得七高八低，似乎不经意、不到位。这在汉碑隶书中确实属于创新与另类，或叫别具一格。我们在创作时可以吸取它生动活泼的灵活性和创造性。但应当把握分寸，不宜过度，过分紊乱与歪斜不适合今人的审美观。笔者用四尺对开斗方宣纸，裁制成正圆团扇形式，按《孙仲隐墓志》笔意，用中锋羊毫书写创作此隶书作品，“梁园旧事已无踪，尚有夷门古寺雄。未撞霜钟惊客梦，繁华尽在曙光中”为自撰七言绝句《晨登开封大相国寺》，20世纪90年代初，予初游开封古都，自幼从《水浒传》中获知大相国寺，并一心向往古寺，到此圣地，见热闹繁华，今非昔比，感慨良多，赋此志记。作品没有计较于点画形似之间，把握住了原帖的精神，一气呵成，这有别于集字创作。

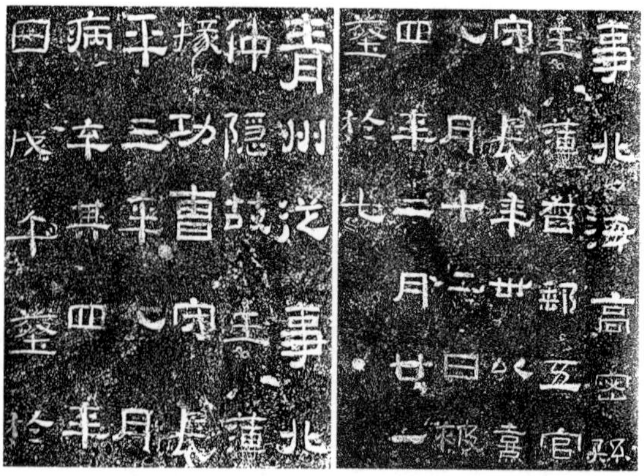

《孙仲隐墓志》局部

七言绝句《晨登开封大相国寺》 王本兴撰并书

《孙仲隐墓志》笔意

梁园旧事已无踪，尚有夷门古寺雄。

未撞霜钟惊客梦，繁华尽在曙光中。

熹平石经

据后汉书记载,《熹平石经》于东汉熹平四年（175年）三月至东汉光和六年（183年）期间刻立，又称《汉石经》。隶书，字体方正，法度严谨，端庄典雅，中规入矩，可谓是汉碑风范的代表之作。此石经为蔡邕、堂溪典、杨赐等人，奏求东汉灵帝为纠谬去俗，由官方正定五经文字，内容有《尚书》《鲁诗》《仪礼》《公羊传》《论语》等。此外，还有六经、七经之说不一。石经初立于洛阳太学门外，据《洛阳记》记载石经共分46石，因战乱汉末已散失殆尽。唐以后残石始有出土，1922年后，出土残石达百余块，由罗振玉、徐森玉、于右任、马衡等人及北京图书馆、日本书道馆等收藏。历代翻刻及近代影印甚多。大多数人认为此石经为蔡邕所书，但篇幅如此之大，再观其书写风格，似不像出于一人之手。笔者选录的五幅残碑拓片，风格各异，取其中一幅的局部为例，就其书体特点作浅析与介绍：

一、点画

点画写得飞动活泼，如例图的“平”字，左点势向左出，右点势向右出，尤见有棱有角，尖利奔放。临写时锋尖逆入，折而下行，迅速由提至按，再由按至提，出锋尖收。“之”字之点，则筑锋顿笔，一挫而就，很浑圆含蓄。

二、横画

横画平直拙厚，要有力度，如“天”“万”“帝”等字，横画十分苍劲有力，顿挫而有风骨。波横与其他汉隶相比有所不同，即起笔时锋尖不是向左上入纸，而是向上或向右上抢势逆入，后向下或向左下折行，再提锋调转往右行。中部稍带弯势，至尾部时，加大按力，乘势带出波尾，如“六”“而”“圣”等字。而“所”字的波横，虽短小，但燕尾超乎寻常的方劲尖利，上下两个尖角，别具一格，多姿多趣。

三、竖画

竖画写得比较凝重一致，用笔与直横同。如“物”字之竖画，收笔用笔下按作顿收，使末端明显大于上部。

四、撇画

撇画按常规起笔，并向左下运行，至尾部收笔处，笔锋下按，然后再往上提，回锋而收，稍带钩意。如“故”“以”“人”“震”“所”等字的撇，既方正有姿，又嫣润含韵，方圆相济，特显精神。

五、捺画

捺画与乙挑用笔类同，与魏楷意近。凡短捺，如“以”“故”等字，起笔后迅速下按，写得粗重而方峻。凡长捺，如“之”“人”及“也”的乙挑，起讫平稳，提按匀称，至尾部不马上出笔，而是慢慢伸展，提锋回收。写得浑厚圆畅，无火躁之气。

六、竖钩

竖钩外方内圆，如“坤”“刚”等字，方峻而深藏笔力。

七、结体

结体的临写要注重方正的特点，如“也”字，为了不使字形过扁，书者有意将竖弯拉长，使全字变得方正。“天”字亦然，波横或撇捺等主笔画，有纵恣拓放之势，但无纵放拓展之形，在一个无形的方框内构筑结体。呼应，如“刚”字呼左，“坤”字应右，“帝”字势下，“出”字向上，而“物”“易”之“勿”部，则以歪斜倾倒之势，由险劲而成呼应顾盼之态。

《熹平石经》全篇生动匀称，蔡邕所书乃儒家经典，虔诚恭敬不免注于笔间，岂敢逾越出格，唯是中规入矩，法度严正，不仅结体整齐匀称，而且布白也纵横有列，方正肃穆。行距密字距疏，此系传统法则。缘此有人讥之为“馆阁”，也有人誉之为“两汉之冠”，一褒一贬，失之偏颇。贬者，降格了整齐规矩的书风。褒者，过高地评价了整齐规矩的艺术性。临习者还是应相信自己的选择，深入进去，由此而谙熟法度，在此基础上，可结合临习《礼器碑》《史晨碑》《曹全碑》等碑帖，以求苍劲逸朴之气息，方易得正道。

横幅隶书“南天归云”，系笔者自拟《熹平石经》笔意而书写创作的作品。其中“南天归”三字可参照原帖书写，故又可视作集字作品。临习者只要掌握了原帖笔画结体的特点，完全可以背帖而书。我以《熹平石经》浑厚古拙的碑刻为格调，书写时比较注重端庄方正，注重含蓄蕴藉，以及结体内在所包含的力度。作品不仅形似，而且接近原帖的气质与精神。我为了增强视觉审美效果，将“南天归云”四字书写在四张洒金红宣纸上，并把红宣裁成菱形斗方形式。黄色色宣做底制成横屏，使作品平添了诸多感染力。

《熹平石经》局部

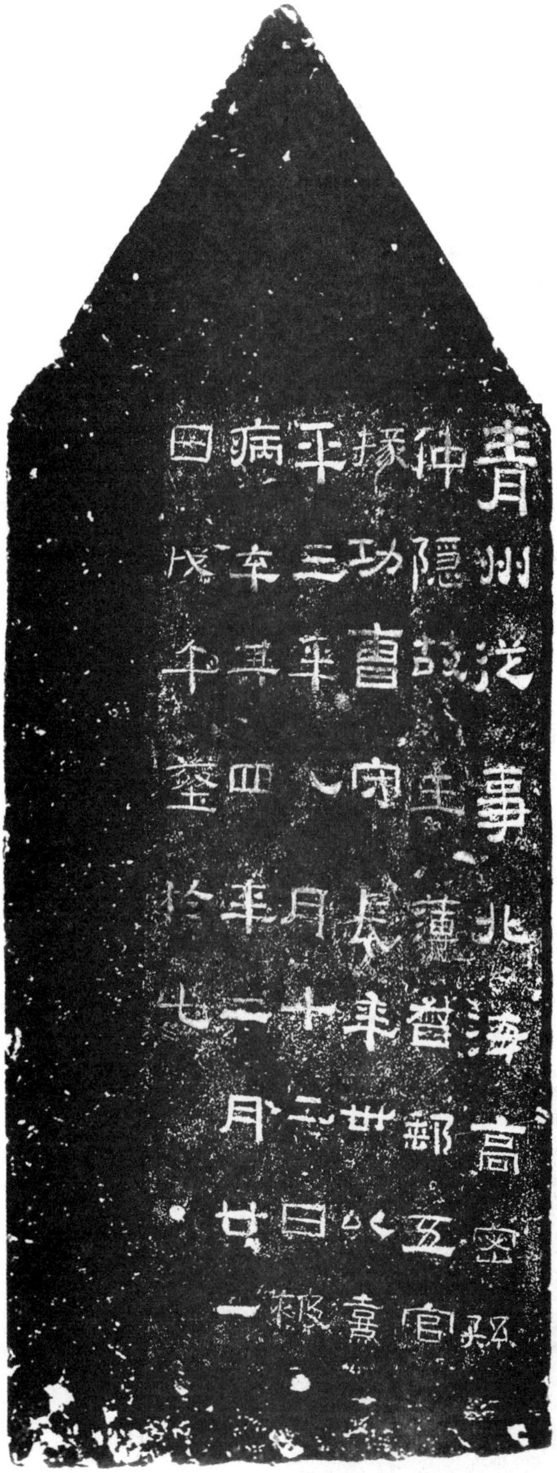

《孙仲隐墓志》碑文

青州从事北海高密孙仲隐故主簿督邮五官掾功曹守长年卅以熹平三年七月十二日被病卒其四年二月廿一日戊午葬于此

《熹平石经》碑文

以情言
中心疑□其
岁甲乾元达利贞初九
谓空子曰龙德而正中□
□忠信□以□德巴修辞立其
□上下□常非治耶也进近克
人作而□物睹本乎天者亲上本乎也
也终曰乾乾行事也或跃在渊自试也□
方革飞龙在天乃位乎天德有龙有悔□时
挥旁通情也时来□龙以御天也云行市德天
易曰见龙在田利见夫人君德也九三童刚而不□
夫大人者与天地合其德与日月合其明与四时合其
知德而不知其丧其唯圣人□知进退存亡而不失其正□
不善之家必有余殃臣试其君子试其必非一朝一夕之□
不孤直方大不习无不利财不疑其所行也□虽有美畲之而□
□谨也君子黄中通理正位居体美在中□畅于四支发于事业美□
□柔而生肴和顺于道德而理于义穷理尽性以□于命昔者圣人之作易也□
而成卦分阴分阳迭用柔刚故易六画而成章也天地定位山泽通气雷风相
□以止之兑以说之乾以君之坤以臧之帝出乎震齐乎巽相见乎离□役乎坤
□者明也万物皆相见南方之卦也圣人南面而听天下乡明而治□取诣□也□
也饮者水也正北方之卦也劳卦也万物之所归也故曰劳乎□营东北之卦也□

《熹平石经》碑文

悔墥者□子嘻嘻终各六四富裳大告九五王假有家□三告上九有孚咸如□告□□小事
□有终九四睽孤遇元夫交孚厉无咎六五悔亡厥宗叹览往何咎上九睽孤东委食途事
□誉六二王臣蹇蹇匪躬之故九三往蹇来反六四往蹇来连九五大蹇崩来上六往蹇
贝且桑致□至贞吝太中解而□朋至斯孚六五君子维六□告有孚于八人上□
无咎酌损之九二利贞征凶弗损益之六三三人行财损一人一人行则得其友
益利用攸往利涉大川初九利用为大作元告无咎六二戟益之平朋之龟
惠心勿问元告有孚惠我德上九莫益之或击之立心勿□凶□夫投于
□夬夬独行遇雨若濡有愠无咎九四臀元□其行次且□羊悔亡闻
□包有鱼无咎不利实九三臀无肤其行且□无大咎九四包无鱼
终乃乱乃萃若号一握为芺勿恤往□咎六二弘告无咎孚乃利
见大□勿恤南征告初六允升大□九二孚乃利瀹无咎九□
柔幽谷三岁不靓九二困于□食□绂方来利用□□征
于梦藟于劓剑曰动悔有悔征告□井政邑不改□无
其福六四井甃无咎九五井列寒泉食古六井故勿
咎九五大人虎辩未□有孚上六君子酌辩小人□
悔终告九四鼎折足覆公钱臣荆□凶六五□
九陵勿逐七曰得六三震苏苏震行无省九
六且其止无咎利永贞六二且其腓不拼
咎六二鸿渐于□饮食衎衎告九三鸿□
凶无攺利初九归□□娣披能履征
羊无血无□利益丰亨王假之
□王告六五成章有庆誉□
□处得□齐斧我□
颠巽咎六四
□有憙九□
无咎上九
涉大川

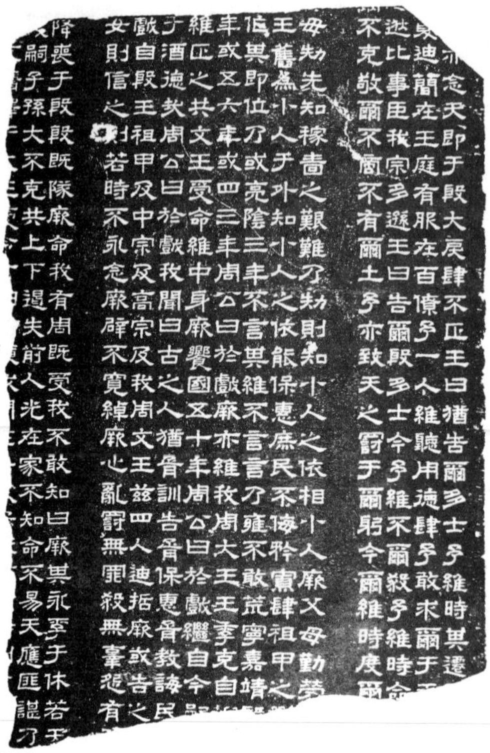

《熹平石经》碑文

亦念天即于殷大戾肆不正王曰犹告尔多士予维时其迁
□迪简在王庭有服在百僚予一个维听用德肆予敢求尔于王
逖比事臣我宗多逖王曰告尔殷多士今予维不尔杀予维时命
不克敬尔不啻不有尔土予亦致天之罚于尔躬今尔维时度尔
母劮先知稼啬之艰难乃劮则知小人之依相小人厥父母勤劳
王旧为小人于外知小人之依能保惠庶民不悔矜寡肆祖甲之
作其即位乃或亮阴三年不言其维不言言乃雍不敢荒宁嘉靖
年或五六年或四三年周公曰于戏厥亦维我周大王王季克自
维正之共文王受命维中身厥飨国五十年周公曰于戏继自今
于酒德哉周公曰于戏我闻曰古之人犹胥训告胥保惠胥教诲民
戏自殷王祖甲及中宗及高宗及我周文王兹四人迪哲厥或告之
女则信之□若时不永念厥辟不宽绰厥心乱罚无罪杀无辜怨有
降丧于殷殷既队厥命我有周既受我不敢知曰厥其永孚于休若
嗣子孙大不克共上下遏失前人光在家不知命不易天应匪谌乃

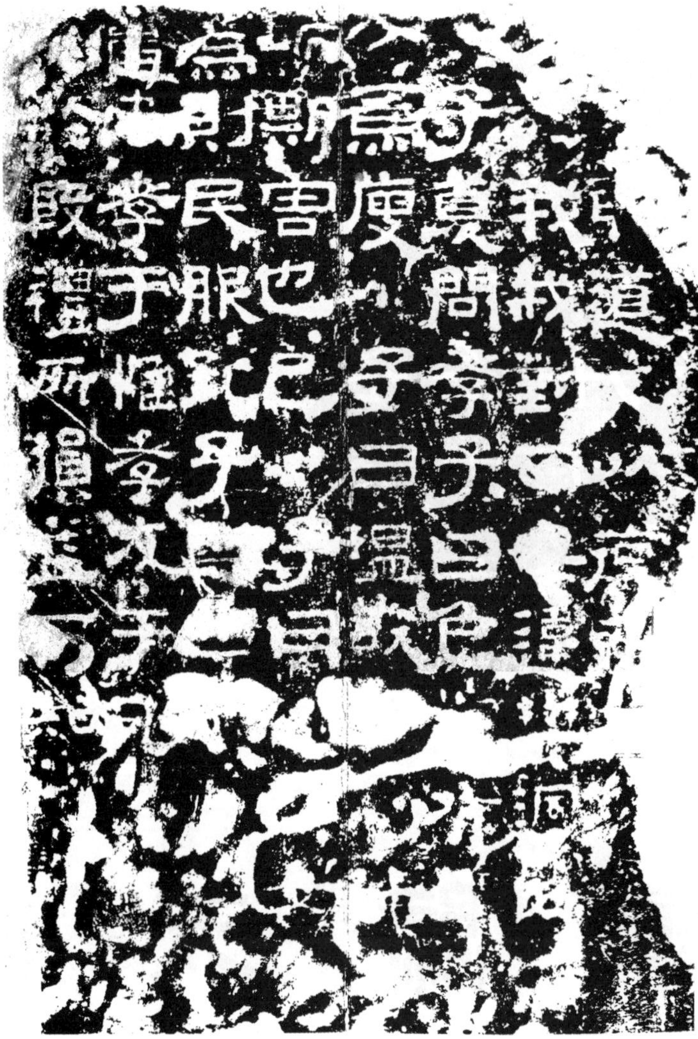

《熹平石经》碑文

道以德
我我对□□违□洞□
子莫问孝子曰色□
鱼廋子曰温故□
撕害也巳子曰□
为财民服孔子曰□
□孝于惟孝友于□
□殷礼所损益□

《熹平石经》局部碑文
名从
上治也
极乾元用九
平也君子以
不在天下

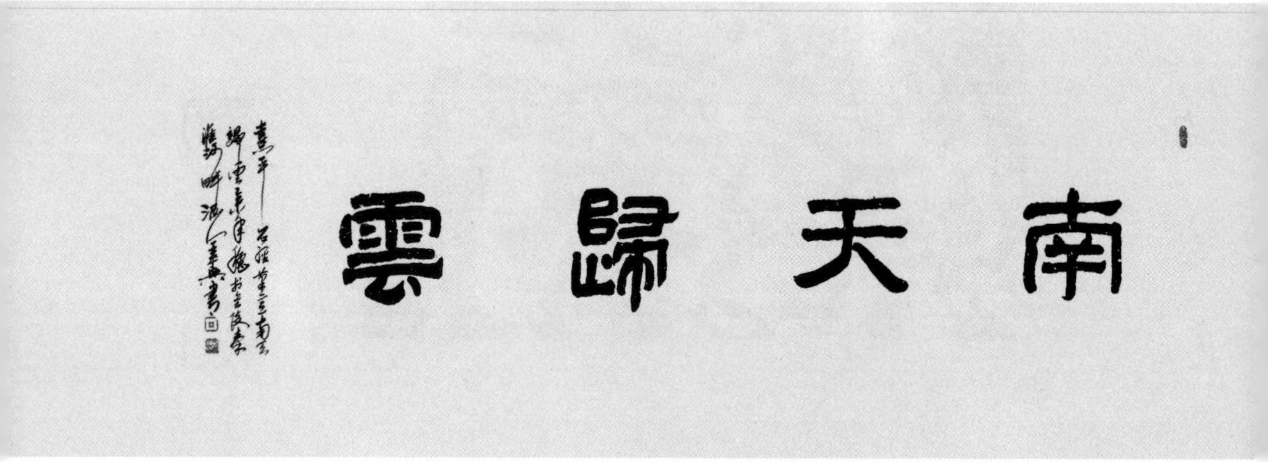

《熹平石经》笔意　王本兴书
南天归云

堂溪典嵩高山请雨铭

《堂溪典嵩高山请雨铭》又名《嵩高山石阙铭》。有称《季度铭》者实误。刻立于东汉熹平四年，铭文记中郎将堂溪典来嵩高庙请雨事，在《嵩山开母庙石阙铭》之下。据清陆增祥《八琼室金石补正》记载，此请雨铭高 31.67 厘米，前八行略高分许，后文稍低一些，中有界道，宽 180 厘米，字径 6.67 厘米许。现存河南登封。《后汉书 · 蔡邕传》记载，他在东汉灵帝熹平四年与蔡邕等正定六经文字，立石太学门外。同书另载熹平五年（176 年）四月“复崇高山名为嵩高山”。李贤注引《东观汉记》云：“使中郎将堂溪典请雨，因上言改之，名为嵩高山。”也就是在那一年，他在嵩山的启母阙书写了《请雨铭》，部分保留到今天。另据《后汉书 · 宦者列传》记载，堂溪典为宦官大长秋曹腾向朝廷举荐。堂溪典（又作唐溪典），复姓堂溪。颍川鄢陵（今河南鄢陵西北）人。东汉大臣，历任侍中、五官中郎将，经学家。

《堂溪典嵩高山请雨铭》隶书结体扁方，气格开张，工整平稳，疏朗有致，大小变化丰富，参差错落。用笔刚健遒劲，横挑与波捺的分势飘逸但不过分纵展，并无中敛旁肆的特征，属宽博方正一路书风格调。临摹《堂溪典嵩高山请雨铭》隶书，适宜使用中锋或长锋羊毫，将前锋铺开提笔书写。具体需掌握并注意如下要点：

一、横竖画

横画竖画的书写要简练平直，粗细匀称，用笔要逆锋入纸，翻笔运行时速度不宜过于快捷，要淹留涩行，营造刀契刻凿的金石韵味，线条起伏不大，提按变化微妙，收笔时可平收或露锋尖收，但要避免露出锋芒过多。如“主”“长”“兼”“君”“广”“言”等字。波横较长，波挑露锋尖收，有的呈上翘之状，极具动感。如“主”“西”“广”“有”“言”等字。

二、撇捺画

撇捺的线条粗细如同横竖画，撇画无论是斜撇还是弯撇，一般带有不同程度的弯势，圆润多姿，婀娜秀逸，非常潇洒优美。如“君”“允”“文”“不”“有”“夏”等字。捺画稍显粗壮一些，收笔时稍带提按，有棱角分明稍显尖利峻洁的波磔。如“文”“终”“叙”“文”“臧”“殁”“不”等字。心钩捺、乙挑捺用笔与之大同小异，只是方向、长短有所不同而已，如“德”“配”“允”等字。钩画如同弯撇，以圆劲取胜，于此不再列项赘述，如“字”“君”“学”“簿”等字。

三、点画

点画的临习不要马虎，不要随意，用笔亦要完备。如“典”“字”“簿”“铭”“廉”“兼”“游”“实”等字，无论是独点式、二点式还是三点、四点式，除了方向、动势有区别，其大小形态也有不同。书写时笔锋要逆入、顿挫、回旋，再提锋收笔，笔随字势，随着点画的形态不同而有所变化，不能千篇一律。

四、转折

《堂溪典嵩高山请雨铭》隶书的转折以方为主，少有圆转者，如“郡”“西”“早”“曰”“明”“君”“广”“夏”“兼”等字。横画用笔平直，至竖画时转笔调锋再向下书写，转角方正，类近直角形状，如“郡”“君”“明”等字的转折即是。转折形态有多种，竖画向里弯斜，呈锐角之状，如“西”“早”等字的转折即是。还有像“曰”“实”“言”“铭”等字的转折，竖画出头，成横竖接笔式转折。

五、结体

《堂溪典嵩高山请雨铭》隶书的结体别具一格，很有特色。中宫疏朗，体势开张方正。用笔要随意大胆，随意但不刻意，突出自然而然自由自在的天趣。有些字要宽绰舒展，如“字”“主”“郡”“曰”“君”“早”“惟”“文”“有”等字，间架博大，布白宽松，显得尤为刚峻遒劲。也有一些字要内敛外展，如“夏”“藏”“不”“其”“允”等字。相比之下这些字有敛有放，要灵动活泼一些。“度”“允”“言”等字与“簿”“字”“惟”“实”“君”“不”等字，作一比较的话，大小反差要达好几倍。铭文文字大小不一，黑白分割很不平衡，欹正相间，才有了整篇铭文参差错落的生动艺术。

《堂溪典嵩高山请雨铭》隶书的章法布局，有一点儿与众不同的特色，那就是类似于横幅的形式。纵虽有行，但不甚明了，横不成列，但不杂乱无章。可谓典型的“乱石铺路”。

一件创作的隶书作品，其文字布局应包括文字的行距、间距、字距等因素，包括线条粗细、部首疏密、墨色浓淡等因素。《堂溪典嵩高山请雨铭》隶书的文字宽窄不等，上下间距有紧有松、有长有短，这种不拘法度不拘成规的模式，在创作作品时可以参考借鉴，也是艺术家追求的境界。我们在创作中应当牢牢地把握这些规律，尽情地发挥。

笔者曾数度游览琅琊山，尤钟情琅琊山之醉翁亭。醉翁亭位于安徽滁州西南琅琊山旁，始建于北宋庆历七年（1047 年），因欧阳修命名并撰《醉翁亭记》一文而闻名遐迩。醉翁亭被誉为“天下第一亭”。 那一年欧阳修来到滁州，认识了琅琊寺主持僧智仙和尚，并很快结为知音。为了便于欧阳修游玩，智仙特在山麓建造了一座小亭，欧阳修亲为作记，这就是有名的《醉翁亭记》。我游览之余，深感时代更换，沧海变迁，感慨无比，曾自撰七言绝句：“琅琊璀璨似文星，山色蔚然万木青。太守文章真妙绝，幽情长在醉翁亭。”遂以此为内容，试用东汉隶书《堂溪典嵩高山请雨铭》笔意，以四尺生宣对折裁开采用横幅形式，创作书法作品。写得较为宽绰疏朗，在墨色上作了浓淡变化处理，结体以扁方为主，有铭文风貌，也有个人审美习性与痕迹。我尽力使两者相间融合，使作品多呈现一些自然古拙刚峻率意的韵律。

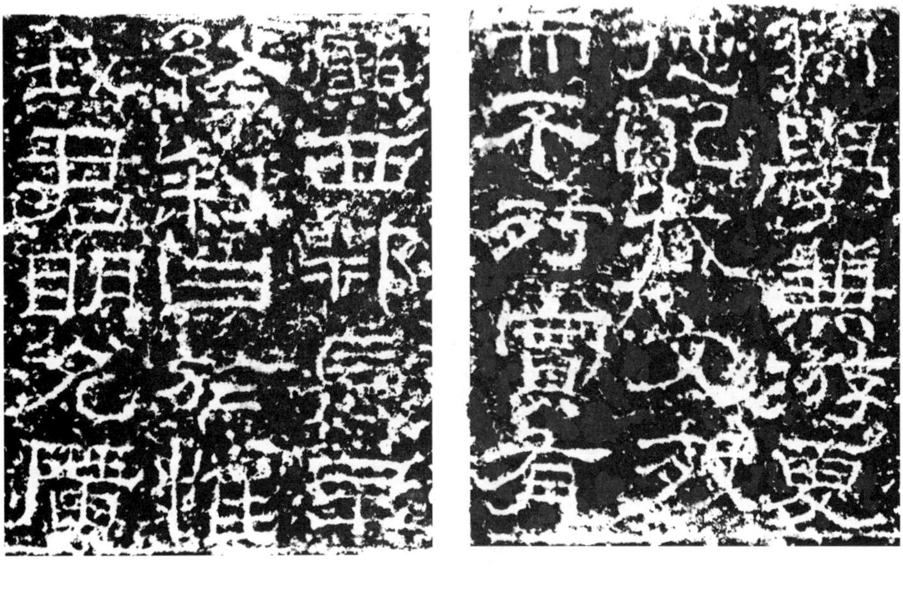

《堂溪典嵩高山请雨铭》局部

《堂溪典嵩高山请雨铭》碑文

典大君讳协字季度自为郡主簿作阙铭文后举孝廉西鄂长早终叙曰于惟我君明允广渊学兼游夏德配臧文殁而不朽实有立言其言惟何

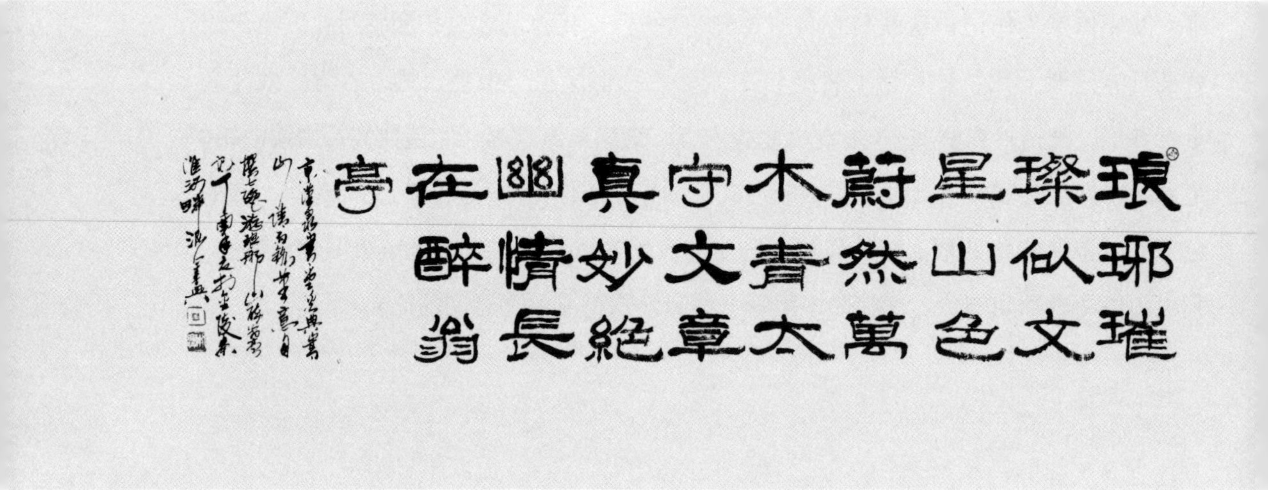

七言绝句《游安徽琅琊山记》 王本兴撰并书
《堂溪典嵩高山请雨铭》笔意

琅琊璀璨似文星，山色蔚然万木青。
太守文章真妙绝，幽情长在醉翁亭。

尹宙碑

《尹宙碑》全称《汉豫州从事尹宙碑》，隶书书体，刻于东汉熹平六年（177年）四月。元皇庆元年（1312年）在河南鄢陵县被发现，被放置在鄢陵县孔庙，不久又没入土中，明嘉靖十七年（1538年），重新复出，重置鄢陵孔庙。篆书碑额“汉豫州从事尹公铭”8字，今仅存“从铭”二字。额上正中有一圆孔穿透，直径0.13米。

此碑下部少有剥蚀，自孔处起直下16字有一米长裂缝，1990年经稳位技术处理后，至今保存良好。碑文14行，行27字，末行17字，共有368字。碑石刚出土时字基本完整。清代乾隆、嘉庆年间拓本“德寿不”等字已泐。碑阴有元皇庆三年（1314年）题记。

碑主人尹宙，字周南，河南鄢陵人历任郡主簿、督邮、五官掾、功曹、守昆阳令、州辟从事等官职。官场生涯中，尹宙始终“进思尽忠，举衡以处事，清身以厉时”，不以官职的显赫卑微为荣辱，履行好自己的职责和义务。汉灵帝熹平六年（177年）四月他因病逝世，终年62岁。这通《汉豫州从事尹宙碑》，主要记述了尹宙的家世、履历及德行。

《尹宙碑》书体笔法劲健，宽绰俊雅，法度谨严，与《衡方碑》《史晨碑》《张迁碑》等名碑上下时隔不过10余年，但风格大相径庭，各不相同。《尹宙碑》突出了清劲秀逸，流丽疏朗的气韵。在诸多书家的集评中，有褒有贬，相比之下，清王澍的评析比较切合情理：“汉人隶书每碑各自一格，莫有同者，大多要以古劲方拙为尚，独《尹宙碑》笔法圆健，于楷为近。唐人祖其法者，敛之则为虞伯施之，扩之则为颜清臣。”其“于楷为近”四字可谓道出了此碑主要特征。这对指导书法爱好者临习此碑很有意义。下面我们来探析一下其点画与结体的主要特点及临习用笔的方法。

一、《尹宙碑》的用笔和结体都是方圆兼备，以方为主。有人断言它以圆健为主，其实不然，碑中只是撇捺及其某些竖钩使用了弧曲之笔，其他点画呈方正平直，尖利奔放的气息。如附图的“三”字，三横长度相当都比较粗壮浑厚，且方正遒劲。波横也只是稍呈弯意，收笔露锋尖收。起笔切入见方，铺毫运行。整个结体形态呈方形。“兴”字亦然，它的转折借用方折，下方左右两笔拉开距离，站得住，有棱有角，且灵动活泼，很有姿态。“汉”字的三点水，用笔犹似分瓜切玉，峻削孤洁，干净利落，几近楷点。“天”与“秦”等字的撇捺，婉转流畅，特具八分之姿，用笔较实，粗壮圆厚，整肃匀称，无扭曲做作之迹，作为主笔画，充满贯通全字的“家长”风范。

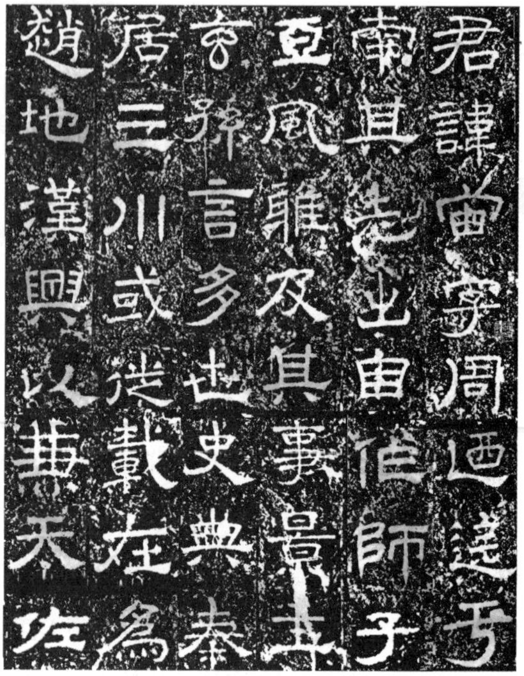

《尹宙碑》局部

二、书写时行笔逆笔涩行，收笔处，撇画上翘，带有钩意，捺画锋到顶端提笔而收。竖画写得平直遒劲，起笔方中寓圆，中锋行笔，至尾部时按力渐重，后上提出锋收笔，如“师”“川”等字竖画，呈尖利状。竖画的形态很多，有的状若悬针，有的平提方收笔，临写时要注意读帖观察。

三、《尹宙碑》中有两种笔画很有特色。其一，乙挑，如“世”字，下面的竖横本可脱空分开写，这里连接起来，作“乙挑”写，且连接处向上弯曲，别具一格。如“乃”字，将走之当乙挑写，非常简练疏朗。这些丰富的变化临写时要做到胸中有数。其二，竖钩，如“子”“字”字，曲处带肚，收锋处呈尖细之状，婉委多姿，潇洒飘逸。

四、转折主要有三种：1. 方折，如“自”“亚”字，无一点儿圆意，且呈上宽下窄之状，“自”之左右竖钩向里弯曲；2. 圆转，如“玄”字无一点儿方意，意圆笔圆；3. 方圆兼宜，如“君”字，方中寓圆。

五、《尹宙碑》的结体变化多端，形式不一，有些变化旨在“趣”，如“周”字，左竖写得特别弯曲圆转，“赵”“世”字，上下笔画连接起来，写成乙挑式的波画。有的变化旨在“巧”，如“佐”字，单人旁缩短，左之撇画极力伸展，“在”字亦然，缩竖为点，让主笔画尽得风流，取巧但不做作，很自然。有些变化旨在“义”，如“致”“处”等字，以篆法入隶，取义在古。此外，《尹宙碑》的结体宽绰处疏朗空阔，茂密处中宫紧敛，笔画密集，确实“无一字不飞动，无一字不规矩”。有人评《尹宙碑》谓“熟与巧”相乖，不见朴率之气。其实不然，《尹宙碑》之体能纵能放，灵动瑰丽，形态俊雅秀妍，结体中有篆意、楷韵、魏风，裁万象，糅诸体，融于一碑，实在难得。无论你主攻何碑何帖，建议都要临习《尹宙碑》，作为日课之补，体会前人书写变化轨迹，承上启下，定会受益匪浅，书艺大进。

我们进入创作阶段则按照程序先选定内容，把作品内容中的每个字背帖书写熟练，然后，根据内容确定作品大小与形式，进一步把分朱布白以及落款等细节具体构想好。这里笔者选择了唐代司空图五言绝句“宿雨川原霁，凭高景物新。陂痕侵牧马，云影带耕人”为作品内容。选择四尺对开斗方宣纸为作品形式，纵五横四的文字布局书写创作。笔者认为，只要掌握了原碑笔画特点，掌握了原碑结体的特点，在隶书传统的模式范畴内，挥毫书写就应当没有多少难度。有难度的地方是用手中的笔，如何写出原碑的精神与气息来。这才是我们需要花精力去不断深化、不断进取的目标与层面。

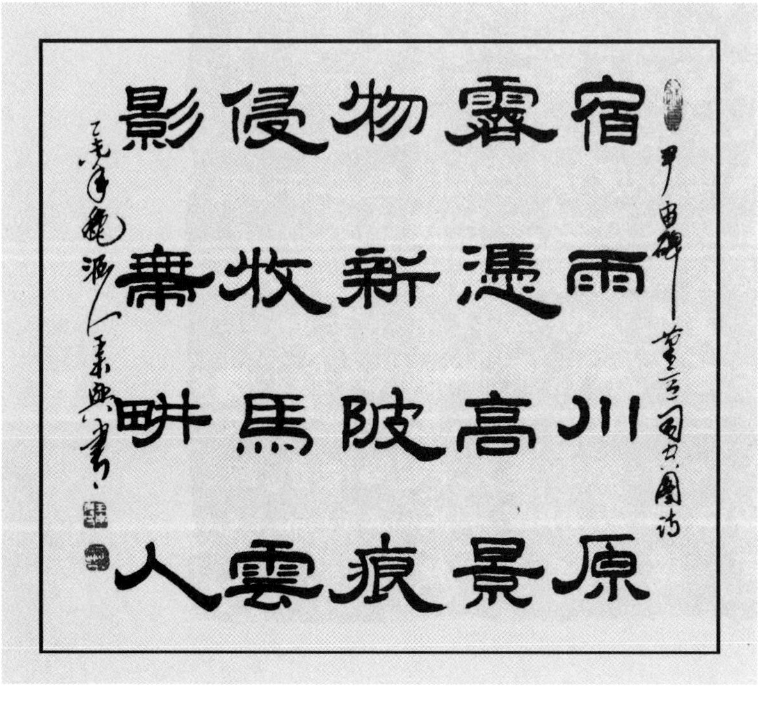

司空图诗《即事九首之一》 王本兴书
《尹宙碑》笔意
宿雨川原霁，凭高景物新。
陂痕侵牧马，云影带耕人。

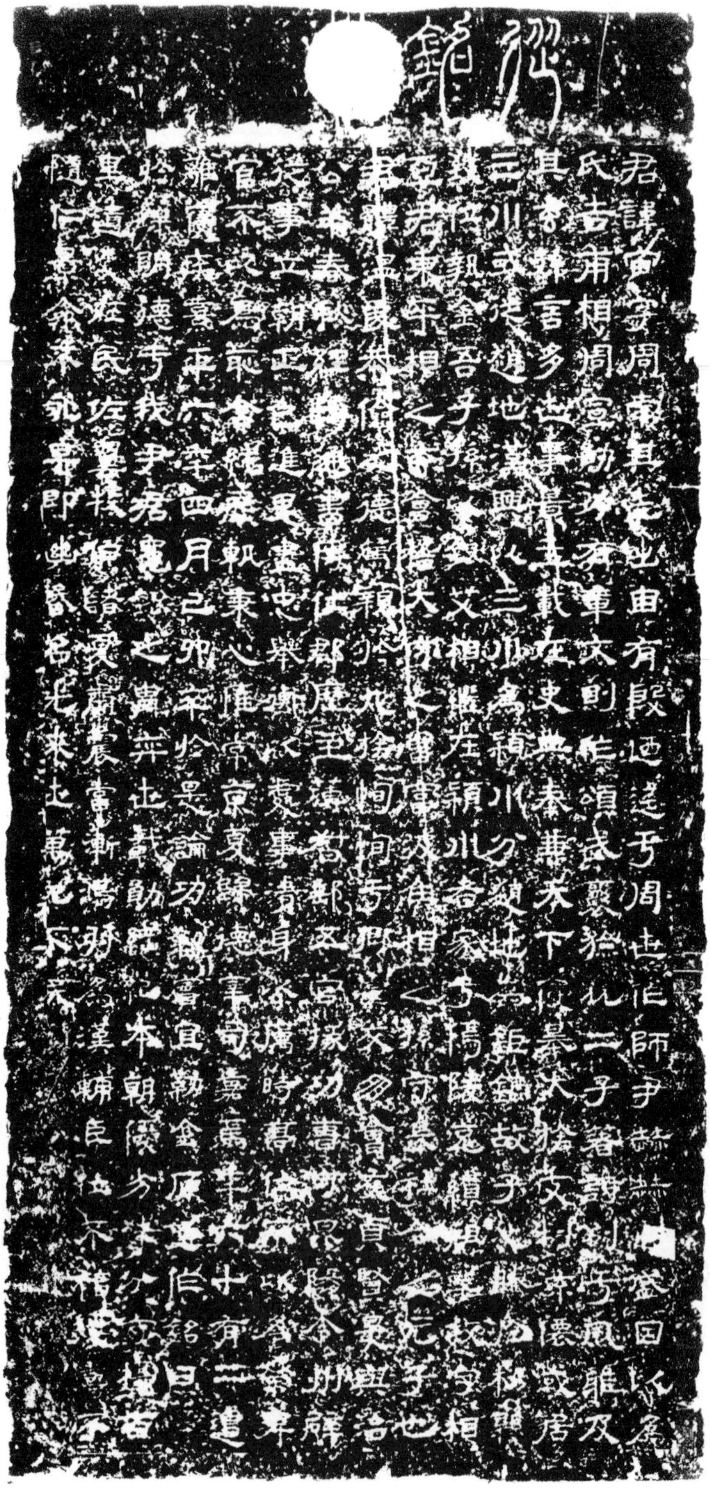

《尹宙碑》

《尹宙碑》碑文

从铭

君讳宙，字周南。其先出自有殷，乃迄于周，世作师尹，赫赫之盛，因以为氏。吉甫相周宣，勋力有章，文则作颂，武襄猃狁，二子著诗，列于《风》《雅》。及其玄孙言多，世事景王，载在史典。秦兼天下，侵暴大族，支判流仙，或居三川，或徙赵地。汉兴，以三川为颍川，分赵地为钜鹿。故子心腾于杨县，致位执金吾，子孙以银艾相继。在颍川者，家于鄢陵，克缵祖业，牧守相亚。君东平相之玄、会稽太守之曾、富波侯相之孙，守长社令之元子也。君体温良恭俭之德，笃亲于九族，恂恂于乡党，交朋会友，贞贤是与。治公羊春秋经，博通书传。仕郡，历主簿、督邮、五官掾、功曹、守昆阳令、州辟从事，立朝正色，进思尽忠，举衡以处事，清身以厉时，高位不以为荣，卑官不以为耻。含纯履轨，秉心惟常，京夏归德，宰司嘉焉。年六十有二，遭离寝疾，熹平六年四月己卯卒。于是论功叙实，宜勒金石，乃作铭曰：

于铄明德，于我尹君。龟银之胄，弈世载勋。纲纪本朝，优劣殊分。守摄百里，遗爱在民。佐翼牧伯，诸夏肃震。当渐鸿羽，为汉辅臣。位不福德，寿不随仁。景命不永，早即幽昏。名光来世，万祀不泯。

乐浪秥蝉平山君碑

《乐浪秥蝉平山君碑》又称《平山君碑》。东汉元和二年（85年）四月刻立。日本人今西龙（一说关野贞）于“中华民国”二年（1913年）在朝鲜平安南道龙岗郡（汉乐浪郡秥蝉县遗址）发现。碑文为隶书书体，7行共80字，由于年久风化，刻文残损较甚，可读者存50余字。碑文内容为祭祀山神，全文如下：“元和二年四月戊午秥蝉长洊兴，□建丞属国会陵为众修秥蝉神祠刻石辞曰，惟平山君德配代嵩威如雷电，福佑秥蝉兴甘风雨，惠闰土田，百姓寿考，五谷丰成，盗贼不起，妖邪蛰臧（藏），出入吉利，咸受神光。”

此碑文字虽然剥蚀损坏严重，不可能再现其原貌，但所剩能识读的这些文字，已足见其光彩照人。所刻文字取方势，结体端庄凝重宽绰古拙，行间距的竖线与外框边线将全碑的文字统一起来，使之愈加井然有序，气局稳定。而构筑文字的那些基本点画线条，皆粗壮丰满，率真厚实，这给当今隶书爱好者，特别是喜爱宽绰、方正、博大，追求气势平稳一路风格的人，树立了一个较为优秀的临习范本。临习此碑须注意如下几点：

其一，点画线条的书写要坚持传统的用笔方法，要突出原刻文的斑驳拙辣的效果。可以肯定碑文原有的格调与质感，不会像现时所见那样粗糙毛涩，余则一贯倡导，应从实际出发，以所存所见文字的线条结体为准，实时实临。《平山君碑》粗实丰厚的点画，我们可以选用中锋或短锋羊毫临写，逆入回出，运笔时要施以有节律的提按，淹留涩进，以达到线条的顿挫古拙之状。

其二，刻文横竖、撇捺、弯钩、点画等各种笔画，只是方向上的改变与不同，其他均大同小异，因而用笔亦比较一致。大部分笔画皆系平起平收，横画、捺画以及走之旁部首均不是纵展，到位即收，稍带波意。如“建”“丞”“代”“谷”“成”“不”

“起”“入”“咸”等字即呈此状。

其三，转折以方为主，不换笔。大多在横竖交接处作提笔暗转的动作。如“四”“属”“国”“会”“祠”“石”“曰”“君”“蝉”“雨”“惠”“吉”等字的转折，尤见方劲挺拔。《平山君碑》的刻文多见外方内圆，四角撑满，没有过长的笔画。有些文字还带有篆书笔意，如“秥”“属”“国”“祠”“刻”“石”“辞”“配”“雨”“寿”“谷”“吉”等字尤为明显与突出。临写时通过用笔的绞转恰到好处地将篆意表现出来。

余以为临摹与创作是相辅相成的。清朱履贞《书学捷要》云：“学书须求古帖墨迹，模摹研究，悉得其用笔之意，则字有师承，工夫易进。”其中“须求古帖墨迹”“悉得其用笔之意”之句，道出了临摹碑帖的目标与意义。创作自然比临摹更难，它是在临摹的基础上，通古变新，体现出个性与时代气息，通过笔墨达到抒情达意的艺术活动。从临摹到创作的转变有一个艰辛的过程，最初应当边临摹边创作，相互促进，不断交叉往复地推敲研究与实践，从感性到理性，以达到熟练程度。

东汉隶书《平山君碑》中有一些文字很有意思：“威如雷电”“兴甘风雨”“惠闰土田”“五谷丰成”。皆与天象、农业有关，我则将其书写成条幅形式。行间与四边皆以竖线为格，直接将原碑中的字句临写成书法作品，虽然纯属集字式创作，但却是对原碑范本临摹的深化。这是非常重要的一步，亦是必不可少的一步。历代书法大家几乎都有这种临习创作的书写过程，并留下了许多临习书法作品，让后人欣赏借鉴。我们必须从中掌握规律，不断地亲身体验书写创作作品时的那种激情与感觉，不断提高创作作品的因素和条件，使临摹与创作进入更高的层面。

《乐浪秥蝉平山君碑》局部

《乐浪秥蝉平山君碑》碑文

元和二年四月戊午秥蝉长渟兴
□建丞属国会陵为众修秥
蝉神祠刻石辞曰
惟平山君德配代嵩威如雷电
福佑秥蝉兴甘风雨惠闰土田
百姓寿考五谷丰成盗贼不起
妖邪蛰臧（藏）出入吉利咸受神光

《乐浪秥蝉平山君碑》笔意 王本兴书

威如雷电 兴甘风雨 惠闰土田 五谷丰成

赵宽碑

《赵宽碑》又称《三老赵宽碑》也称《三老赵掾碑》，东汉光和三年（180 年）（即碑主赵宽死后 31 年）十一月刻立。1940 年夏，青海省乐都县高庙镇白崖子村群众在挖垫村北白崖沟口墩壕（古代烽火台）时出土。当时因群众不知是汉碑及其价值，故此碑挖出后在原地搁放了 10 个多月，初为周宜尊收识，一度又曾归马步芳所有。后在老鸦村民马腾云用木轮大车将碑拉往该村途中，被颠断成两截。马腾云将碑交给乐都县政府，1942 年青海省政府令人将《赵宽碑》送往西宁的青海省图书馆保藏。

1951 年图书馆遭火厄。此碑残存一块，今藏青海省图书馆。北京故宫博物院藏有初拓本。原碑隶书书体，高 110 厘米，宽 55 厘米，厚 17 厘米。碑额篆书“三老赵掾之碑”六个大字竖排两行，字面纵 17 厘米，横 11 厘米。全文 23 行，每行 32 字，行间细线分格，每格纵横各 2.3 厘米，呈正方格，落款为光和三年十一月丁未造。碑文中没有镌刻撰文和立碑者姓名。全文 694 字，裂后的拓片合缝处有 7 字受损。赵宽为汉代豪吏，碑载赵氏世系，至九世之远。此碑文字清晰，书风遒丽秀劲，字态优美，点画飞动，有《华山碑》《尹宙碑》两碑之长，是临习隶书的好范本。现将临习要点介绍如下：

一、横画

瘦小细劲的横画，不带波挑，一般不是主笔画，如“时”“于”“芳”“声”“吏”等字，用毛笔锋端稍带提按书写。带波挑的横画，大多是主笔画，粗壮、平直、浑厚，要逆锋落笔，蚕头朝下者，笔肚向下按驻，速而返回向右运行，中部稍提略呈弯势，至尾部笔力下按，回锋圆收，写出波势。如例图中的“无”“二”“六”“五”“年”等字，蚕头燕尾十分雄厚圆畅，其燕尾大多很短促。结体部首中连接性的横画，则写得更为纤细、短小，如“有”“贯”“百”等字。此外碑中的点画，实际上为缩小了的横竖撇捺等笔画，古拙而圆浑。

二、竖画

竖画笔意平稳爽直，用笔恪守逆入回出的原则，粗细长短因字而别。有些竖钩写得特别有趣，如“子”“守”“刺”等字，其竖钩以圆为主，且弯尾写得特别粗壮浑厚。撇画与之类近，只是弯度大一些而已，如“大”“史”“疾”“于”“成”等字，写得很灵动遒劲，收笔都作顿笔回收，向上而呈钩意。

三、捺画

捺画笔锋逆入后反向下行，渐行渐按，到收笔处，不马上顿笔回收，而是缓缓延伸，慢慢提锋而收，如“民”“史”“大”“成”“人”等字。有的捺笔写得斜直，不带一点儿弯曲，非常刚劲而有力度，如“俊”“篆”“长”等字。短捺画虽短小，但法度不减，用笔动作完备，庄重雄健的风姿依旧，如“以”“略”“声”“叔”等字。乙挑有两种写法：其一，以圆笔为主，如“宽”“死”字，从起笔到收笔，提按匀称，辅毫运行，弯曲处力随锋转，平稳和谐，古厚含蓄；其二，以方为主，如“元”“亡”字，转折处与收笔处锋棱毕现，遒劲峻利。“怨”“礼”字乙挑，一波三折，屈曲自然，用笔最后提锋回收，含而不露，很有特色。

四、转折

转折大多用方折，笔锋在转折处，须调锋暗过，其折处呈平正方直状。碑文中方“口”部的转折，形式多样，变化极为丰富。如“伯”字的方“口”部，左右二竖分别朝里扭曲一下，整个文字顿时由方正变得姿妍。“西”“中”的方“口”部，左右竖画分别向里斜书，呈上宽下窄之状。“曹”字下方的方“口”部，则相反，呈上窄下宽之状，“谏”“周”等字的方“口”部，右竖平直，左竖却向外歪斜，使口部呈斜势，打破了方正平板感，可谓多姿多彩，妙趣横生。

五、结体

此碑结体总体而言，乃方圆兼备，清劲秀逸，灵动活泼。章法茂密，尤具八分典型特色。在字体形态上，有的中宫内敛，笔意飘逸，以长方纵势取胜，有的拉开距离，宽绰疏朗，呈端庄方正之状。有的因字赋形，以扁形见长。这样大小、长短、宽窄参差错落，既生动多趣又富有节律感。姚孟起《字学忆参》中有言“临汉碑宜有石气”，又言“作隶须有万壑千岩奔赴腕下气象”。此言极是，“石”非指斑驳风化之状，而是汉隶特有的凝重苍劲之自然美，所谓“导之则泉注，顿之则山安”，笔下似有“万壑千岩”，它与“石气”都是汉隶书体的一种古拙沉劲的感觉。我们只有真切地找到这种感觉，才能完美地表现它，汉隶临习者须记住这一点。

隶书《赵宽碑》的创作，笔者决定采用集句、集字的形式，即作品内容从原碑帖中截取，作品文字自然亦从原碑帖所集。“修习典艺，既敦诗书，悦志礼乐，复研篇籍，博贯史略，雕篆六体，稽呈前人，吟咏成章，弹翰为法，皆成俊艾。”其大意为笃学励志，业精于勤，勉人成才，寓意深长。四字十句，计四十字。经过我的构想谋划，作品选用四尺宣纸对开斗方，由三个单元拼合组成一件作品。第一单元（作品上部）书写三句十二字，上方中间留空部分作落款用；第二单元（作品中部）书写四句十六字；第三单元的布白与第一单元同，上方中间留空部分亦作落款用。创作这样的作品的有利条件是：句与字在原碑中都能一一对应找到出处，临习者能事先有意识地逐句逐字临摹熟练，然后再投入创作。

《赵宽碑》局部

《赵宽碑》

《赵宽碑》碑文

三老讳宽，字伯然，金城浩□人也。其先盖出自少皓，唐炎之隆，伯翳作虞，胤自夏商，造父驭周。爰暨霸世，夙为晋谋。佐国十嗣，赵灵建号，因氏焉，迄汉文景，有仲况者，官至少府。厥子圣，为谏议大夫。孙字翁仲，新城长，讨暴有功，拜关内侯。弟君真，密靖内侍，报怨禁中，徙陇西上。邽育生充国，字翁孙，该于威谋，为汉名将。外定疆夷，即序西戎；内建筹策，协霍立宣。图形观□。封邑营平。元子，卬为右曹中郎将，与充国并征，电震要荒，聝灭狂狡，让不受封，□弟传爵，至孙钦，尚敬武主，无子国除。元始二年复封曾孙纂为侯。宗族条分，裔布诸华。充国弟，字子声，为侍中。子君游，为云中太守，子字游都，朔农都尉；弟次卿，高平令；次子游，护苑使者；次游卿，幽州刺史。卬陪葬杜陵，孙丰，字叔奇，监度辽营谒者。子字孟元、次子仁。子仁为敦煌太守。孟元子名宽，字伯然，即充国之孙也；自上邽别徙破羌，为护羌校尉假司马，战关第五，大军败绩。于时，四子孟长、仲宝、叔宝皆并震没，唯宽存焉。冒突锋刃，收葬尸死。郡县残破，吏民流散，乃徙家冯翊。修习典艺，既敦诗书，悦志礼乐，由复研机篇籍，博贯史略，雕篆六体，稽呈前人，吟咏成章，弹翰为法，虽杨、贾、斑、杜，弗或过也。是以休声播于远近。永建六年，西归乡里，太守阴嵩，贪嘉功懿，召署督邮，辞疾逊退。徙占浩□，时长兰芳，以宽宿德，谒请端首，优号『三老』，师而不臣。于是乃听讼理怨，教诲后生，百有余人，皆成俊艾，仕入州府，常膺福报。克述前绪。遭时凝滞，不永爵寿，年六十五。以元嘉二年徂疾，二月己酉卒。长子字子恭，为郡行事；次字子惠，护羌假司马，含器早亡；叔子讳璜，字文博，缵修乃祖，多才多艺，能恢家□业，兴微继绝，仁信明敏，壮勇果毅，匡陪州郡，流化二城，今长陵令。深惟皇考，懿德未伸，盖以为垂声罔极，音流管弦，非篇训金石，敦能传焉！乃刊碑勒铭，昭示来今，其辞曰：

猗余烈考，秉夷塞渊，遭家不造，艰难之远，自东徂西，再离隘勤。穷逼不悯，淑慎其身，斿居放言，在约思纯。研机坟素，在国必闻。辞荣抗介，追迹前勋。立德流范，作式后昆。

光和三年十一月　丁未造。

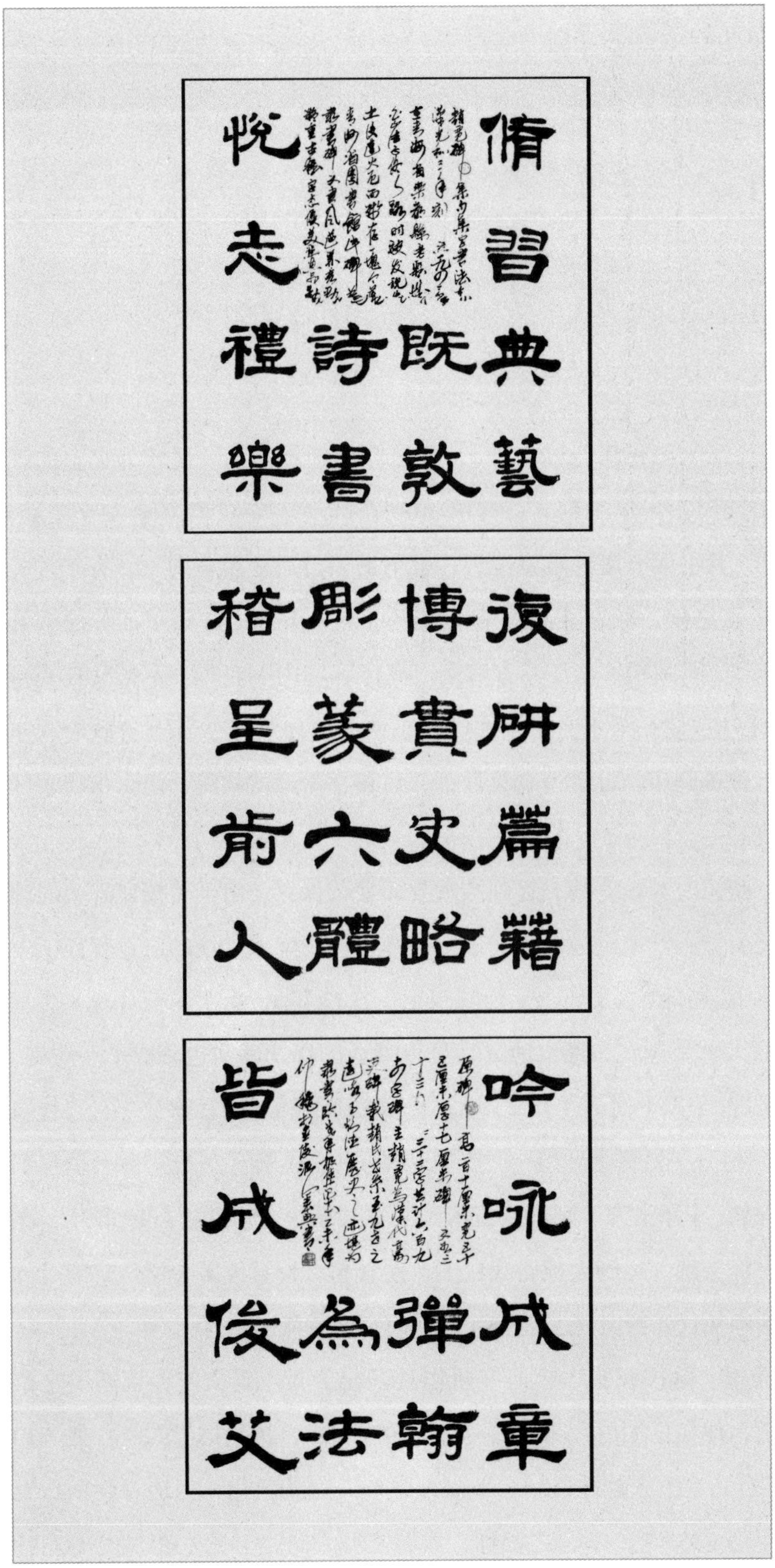

《赵宽碑》集字 王本兴书

修习典艺 既敦诗书 悦志礼乐 复研篇籍 博贯史略

雕篆六体 稽呈前人 吟咏成章 弹翰为法 皆成俊艾

校官碑

《校官碑》全称《汉溧阳长潘乾校官碑》，系江苏地区难得的一块较为完整的汉碑。东汉灵帝光和四年（181 年）刻立。碑纵 148 厘米，横 76 厘米，厚 22.5 厘米，16 行，行 27 字不等，其字多有漫漶难以读识，隶书书体，后题名三列，另有年月一行。碑身上方有“校官之碑”额题。此碑于南宋绍兴十三年（1143 年）江苏溧水县（今溧水区）尉喻仲远在固城湖（今江苏省南京市高淳区境内）获得，不久又被葬身废沼。1949 年后，此碑被放在溧水县中学大门内东墙上，1957 年被江苏省政府颁布为省级文物，次年运往苏州市江苏省博物馆保存，后移存南京博物院，南京市溧水区博物馆现存的仅是复制品。

值此提及的是，南宋时《校官碑》运到溧水县衙妥善保存。由于《校官碑》的碑文艰涩难读，南宋著名金石学家洪适对碑文进行了释读，用南宋时候的语言解释了一遍。元代,《校官碑》被立于溧水文庙。元至顺四年（1333 年），由于《校官碑》名气越来越大，来拜访的人越来越多，溧水地方官员将洪适的释读碑文也刻成了一块碑，称为《汉校官碑释文碑》(以下简称《释文碑》)。《释文碑》和《校官碑》一起立在溧水文庙,(《释文碑》“梅”字错释为“桓”,“假”无释)。抗战期间,《校官碑》被移到溧水火神庙戏台下保管。《释文碑》则一度流落到溧水县城一个水塘边。1952 年，溧水伯纯中学教师将《释文碑》运到火神庙戏台下，使其与《校官碑》合璧。1957 年 8 月，东汉《校官碑》和元代《释文碑》被一起运到南京博物院。

碑主潘乾，字元卓，陈国长平（今河南西华县东北）人。碑文内容记述了这位溧阳长的品行和政德，他在任期内,“政绩卓著，泽被乡里”，特别指出的是，他“构修学宫，宗懿招德”(引《江苏金石志》)，他兴办学校，宣扬教化，当地百姓刻石纪念他的政德。翁方纲考:“官者，学舍之统称，潘君之职，自是县宰。东汉时不闻特设学校之官。永平幸南阳，所谓校官弟子者，学校之弟子耳。兹碑特颂其兴学之事，故其石刻于学舍。”翁方纲提出的校官即学舍的说法为人们接受，从碑文看，我国在1800多年前的地方县级行政单位，多么重视教育事业的发展！

《校官碑》为汉隶成熟期之重要碑刻，是江苏省现存最早的三碑之一（另一为三国吴《天发神谶碑》、一为三国吴《禅国山碑》)。《校官碑》在我国古代书法史上占有重要的位置，它属于汉隶中古朴雄强一路风格的佳作。历代书法家在评论《校官碑》的艺术风格时，称其“厚重古朴，方正雄强”。近代学者康有为在所著的《广艺舟双楫》中，以“丰茂”二字概括它的风格。值得说明的是，它虽然系东汉末期隶书发展成熟时期的产物，但因江苏地处古吴越，汉石绝少。地域文化与中原文化具有一定的差异,《校官碑》古拙浑厚的整体风格，以及方正朴茂的结体、凝重壮实的线条，迥异于时风，具有独特的面貌与个性。它的艺术魅力与独到之处，迷倒了无数文人墨客，实在是汉隶中不可多见的艺术珍品，在中国书法史上占有重要的地位。

然而大家对《校官碑》书法给予极高评价的同时，对其书法艺术风格和艺术价值，长期以来多有分歧。有人以为《校官碑》并不是一件成熟的汉隶作品，而只是一件篆初变隶的过渡性书体作品。有人则以为《校官碑》笔法灵活自然，波挑笔势已见收敛，乃隶变楷兴的表现。予以为《校官碑》只要确证是东汉成熟时期的重要隶刻而无疑，那么它所体现的风格与艺术价值就是时代的经典，我们没有理由也没有必要，让成熟时期汉隶的艺术风格都保持在统一的成熟时期的模式上，就像今天的书坛，千人千面，各有特色，而不是千篇一律，没有什么可以惊诧和疑惑的。因而,《校官碑》书法所呈现的到底是篆初变隶的过渡特征，还是隶变楷兴的表现，也就显得并不重要，重要的是看《校官碑》书法本身的艺术特色。

所以，我们选择《校官碑》作为临习隶书的范本，体验吴越书风的特色，不失为明智的选择，现将临习要点阐述如下：

一、笔画

无论横竖撇捺，起讫均要藏锋入纸，回锋收笔。波捺出锋处，笔要送到位，以含蓄为准则，呈浑厚尖圆之状。行笔要坚持中锋，运行时淹留、提按的动作要丰富，有些笔画写得很粗壮，行笔时万毫齐铺，多用按力，有一种拙厚敦实感，有些笔画很纤细，行笔时多用提锋，裹毫涩行，有一种纤而不弱、细而有骨之感。如附图的“平”“字”“元”等字，点画十分粗壮拙厚，骨力洞达。“潘”“禀”“霍”等字，点画写得很细致，刚健挺拔，质感强烈。“长”“人”“之”“平”等字的波捺呈燕尾，一波三折，力势尤重，回收处不露锋痕，姿态遒丽。

二、结体

1. 方正

字的外在形态方正，不是说文字是一个正方形，而是指文字的虚拟形貌，以方或长方而喻。如“溧”“阳”“潘”“卓”“平”“绪”等字，均呈方正之状。其文字中的波横撇捺亦不作夸张拓展，稍纵即止，适可而收，被规范在方正的准则与框架之中。

2. 篆意

文字结体中夹带篆书意趣，如“阳”“陈”等字的某些偏旁部首，以及碑文本身的方正取形的结体，很容易使人联想到某些篆书的痕迹。隶中的篆意平添了古朴与金石气息。

3. 粗细

点画、部首或文字之间的粗细变化，丰富多彩。如“乾”字，左细右粗；“国”字外粗内细；“楚”字上粗下细；“长”“平”“君”“傅”等字，则系粗细相间式。在任何一种书体中，粗细变化是最普遍、最根本的变化，就是小篆的线条也有微妙的粗细变化。没有此变化，点画写得再精到，也会平板无味，状若算珠。而《校官碑》可谓粗细悬殊，系充满生气与神采的典范，给人以端庄、严密，而又变化莫测的层次感。

4. 灵动

写得方正往往会减弱灵动。但《校官碑》则不然，如“元”字，左撇右捺，钩踢遒劲，极尽弯曲之势，飞动而多姿。“之”字之捺笔，上弯后，再重重下捺，棱角分明，锐不可当。“也”字貌似方正，但竖中有斜，直中带曲，尤见活泼。

5. 转折

转折有方有圆，以方为主。如“崇”字，完全系方折；“阳”“绪”等字，完全用圆转。也有方中寓圆、方圆兼有及衔接处“脱肩”等多种形式。

三、临写避忌

其一，用笔不能浮躁飘滑。临写《校官碑》，如果不逆入涩行，裹锋绞转，气格不会高古。

其二，用墨不能过湿、过淡，特别是临写粗笔画要小心涨墨，实际上点画的粗壮不是靠墨水多写出来，而是靠铺毫按笔。

其三，避呆板，追险绝。如“字”字的“子”部，竖弯钩向左极力弯斜，“南”字的左右竖，一斜一曲，竖而不直，险绝无比。

此外，临写建议用粗大一些的中、短锋软毫笔。长锋羊毫亦可使用，忌用硬毫笔临写，习字纸应用吸水性强一些的，纸质不能过于光滑。布白比其他隶书要紧密一些，整肃大度，风规自远。

《校官碑》局部

清代书家冯承辉尤喜临书汉隶《史晨碑》与《校官碑》，冯承辉（1786—1840）字少眉，一字伯承，号梅花画隐，江苏娄县（今上海市松江区）人。好学善书，篆、隶皆精，兼善画人物、花卉，尤善画梅，所作疏逸弃俗。亦能篆刻，上规秦、汉，工整有法度。张祥河《关陇舆中偶忆编》云：“吾乡冯少眉茂才，体甚魁梧，工八分，所居名梅花楼。”著有《古铁斋词钞》《古铁斋印谱》《印学管见》《历朝印识》《金石利》《石鼓文音训考证》《两汉碑跋》《琢玉小志》《棕风草堂诗稿》，他是一位具有理论支撑的书画大家。他所创作的《校官碑》书法作品，无比凝重浑厚，没有斤斤计较于一点一画的形似，但写出了方正、豪迈、雄厚的气质与格调，其中“养”“以”“年”等字，注入了更多的个性语言，把“年”字的竖画特别夸张拉长，显示了他的胆识与审美情调。我们应当在品味鉴赏之余，从中吸取一些有益的创作经验，为己所用。

笔者用《校官碑》笔意创作隶书作品时，取六尺宣纸对折裁开，以对联形式进行书写创作，内容为孙星衍所撰楹联：“莫放春秋佳日过，最难风雨故人来”之句。文字纵向七字布排，纸按比例叠好格子，这一切不会有什么难度。为增强趣味，我在空白宣纸上按七字格先涂上淡墨，待干后在淡墨格子上书写正文，并沿着淡墨面积用小楷勾线，使淡墨图形更显清晰。接着，笔者在正文两侧落上长款，先拟好款文内容，在同样大小的废纸上先书写一次，主要是模拟预测一下款文文字的多少，以及正式书写时的布白格局，一切做到胸中有数，最后完成作品。总体上讲，此楹联隶书完全是背帖而书，像冯氏那样遵循笔意而已。当然，余亦自然而然地注入了自己的个性与笔致，读者不妨亲身体验。

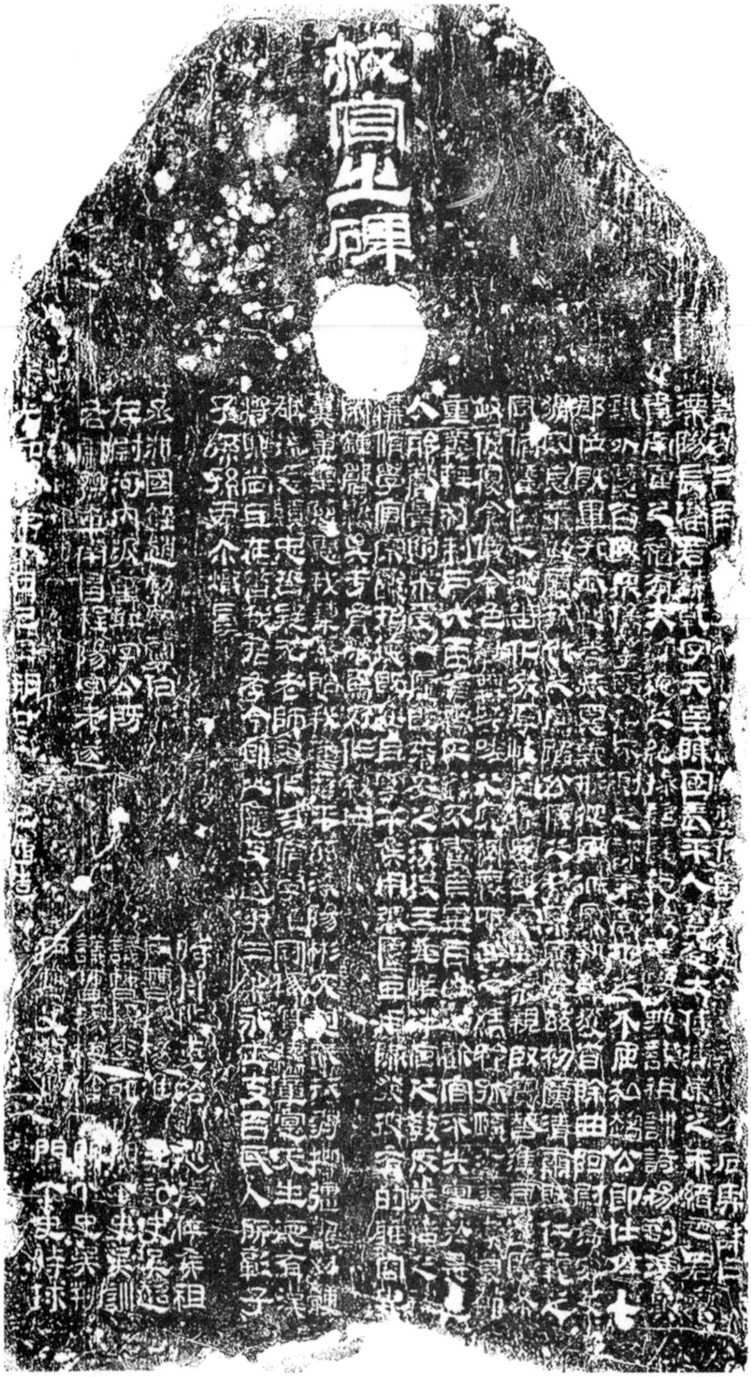

《校官碑》

《校官碑》碑文

盖汉三百八十有七载□□□于□□□□铭功，著斯金石。畀诔曰：
溧阳长潘君讳乾，字元卓，陈国长平人。盖楚太傅潘崇之末绪也。君禀
资南霍之神，□□□德之绝操，髫髦克敏，□学《典谟》祖讲《诗》《易》，剖演奥
艺。□览百家，众推挈圣。抱不测之谋，秉高世之介，屈私趋公，即仕佐上。
郡位既重，孔武赳著，疾恶义形，从风征暴，执讯获首。除曲阿尉，禽奸戋
猾，寇息善欢。履菰竹之廉。蹈公仪之洁。察廉除兹，初厉清肃。赋仁义之
风，修□□之。垂化放虖岐周。流爱双虖□□。亲□宝智，进直□慝。布
政优优，令仪令色。狱□呼嗟之冤，野□□匈之结。矜孤颐老、表孝贞节。
重义轻利，制户六百。省□正繇，不责自毕。百姓心欢、官不失实。于是远
人，聆声景附，乐受一廛。既来安之，复役三年，惟泮宫之教，反失俗之礼，
构修学宫。宗懿招德，既安且宁。干侯用张，□豆用陈。发彼有的，雅容□
闲。钟磬县矣。于□乐焉。乃作□曰：
翼翼圣慈，惠我犁蒸。贻我潘君，平兹溧阳。彬文赳武，扶弱抑强。□刈鲠
雄，流恶显忠。咨疑元老，师□作朋。修学童冠，琢质□章。实天生德，有汉
将兴。尚旦在昔，我君存今。□此龟艾。遂尹三梁。永世支百，民人所彰。子
子孙孙，卑尔炽昌。

丞沛国经赵勋字蔓伯
左尉河内汲董并字公房
右尉豫章南昌程阳字孝遂

时将作吏名　从掾住侯祖
户曹掾杨淮　主记史吴超
议曹掾李就　门下史吴训
议曹掾梅桧　门下史吴翔
户曹史贺假　门下史时球

光和四年十月己丑朔廿一日己酉造

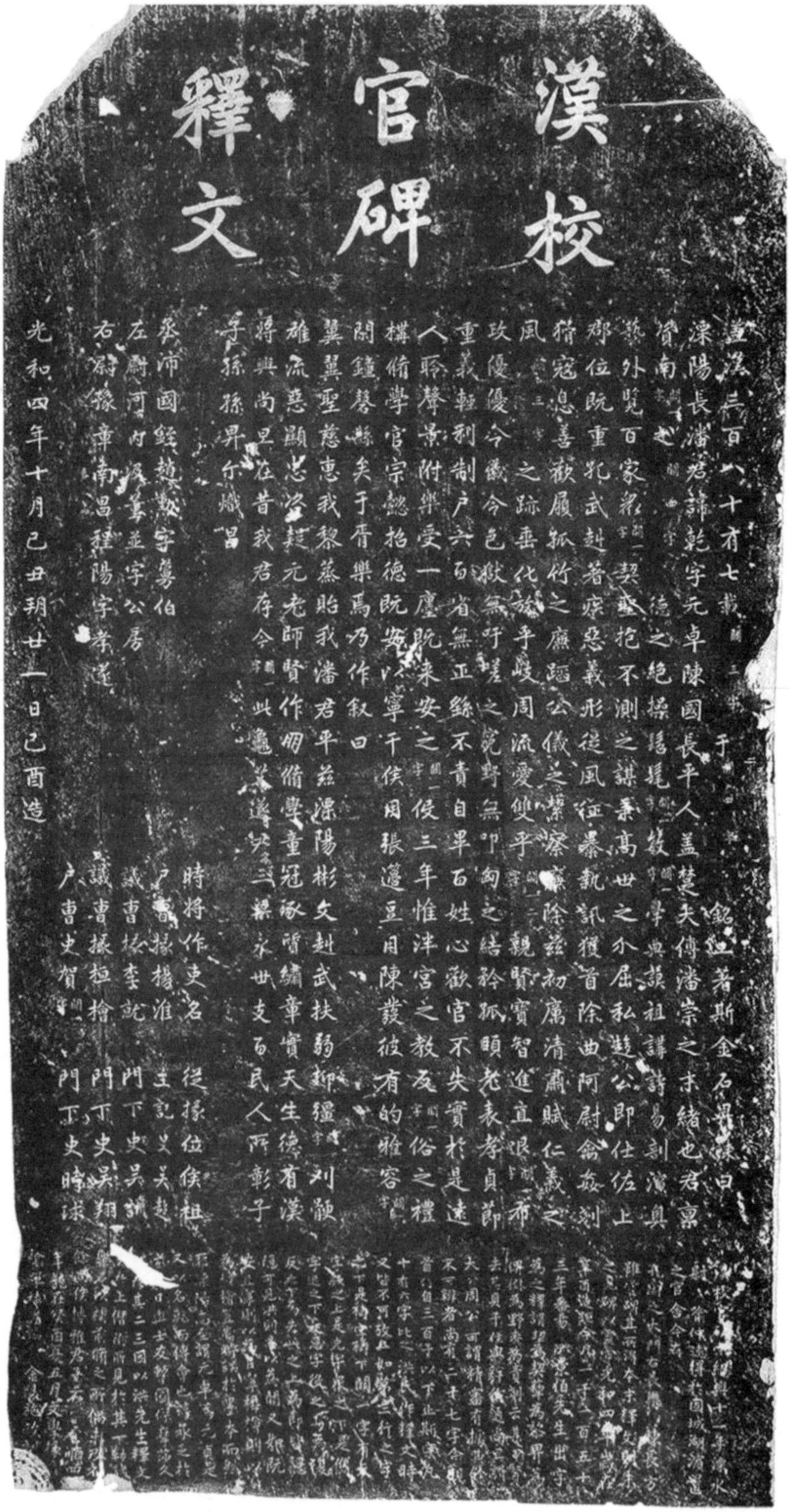

《汉校官碑》

能為□以三
乘用鈍是
幸惟為罕
其體養
然□人生
是靜焉

戊子正月一日丁未
少甫溫山坪士於□
僜三

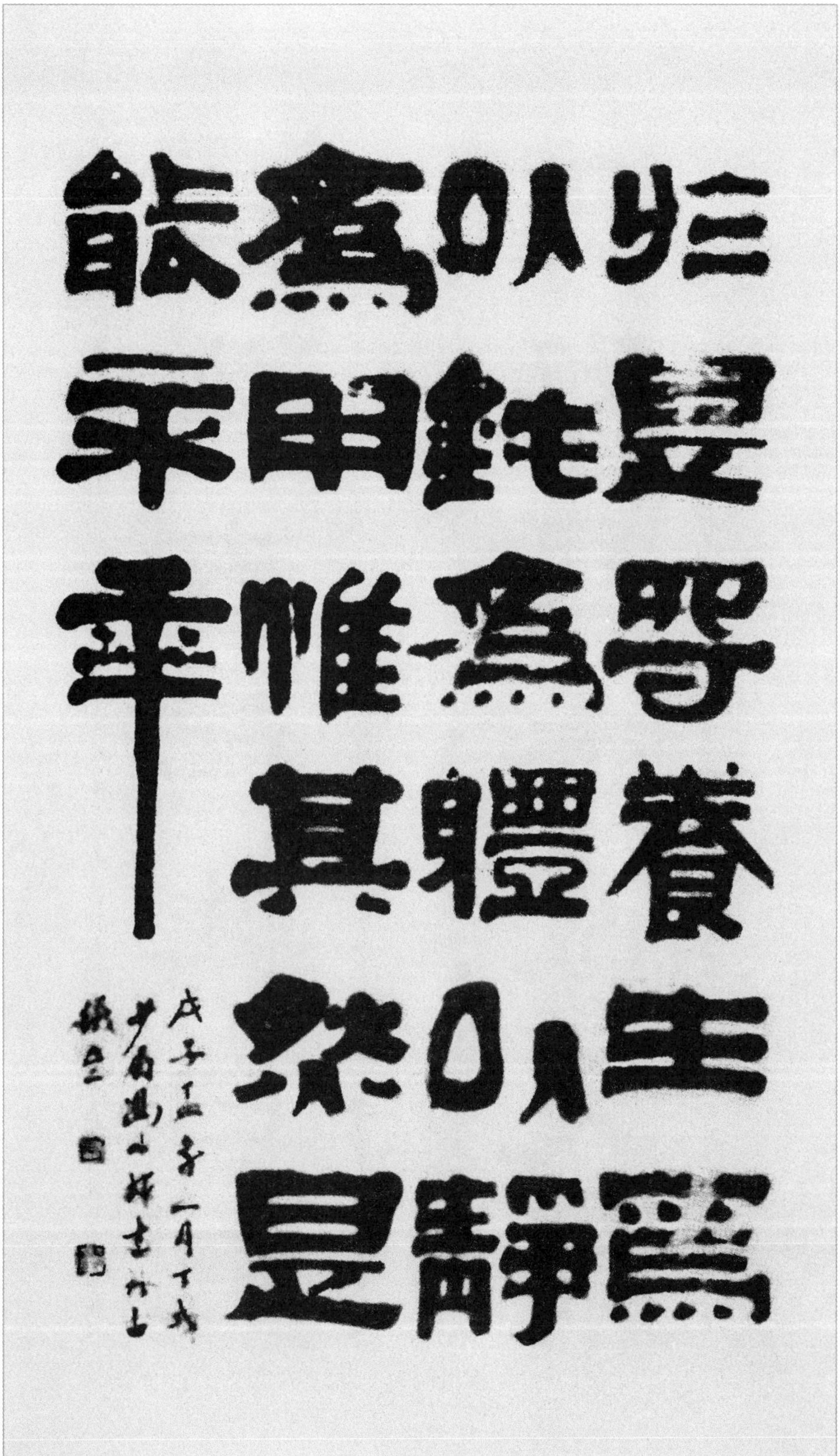

清　冯承辉临《校官碑》

《校官碑》笔意　王本兴书
莫放春秋佳日过，最难风雨故人来。

三公山碑

《三公山碑》东汉灵帝光和四年（181 年）刻立。原在河北元氏县。有穿，圭形。碑高 191 厘米，宽 112 厘米，该碑文隶书 24 行，行 40 字。共约 728 字。字径约 3.5 厘米。碑额共 10 字，额中间系双钩阳文“三公之碑”4 字，左边阴文隶书“封龙君”，右边阴文隶书“灵山君”。值此说明的是:《三公山碑》与《三公山神道碑》《祀三公山碑》，虽然都有“三公山”字样，但它们是不同的汉代碑刻，切勿混淆。

此碑为樊玮所立，元氏左尉樊玮受到上司常山国相冯巡的器重，被举荐为孝廉，受到朝廷重用。他借给三公山神立碑的机会，感激上司并为之点赞，称其“长履景福”，凡是说到“明公”的时候，都换行刻写。别的石碑按常规一般是在称谓皇帝的时候换行刻书，以示尊重。由此可见树碑之人对上司的尊敬与孝服。国相冯巡确有一定政绩，他受命北征，攘去寇凶，奸宄越境。同时，在他的治理下，当地在风雨时节，农夫执耜，百姓家给，年丰岁稔，仓府充盈，草木畅茂。他的政绩得到讴歌亦在情理之中。

该碑文拓本高 182 厘米，宽 82 厘米。文字已有一定程度的漫漶，但基本笔画、结体间架尚能辨识，此隶书书风方正宽绰，遒劲峻拔，别具风韵。杨守敬《激素飞清阁评碑记》:“字已细瘦，笔意不复可寻，而劲健之气自在。”清方朔《枕经堂金石书画题跋》谓:“字约一寸有余，如《白石神君碑》，而隶体端劲挺秀，可以为法。不在同时《石经》之下,《白石》实所不及，殊可宝也。”

现将临习要点介绍如下:

一、点画

《三公山碑》用笔皆比较方峻规范，又不失传统，一般要逆入回出。转笔翻笔要自然灵活，藏锋不藏拙润韵味，收锋不收纵展锐利气息。横竖要有轻重缓急，行笔速度不宜过快，强调淹留之势。由于线条比较平直，故提按动作与频率较为平缓与微妙。横画大部分写得较为平直，少有弯势，有的带有燕尾波势。撇画纵展自如，有的撇画极为短小，因字而异，无论是瘦劲还是粗壮者，皆以敛蓄势，精气饱满，充满张力。波捺与弯钩笔画，都要做到笔笔送到位，不可轻滑飘扫而出。毛笔在运行过程中顿挫抑扬，顺锋顺势，多加变化，以达到波磔粗壮俊秀，姿态优美，线条苍莽老辣。有一些形似短小的捺脚故意作秀，尖阔并存，厚薄同现，十分惊奇灵动。如“改”“恭”“火”“不”等字。隶书的左向钩画一般圆势，较为自然流畅。右向钩画棱角分明，用笔动作完备精准。点画虽小，书写时不可马虎，要注意动向及势态的不同与变化。点画一般分布在不起眼的小地方，书写时笔锋逆入，翻转回旋，很快圆势提锋收笔。由于距离短小，故动作要稍快捷一些，可以意到笔不到，完备并完美为好，否则难以达到碑上的效果与审美质感。

二、结体

《三公山碑》结体的主要特点是工致方正端庄匀称，气局宽博。临习时既要注意四角丰满充实，又要注意中宫疏散匀称，形成一种与众不同的宽绰方正格调。如“不”“字”“陈”“化”“能”“甲”“讳”“祖”“祇”等字，有些字本应是长形的，有些字本应是扁形的，但碑中大多呈方形的形态。结体的转折是提笔暗转以方折为主，且有棱有角。方口部首大多横平竖直，无屈曲歪斜之状。横竖粗细一般较为匀称，无太大的反差。此外，左右结体的部首，大多不拉开距离，布白较为宽松，且散中有聚，聚而不紧，泰然平稳。如“能”“陈”“非”“姓”“讳”“神”“祇”“稷”等字。

方正、匀称、古朴中要突出灵动天趣，是很难做到的，然《三公山碑》却具备这样的特色，它的结体是以方为主的隶书，刚健遒劲之味较为浓重。如“畅”“稔”“肃”“我”等字，一笔一画，自有天地，可谓端庄凝练，临写不好易犯平板呆滞之病。因而笔者提请注意，临习在表现平稳方正的同时要注意天趣的表现。天趣即指飞动灵活的意趣。我们仔细观察，此碑在不经意处不乏飞动多姿之笔：如“字”“不”“粟”“火”“恭”“改”等字的撇捺之画，都带纵展外拓之势，有的呈尖锐上翘之意，且尤为粗壮峻利；“四”字中间左右竖弯，收尾时其转折、出笔各具特色；“稔”“恩”等字的心字捺类近斜捺；“化”“元”“龙”等字的乙挑捺，皆作平直直角右转。点睛之笔就是这样，写得富有特色，能活动全字。临写时间长了，临习者定会体会到这一点。一笔一画，稍微上翘或下弯一点儿，给人的感觉就会不一样。《三公山碑》正是不追求表面上的妩媚，而是寓灵动活泼之天趣于严整方正的形态之中，在不经意处，笔笔到位，别具风貌。

《三公山碑》系东汉成熟时期的书法珍品，在诸多汉碑中别有一种风韵。字体或长或方，端庄方正，四角丰满，点画拙朴，骨力内含。其用笔用心地在追求一种横平竖直的书写效果，唯长横之波脚有纵逸之势，伸展飘逸之笔显于碑石之上，其余皆刚健瘦劲、严谨规范，无一做作之处，重在布施一种动静相宜与方正灵秀之气。在此碑之前，碑刻书法，时见篆意，然此碑重在传统隶法，彰显刚劲优美者，实属难得。故《三公山碑》为临摹和创作隶书作品的优秀范本之一，适合初学临摹。我们只要坚持下去，掌握此碑的特点，很快就能入门见效果。若到了这一步，亦不要沾沾自喜，自以为得手。相反我们要善于总结，善于找到不足之处，在线条质感上，文字结体上狠下功夫，由生到熟，再由熟返生，以臻妙境。

予以西晋名篇《酒德颂》为创作内容，全文有220余字，采用5.5米长卷形式书写，长卷起首可以把题名按传统惯例以大字形式书写，然后从左往右书写正文，最后落款盖章。骈文《酒德颂》作者刘伶，字伯伦，西晋沛国（今安徽宿州市）人。魏晋时期文学家，诗人，“竹林七贤”之一。曾为建威将军王戎幕下的参军 。晋武帝时曾策问朝廷而被罢免。崇尚老庄无为之说，自云“天生刘伶，以酒为名”。刘伶嗜酒，酒风豪迈，被称为“醉侯”。酒德即饮酒的品德，《酒德颂》即歌颂饮酒的品德。千百年来，《酒德颂》传播于世，为人们津津乐道，我以《三公山碑》笔意书写成作品，聊以志纪酒德也。

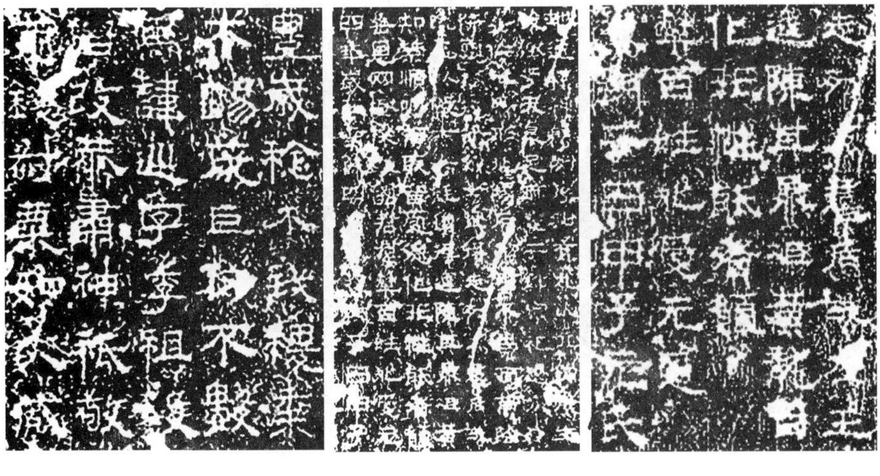

《三公山碑》局部

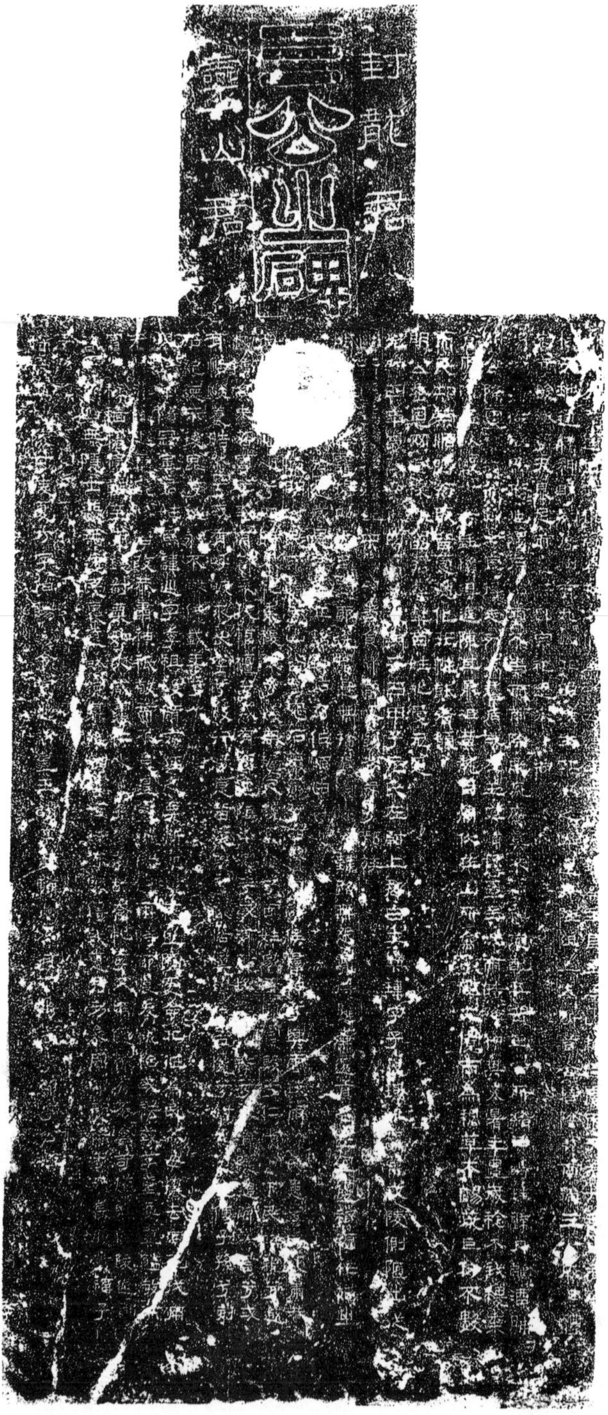

《三公山碑》

《三公山碑》碑文

三公山碑　封龙君　灵山君

□□分气建立乾坤乾为物父坤焉物母连生六子□□为□□□土为山□□风雨天有九部地有八极天地通□神明别序州有九山丘□成土北□之山□升□阻上为祈首含□阴宝南号三公厥□体嵩厚峻极于天鼎足帝□二郡宗祀□奉□□

□公嘉祐□为形兆触石□云不崇而雨阴□氛廓莫不□□德配五岳王公所绪四时珪璧月醮酒脯□公降灵□□□□得志列□群后或在王庭辅翼圣主飏雨时降和其寒暑年丰岁稔分我稷黍仓府既盈以谷士女□□得进陈其鼎俎黄龙白虎伏在山所禽兽□□亿两为耦草木畅茂巨仞不数下民知禁顺时而取皆受德化非性能者赖

明公垂恩网极保我国君群黎百姓□受元恩

光和四年岁在辛酉四月□亥朔二日甲子元氏左尉上郡白土樊玮字子仪玮□要□□陵侧陋出从幽谷迁于乔木得在中州尸素食禄□以弱□归于□族

明□□□欢□以□足观听□□道无拾遗消扞□难路无怨諠得应廉选贡名王室灵祇福祚施之□□□□□册于是感恩□□立铭勒石乃作颂曰

□□俨俨明公民所瞻兮山□窈窕石岩岩兮高仓□□候群神兮兴云致雨除民患兮长所吏肃恭□□□□□心兮四时奉祀黍稷□兮□用□□□□□兮百姓家给国富殷兮仁爱下民附亲兮遐迩携负来若云兮或有薪采投辐檀兮或有□鬼阻出□兮或有□□□耘兮或有隐遁辟语言兮或有恬淡养皓然兮或有呼吸求长存兮跂行喙息皆□恩兮□佑樊玮出谷迁兮封侯食邑传子孙兮刻石纪德示后昆兮永永不□亿载年兮

举将南阳冠军君姓冯讳巡字季祖□修六经之要析□□□之历受命北征为民父母攘去寇殃□用无□奸□越竟民移俗改恭肃神祇敬而不怠皇灵□佑风雨时节农夫执耜或耘或耔童妾壶馌敬而宾之稼穑穰穰谷至□钱菽粟如火咸裹仁心□君姿前哲乔札季文笃□稂秀不为苛烦愍俗陵迟钏□谘□山无隐士薮无逸民裹道以德慕此□□百姓欧歌得我惠君功参周邵受禄于天长履景福子子孙孙

□长史甘陵甘陵夏方字伯阳令京兆新丰王翊字元辅丞河□□武李□字公兴

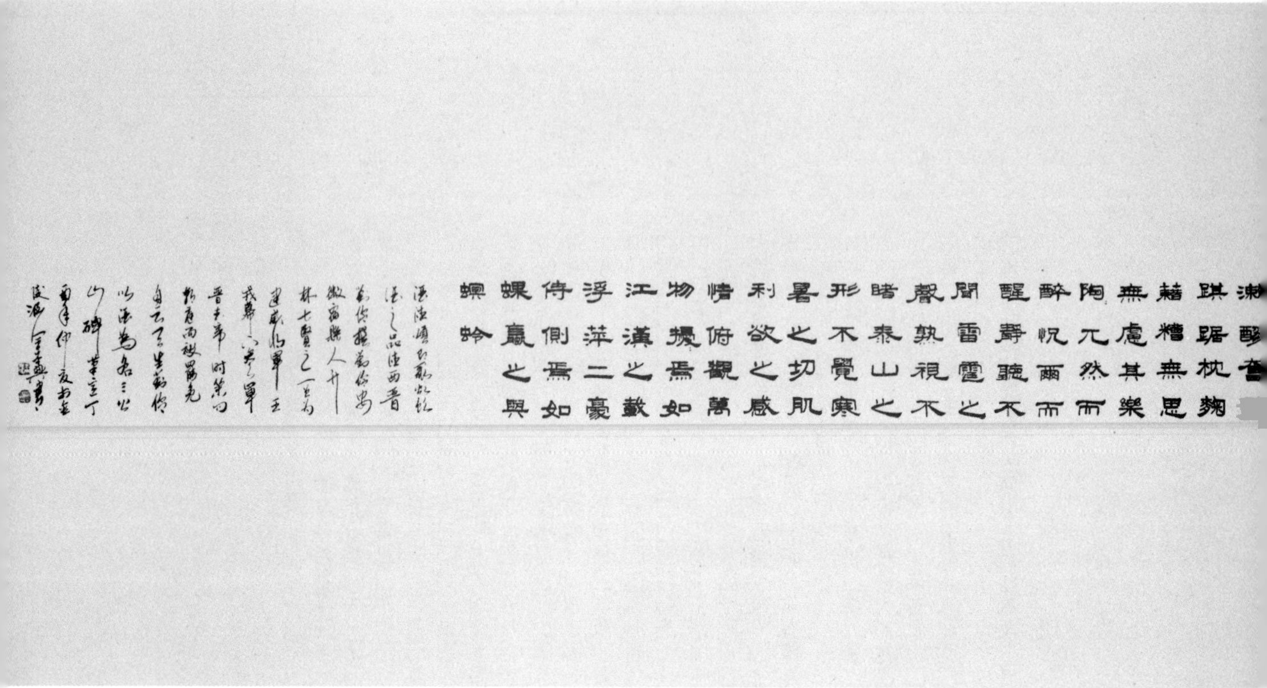

起，先生于是方捧罂承槽，衔杯漱醪，奋髯踑踞，枕曲藉糟，无思无虑，其乐陶陶。兀然而醉，恍尔而醒。静听不闻雷霆之声，熟视不睹泰山之形。不觉寒暑之切肌，利欲之感情。俯观万物，扰扰焉如江汉之载浮萍。二豪侍侧焉，如蜾蠃之与螟蛉。

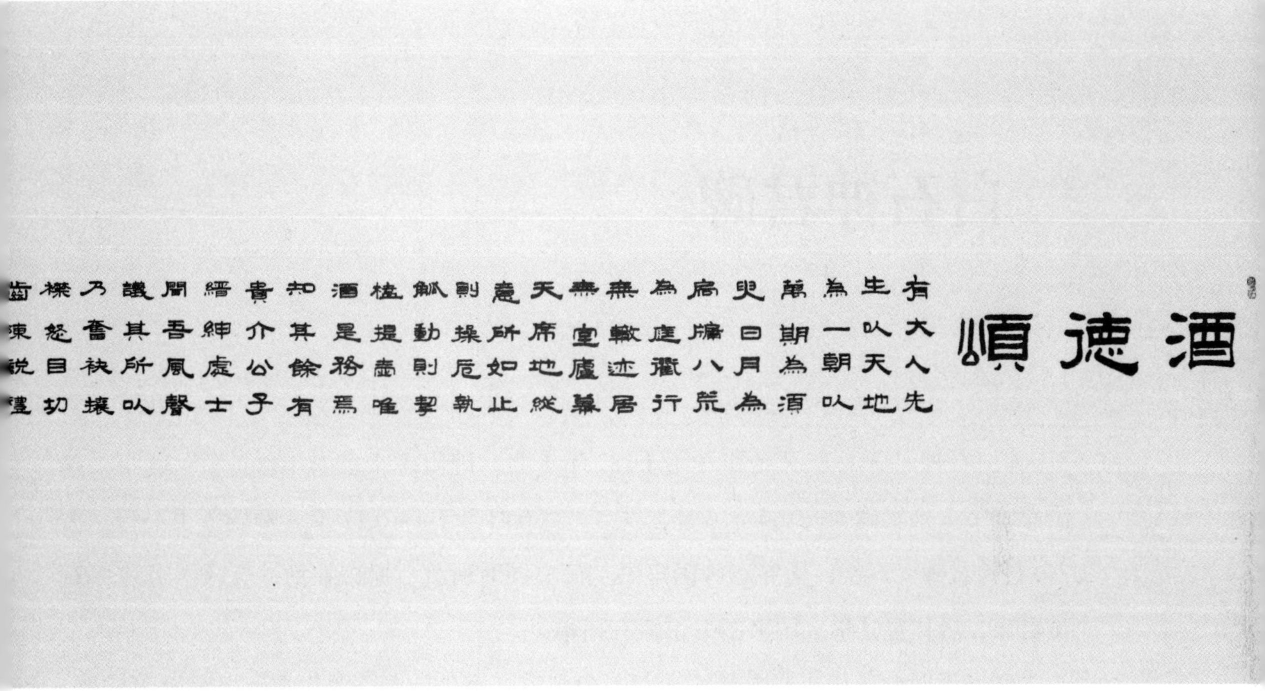

魏晋 刘伶 文《酒德颂》王本兴书

《三公山碑》笔意

有大人先生以天地为一朝，以万期为须臾，日月为扃牖，八荒为庭衢。行无辙迹，居无室庐，幕天席地，纵意所如。止则操卮执觚，动则挈榼提壶，唯酒是务，焉知其余。有贵介公子，缙绅处士，闻吾风声，议其所以，乃奋袂攘襟，怒目切齿。陈说礼法，是非锋

白石神君碑

《白石神君碑》东汉光和六年（183 年）立，碑阳碑文隶书 16 行，行 35 字，碑阴有隶书 3 列。碑通高 2.4 米（座已失），宽 0.81 米，厚 0.17 米。额题篆书一行，为“白石神君碑”五字，无穿。碑阴隶书与碑文同时所刻，原碑在河北元氏县苏庄白石神君庙，后移置县学。国家图书馆藏有拓本。

学术界对此碑历来颇有诸多争议：争议一，真伪问题；争议二，艺术高下问题。真伪问题似乎大多已默认或倾向其作者为清代钱大昕，在其《潜研堂金石文跋尾》中之说：“观其字体方整，已开黄初之先。汉隶遒逸之格，至此小变。然慕容僭伪，讵能为此，况字体亦绝不类，要为汉刻无疑矣。”艺术高下问题，持褒义者，以翁方纲为代表，其《两汉金石记》云：“是碑书法专主于方整，在汉隶中最为洁齐者，然风骨遒劲，似尤在《校官碑》隶法之上。”持贬义者以杨守敬为代表，其《激素飞清阁评碑记》云：“此碑在汉隶中诚为最下。”一正一反，其他汉碑莫有此悬议。若以碑论碑，就字论字，《白石神君碑》书法艺术从它的点画、结体，我们不仅能看到其他汉碑隶书的影子，而且能看到此碑的独特个性，结体的疏朗拓放等。其特点可归纳为如下诸方面：

特点之一：

汉隶字体大多呈扁方形，而《白石神君碑》的字体则大多呈方正之形，有的还趋向长方形。以端庄整肃、风骨嶙峋取胜。

特点之二：

横竖撇捺等点画，出锋而书，尤为尖利奔放，似刀切划而出，纤细的点画犹若钢筋铁骨，营造出线条别样的遒劲俊秀。

特点之三：

受风雨剥蚀，石花历历，碑文斑驳，平添诸多苍劲古拙之感，展示了天人合一的艺术魅力。我们可以看到很特殊的两种现象，其一，由于风化导致碑文损泐，有的线条变得浑厚深重，其二，有的线条则更显尖细锐利，两者相辅相成。故我们选择《白石神君碑》学习隶书，亦属取法乎上。现从点画的用笔上逐一阐述：

一、点画

点的形态不一，变化丰富，有的浑圆，如附图的“沉”“火”等字，有的呈三角形，锋棱毕现，如“无”“灾”等字，有的点圆头圆起笔，收笔出锋，写成蝌蚪状，很有动感，如“光”“显”等字。有些点大小不一，长短不一，粗细不一，十分生动活泼，如“气”“熟”等字。

二、横画

独立性的横画较为粗壮浑厚，如“王”“生”“年”等字。连接性的横画写得纤细尖利，如“显”“岁”“宣”等字。波横一般写得粗壮拙厚，如“三”“无”“古”“于”等字，呈蚕头燕尾之状，起笔有方有圆，收笔有的方正峻削，有的浑厚圆顺，富有变化。

三、竖画

长竖画写得粗壮平直，如“阳”“年”“明”等字。短竖画则粗细不一，有的尖细，有的头大尾尖，如“无”“先”等字。无论何种形态，用笔动作都须完备，逆入回出，轻重疾涩不可马虎随意，即使出锋收笔，也要带有回意，笔要到位。

四、撇画

撇的写法与传统汉隶的法则一样，匀称圆润，形神兼备，如“史”“允”“灾”“光”“火”等字，逆势入纸，铺毫涩行，弯度自然，到末端时加重按力，往下顿笔向上回收，稍带钩意，姿态十分遒丽。有的撇画写得挺劲爽直，且十分尖细，如“物”“阳”等字。

五、捺画

捺画写得很精到圆顺，如“火”“灾”“不”“之”“是”等字，刚柔相济，笔法严谨。乙挑的形态尤为鲜明，且别具一格，如“允”“光”等字，先写竖画，转折处笔锋略驻作迂回状，再返往右行，挑画不长，但屈伸自然，出锋收笔，十分隽永圆劲。

六、转折

转折以方为主，用笔折直平稳，露角不露锋，如“自”“朗”“损”等字。有圆转且自然平稳一路的，如“物”“阳”等字。有方“口”部的转折，用换笔脱肩形式写出，如“石”“害”“名”等字，其“石”与额题篆文之“石”字，写得一脉相承。鉴于上述，我们看到了书刻者有胆有识的功力，在大汉隶风炽盛与成熟的大气候下，敢于打破陈规与时习，谋求与众不同的新意，别开生面，实为难得。翁方纲言其“风骨遒劲，似尤在《校官碑》隶法之上”不为过，此碑不失为临习汉隶的佳碑范本。

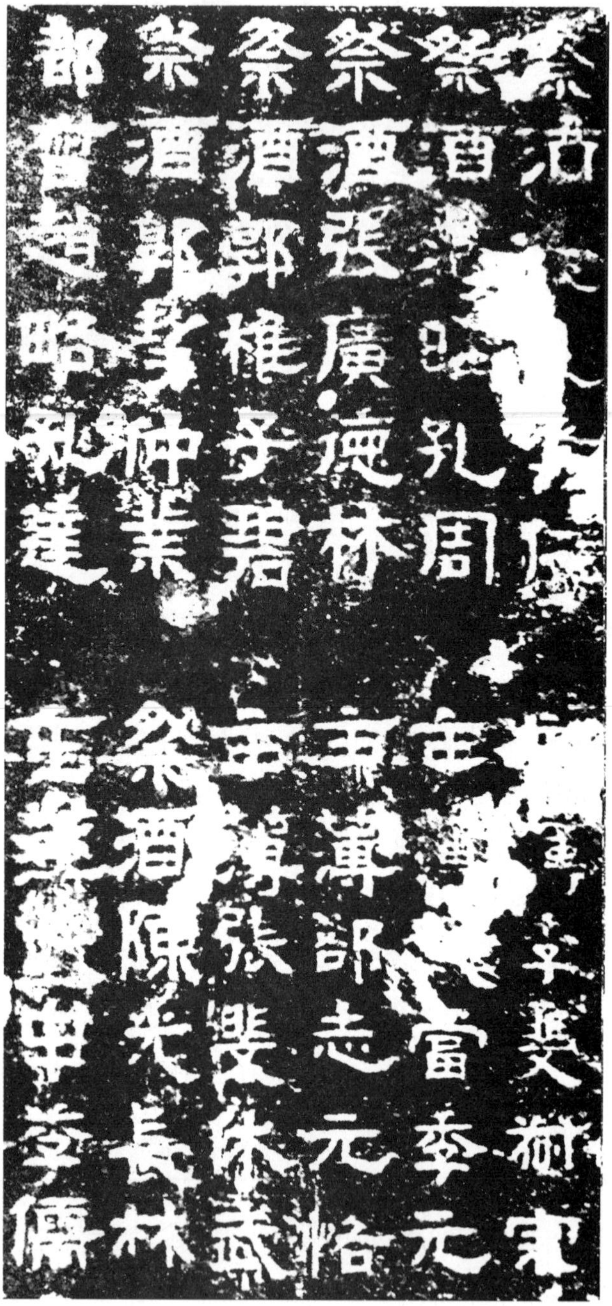

《白石神君碑》碑阴局部

我创作《白石神君碑》笔意的书法作品，第一步先把内容确定，笔者选用碑文“天无伏阴，地无鲜阳”之句，末句改“无”为“有”字，这样的句子变得更有正面意义。作品字句在碑文中都一一对应有出处，故属集字创作。第二步根据内容确定形式，此作品适宜用四尺对开条幅色宣纸，以对联形式创作。宣纸底面上的横向花纹系出厂时就影印好的，对作品形式美有所加分。接着就是调好墨，备好笔，笔者选用大号短锋羊毫笔书写，当然不能依样画葫芦，不能照集字描摹，其中“鲜”字用异体字“鱻”写成，横画一如原碑帖，较为平直，波横、波捺舒展自如，结体宽绰博大，其气质精神力图在《白石神君碑》格调之内。

沈氣火無灾燀時
無遂穀物無害生
民能光遠宣朗顯
融昭明豐穀歲熟
章德祈以弭害古
先哲王類帝禋宗
望于山川徧于羣
神建立兆域脩設
有驗猶自挹損不
求禮秩縣界有六
名山三公封龍靈
山先得法食去光
興靈宮于山之陽
營宇之制是度是
量卜云其吉終然
允臧匪奢匪儉率

《白石神君碑》局部

《白石神君碑》

《白石神君碑》碑文

盖闻经国序民，莫急于礼。礼有五经，莫重于祭。祭有二义，或祈或报。报以章德，祈以弭害。古先哲王，类帝禋宗。望于山川，遍于群神。建立兆域，修设坛屏。所以昭孝息民，辑宁上下也。白石神君居九山之数，参三条之一。兼将军之号，秉斧钺之威。体连封龙，气通北岳。幽赞天地。长育万物。触石而出，肤寸而合。不终朝日，而澍雨沾洽。前后国县，屡有祈请。指日刻期，应时有验。犹自挹损，不求礼秩。县界有六名山，三公、封龙、灵山，先得法食去。光和四年，三公守民盖高等，始为无极山诣大常求法食。相县以白石神君道德灼然，乃具载本末，上尚书求依无极为比，即见听许。于是遂开拓旧兆，改立殿堂。营宇既定，礼秩有常。县出经用，备其牺牲。奉其珪璧，絜其粢盛。旨酒欣欣，燔炙芬芬。敬恭明祀，降福孔殷。故天无伏阴，地无鲜阳。水无沉气，火无灾燀。时无逆数，物无害生。用能光远宣朗，显融昭明。年谷岁熟，百姓丰盈。粟升五钱，国界安宁。尔乃陟景山，登峥嵘，采玄石，勒功名。其辞曰：

岩岩白石，峻极太清。皓皓素质，因体为名。惟山降神，髦士挺生。济济俊乂，朝野充盈。灾害不起，五谷熟成。乃依无极，圣朝见听。遂兴灵宫，于山之阳。营宇之制，是度是量。卜云其告，终然允臧。匪奢匪俭，率由旧章。华殿清闲，肃雍显相。玄图灵像，穆穆皇皇。四时禋祀，不愆不忘。择其令辰，进其馨香。牺牲玉帛，黍稷稻粮。神降嘉祉，万寿无畺。子子孙孙，永永番昌。

光和六年常山相南阳冯巡，字季祖。元氏令京兆新丰王翊，字元辅。长史颍川申屠熊。丞河南李邵。左尉上郡白土樊玮。祠祀椽吴宜。史解微。石师王明。

燕元玺三年正月十日，主簿程疵家门传白石将军教：吾祠教今日为火所烧。

《白石神君碑》笔意　王本兴书

天无伏阴　地有鲜阳

王舍人碑

《王舍人碑》东汉光和六年（183 年）刻立，1982 年 12 月，山东平度县（今平度市）兴修水利时，在侯家村西的汉墓葬区发掘出土。碑形为螭首龟趺，雕刻精美。螭首龟趺之碑在晋以后成为较普遍的形制，但存世汉碑作此式者实为罕见，螭首宽 0.75 米，残高 0.6 米，厚 0.21 米。龟趺长 1.25 米，宽 0.9 米，高 0.33 米。碑身上段残去一截，现高 1.1 米，宽 0.78 米，厚 0.21 米。

碑文下部剥蚀甚重，字迹不清。今藏山东平度市博物馆。隶书书体，13 行，行 19 字不等，字径有 4 厘米左右，文字上下均有损泐，清晰可辨者有 180 字左右。碑后下另署“光和六年四月己酉立”9 字，光和乃东汉灵帝的年号。碑额阴文篆书，存“汉舍人王君之”6 字，字体宽博舒展。此碑早于《曹全碑》《张迁碑》，晚于《史晨碑》，系东汉隶书成熟时期的作品，书风峻拔遒劲，端庄整肃，飞动多姿。

我们临习时要注意掌握如下特点：

一、点画活泼，动势强烈。如附图的“当”字，左点动势向左，右点动势向右，如“紫”字，中点浑圆凝重，左右点生动活泼，姿态优美，而“不”字的两个点画，势向左右，可谓灵动活泼，奇险有加。

二、波挑高翘，屈伸自如。如“升”“考”“式”“民”等字，波势大多作圆转按笔，有的顿而上提，有的慢慢提锋，伸展出去，再向上出锋收笔，波肚粗厚圆劲，出锋收笔处尖利高翘。这是汉隶书体中比较独特的技巧与风貌。而“式”“不”“民”等字的捺笔，类似楷法，写成圆转上钩之笔。

三、撇画如捺，出锋俏皮。撇画写得和捺画一样，笔肚圆顺，出锋尖利，如“升”“芳”“天”“不”等字，逆入起笔后，加重按力向下运行，笔稍向里弯，略作顿势，然后反踢出锋收笔，捺肚丰满，出锋尖细，似顽童作态，颇多俏皮意趣。全碑与之类近者很多，如“探”“指”等字之“手”旁，其竖弯亦然。

四、横竖平直，粗细悬殊。碑中横竖之笔写得较为平直遒劲，且粗细反差很大。如“宫”“明”“穷”等字，十分粗壮满实，呈浑厚茂密状，“辅”“难”“国”等字，写得很瘦劲挺拔；而“英”字，上部细劲，下部粗壮，粗粗细细，长长短短，既生动又富有节律。

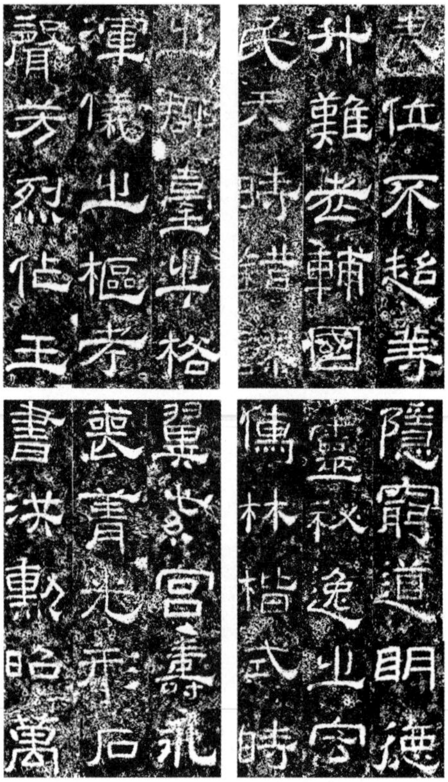

《王舍人碑》局部

五、转折用方，疏密有致。此碑转折几乎全用方折，布白有的匀称，有的大疏大密。如“隐”字，右边特别密集；“寿”字上方宽松，下方写得十分短小局促；“其”“英”等字，则中宫敛收，左右伸展飘逸，疏密布白很有传统法度。点线的形质、结体的疏密，体现了书刻者的功力与独到精神，《王舍人碑》系近年出土的东汉碑刻，因而很“年青”，我们抓住它的特点，深入进去，才能挖掘到它的艺术魅力与潜力。

书法创作过程，是对前人的优秀作品（包括碑帖）有理解、有个性地进行重组与选择的过程，是一项高效的表象体验、意象融合的创造活动。过程能否顺利，理想能否达到，情感能否表达，审美能否合理，这些指标是建立在一个书家的知识掌控、素养培育和技能的驾驭上，即对前人作品的认知、理解、想象、情感及艺术表达能力。事实上我们从临摹碑帖开始，就应当建立这样的目标。笔者喜爱《王舍人碑》的飘逸奔放、灵动活泼的结体，喜爱《王舍人碑》纵横自然、古雅质朴的线条，决定集取碑帖“宏道明德”之字为句，以条幅形式书写创作。我把六尺宣纸对折裁开，上下折叠好格子，根据六尺宣纸较大的尺幅，宜用大号京提或斗笔书写，从上至下，由“宏”字蘸以浓墨到“德”字再蘸以湿墨，一气呵成。款文布白在左右两侧，呈高低参差错落状。“宏道”即言道之广大，“明德”即言德之高洁与磊落。如此创作聊以表达笔者对原碑帖的认知、理解、想象。

《王舍人碑》

《王舍人碑》碑文

□从事君之季弟也肇自岐□□□□□□□□
以华德清以厉操治尚书欧阳耽思□□□
若指诸掌念在探啧索隐穷道极术□□□□
灵秘逸之宏议传林楷式时君伟之郡□□□
台之格展浑仪之枢考异察变辄抗疏陈表□
位不超等当升难老辅国济民天时错谬□□
此百殄彼仓者天歼我良人年卌大命陨殁□
舍业憔悴感清英之处卑伤美玉之不贾出□
故刊石勒铭式昭明德其辞曰□
声芳烈作王臣运天枢厘三辰擿灾各□□
壮道钦明将天飞翼紫宫寿不永丧菁光形□
襟书洪勋昭万龄
光和六年四月己酉立

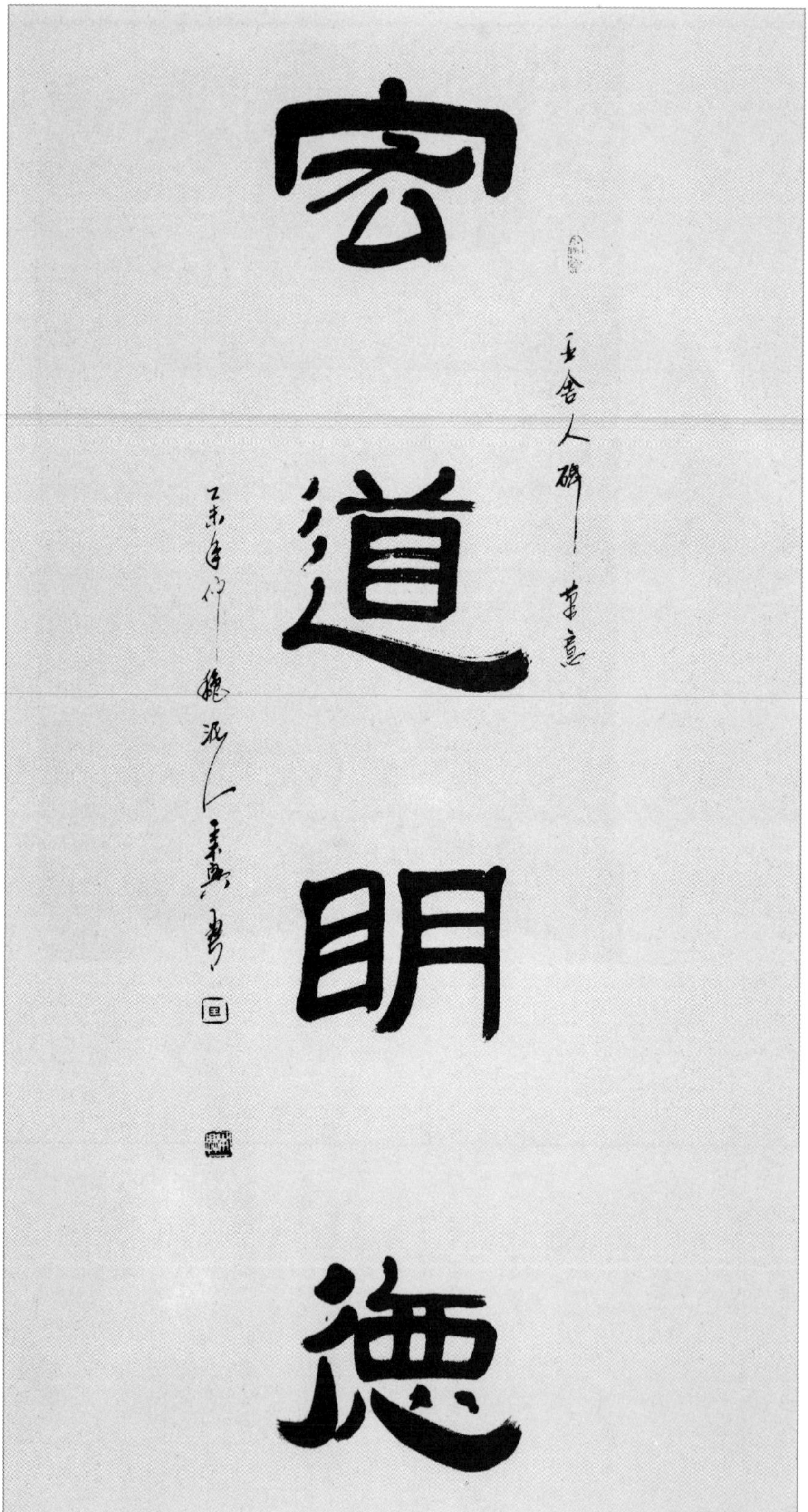

《王舍人碑》笔意　王本兴书
宏道明德

孔褒碑

《孔褒碑》全称《汉故豫州从事孔君之碑》，清雍正三年（1725 年）闽人何琦游曲阜而得之于郊外水滨，从此始显于世。碑高 265 厘米，宽 111 厘米，厚 23.7 厘米。碑左侧题“嘉庆元年二月（1796 年）钱塘黄易来此”。碑文有所损泐，存 14 行，行 30 字，实际共存 150 字左右，首行“君讳褒字文礼，孔子廿世之孙，泰山都尉之元子”数句较为完好。

《孔褒碑》现存山东曲阜孔庙内，立碑年月已无可考，然据《抱经堂文集》所记，为东汉灵帝中平元年（184 年）所立。孔褒（一作孔曬），字文礼（?—169），东汉末年人物，孔子的第 19 世孙。孔宙生有七子，传者有孔谦、孔褒、孔融等，孔宙博学，对其子教育更是不辱儒门，孔融为“建安七子”之一,《孔褒碑》透露了一段不为人知的故事，孔褒好友张俭（115—198）因揭发当权宦官侯览，被昏庸的汉灵帝下诏追捕，情急之下逃到孔家请求掩护，不巧孔褒外出不在。孔融虽年少但做主收留，后官府将孔融、孔褒兄弟二人抓捕。孔褒因藏匿张俭最终被杀。《孔褒碑》隶书书体，书风端庄典雅，逸致华贵，气势雄强，系汉隶中的珍品。

临习《孔褒碑》要掌握如下特点：

一、用笔的特点

其一，方多圆少。主要表现在横竖撇捺等基本点画的起讫上，如附图的“孙”字，起笔大多用方笔，其“系”部呈尖方的三角形。“泰”字的收笔，提锋平出，如同折木，尤见方劲之趣。另外还表现在结体与转折上，如“讳”“君”等字，其转折全用方折，棱角毕露。所谓圆少，主要是指圆意仅仅体现在线条的圆润浑厚的笔致上，以及像“讳”“君”等字方口部的外方内圆上。其二，露多藏少。在汉隶的用笔中，藏代表了圆融浑厚与含蓄，露代表了方折尖利，潇洒飘展。《孔褒碑》的露多藏少的特点较为明显，如“褒”字的用笔，均呈露锋出笔，尖利奔放。“廿”字，外方内圆，全字以露为主。其三，捺画出锋，尖锐粗壮。如“之”“泰”等字，毛笔向下运行时，一波三折，加重力度，顿而踢锋收笔，捺肚出角露锋，似刀切割而出，险劲与灵动并存，富有节律与动感。

二、结体的特点

结体最为突出的特点就是方正峻雅，宽绰疏朗。如“讳”“字”“礼”等字，间架开阔，四角丰满，笔致粗浑到位。各部首整齐一致，没有缩头缩脚的忸怩与装饰味，亦无欹侧之势。由于年代久远，天人合力的功力，诸多方“口”部首呈现外方内圆的风韵，线条质量亦更拙厚动人。此外，收放自如亦为《孔褒碑》结体特点之一。如“泰”“之”“褒”等字，与其他字体不同，其点画基本都向中轴线靠拢，呈敛势，而波横撇捺向左右纵展奔放，特具中国汉字的传统亲和性，也是《孔褒碑》结体秀逸活泼的标志。

最后，我们应当看到《孔褒碑》字体的大小相间，因字赋形的艺术特色。宽博峻雅是《孔褒碑》的总体格调，若因此而千篇一律，那《孔褒碑》的艺术品位也就不会这么高古了。然它在气势雄强之中还有秀逸遒丽的一面，如“褒”“字”“都”等字，很刚健劲利。大小相间，刚柔相济,《孔褒碑》才有了生动活泼的艺术价值，这些都是临习者要很好把握的东西。

清代陈恭尹先生曾创作《孔褒碑》笔意隶书作品，参见附图。陈恭尹（1631—1700）字元孝，号半峰、独漉子、独漉山人、罗浮布衣，广东佛山顺德人，陈邦彦之子。陈邦彦于明末在广州力战清兵，殉国难时，陈恭尹十七岁，陈邦彦得赠官加谥号忠愍，陈恭尹因此荫官锦衣卫指挥佥事，抵抗清兵。广州城破，陈恭尹避兵西樵，不久，南明亡，遂不复出，抑志读书，后居广州之小禺山舍。陈恭尹修髯伟貌，气局深沉，诗文倾倒一时，与屈大均、梁佩兰称为“岭南三大家”，又为“岭南七子”之一。他兼精书法，尤擅隶书，此作品骨架、笔力、撇捺重在《孔褒碑》格调，结体、波横则融入《夏承碑》神韵。在点画之间腕力甚劲，不在清代书法家郑簠之下。写得潇洒自然，很有书卷气息，堪为佳作。

笔者创作《孔褒碑》笔意隶书作品，不步陈恭尹后尘，不拟融合《夏承碑》《樊敏碑》等圆意书风，相反参照《熹平三年残碑》《封龙山碑》等碑帖方劲、宽博的格调，拟写方为主。在武汉游览东湖时，听涛轩给我留下了深刻的印象，于是，自撰七言绝句《东湖听涛轩听涛》一首:“风吹碧水浪来狂，一片涛声可久藏。九十九弯疲乏后，还留微笑对君望。”用五尺宣纸以中堂形式书写。显然这些文字在碑帖中没有出处可以参照，完全凭借《孔褒碑》的点画以及结体韵致创作。由于创作的基本格调不同，用笔不同，我们可以看到，作品的面貌亦出现了微妙的变化与不同。予以为临摹出的作品也可谓初级创作。真正意义上的创作是在某种物质形态、形质上的创造性再生产。隶书创作就是在强烈表现欲望促使下，派生出的一种有形意象，其形式是由物质精神转化为精神物质良性的自由裂变。我们有了这样的审美理念与创作观，就不难理解在汉代为什么隶书能百花齐放、争奇斗艳。今天我们学习隶书，进行临摹与创作，其轨迹似乎与之吻合。

《孔褒碑》局部碑文
典□持义遗
□琦幼眇为
□为林博天
肯□挺懿□

《孔褒碑》局部碑文
君讳褒字文
礼孔子廿世
之孙泰山都
继德前叶

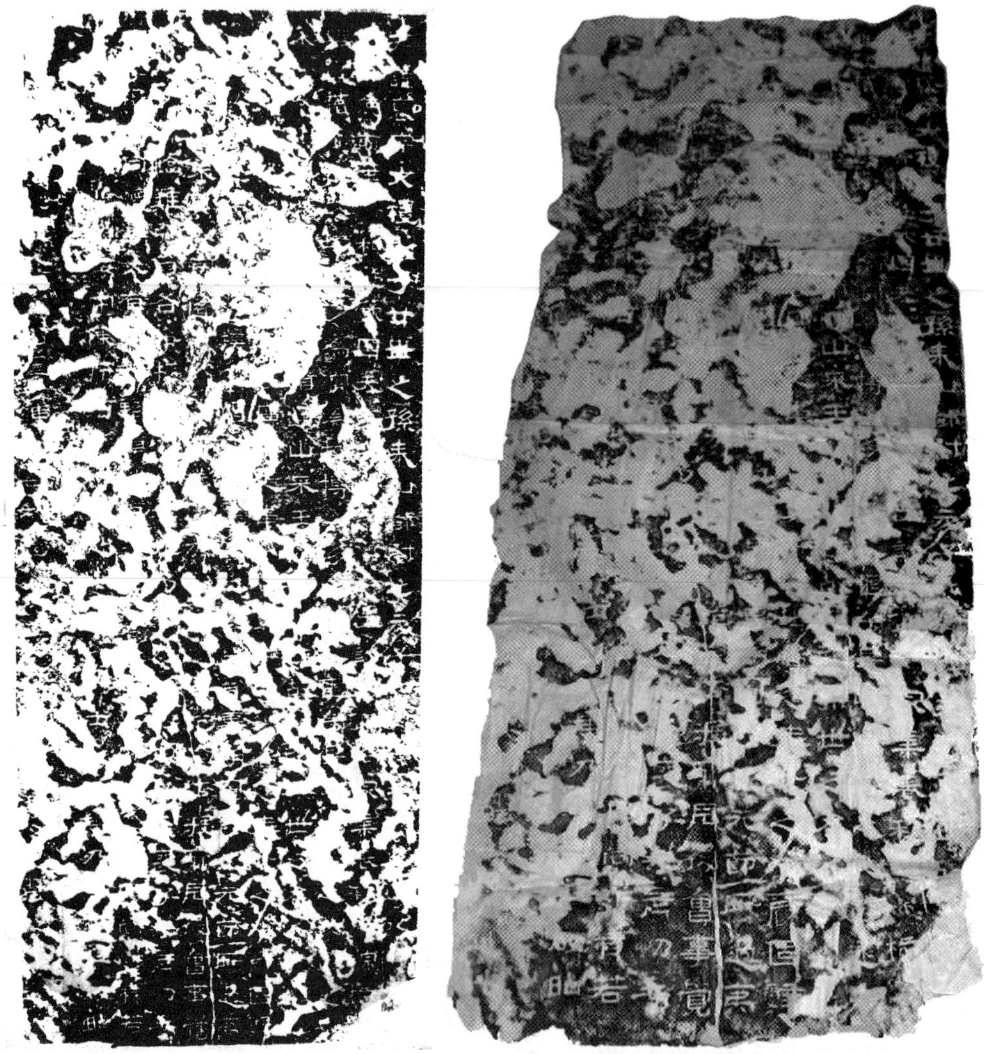

《孔褒碑》

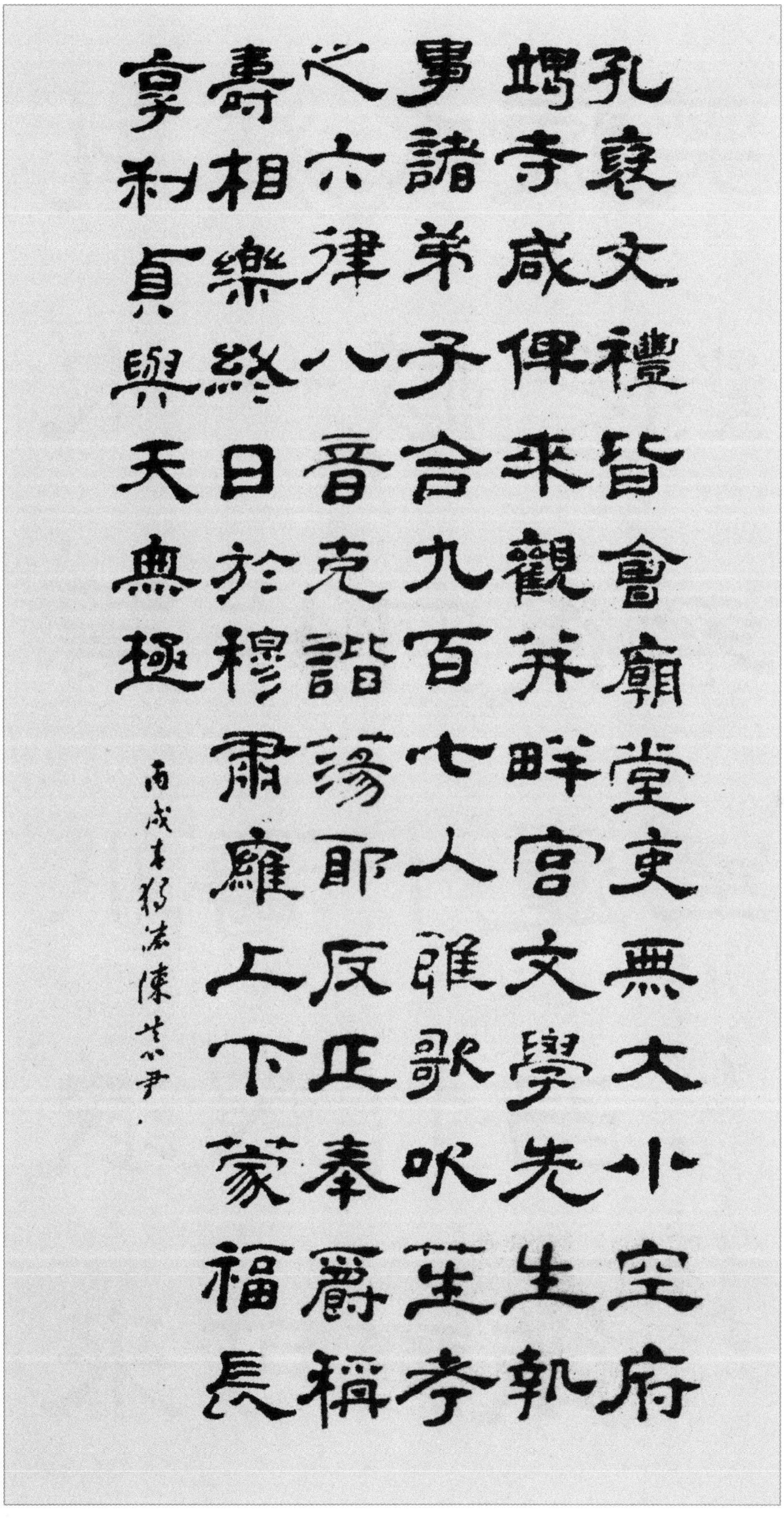
孔褒文禮皆會廟堂吏無大小空府
竭寺咸俾來觀並畔宮文學先生執
事諸弟子合九百七人雅歌吹笙考
之六律八音克諧蕩耶反正奏爵稱
壽相樂終日於穆肅雍上下蒙福長
享利貞與天無極

清　陈恭尹《孔褒碑》笔意

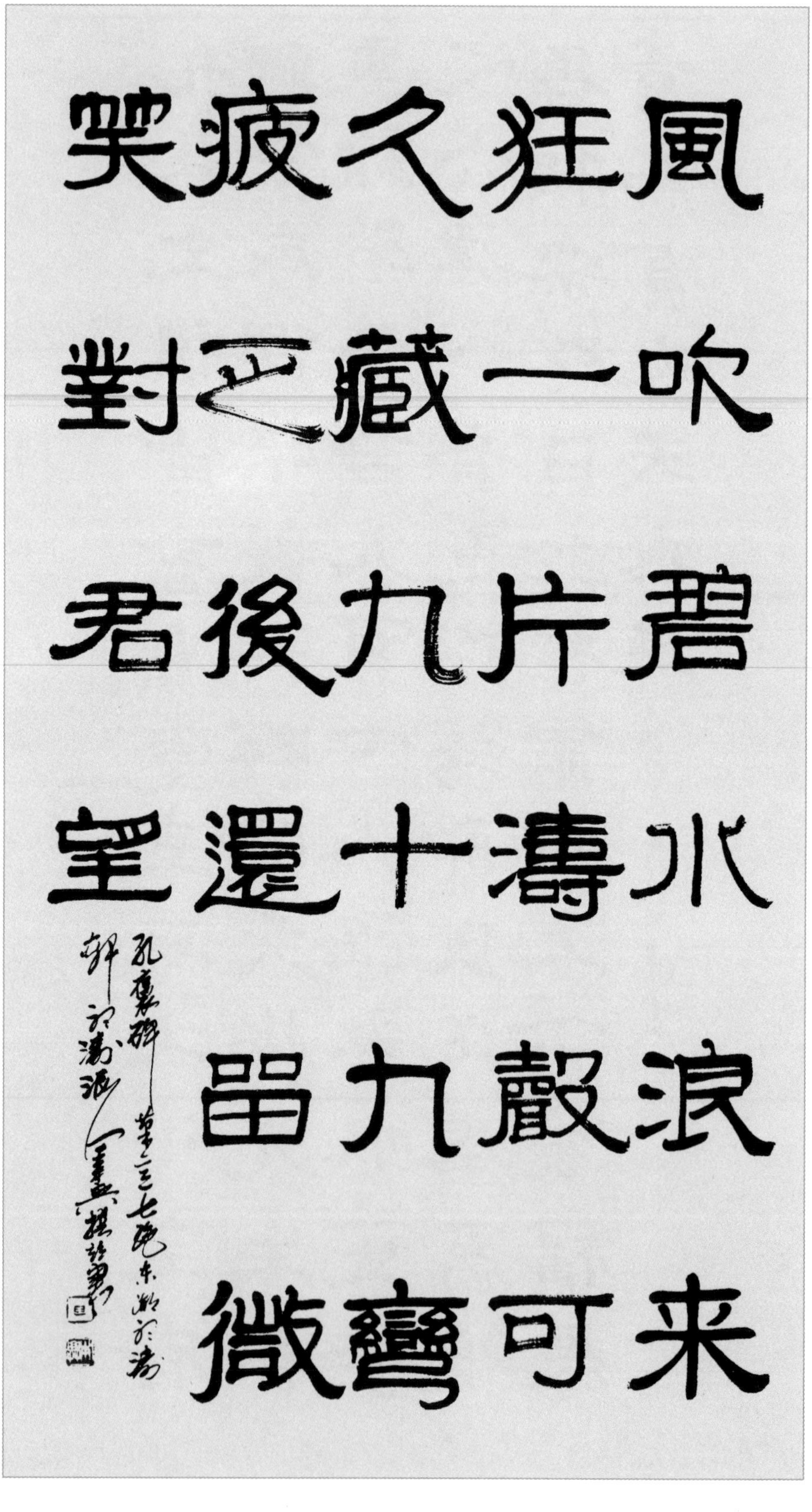

七言绝句《东湖听涛轩听涛》王本兴撰并书
《孔褒碑》笔意
风吹碧水浪来狂，一片涛声可久藏。九十九弯疲乏后，还留微笑对君望。

曹全碑

《曹全碑》全称《汉郃阳令曹全碑》，碑高 253 厘米，宽 123 厘米。东汉中平二年（185 年）十月刻立此碑。明万历初在陕西郃阳县（今合阳县）莘里村出土，未运至郃阳城内孔庙时之拓本，谓“城外本”，碑在运至城内时，不慎下角碰损“因”字，故“城外本”亦称“因字未损本”。清康熙十一年（1672 年）碑断裂，又以“断前本”为贵，但除断裂处外，其他部分的字口仍然很清晰，1956 年从郃阳孔庙迁入西安碑林。碑阳 20 行，行 45 字，碑阴 5 列，全文 849 字。人们通常见到的大多是“断后本”，文字所附曹全选字，则系“断前本”影印件。

《曹全碑》系王敞等为纪念曹全功绩而立。曹全，字景完，敦煌效谷（今甘肃瓜州县）人。碑文主叙曹全为弟分忧，弃官还乡，于家隐居，东汉光和七年 184 年再任郎中，拜酒泉禄福长等身世，从侧面反映了以张角为首的农民起义，风起云涌，声势浩荡。碑文铭辞 3 行，3 字为句，空 3 行书年月 1 行，在碑阳正文末。碑阴刻立碑题名者的题名，有处士、县三老、乡三老、门下祭酒、门下议掾、督邮、将军令史等。

东汉《曹全碑》可谓是汉碑中的精品。系汉隶代表作之一，以工整精巧，文字清晰，结构舒展，字体秀美飞动，书法工整精细，秀丽而有骨力，风格秀逸多姿而著称于世，实为汉隶中的奇葩。是汉隶入门极好的范本之一，历来为书家所重。清代万经《分隶偶存 · 汉魏碑考》称：“秀美飞动，不束缚，不驰骤，洵神品也。”孙承汉评其书云：“字法遒秀逸致，翩翩兴《礼器碑》前后辉映汉石中至宝也。”人们誉它像“风流自赏的三河少年，文雅可爱的兰闺玉女”，东汉《曹全碑》尤其适合气和性温的书法爱好者临摹学习。《曹全碑》的用笔方圆兼备，以圆笔为主，落笔蓄势敛锋，起讫及转折处大多要裹锋而行，即使是方折，也力求方中寓圆，凝重而内劲，笔画充满张力和弹性，在临习时，应表现其挺拔的一面。点画宜写得丰润，避免枯瘠。行笔多提按顿挫，笔势圆熟潇洒，用笔不宜过于涩滞，用墨不宜太干。结构方面应注意其重心变化规律，疏朗和紧密相映成趣，结构变化力求丰富。在笔的选择上，宜采用羊毫笔，这样可较好地表现出其线条刚柔相济、圆润丰腴的特点。

一、临习要点

现将具体临写方法介绍如下：

（一）点画

此碑的点画变化丰富，有的呈三角形，有的呈圆形，有的呈方形，大多是缩短了的撇捺、缩短了的横竖形态。如“孙”“尉”“廉”“为”等字的点，起点大多很圆润，收笔有回锋，有提锋平出，形态不一，非常生动活泼。

（二）横画

横画有的平直、纤细瘦劲，有的上弯成弧状，有的前重后轻、前粗后细。落笔藏锋，锋尖着纸即翻折右行，不用按笔，以提锋为主，收笔亦提锋平出，虽然呈尖细状，但笔要送到位，不可飘滑。如附图的“孝”“在”“部”“王”“雍”等字的横画，很是刚健而有力度。

（三）波横

《曹全碑》的波横是典型的蚕头燕尾，如图“西”“王”“土”“孝”“者”等字的波横，逆锋入纸，略向左下迂回翻折右行。中部略呈弯曲之状，收笔时稍用力下按，后右上挑出波势。

（四）捺画

捺画起笔轻入浅出，向右下行笔时力势渐重，捺尾出锋要笔力蕴聚前端。如“史”“之”“令”“父”“长”等字的捺笔，有的呈瘦型，有的呈肥型，都伸展自如，形态俊雅遒丽。

（五）竖画

竖画逆锋切入，尤重方意，短竖大多头大尾尖，状似悬针，收笔时笔要到位。长竖画平稳匀称，行笔沉着涩行，粗细、方圆变化比短竖丰富含蓄，如“部”“都”“宗”“举”“祖”“郡”等字。

（六）撇画

撇画是《曹全碑》最难写的笔画，如“所”“君”“父”“史”“金”“尉”等字的撇画，属长撇，临写时要审“字”度势，笔锋向左逆行，不仅按力渐重，且圆曲弧度要自然流畅，形成反弹之势。收笔有驻而上提的方收笔，也有回锋圆收笔，有的向左上挑出，呈钩意。短撇写得稍微平直一些，如“廉”“阳”“孝”“宗”等字。

（七）竖钩

与长撇类同的长竖钩，纵放飘展，既豪迈又劲健，如“事”“扶”“学”等字，临写时先用竖画的用笔，后向左圆转挑出。短竖钩转折处较肥，收笔处较尖，如“孙”“副”等字。“鹅浮钩”亦称“乙挑”，弯曲处呈方折之状，如“孔”“纪”等字，毛笔下竖到位后，调锋暗转，即向右挑出。

（八）转折

转折以方为主，如“曹”“竟”“事”等字，横平竖直，笔锋暗转。但也有其他形态的转折，如“君”字的方“口”部，竖画上升，横竖成“丁”字式转接。“风”“童”“德”等字的方口部转折，用两笔写出，呈“脱肩”式。而像“贯”“分”“敏”等字这样的圆转,《曹全碑》中亦十分多见。

（九）结体

其一，内紧外放。如“曹”“童”“学”等字，中宫紧敛，充分体现了向心内敛的效果，而波横、撇捺等主笔画尽情舒展纵放，形成了《曹全碑》飘逸多姿的主体风格。

其二，平险结合。如“之”“分”等字，右面极力夸张，拉长笔画，险劲无比，而左面平稳安逸，以敛收为主。“令”“秦”“金”“曹”等字，上方笔画又宽又长，而下方写得比较窄小。宽窄、大小的反差，是形成《曹全碑》疏密有致的风韵的又一重要因素。

其三，隶中夹篆。如“曹”字，上部两个“东”，此结体直接源于篆书，“慕”之心底，皆系篆书。此外《曹全碑》的诸多长竖钩、长撇等弧曲、圆转之笔，都充满篆书笔意。因此，我建议临习《曹全碑》书法的爱好者，辅以临习一些篆书碑刻，以期尽快掌握隶书，对写好《曹全碑》是大有补益的。

我们临写《曹全碑》，尤要注重读帖，掌握好每个字的黑白分割，空间布白。不要随意将点画写粗或写细，形态亦不要随意写得过方或过扁，在追求秀美逸致风韵的同时，应避免滑向媚俗，字字要强调骨力，强调精劲饱满，从形似到神似。

二、九字临习法

《曹全碑》“王”“敞”“迁”“毕”“风”“簿”“曹”“掾”“秦”等九字，方圆兼备，舒展峻逸，特具《曹全碑》主题风格与特色。故专字临习，以求“窥一斑而知全豹”之意。

“王”字首两横皆逆锋圆起笔，中锋运行，以提锋为主，出锋收笔时忌飘滑而致使露锋过甚。此两横画纤细、瘦劲而且十分平直，呈前粗后细的大小头形状。中竖亦平直而下，末笔波横应方起笔，中部提锋稍向上弯，波挑处加重笔力作顿按后顺势提锋收笔，写出燕尾。“王”字整体趋向扁方形，而波横系全字的主笔。

“敞”字右部粗壮浑厚，左部相对单薄瘦细一些，其横画大多很平直，而竖画及弯撇等笔画变化极为丰富。如首笔竖点以锥形写出，上方下尖似三角形，左点以左写起，右点亦从左写起，虽特别纤小，但却分外对应匀称，“口”部的竖画同样是上大下小，“文”字部的用笔则朴实浑厚，波捺尖收笔，与左上方两小点成犄角呼应。

“迁”字的上横、用笔逆入回出，属圆起笔，比较粗壮浑厚，横画稍长，以能盖过下方的部首为准。然后以方为主写完下面的部首。走之上方三点大小，势向基本一致，而长捺笔要写得特别粗壮、倾斜、匀称。

“毕”字的中波横为主笔，用笔与“王”字波横同例，中竖较为粗壮朴厚，上方“口”字部首上宽下窄，与中间的两短竖呈外“八”字形。别具风致，中间的横画与短竖用锋尖书写，特别瘦细。与粗壮的波横相比，差距悬殊。我们临写时要把握好这个分寸。

“风”字左边竖撇与右边乙挑，中锋用笔，粗壮浑厚，丰满圆润，中间部首较为窄小，但必须有棱有角，方圆兼备，笔笔送到。

“簿”字草字头的横画起笔从重到轻，又从轻到重，竖画向里倾斜，竖而不直，其势向不同，形态各异。三点水的点画皆逆起尖收，动势上向，特具楷法用笔。右边“甫”字部首横细竖粗，提按分明，中竖呈悬针状，上粗下细。临写“寸”部的竖弯时，用笔逆入圆起，铺毫往下运行，渐行渐按，随弯带弯，最后往左踢出，提锋收笔。

“曹”字上方的波横是结体中的主笔，蚕头燕尾，两头粗中间稍细，向上弯曲，临写时用笔要温润圆融，骨力内含，左右舒展，墨色不要过浓亦不要过淡，否则达不到丰满润泽的效果，与下面的点画用墨不协调。再看波横下的两个“口”部，上“口”上宽下窄，下“口”与之相反系上窄下宽，“口”部中的横画上者平直纤细与左右相接，下者短小四面悬空。有一点提请注意：那就是“曹”字的波横长度是一种超长波横，最起码大于下方的结体三倍以上。

“掾”字左边“手”部的竖弯逆入起笔，中锋直下，渐行渐加重按力，至尾部顿笔向上，再转锋向左下回收，上小下大。右边的三斜撇皆尖锋起笔，以顿按驻收。捺笔的燕尾短小而肥壮，左向的短点写完后立即转锋向右下重按，顺势写出波捺，与手旁竖弯形成对应之状。

“秦”字上三横以平直为主，用笔的前锋写出，左撇右捺临写时要极尽纵展，以飘逸取妍，撇的末端笔锋顿挫上转以圆收笔，并稍带钩意。捺笔末端先按后提，圆润犹若鱼肚，下方“禾”部较为细小平和，临写时注意经营位置和疏密关系。

《曹全碑》的转折自呈特色，就上述九字之中，“敞”的转折系调锋暗转，“毕”与“曹”的转折横竖用两笔写出，衔接成平肩式，而“簿”字的转折横竖断开，系脱肩式。“王”“敞”“掾”字结体呈扁方形，“簿”“风”二字结体呈方形，“秦”“曹”“迁”则呈长形。“毕”“迁”“曹”“秦”等字中宫收敛，向心紧密，主笔粗壮突出，“敞”“掾”“簿”等字较为方正匀称，工整平稳。点画线条、文字结体实际上是临帖时至关重要的两条。

三、创作法

清代冯登府用《曹全碑》笔意创作书法作品“仲宣胸中有书万卷，长康家里惟画一厨”。冯登府（1783—1841）字云伯，号柳东，又号勺园、勺园旧史，浙江嘉兴人。清代嘉庆二十五年（1820 年）进士，授将乐县知县，官宁波府教授。工诗文，好金石篆刻，撰著有 20 余种。此作品写得清雅平和，结体匀称而有变化，骨力洞达，技法娴熟，具备《曹全碑》的气质与格调。同时也注入了自己个性的书写习惯，如线条粗细反差小，字形偏长，结体中“仲”的单人旁、“万（萬）”的草字头、“中”的口字部，均改变了原碑帖笔意，带有其他汉隶书体的特点，冯氏的作品有理论与学养的支撑，内涵与书卷气息较丰满。

清代姚元之用《曹全碑》笔意创作书法作品“圭璧其躬天所祐，金玉为度国之琛”。姚元之（1773—1852）字伯昂，号荐青、荐青居士、竹叶亭生，晚号五不翁，安徽桐城人。清代嘉庆十年（1805 年）进士，授翰林院编修，升侍讲，官至左都御史，后以事降内阁学士。工书善画，工书法，尤精《曹全碑》。姚、冯两氏同为进士出身，我们可从中窥见其道德文章之一斑，书法艺术作品由理论与学养支持，也非寻常可比。姚氏的作品与前者不同，写得粗壮厚实，横竖粗细反差较小，特别是横画均为方收笔，中途行笔少有提按，而撇捺左右伸展，飞动遒丽，柔中含刚，结体把握得亦较为自然到位。故作品呈豪迈、古雅之姿。方朔《枕经堂金石书画题跋》点赞姚氏隶作云："隶书间架取法《卒史碑》，而波撇风神则参之《郃阳令曹全碑》。拓《曹全碑》而大之，虽畦径有未化处，而纵横挥洒，直有山飞泉立玉佩伸垂气象。"

以上二例说明，我们书写创作《曹全碑》隶书作品，在把握线条、结体的基本原则的基础上，完全可以在作品中注入个性与理解，书写出不同面貌的作品来，而不是依样画葫芦，千篇一律。

记得在初中一年级时，予就从《曹全碑》入手，临习汉隶，后来断断续续一直没有放手。故对《曹全碑》可谓情有独钟。大约在 20 世纪 80 年代末，我曾用心创作过一次《曹全碑》笔意的书法作品，而且还把它刻凿在花岗岩石板上，现在还记忆犹新。今非昔比，在进入《曹全碑》创作阶段，予以此为基础，可以借鉴更多的认知、理解、想象、情感及艺术形式，借鉴更多的艺术审美层面。刘禹锡名句"千淘万漉虽辛苦，吹尽狂沙始到金"，乃激励我不断奋斗的动力，予以此为作品内容，采用四尺整纸书写，作品末端仅留一字做落款用地，为增加作品整体效果，而作品的点画、结体、章法布白皆超出了《曹全碑》原碑的韵味与格调，此作品与上述姚、冯二氏的作品作一比较的话，还是拉开了距离，营造了别样的风貌。

《曹全碑》九字

孝廉謁者金
長史夏陽令
郡西部都尉
敦煌分孔紀
所在為雄君
祖父敏舉之
王室世宗廓
土竟子孫遷
雍州曹掾秦
位事扶風西
不副德君童
好學甄極毖

《曹全碑》局部

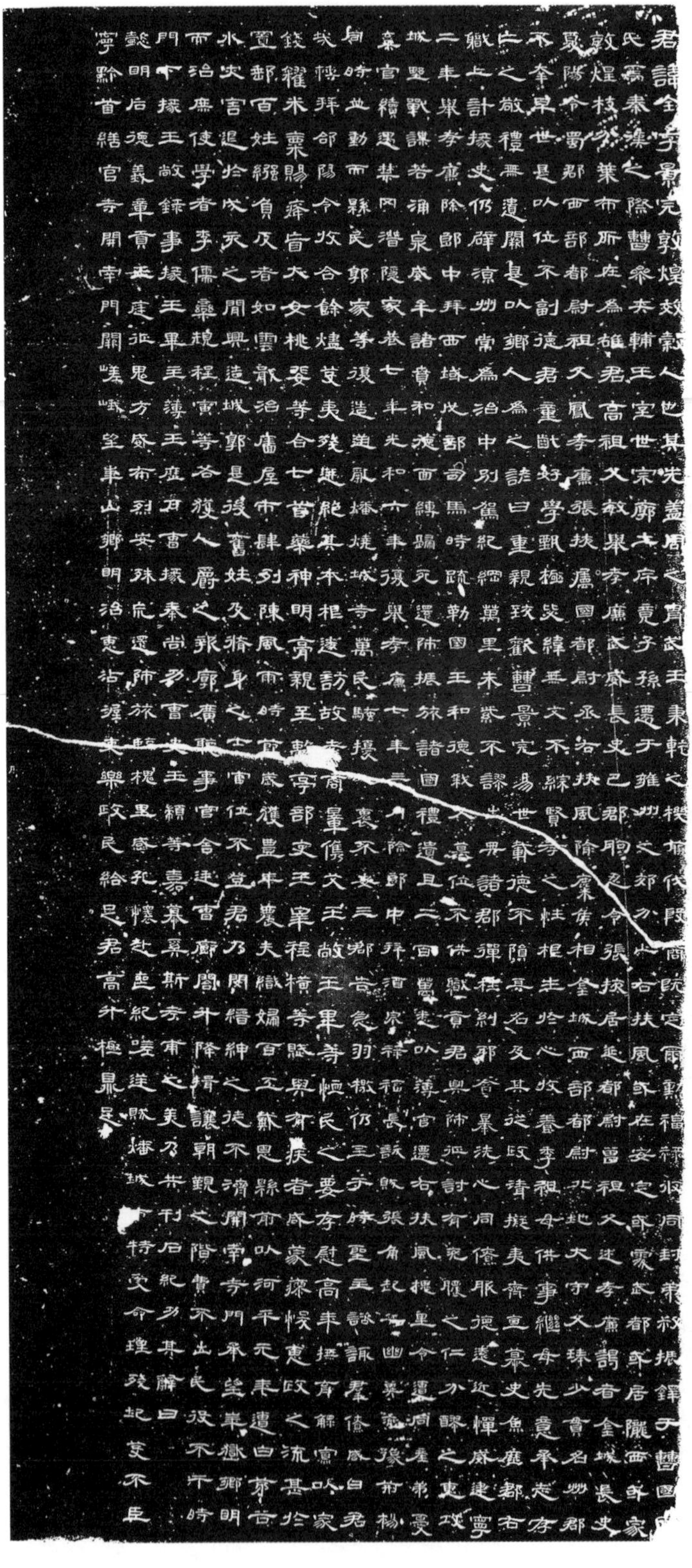

《曹全碑》

《曹全碑》碑文

君讳全，字景完，敦煌效谷人也。其先盖周之胄。武王秉乾之机，翦伐殷商，既定尔勋，福禄攸同，封弟叔振铎于曹国，因氏焉。秦汉之际，曹参夹辅王室。世宗廓土斥竟，子孙迁于雍州之郊，分止右扶风，或在安定，或处武都，或居陇西，或家敦煌。枝分叶布，所在为雄。君高祖父敏，举孝廉，武威长史，巴郡朐忍令，张掖居延都尉。曾祖父述，孝廉，谒者，金城长史，夏阳令，蜀郡西部都尉。祖父凤，孝廉，张掖属国都尉丞，右扶风隃麋侯相，金城西部都尉，北地大守。父琫，少贯名州郡，不幸早世，是以位不副德。君童龀好学，甄极瑟纬，无文不综。贤孝之性，根生于心。收养季祖母，供事继母，先意承志，存亡之敬，礼无遗阙。是以乡人为之谚曰：『重亲致欢曹景完。』易世载德，不陨其名。及其从政，清拟夷齐，直慕史鱼。历郡右职，上计掾史，仍辟凉州，常为治中，别驾，纪纲万里，朱紫不谬。出典诸郡，弹枉纠邪，贪暴洗心，同僚服德，远近惮威。建宁二年，举孝廉，除郎中，拜西域戊部司马，时疏勒国王和德，弑父篡位，不供职贡，君兴师征讨，有率脓之仁，分醪之惠。攻城野战，谋若涌泉，威牟诸贲，和德面缚归死，还师振旅，诸国礼遗，且二百万，悉以簿官。迁右扶风槐里令，遭同产弟忧弃官，续遇禁冈，潜隐家巷七年。光和六年，复举孝廉，七年三月，除郎中，拜酒泉禄福长。訞贼张角，起兵幽冀，兖豫荆杨，同时并动。而县民郭家等复造逆乱，燔烧城寺，万民骚扰，人褱不安。三郡告急，羽檄仍至。于时圣主谘诹，群僚咸曰：『君哉。』转拜郃阳令，收合余烬，芟夷残迸，绝其本根。遂访故老商量，俊艾王敞、王毕等，恤民之要，存慰高年，抚育鳏寡，以家钱籴米粟，赐癃盲。大女桃斐等，合七首药神明膏，亲至离亭，部吏王宰、程横等，赋与有疾者，咸蒙瘳悛。惠政之流，甚于置邮。百姓襁负，反者如云，戢治廧屋，市肆列陈。风雨时节，岁获丰年。农夫织妇，百工戴恩。县前以河平元年，遭白茅谷水灾害，退于戌亥之间，兴造城郭。是后旧姓及修身之士，官位不登，君乃闵缙绅之徒不济，开南寺门，承望华岳，乡明而治，庶使学者李儒、栾规、程寅等，各获人爵之报，廓广听事官舍，廷曹廊合，升降揖让朝觐之阶，费不出民，役不干时，门下掾王敞、录事掾王毕、主簿王历、户曹掾秦尚、功曹史王颛等，嘉慕奚斯、考甫之美，乃共刊石纪功，其辞曰：

懿明后，德义章。贡王廷，征鬼方。威布烈，安殊荒。还师旅，临槐里。感孔怀，赴丧纪。嗟逆贼，燔城市。特受命，理残圮。芟不臣，宁黔首。缮官寺，开南门。阙嵯峨，望华山。乡明治，惠沾渥。吏乐政，民给足。君高升，机鼎足。

中平二年十月丙辰造。

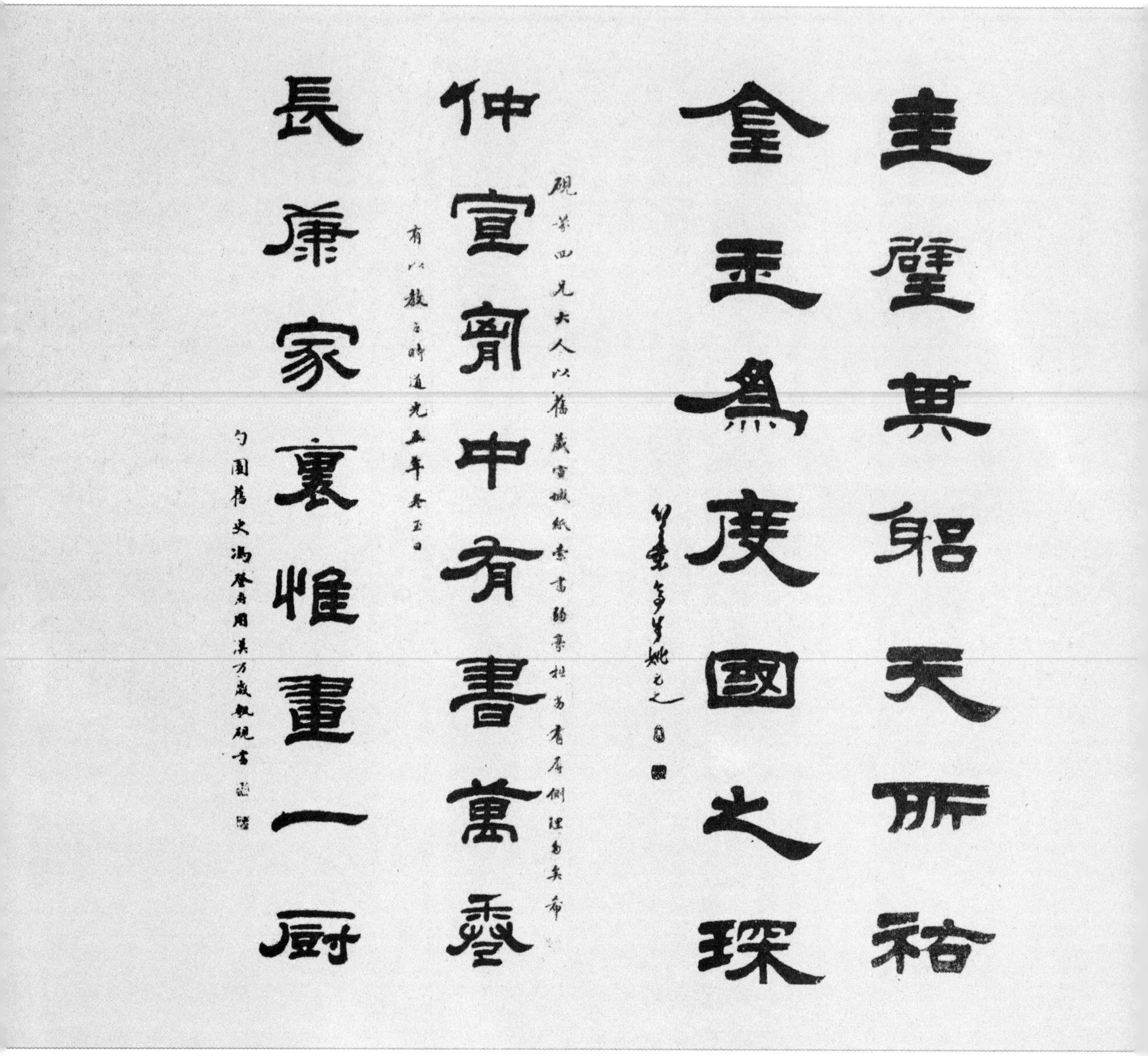

清　姚元之《曹全碑》笔意
圭璧其躬天所祐，
金玉为度国之琛。

清　冯登府《曹全碑》笔意
仲宣胸中有书万卷，
长康家里惟画一厨。

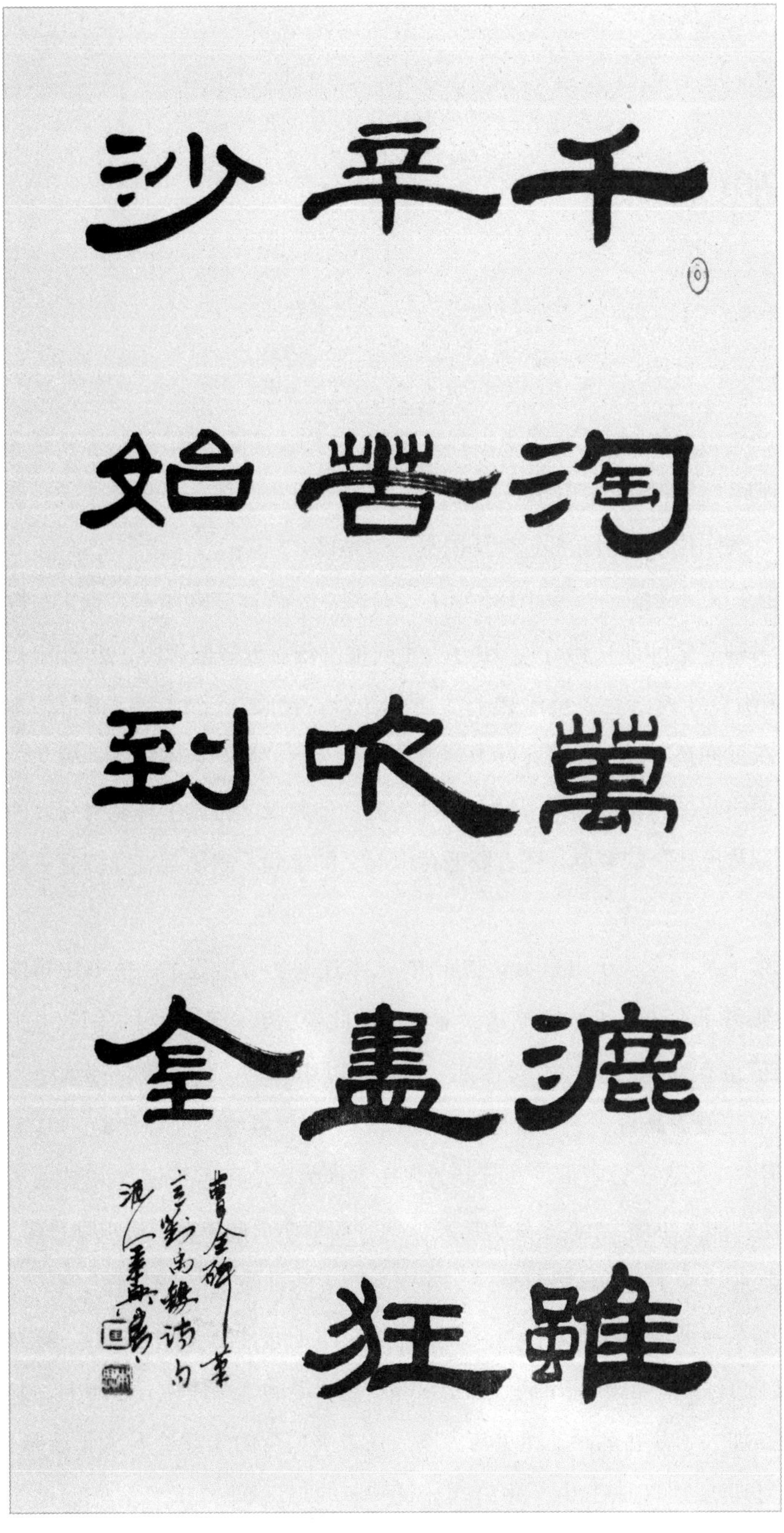

刘禹锡诗句　《曹全碑》笔意　王本兴书
千淘万漉虽辛苦，吹尽狂沙始到金。

张迁碑

《张迁碑》全称《汉故谷城长荡阴令张君表颂》，又称《荡阴令张迁碑》《张迁表颂》，简称《张迁碑》。谷城长指山东谷城县，谷城位于山东西部，今聊城一带。荡阴令指荡阴县令，荡阴位于河南北部，今汤阴县一带地区。

《张迁碑》于东汉灵帝中平三年（186 年）二月刻立，碑高 270 厘米，宽 115 厘米，由当地石工名师“赁师孙兴刊石”。明万历年间被发现。分碑阳碑阴，碑阳有 15 行，行 42 字，碑阴有 3 列，上 2 列有 19 行，下列 3 行，额篆 2 行 12 字。最早拓本为明拓本，称“东里润色”八行四字完好本。清拓本为首行“焕”字不损本。碑文内容记载了张迁任期的政绩，文中列举了世上张姓名流，追叙汉文帝游上林苑时张迁的表现，宣扬“温良恭俭让”的乡风，还有贬低黄巾起义的字句。碑阴刻有立碑官吏姓名及捐资钱数。

碑原在山东东平县，今藏于山东泰安岱庙内。《张迁碑》中出现了一些书法异体字，出现了一些假借字，还有少数字刻错、漏刻，因此曾引起碑刻真伪的争议，《张迁碑》的艺术价值也存在褒贬两种不同意见。褒者（以康有为、杨守敬、孙承泽为代表）认为碑体书法俊秀高古，笔力雄健，方劲饱满，端整雅练，气势壮美，“其笔画直可置今真楷中”。贬者（以王世贞、万经为代表）认为碑文用字不规范，“其书不能工”，“全无笔法，阴尤不堪”，甚至疑为后人作伪。而事实上此碑在后世声誉日隆，越来越多的人默默地接受了它的体势与模式，并作为毕生的日课。

我在长期的临摹与书写实践中，在与其他隶书碑帖作了综合比较研究之后，认为《张迁碑》的艺术价值不低，它确实不同于其他汉隶碑帖，其碑文结体似有意压缩，波挑气息尤为收敛，加大了某些笔画的粗重与力度。在隶书盛行的大背景下，《张迁碑》跳出时俗范式，与其他隶书碑帖拉开了距离，《张迁碑》的与众不同之处正是它的长处与优点，这正是此碑的独到之处，也是褒贬争议的焦点。今人在选择隶碑学习书法时，面对《张迁碑》的浑拙、朴厚、斑驳之体势，确实有难于下手的顾虑，有的则放弃了此碑，另择《曹全碑》《礼器碑》《乙瑛碑》等易于上手的隶书碑帖。这并不奇怪也无可厚非，从其他书体积累了一些经验与体会，再回头临习《张迁碑》也未尝不可。

《张迁碑》的艺术空间很大亦很奇妙，粗略一观，似乎很笨拙，仔细推敲才能悟得其大巧若拙之奥妙，当然这种粗犷朴拙的书风不能和典雅的庙堂之风相比，两者是两个不同的类别。这里特别提及一点，与碑文一样独树一帜的12字碑额，方劲挺拔，委婉多姿，“有似印书中的缪篆”，曾赢得无数书家的喜爱与青睐，并以此为范式，加以变化与翻新，创作出许多刷新耳目的优秀书法作品来。此是题外之言。

一、《张迁碑》的特点与临习

《张迁碑》的特点之一：结体方整。呈上宽下窄，犹如倒梯形状，且略带弯势，有的平直方正，近若缪篆，有的呈长方形，体势俨然方劲。特点之二：粗细相间。笔画少的字特别粗重宽大，笔画多的字则较为纤细。有的字则呈粗细相间的变化。特点之三：横平竖直。碑文中有的横画较为平直，不带一点儿曲势；而有些竖画则呈垂直之状，平稳平直。特点之四：上松下紧。结体呈上疏下密或呈上松下紧之布局，如“幕”字，下方的“巾”写得很细小紧密。特点之五：类近今楷。如“隐”“随”“阳”“隆”等字的耳刀旁，形同楷书。特点之六：方笔为主。结体用笔以方为主，兼以圆笔，转折处大都棱角分明，横鳞竖勒，坚挺方劲。

临习者初临此碑宜写6.7—10厘米的字径，腕肘必须悬空，方能方圆兼顾，得心应手。具体临写方法如下：

点画：《张迁碑》之点画似长笔画的浓缩，略见锋棱。藏锋起笔，收笔回出或平出。点画虽短小，但用笔动作要完备精到，不能省略马虎。有些方圆兼备的点，还须施加顿挫筑锋的用笔。

横画：笔锋向上逆入，如同楷法，由上至下再翻向右行进，头部呈方。横向要平直挺劲，除燕尾横画略带弯势外，其他横画不作弯曲之状。

竖画：方笔折锋逆起，铺毫下行，收笔时回锋提收。头尾呈圆笔的竖画，要裹锋逆起，中锋下运，最后缩锋收笔，要有浑圆雄厚的效果。实际上竖画的姿态很多，临写时要多注意粗细、动势与走向。

撇画：撇画与竖画写法大同小异，只是带有弯势，随轨迹方向有所改变而已。但中锋逆行、涩笔推进的基本笔法不变。收笔时须稍作驻笔，再提锋回收。

捺画：波捺可用方起笔，圆起笔，或用方圆兼备的起笔，皆要抢势入纸，铺毫裹锋行进，收笔要按笔提锋。其燕尾之状也有突然重按，迅速向上踢出，呈强劲有力之状。

折画：折处不能呈楷书之折,《张迁碑》折画有平折内圆的，有完全是圆折的，有的棱角很尖锐，临写时皆要转动笔管，调锋涩下，各呈姿态。

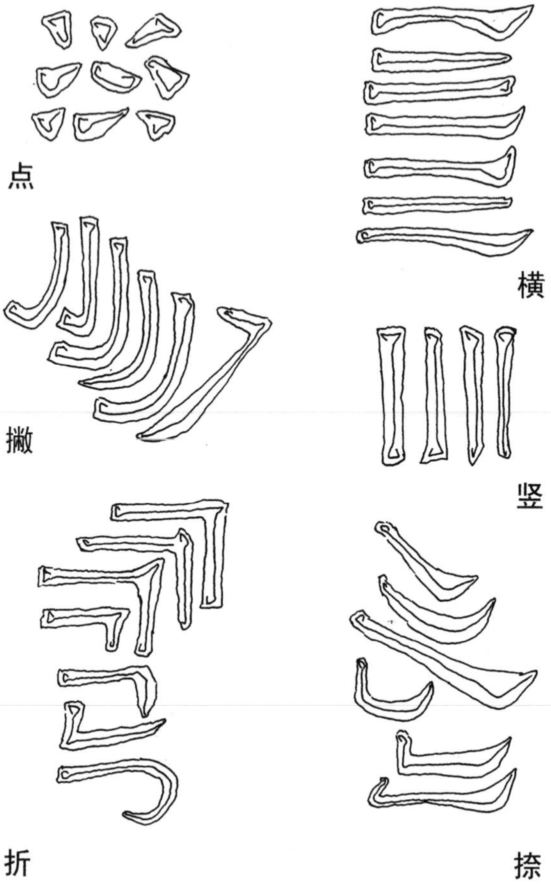

《张迁碑》基本笔画临写

二、临写要注意的问题

临写《张迁碑》还要注意结体、布白等方面的一些问题：

其一，粗细相间的笔画要做到粗而不臃肿，细而不纤弱，相辅相成，对比强烈，生动多趣。

其二，要因字立形。根据文字笔画多少立形，横画多的字呈长形，如“事”“韦”“謇”等字，横画少的字呈正方、扁方形，如“帝”“中”“以”等字趋向扁方形，“留”“国”“周”等字趋向正方形。

其三，要以敛为主。主笔画以中宫为核心，不偏离，不狂放纵逸。不仅都向中宫靠拢，且向中宫呼应。如“君”“字”“也”“方”等字尤具代表性。其中“君”字之长画大可纵放伸展，但它笔致坚实，平而上仰，收笔略带波意，突然向上踢出。其左撇同样可以拓展出去，但从落笔开始就极意内敛，最后向左短弯，与上方诸画平齐而收。有意思的是下方的“口”部，仅独居一角，方正而形单更显端庄敛静。

其四，要方中寓圆，隐含楷意。所谓方笔隶书是说总体以方为主，并不是千篇一律，隐含楷意是指带有楷书之气息，并非说要用楷书点画来书写。如“郡”字右耳呈圆状，“弟”字的下折全用圆笔。此外，还有诸多的三点水、横捺及某些部首与楷书气息相通，可见“隶中之楷”一说不无道理。

其五，要粗犷朴茂，稚拙多趣。粗犷质朴是《张迁碑》的一大特色，也是书法美的最高境界。唯其拙，才显高古雄强不甜熟；唯其朴，才显端庄自然而不做作。《张迁碑》之结体常打破常规，看似无意即有意，看似无法即有法，营造了别致新颖的体势。如“兴”字，妙在匀称、平直，宛若名将布阵，大开大合，下两点虽紧凑而短小，然犹如双脚，力能扛鼎。

碑帖中有个别漫漶剥蚀而模糊不清的字，可越过不临，而那些清晰易找到感觉的字，不妨反复加以临写，日积月累，自会熟能生巧。

三、临写《张迁碑》“君讳”等12字实例

“君讳迁，字公方，陈留己吾人也。”此12字系《张迁碑》开首之文字，笔墨沉着，以方见胜。“君”字起笔应藏锋，转折处笔锋稍往上提，调整中锋后，再往下运行。中横为典型的蚕头燕尾，须带逆势涩进，至尾部顿而上提，写出波挑。“君”字之撇画须加重提按，强调笔与纸的摩擦力，收笔作回锋状，“口”字部虽小，然点画浑厚粗重坚如磐石。“君”字的临写要把握好上大下小的布白比例与俯仰顾盼的动感。

“讳”字的用笔以提为主，点画瘦劲，偶有尖锋起笔与收笔，结体要匀称，左右部首要保持一定的分隔距离。

“迁”字的上部与“讳”字同例，妙在走之上，其二点应用筑锋书写。筑锋与藏锋相似，亦将笔锋藏于点画中间而不显露，但下按之力大于藏锋，故藏锋锋虚，筑锋锋实。筑笔含有顿与挫的意义，如捣土使之坚实，故谓筑笔。

“字”的点画大多系直笔，末笔的竖钩与“君”字的折画用笔大致相同。有一点要注意，那就是宝盖头的右竖不要将毛笔故作左右颤动之态，写出扭曲之貌，而是用上下提按的逆涩之笔写出顿挫抑扬的屋漏之痕，“公”与“方”亦然。

“陈”的临写要注意三点：其一，点画起讫要方中寓圆，以方为主；其二，结体横平竖直，外方内圆；其三，掌握好左右部首的大小比例，以及右部向左边作微倾、微弯的呼应情态。

“留”字由三个封闭的“口”字组成，临写时要达到两个一致：一是点画粗细与原帖一致；二是三个“口”部的形态比例与原帖一致。仔细观察会发现，三个口部

（下口为田部）的12个角竟各不相同，这正是《张迁碑》“天人合一”的绝妙之处，临写时就要尽力写出这个味道来。

“吾”的用笔与“讳”“留”等字同例，“己”“人”“也”的临习用笔粗壮浓重，以按为主，波捺尤为宏大宽博，燕尾顿挫驻笔顺势向上方踢出。带有楷意的《张迁碑》，其点画的粗细，结体的大小可谓变化无穷，营造了粗犷朴茂、稚拙多趣的艺术境界。最初的临帖就要求“入帖”，入帖就要求临得像，临得一模一样，临习者持之以恒，必有所获。

四、名家临习《张迁碑》风采

参见附图，分别为清代何绍基、江德量所临《张迁碑》作品。江德量（1752—1793）字成嘉、秋史，号量殊，江苏仪征人，其父好金石文学，少承家学。乾隆四十五年（1780年）榜眼，授翰林院编修改监察御史。他的《张迁碑》临书作品，写得浑厚朴茂，端庄方整，气势博大。何绍基（1799—1873）湖南道州（今道县）人。字子贞，号蝯叟。何绍基说：“悬臂临摹，要使腰股之力，悉到指尖。”何氏这样说也这样做，身体力行。所临《张迁碑》，字如屈铁枯藤，以篆法写来，字的外貌不似原作粗重厚实，却另有灵动之姿，不失其朴拙之态，结字重心偏上，又不同于原作，写得相当生动自然，使人明白汉碑的用笔、结体缘由之所在。看似不像原作，其实汉碑的道理都明明白白蕴含其中，此即遗貌取神，初学者以此为门径实为学习探索汉碑之捷径。

五、《张迁碑》书法创作

笔者纵览《张迁碑》全文，从中归纳搜求，集得如下佳句，供创作时参考：唯德为善、百年树人、风月同天、云为诗留、意在景外、德宽道远、强国之本、雪后长城、道德为师、平野万里、进为上游、言行德善、诗思无旧、艺在高远、思君如月、金石有声、素心如雪、德艺敦新、万古流芳、书道野远、德行五道、气在四维。

其中“德行五道，气在四维”句，很有内涵，令人遐想，心有感触，遂取四尺整宣而书。《张迁碑》原帖漫漶剥蚀处甚多甚烈，如“行”“道”“气”“在”等字，创作时不必依样画葫芦，取其韵味，写出神采为上。铭文中虽无“维”字，但有诸多“唯”“帷”“惟”及“绥”“缵”“绪”等字，足够借鉴与参照。字势以扁方取胜，写得较为宽大，在创作中遗貌取神非常重要。四尺整宣两侧余地不多，落款采用嵌合法，字体不宜写得过大，两者相映成趣为宜。

《张迁碑》开篇十二字

《张迁碑》临写附图

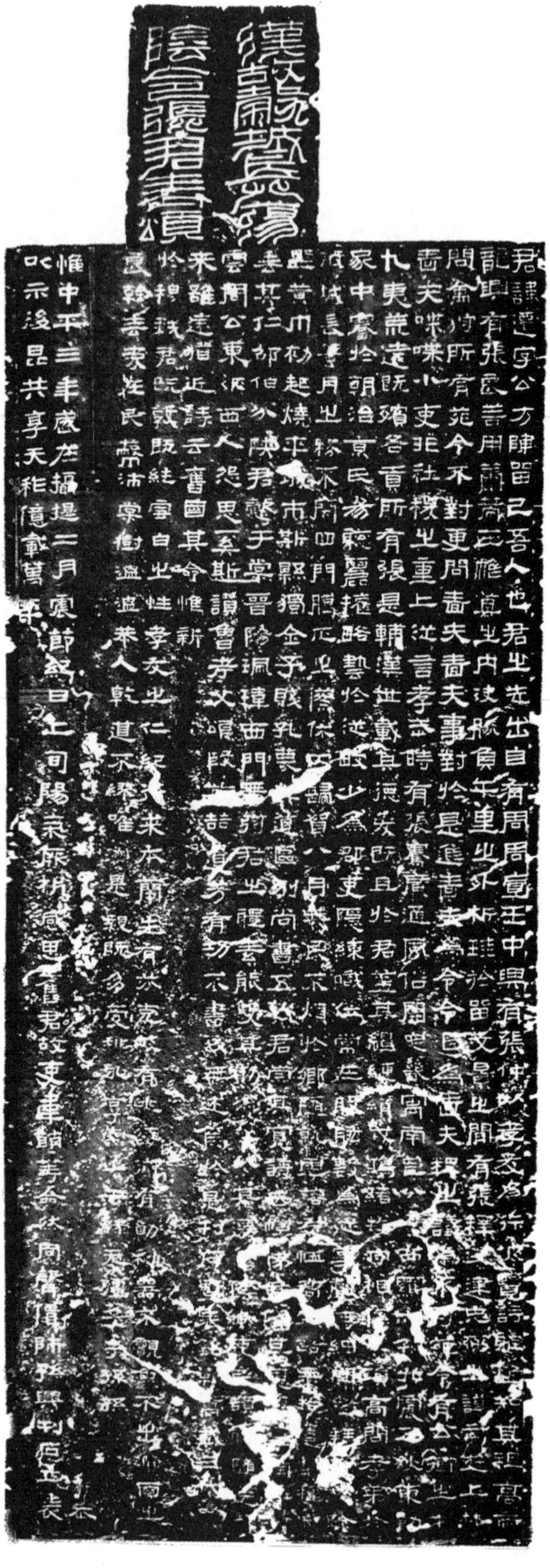

《张迁碑》

《张迁碑》碑文

汉故谷城长荡阴令张君表颂

君讳迁，字公方，陈留己吾人也。君之先出自有周，周宣王中兴，有张仲，以孝友为行，披览《诗雅》，焕知其祖。高帝龙兴，有张良，善用筹策在帷幕之内，决胜负千里之外，析珪于留。文景之间，有张释之，建忠弼之谟。帝游上林，问禽狩所有。苑令不对，更问啬夫，啬夫事对。于是进啬夫为令，令退为啬夫。释之议为不可，苑令有公卿之才，啬夫喋喋小吏，非社稷之重。上从言。孝武时有张骞，广通风俗，开定畿寓，南包八蛮，西羁六戎，北震五狄，东勤九夷，荒远既殡，各贡所有。张是辅汉，世载其德，爰既且于君，盖其繵縺。缵戎鸿绪，牧守相系，不殒高问。孝弟于家，中謇于朝，治《京氏易》，聪丽权略，艺于从畋。少为郡吏，隐练职位，常在股肱。数为从事，声无细闻。征拜郎中，除谷城长。蚕月之务，不闭四门。腊正之祭，休囚归贺。八月算民，不烦于乡。随就虚落，存恤高年。路不拾遗，犁种宿野。黄巾初起，烧平城市，斯县独全。子贱孔蔑，其道区别。《尚书》五教，君崇其宽；《诗》云恺悌，君隆其恩；东里润色，君垂其仁。邵伯分陕，君懿于棠。晋阳佩玮，西门带弦，君之体素，能双其勋。流化八期，迁荡阴令。吏民颉颃，随送如云。周公东征，西人怨思。奚斯赞鲁，考父颂殷。前哲遗芳，有功不书，后无述也。于是刊石竖表，铭勒万载。三代以来，虽远犹近，《诗》云旧国，其命惟新。

于穆我君，既敦既纯，雪白之性，孝友之仁。纪行来本，兰生有芬，克岐有兆，绥御有勋。利器不觌，鱼不出渊，国之良干，垂爱在民。蔽沛棠树，温温恭人，乾道不缪，唯淑是亲。既多受祉，永享南山，干禄无疆，子子孙孙。

惟中平三年，岁在摄提，二月震节，纪日上旬。阳气厥析，感思旧君。故吏韦萌等，佥然同声，赁师孙兴，刊石立表，以示后昆。共享天祚，亿载万年。

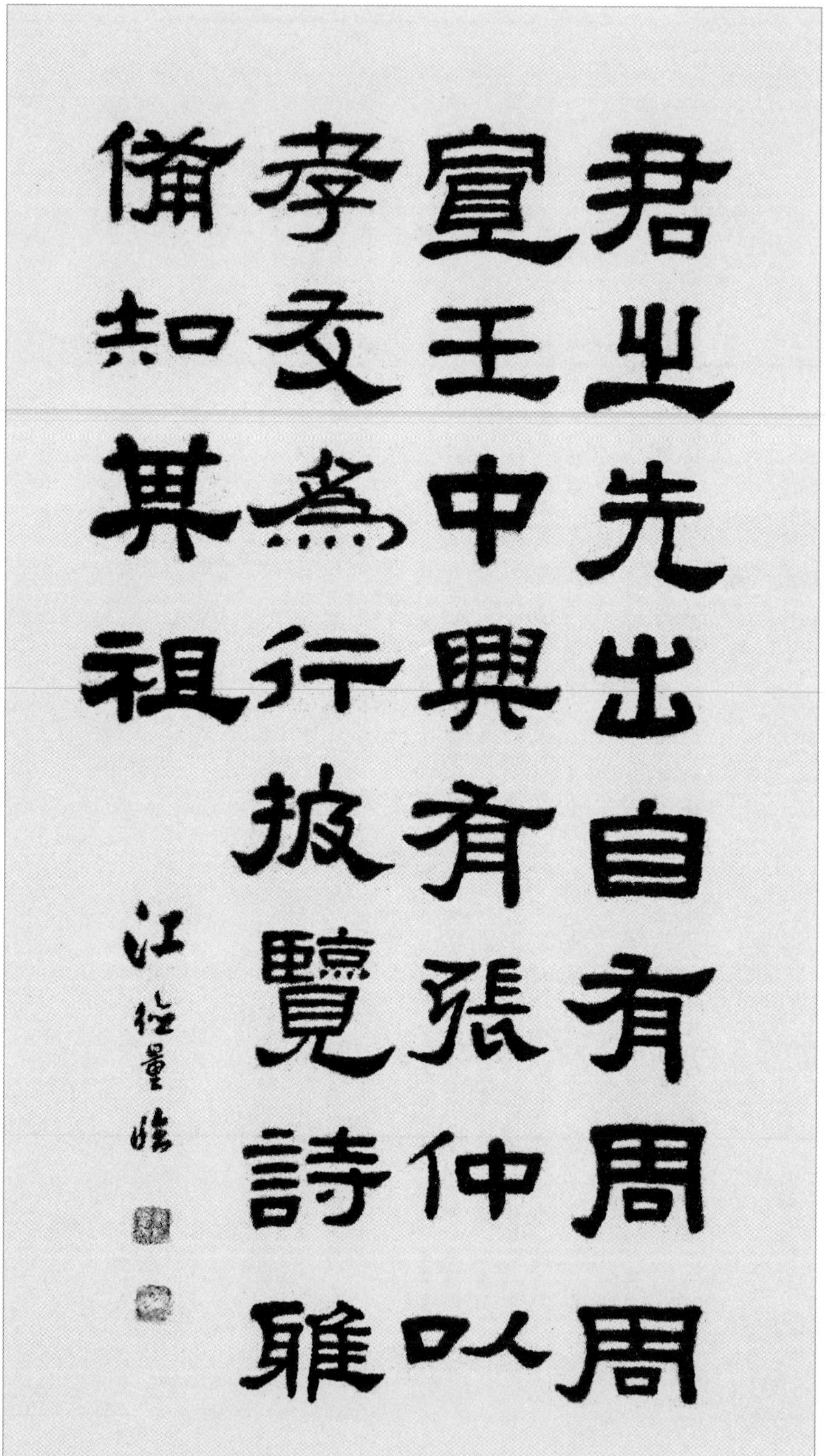

清　江德量临《张迁碑》

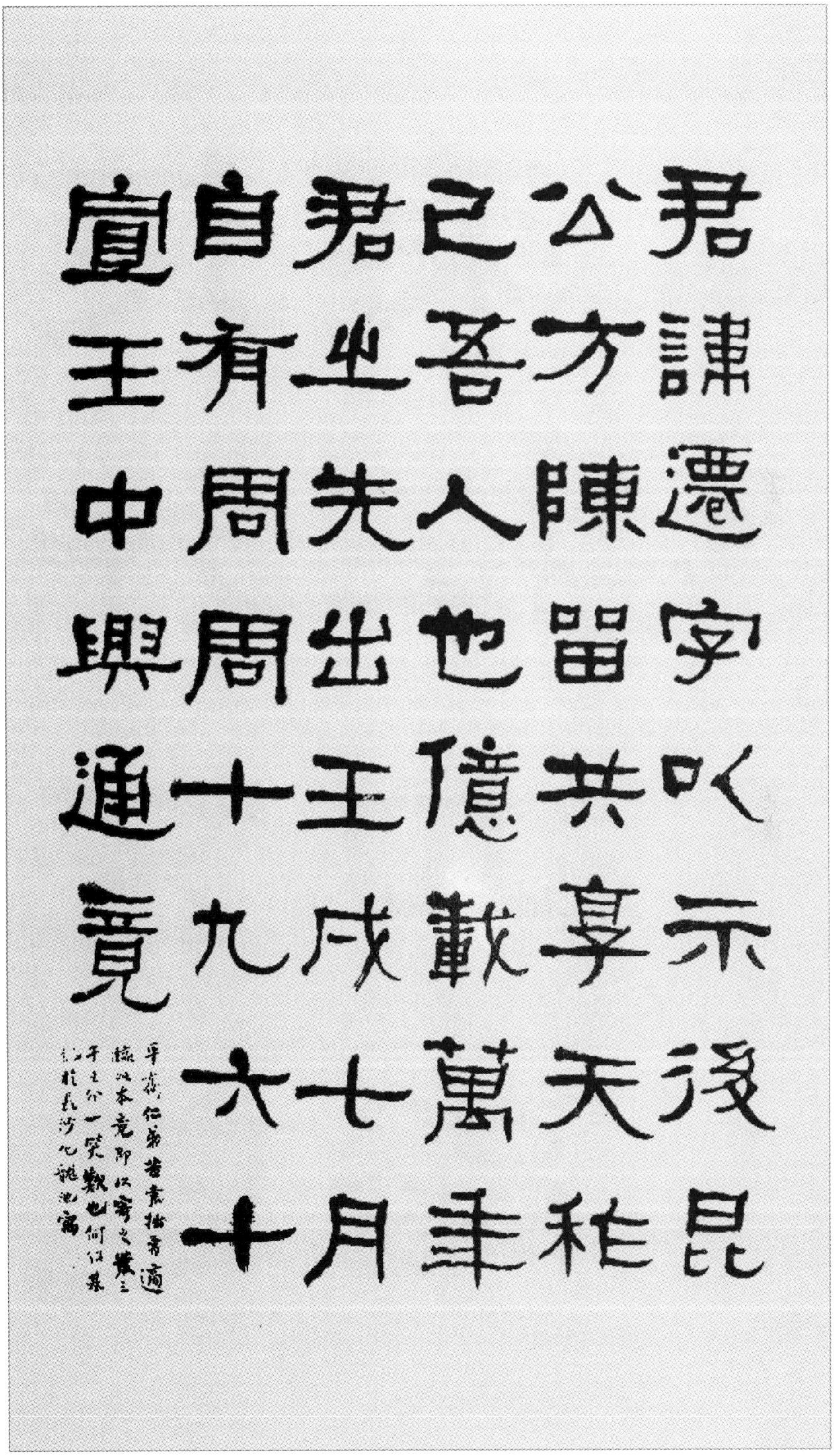

清　何绍基临《张迁碑》

《张迁碑》笔意 王本兴书
德行五道 气在四维

谯敏碑

《谯敏碑》亦称《小黄门谯敏碑》，东汉中平四年（187年）刻立于冀州。久佚，仅有重刻本传世。《谯敏碑》碑文内容为："君讳敏，字汉达，郧君之中子，章君之弟，郎中君之昆也。其先故国师谯赣，深明典奥，□录图纬，能精微天意，传道与京君明。君承厥后，不忝其美。幼而好学，才略聪睿，《诗》《书》是综，言合雅谟。虑中圣权，既仕在公，忠允笃诚，以直佐主。帅下惟约，肃将玉命，振之于外，群寮有司，各敬雨仪。君商时度世，引己倍权，守静微冗，韬光韫玉，以远悔咎，耻与邻人，羼并袷驱，识真之士。谓君为哲，在昔甯武，当亨南山难老之祷。昊天不惠，降慈凶疾，年五十有七，以中平二年三月九日戊寅卒。呜呼哀哉，国丧良佐，家陨栋梁，遐迩咨悼。士女哀怀，寮朋亲慼，莫不失声，泣涕双流。于是立表，写愤斯铭，传于罔极。其辞曰：于穆使君，盛德昭明。爰惟懿业，帅由旧章。文武彬或，柔而能刚。屈道从政，令名显扬。臣多丑直，是用逊让。且以毓姿，优游丘京。曷意构罹，景命不长。屋栋倾覆，君□丧亡，如何如何！吁嗟昊苍，身退名存，永世遗芳。中平四年七月廿八日癸卯造。"

由碑文可知，谯敏幼而好学，才思敏捷，由于身患凶疾57岁就不幸身亡。于是"国丧良佐，家陨栋梁"，"寮朋亲慼，莫不失声，泣涕双流"，悲痛欲绝，为使他"身退名存，永世遗芳"而刻立此碑。纵观此碑书风，内容完整，言辞流畅，文雅简致，字迹清晰，书气秀逸，骨肉匀适，隶法极佳。

东汉隶书风格绚丽多姿，流派纷呈，日臻成熟，《谯敏碑》尤显波磔分明，蚕头燕尾，端庄雄实。碑文每字扁方整齐，古朴凝重，中敛旁肆，柔丽飘逸，体态秀美动人。其点画粗细对比，轻重变化，讲求穿插避让，颇多妙趣，较长的笔画多呈弯弧形，波画常有较大的挑势，显示出飞动遒劲之浑融潇逸的韵味。从用笔上看，它变化灵活，藏锋起笔，回锋收笔。其笔姿之美妙，似近法于东汉永兴元年（153 年）的《乙瑛碑》笔意。通篇书刻，循规蹈矩，工整秀劲，婀娜多姿。从风格上看，它不同于厚重古朴、端庄丰茂、以方笔见长的《衡方碑》，又不同于飘逸秀丽、工整精细、以圆笔为代表的《孔宙碑》《曹全碑》，而是方圆兼宜，严谨工致。当属东汉刻石的别样巨制，亦是今天学习汉隶的优良范本。现将《谯敏碑》临习要点介绍如下：

一、横挑

横挑称“燕尾”“波挑”“波磔”等，横挑的波势具有独特的个性，除章草外，其他书体没有这种笔法。这一波笔不仅可以把隶书的特点表现出来，而且有画龙点睛的效果。《谯敏碑》最有特点的笔画当是横挑，它往往是整个字的主笔。使整个字不呆板有生气，具有飘逸流畅的美感。其运笔方法是：

1. 逆锋向左，笔锋下扣一顿，折锋向右；

2. 笔毫平铺逐步地按，注意弯曲度，略顿一下，再逐步提起；

3. 收笔时提锋带回势，不作过多的外延，呈含蓄圆收。笔势略向右上。

起笔不能像楷书那样，两边太重像骨头，中间太细会软弱而力量不足，末端挑上去不要挑得瘦长，弯曲不宜过大。横挑在隶书笔画中是较难掌握的，可将这一笔反复地多练几次，熟能生巧，自有心得。挑笔不能用毛笔描画地做出来，要一笔通过，轻重提按写出自然感来。这里强调的是提按顿挫，一波三折，轻重缓急的用笔节奏感。如“而”“主”“下”“玉”“并”“与”等字。

二、捺画

带波磔的捺画与横挑的用笔方法基本一致，不同的是捺有左高右低的倾斜度，根据需要可以拖长一点儿，会更加沉着有力。其笔法是：

1. 逆锋起笔，方圆各随字势；

2. 向右下行笔并渐行渐加重下按之力，始终保持中锋运行；

3. 略顿而逐步提笔；

4. 收笔含蓄，笔势略向右上挑。

捺画有斜捺、竖捺、走之捺等，用笔大同小异。如“后”“不”“人”“之”“远”“永”“诚”等字。

三、撇画

撇画也是《谯敏碑》中具有特色的笔画，它与波磔的挑笔起着均衡、呼应的作用，使字重心平稳，向两边舒展过去成横势。表露出隶书的气象和精神，起着重要的作用。其笔法是：

1. 逆锋向上；

2. 笔锋向左下行；

3. 逐步地加重按力，到底略顿；

4. 回锋收笔，笔意上翘。如“屈”“身”“名”“美”“幼”“佐”“君”“在”等字。

四、点画

《谯敏碑》隶书点画的形状变化没有楷书那么多，有斜点、捺点、横挑点，有短横、短竖代替点。另外有相背点、相向点、三点水等点画。两点相背又是隶书称“八分”的特色之一。如“忠”“公”“笃”“约”“将”“与”“邻”等字，其点画很有特色。点的笔法为：

1. 逆锋向上起；

2. 折锋向右上按，略顿；

3. 提笔向右下；

4. 回锋收笔。

总之书写点画用笔要根据点画的势向起讫用笔，笔笔要到位，动作要完备，不能草率地一蹴而就。此外要注意点画形态、大小的变化。

五、横竖画

《谯敏碑》隶书没有波磔的横画呈水平状。竖画的写法与横画是一样的，只是写成垂直形而略短一点儿。

其横画笔法为：

1. 逆锋向右；

2. 中锋运行；

3. 回锋收笔。如“在”“主”“美”“玉”等字。

其竖画笔法为：

1. 逆锋向下；

2. 中锋运行；

3. 回锋收笔。如“不”“主”“才”“下”“帅”等字。

六、折画

折笔是《谯敏碑》隶书中较为严谨的笔画，亦比较规范庄重。《谯敏碑》的折画往往是另起一笔，有的则暗转而下，一笔书出。其笔法为：

1. 逆锋向右；

2. 略顿，折锋向下运行。

另起笔的折画如“君”“明”“屈”“身”等字。一笔书出的折画如“笃”“以”“驱”等字。

七、钩画

严格地说汉碑中是无钩画的。常常是省略或以其他笔画代替，向左的钩，由竖弯撇代替，向右的钩，由捺画挑笔省略，宝盖的钩为折笔取代。如果有钩，就用角度小的弯曲钩，略有一点儿钩的笔意。如“学”“将”“扬”“存”等字。

《谯敏碑》隶书的结构特点概括地说有三点：

（一）形体扁方，字取横势。《谯敏碑》隶书的字形扁方，中间收紧，上下的高度压缩了，撇与波挑向两边伸展，形成竖短横长之势。此隶书和楷书一样是随字立形，所以不是所有的字都是扁方，如“才”“真”“承”“肃”等字。虽然这些字不呈扁方，但由于字取横势，所以仍然十分协调。

（二）短画平直，长画圆曲，布白精巧。例如“幼”字，其“幺”字部、力字部上下错开，结体飘逸奔放。再如“佐”字，单人旁写得特别短小，左字部首之撇画从其下方伸展出去，使结体气势显得宽绰博大。

（三）波磔撇画，左舒右展。“波”为横画挑笔，“磔”为捺画挑笔。波磔的燕尾柔顺多姿，气势飞动，是《谯敏碑》隶书区别于其他书体的独特之处。为了取得平衡，它“长舒左足”，将撇向左长舒，与右挑的波磔呼应，左右展拓，给人一种活泼、流动、翩翩起舞的艺术感受。可以用“长袖善舞”来形容《谯敏碑》隶书的横挑、撇、捺之画。

《谯敏碑》隶书历来受到书家青睐，他们用《谯敏碑》笔意创作了无数书法佳作。例如所示附图为清代赵之琛之四条屏临作。它的结体稍长，线条以刚直遒劲为主，减少了原碑的圆曲柔丽之姿，此乃意临佳作，融合了他个人的气息与语言，脱胎换骨，呈现了《谯敏碑》的另一种面貌。

予自作七七言绝句一首，题为《杭州西湖苏堤春晓》：“苏堤六座石虹桥，柳密难遮窈窕腰。一路莺歌相伴过，途中春晓最妖娇。”杭州西湖苏堤南北全长 2.8 千米，长堤上有六座石拱桥：跨虹、东浦、压堤、望山、锁澜、映波。“春晓”则连接在中间，别有意趣。创作内容确定后，我决定采用横披形式来书写，横向三列，纵向十行，用六尺对开宣纸叠好格子，平心静气，背帖挥毫，一气呵成。二字空缺处留作落款盖章用。笔者书写时尽力保持《谯敏碑》扁方格调，线条保持短画平直，长画圆曲的特色，使其与原碑的韵致格调尽力保持一致。

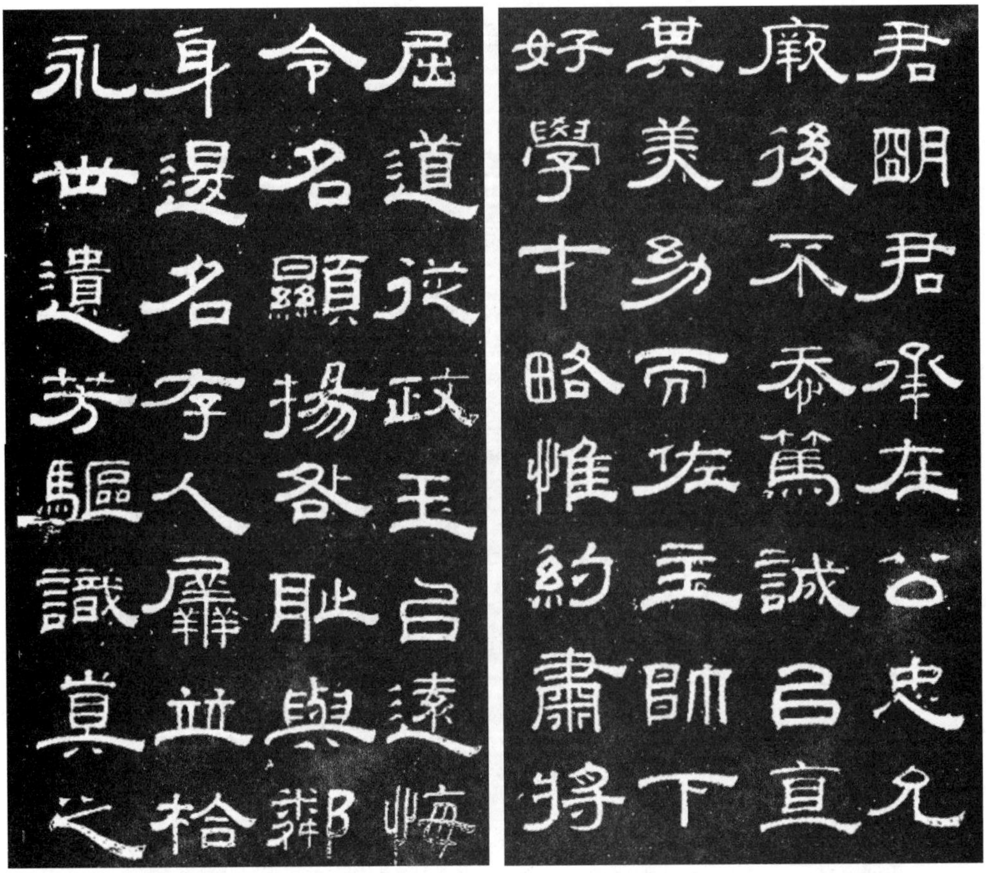

《谯敏碑》局部

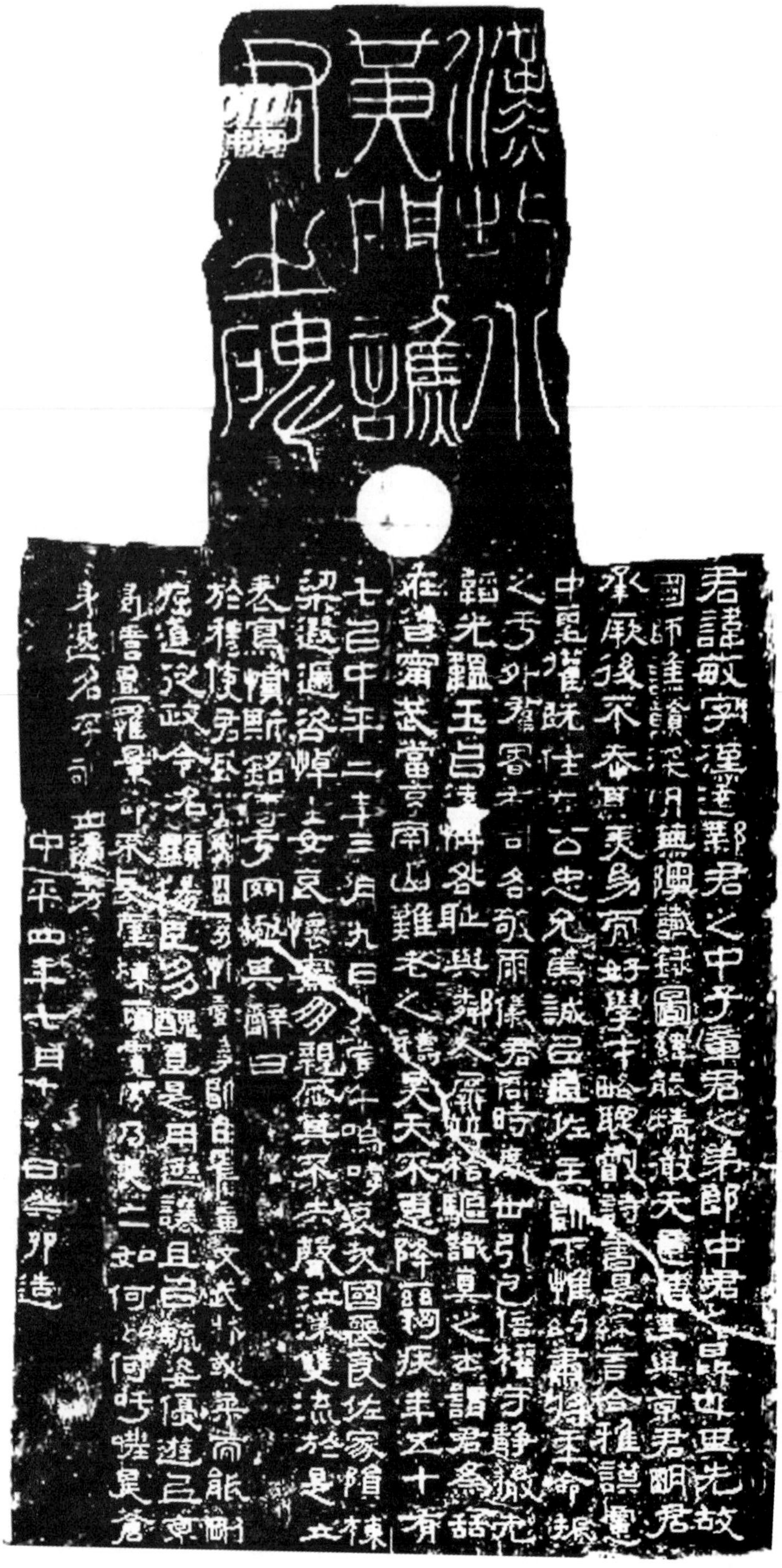

《谯敏碑》

《谯敏碑》碑文

君讳敏，字汉达，郪君之中子，章君之弟，郎中君之昆也。其先故国师谯赣，深明典奥，□录图纬，能精微天意，传道与京君明。君承厥后，不忝其美。幼而好学，才略聪睿，《诗》《书》是综，言合雅谟。虑中圣权，既仕在公，忠允笃诚，以直佐主。帅下惟约，肃将玉命，振之于外，群寮有司，各敬雨仪。君商时度世，引已倍权，守静微冗，韬光韫玉，以远悔咎，耻与邻人，羼并袷驱，识真之士。谓君为哲，在昔甯武，当亨南山难老之祷。昊天不惠，降兹凶疾，年五十有七，以中平二年三月九日戊寅卒。呜呼哀哉，国丧良佐，家陨栋梁，遐迩咨悼。士女哀怀，寮朋亲感，莫不失声，泣涕双流。于是立表，写愤斯铭，传于罔极。其辞曰：

于穆使君，盛德昭明。爰惟懿业，帅由旧章。文武彬彧，柔而能刚。屈道从政，令名显扬。臣多丑直，是用逊让。且以毓姿，优游丘京。曷意构罹，景命不长。屋栋倾覆，君□丧亡，如何如何！吁嗟昊苍，身退名存，永世遗芳。中平四年七月廿八日癸卯造。

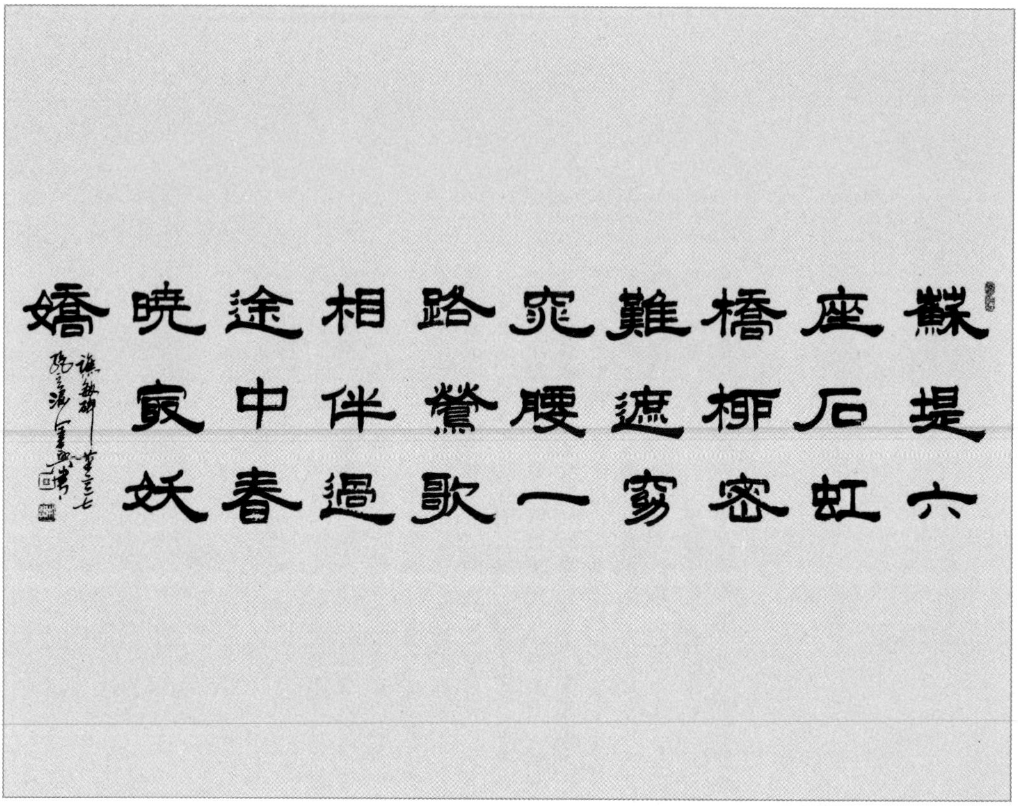

七言绝句《杭州西湖苏堤春晓》王本兴撰并书

《谯敏碑》笔意

苏堤六座石虹桥，柳密难遮窈窕腰。

一路莺歌相伴过，途中春晓最妖娇。

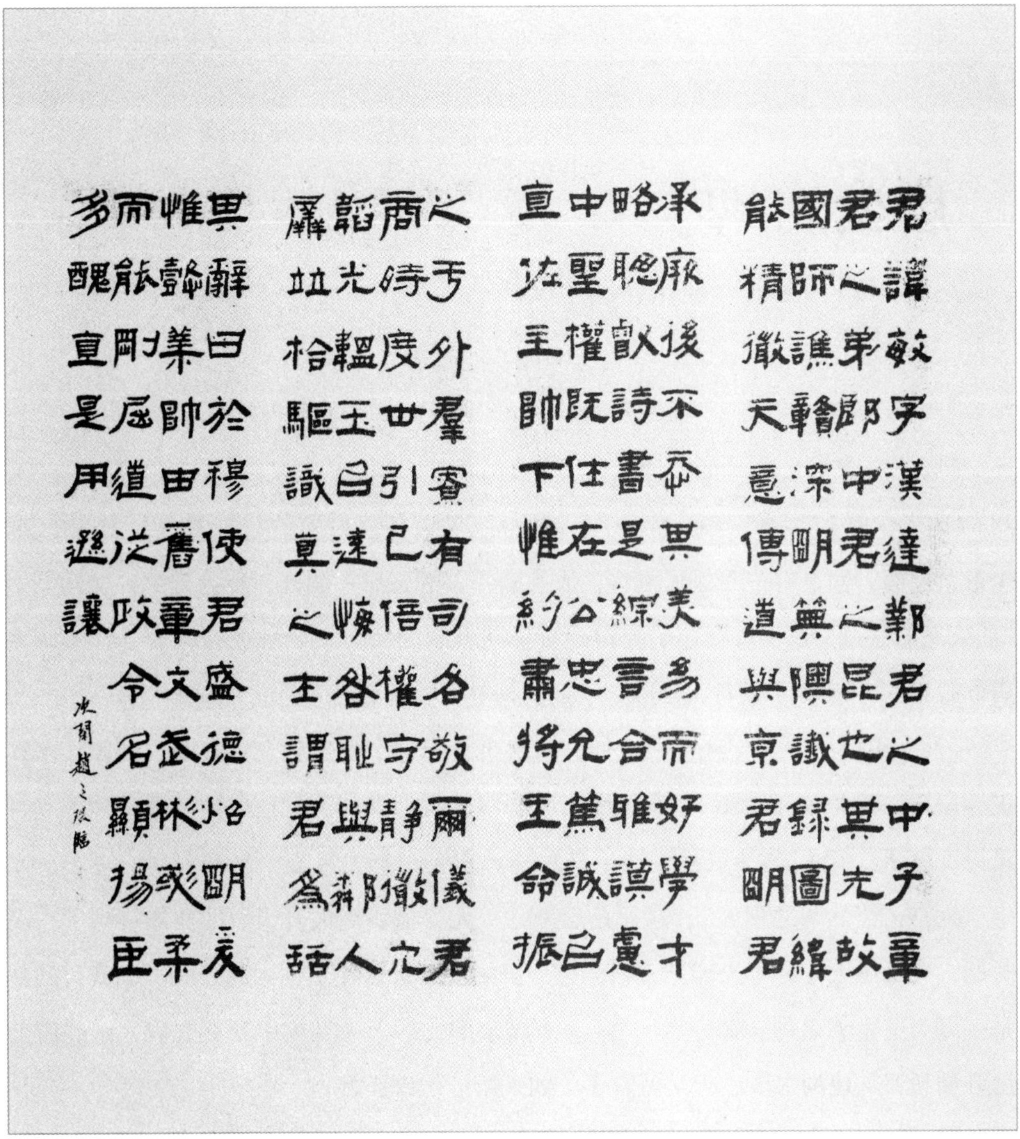

清　赵之琛临《谯敏碑》

唐公房碑

《唐公房碑》又称《仙人唐君碑》《仙人唐公房碑》，东汉刻立。碑高 202 厘米，宽 67 厘米，厚 17 厘米，额下穿一孔，约 10 厘米。书分 17 行，每行 31 字，共 507 字。圭形，圆额，额上有三条弧形槽沟，成为碑晕，额下有一圆孔，称为碑穿，额题篆书“仙人唐君之碑”6 字。保存了我国碑石早期形制的特点。原碑放在城固县许家庙乡唐仙观小学，1970 年调省，现陈列于西安碑林博物馆第三室。

《仙人唐公房碑》记载了一个仙人的故事，而这个故事就发生在汉中城固，西汉王莽居摄二年（公元 7 年），有城固人唐公房，时为郡吏，学道成仙，得其师李八百灵丹，“于是，乃以药涂屋柱、饮牛马六畜。须臾，有大风玄云来迎公房、妻子，屋宅、六畜，翛然与之俱去”。这便是后来“一人得道，鸡犬升天”的典故。到了东汉时期，有汉中太守南阳人郭芝，根据唐公房的故事，修建了仙人唐公房祠，其目的就是“以为道重者名邵，德厚者庙尊”。东汉末期，后人又在祠中刊石立碑，记载唐公房升仙和郭芝建祠之事，于是就有了《仙人唐公房碑》传世。

清乾隆年间有拓本传世。唐公房碑漫漶剥泐，但书法醇厚古拙，真气弥漫，深受隶书爱好者的青睐。其临习要点如下：

一、用笔

《唐公房碑》用笔的主要特点是浑厚质朴、苍劲雄深。其点画线条粗壮拙涩，大多均为藏锋逆入起笔，中锋裹笔运行，“杀纸”力度较为强烈，不过分强调提按的轻重与变化，亦不用夸张与装饰性的手法来美化蚕头燕尾。起讫之间线条的起伏不大，大多呈中实沉涩、浑厚凝练之感。如“居”“言”“郡”“真”“世”等字，其横、竖、波横等笔画，写得十分圆劲古厚，含而不露，尚带有几分金文篆书笔意，“之”“故”“人”“为”等字的撇捺，以同样的笔致写得平稳和谐。撇画以敛为主，一般不作过长的舒展纵放。捺笔亦然，不露锋角，铺毫裹锋，力透纸背，缓缓推送而行，至捺肚处笔触不是顿笔踢锋，而是在稍带提锋的动作下继续向前延伸，然后回锋收笔。这样心平气和地用笔，笔笔还其本分，不屑闪避取巧，呈汉隶豪迈浑厚、苍莽古朴气息。

《唐公房碑》局部

二、结体

此碑结体宽博自然，疏密有致。大多呈匀称整齐的感觉。如“世”“真”“知”“仙”等字，四角饱满，平稳方正，黑白分割适合黄金分割率。但也有一些布白组合富有变化的结体，如“郡”“故”“鲜”“润”等字，部首之间留空较大，保持一定距离，呈宽散之状。“者”“言”“真”等字，则与之相反，其点画都向结体中轴线靠拢，中宫显得紧密团聚。但这些变化很微妙，不带一点儿矫揉造作，因而在此碑的文字中没有突出的跳眼之处。结体的转折大多用方折，形貌的变化均在平稳憨厚的大前提下。这似乎没有什么特色，然而这没有特色的特色，正是《唐公房碑》最大的特色，线条粗粗细细，结体雍容古拙，字形方正自然，斑斑驳驳，乱头粗服，使得《唐公房碑》充满“碑”味。凡临过碑帖的都会有体会，越是“碑”味重的汉隶，临习书写起来，越是易得其趣、易入其味、易出效果。不信不妨一试。

以《唐公房碑》为基础，我决定创作内容为“君子为德，居世人敬”八字的作品，其中除“子”字外，其他文字在原碑中皆有出处，故应属集字创作。取四尺粉彩条幅色宣，折叠好格子，书写时应把握好原碑的结体与点画特点，背帖而书，尽力写得匀称而平稳，体现出《唐公房碑》帖的风神来。落款采用上下款，大小与正文比例要适当，给人以古朴自然之感。

《唐公房碑》

《唐公房碑》碑文

君字公房，城固人，盖帝尧之□□□□□□□□□之，故能举家□□□□□去。上陟皇耀，统御阴阳；腾清蹑浮，命寿无疆。虽王公之尊，四海之富，曾□□□□□毛天地之性，斯其至贵者也。耆老相传，以为王莽居摄二年，君为郡吏，□□□□土域啖瓜，旁有真人，左右莫察，而君独进美瓜，又从而敬礼之。真人者，遂与□期婿谷□山上，乃与君神药。曰：『服药以后，当移意万里，知鸟兽言语。』是时，府在西成，去家七百余里。休谒往徕，转景即至，阖郡惊焉。白之府君，徙为御史。鼠啮车被具，君乃画地为狱，召鼠诛之。视其腹中，果有被具。府君□宾燕，欲从学道，公房顷无所进。府君怒，敕尉部吏收公房妻子。公房乃先归于谷□，呼其师，告以危急。其师与之归，以药饮公房妻子，曰：『可去矣。』妻子恋家，不忍去。又曰：『岂欲得家俱去乎？』妻子曰：『固所愿也。』于是，乃以药涂屋柱、饮牛马六畜。须臾，有大风玄云来迎公房、妻子，屋宅、六畜，倏然与之俱去。昔乔、松、崔、白，皆一身得道，而公房举家俱济，盛矣！传曰：贤者所存，泽流百世。故使婿乡，春夏毋蚊蚋，秋冬鲜繁霜：疠蛊不退，去其螟，百谷收入。天下莫斯德□之效也。道牟群仙，德润故乡。知德者鲜，历世莫纪。汉中太守南阳郭君，讳芝，字公载。修北辰之政，驰周邵之风，歆乐唐君神灵之美。以为道高者名邵，德厚者庙尊。乃发嘉教，躬损奉钱，倡率群义，缮广斯庙。□和祈福，布之兆民。刻石昭音，扬君灵誉。其辞曰：

□□□□□□□□□□□□□遂享神药超浮云兮，翱

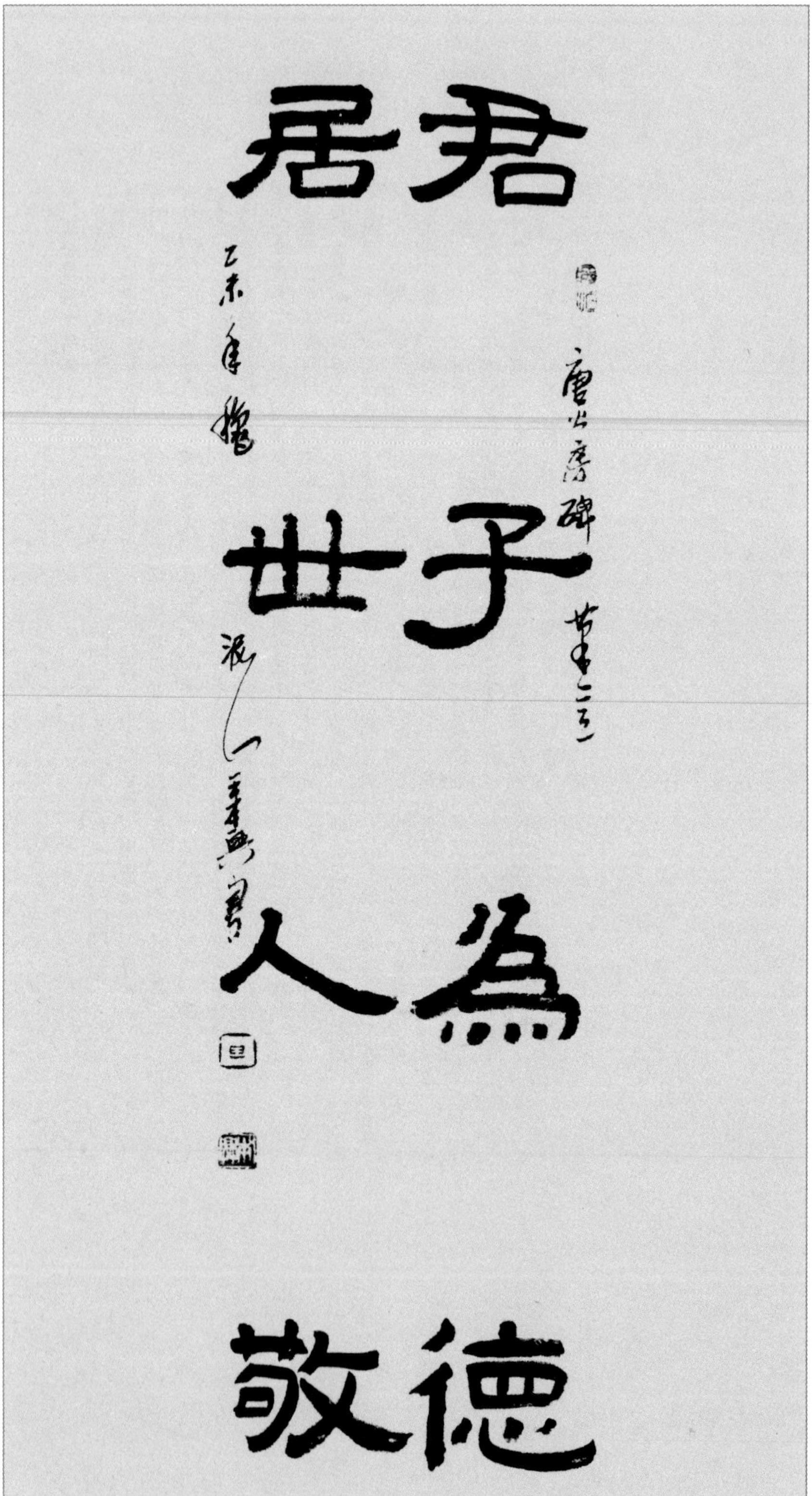

《唐公房碑》笔意 王本兴书

君子为德 居世人敬

赵圉令碑

《赵圉令碑》全称《汉故圉令赵君之碑》，东汉初平元年（190 年）十二月刻立。隶书书体，13 行，行 19 字。碑原在河南南阳，久佚，传世拓本不多见，清黄易藏有旧拓，另有翻刻。此碑书风方正宽博，大气磅礴，笔法刚柔相济，方圆兼备。与相近的《西狭颂》《郙阁颂》《衡方碑》相比,《西狭颂》疏朗瑰丽，用笔圆劲,《郙阁颂》方正内敛，粗壮朴茂,《衡方碑》方峻刚健,《赵圉令碑》与之不同，它雍容大度，刚柔相济，气息高古。其临习要点如下：

一、横画

横画大多写得较为平直，粗细变化较为平缓和谐，如“其”“五”“不”“司”“至”“徒”“二”等字的横画，用笔方中寓圆，逆势入纸向右行笔时，起伏不大，略带提按变化，收笔时提锋回出不露锋，表现得很圆润。波横纵贯左右，亦写得较圆润平缓，如“二”“其”“至”“平”“年”等字，蚕头不圆不垂，略呈方意，中部稍带一点儿弯势。燕尾不粗壮不出锋，只是提锋回收，显得平稳而含蓄。

二、竖画

竖画用笔和横画相近，只是收笔时提锋平出或回收，呈尖圆或圆头之状，如“年”“平”“博”“不”等字。

三、点画

点画写得短小，抢势逆入后往回一按，按势向顿而回锋收笔，形态简明扼要，如“温”“俭”“平”“州”“薄”“德”“清”“公”等字。

四、撇画

撇画系主笔画，写得纵展飘逸，如“君”“仍”“不”“令”“功”“后”等字。毛笔反势逆入，往左下涩行，渐行渐加重笔力，收笔处顿而往上回锋，线条弯度不大，尾部有的圆顺浑厚，有的带有波捺之状，出锋稍呈钩意。

五、捺画

捺画与撇画一样，系碑中主笔画，极尽飘展纵放意趣，与撇画呈左右呼应状。如“冬”“不”“令”“夏”“忧”“以”“衰”等字，起讫用按笔，行笔带提，捺肚圆顺，最后出锋收笔，姿态优美。“迁”“播”“德”等字的捺笔，用另一种方法书写，行笔铺毫，减少提按幅度，收笔处不用按力，而是提锋回收，呈浑圆笔致。

六、转折

转折以方折为主。转折处大多用调锋暗过之笔而书，方正平直且自然精到，无忸怩作态也不露锋痕。如“圉”“播”“兄”“郡”“官”“良”“司”等字。“俭”的“口”字部，“郡”的耳旁，“令”的下方部首，则用圆转之笔而为，写得浑厚稳重。轻重粗细变化不大，但行笔的力度、线条的拙涩感显而易见。

七、结体

其一，方正宽博，气势雄强。如“郡”“圉”“不”“公”“风”等字，间架开阔疏朗，点画拉开距离，气势宽绰博大。其二，中宫敛收，左右舒展。如“夏”“令”“忧”“会”“德”等字，重心紧密，波横及撇捺，包括竖画（竖画在汉隶中大多不做伸展纵放之姿），都极力纵展，无拘无束，是一种大气度、大手笔的氛围。其三，平中寓险，静中有动，大中见小。如“被”字，上部特小，下部宽大，一反以匀称为主的常态。此外，“敦”“施”“穆”“辟”“清”“迁”“曜”“署”“曹”“当”等字，写得天真稚拙，自然多姿，部首忽大忽小，忽高忽低，以险取胜。

在观察一种碑帖时，所谓方劲挺拔或方圆兼备，主要是针对其用笔与结体而言。线条方起方讫，转折用方，则称方劲挺拔。若不是全方，另有圆意，那就是方中寓圆或称刚柔相济了。《赵圉令碑》应属方圆兼备、宽博雄强一路风格，故临习时要把握好这个总体格调。

在创作作品时，笔者用四尺红宣裁剪成八个方块，采用了独字分立形式，即一纸一字，内容为“温良恭俭”与“修身播德”四字两组，把写好字的方形红宣，分别粘贴在四尺整宣上，分上下布局，拦腰在中间落款，让形式新颖亮丽一些。此作品内容八个文字，在原碑中皆能一一对应查找到，故书写前可重点临摹，达到气韵一致，再正式写成作品，这是一种集字创作的模式。

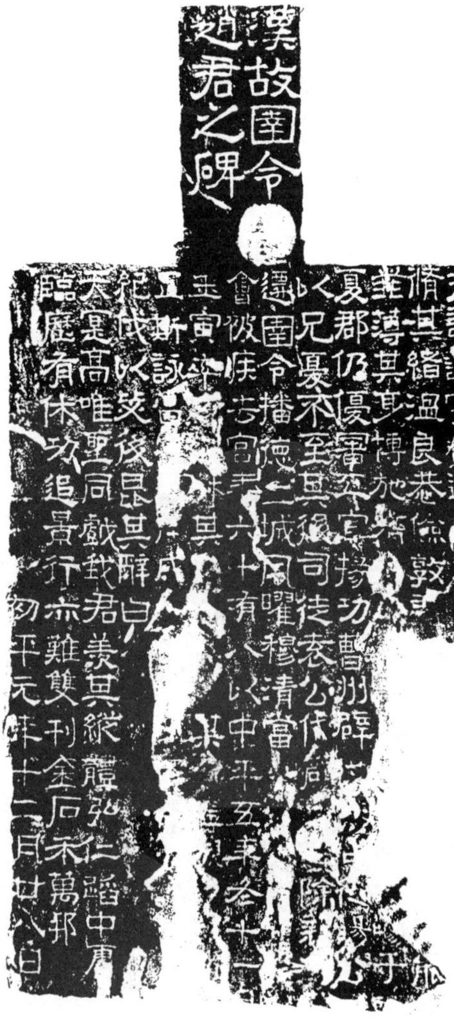

《赵圉令碑》碑文

汉故圉令　赵君之碑

君讳□字□

修其绪温良恭俭敦诗□□□□□□□□能

菲薄其身博施济□□□□□□□□□□于

夏郡仍优署五官掾功曹州辟从事司徒阳公

以兄忧不至其后司徒袁公□□□□除新□

迁圉令播德二城风曜穆清当□□□□□□

会被疾去官年六十有八以中平五年冬十一月

壬寅卒□□□其□□□□□□□□□□□

□斯咏□□□□□□

纪伐以崧后昆其辞曰

天实高唯圣同戏我君羡其纵体弘仁蹈中庸

临历有休功追景行亦难双刊金石示万邦

初平元年十二月廿八日

《赵圉令碑》局部

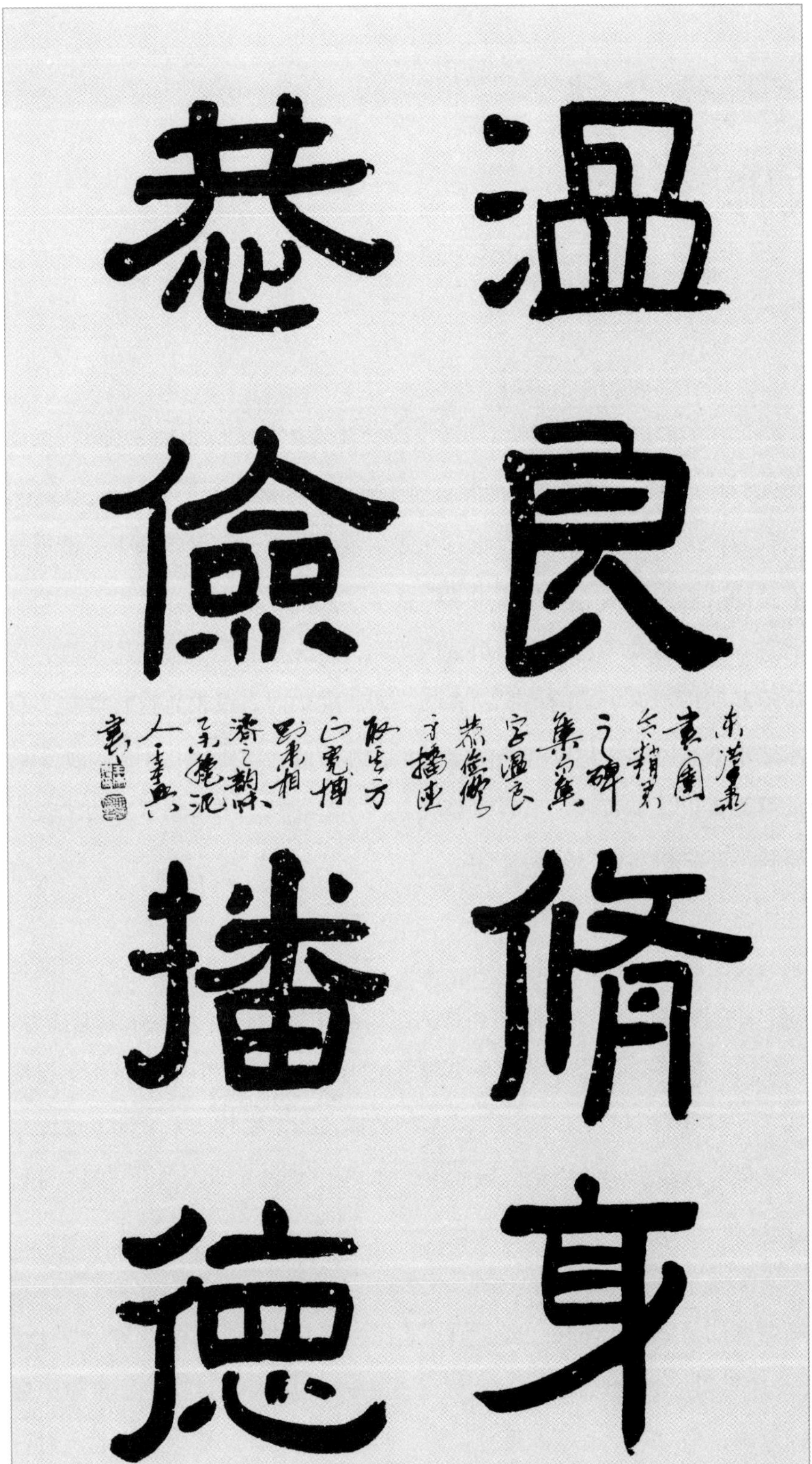

《赵圉令碑》笔意　王本兴书
温良恭俭　修身播德

樊敏碑

《樊敏碑》亦叫《巴郡太守樊敏碑》，全称《汉故领校巴郡太守樊府君碑》，东汉献帝建安十年（205年）刻立。碑高248厘米，宽120厘米。碑额有篆书二行，12字，碑文隶书为21行，行28字共计558字。原石在四川雅安芦山，一度曾佚失，清道光年间又访得，有传论此碑为重刻，现存四川芦山县。

樊敏，字升达，官巴郡太守，即今四川重庆市北，碑文记载了樊敏一生事迹，以及樊氏家族的源流及四川地方史志的情况，含义广博，文中对东汉末年宦官掌权多有贬义，于五斗米之事亦有所述。具有甚高的学术、艺术价值，由于风化剥泐，所刻碑文有所残损。此碑为传世汉隶名碑，书风方整凝重，浑厚静穆，书法精湛。历来受到书家的推崇与青睐，亦是初学隶书的临摹佳本。

一、横竖

横画与竖画写得平实、粗壮、圆润。如“中”“气”“里”“末”“郡”等字，即便是很短小的横竖画，也写得圆融浑厚。起笔逆锋入纸，后中锋运行，并加强毛笔按力，铺毫涩进，至收笔时，回锋圆收。波横的蚕头燕尾虽然比较明显，但书写时用笔提按仍然很平稳，如“一”“里”“末”“京”“苦”等字的波横，非常粗壮，毛笔向上提锋踢出，捺肚浑圆，波势上翘。竖钩的用笔前轻后重，如“招”“封”“州”“将”“门”“执”“厥”等字，以圆取妍，自然朴实。

二、撇捺

撇画与捺画二者都是呈粗壮浑朴之姿，但捺笔比撇笔有过之。如“心”“佥”“饮”“汶”“史”“厥”“政”等字，撇画用笔平稳，起讫以圆为主，弯弧自如，是全篇中最有张力与弹性的笔画，书写时，毛笔的反掠拙涩，必须多用裹锋。捺画藏锋起笔时就重按，全毫铺开，中途平稳推进，不用提笔动作，收笔时顺势提锋，写出捺磔。笔不仅要送到位，而且要带回锋之意，如“汶”“心”“饮”“政”等字。有的捺画尖起笔，收笔处顿而上提，如“史”“长”“大”等字。走之捺用笔与众不同，如“近”“迁”等字起笔向下，蚕头下垂，但“垂头”不“丧气”，笔锋向上回，屈曲十分自然平稳，波磔提锋回收，笔致圆畅含蓄，气脉贯通。

三、点画

点画似乎不太起眼，像绘画中的大混点，憨态实足。但仔细观察，还是能找到区别：如“濯”字的点，方圆各异；如“然”字的点，势向不同；“州”字的点，则大小不一；“心”字之点，方圆相宜。无论何种点，在全字中毕竟很短小，所以要求用笔微妙而精致，逆入回出，提按顿挫不能少。点画内在的完美与变化要比外在的形态丰富得多。

四、乙挑与转折

转折以方为主，如“门”“里”“君”“圣”“中”“昌”等字，有的方口转折处，出尖露角，尤见锐意。也有圆转之笔，“禹”及“濯”字，圆曲自然浑厚。乙挑有两种写法：其一，如“充”字，锋随笔转，笔随腕转，不露圭角，以圆为主；其二，如“邑”字，毛笔由上至下，先写出竖画，在乙挑转折处，稍提笔调锋向右，写出波磔，以方为主。

五、结体

其一，具有楷书一样的方正凝重，主要表现成线条布白匀称、整齐，四角到位，充实丰满，如“圣”“门”“然”等字，宽博丰茂，雍容大度；其二，具有纵放之意而无纵放之形，主要体现在文字的结体中没有过长、过于舒展的笔画，大多到位即止，以敛蓄势，如“然”“君”“厥”“苦”“汶”等字，其波横、撇捺很有姿态与动感，但只是纵意内含，无恣肆之状。建议临习者选用大一些的中、短锋羊毫笔书写，墨色不要过浓，以适中为好。不能沉墨积滞，浮湿漫漶。线条要保持朴实的质感，要有金文的醇厚圆润、豪放凝重，方不失《樊敏碑》丰姿遒美的本色。

《樊敏碑》隶书的笔法十分丰富，笔力讲究刚柔相济，对提高书法能力有极其重要的意义，我们还可通过临摹与创作的实践领略到《樊敏碑》隶书笔画艺术魅力。笔者曾在21世纪初，两次莅临河南登封，拜谒初祖洞。并自撰七绝一首：“秋清佛地一山迎，鸟道弯斜石纵横。遥指岭前初祖洞，黄花一路问游程。”遂以此为内容，创作《樊敏碑》笔意书法。我取四尺对开宣纸，采用条幅形式，根据《樊敏碑》笔意挥毫书写。书法创作过程是对优秀碑帖有选择地进行重组的过程，是一项高效的表象体验和想象还原重组统一的活动。此过程能否顺利，理想能否达到，意象能否实现，情感能否充分表达，审美能否合理，这一系列指标既建立在一个书家的知识涵养上，也建立在一个书家的技法把握与运用上。笔者书写时逆锋入纸，裹锋涩行，聚而不散，力求达到苍劲古拙，骨力内含。

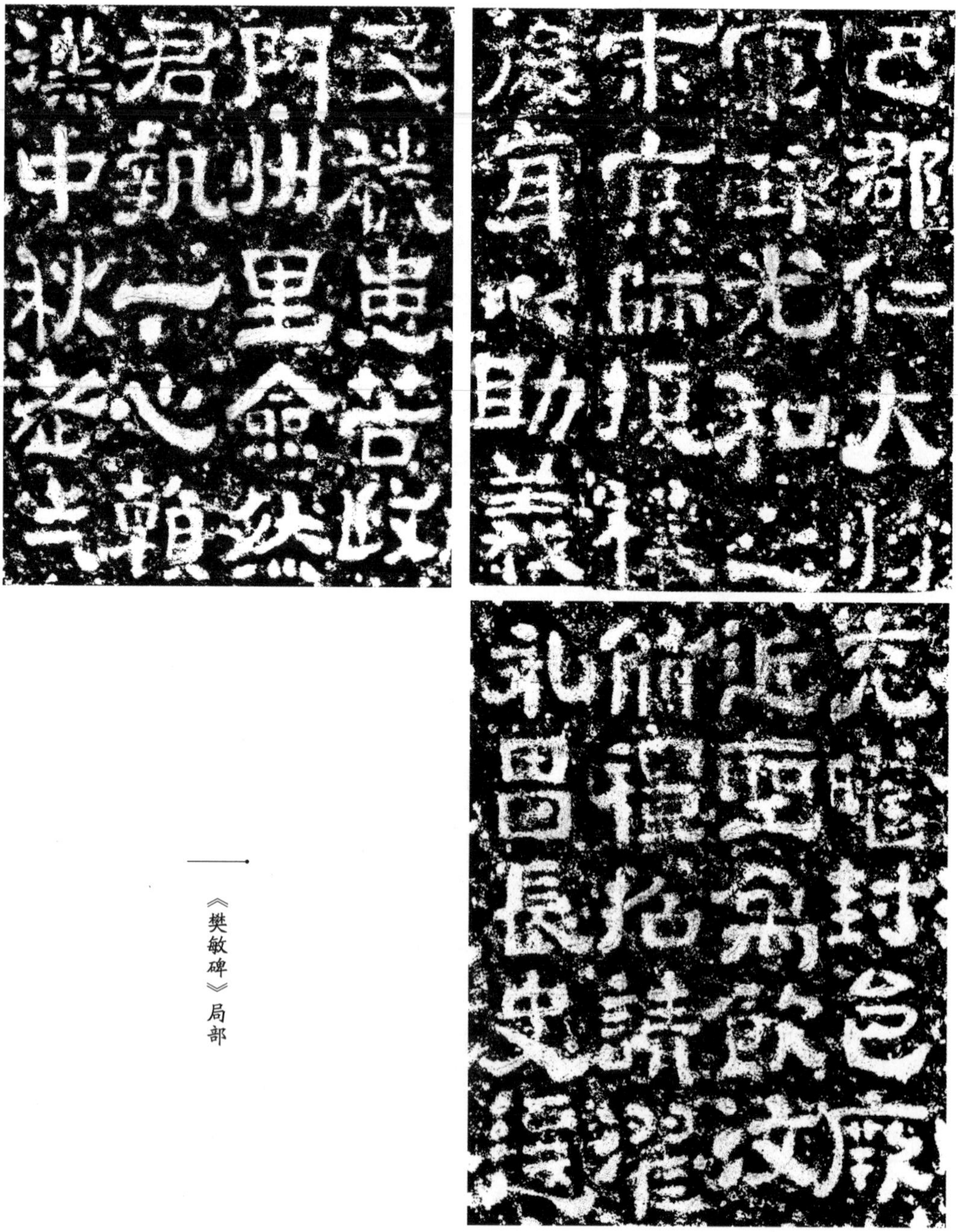

《樊敏碑》局部

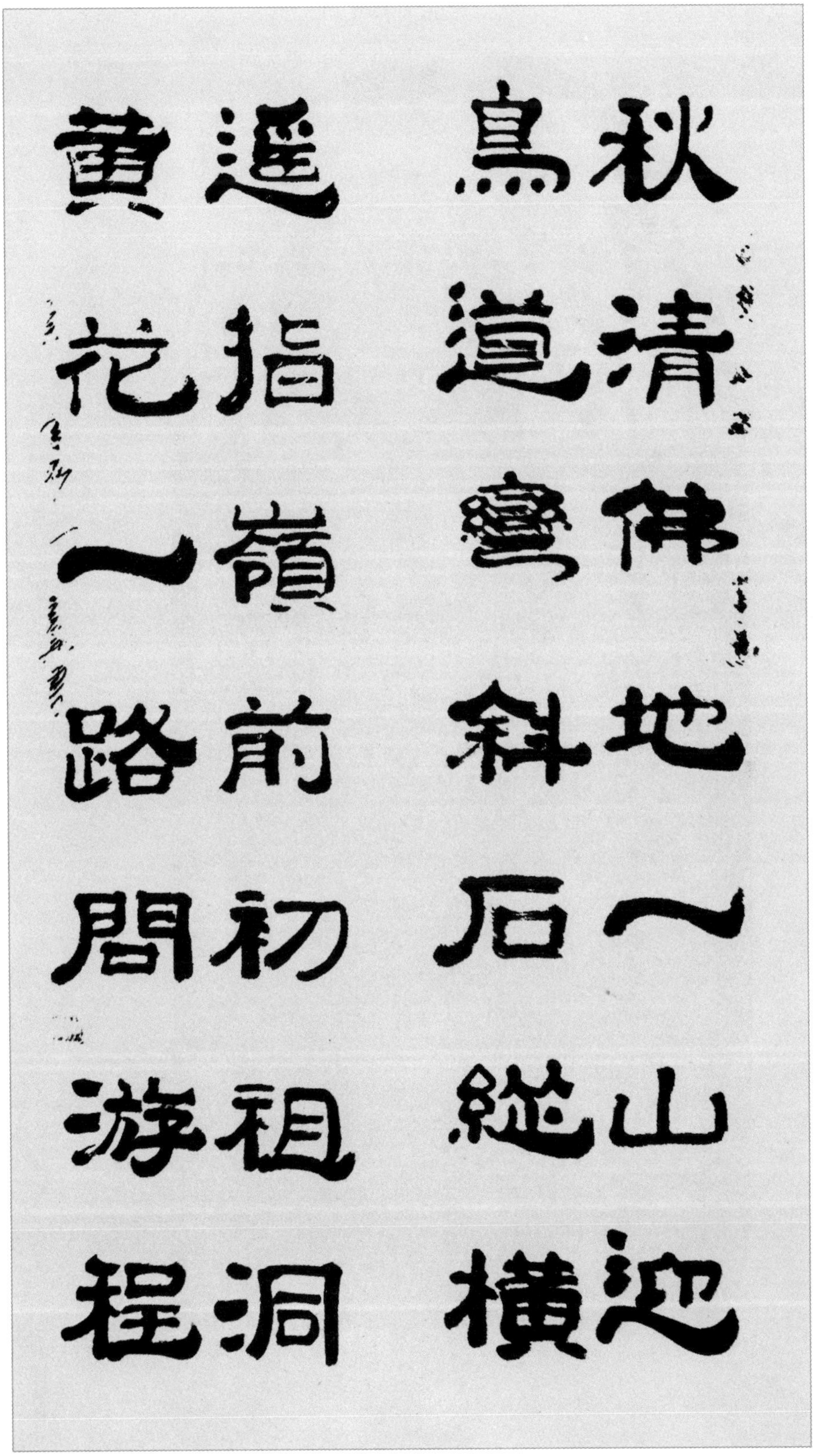

七言绝句《登嵩山达摩洞》 王本兴撰并书
《樊敏碑》笔意
秋清佛地一山迎，鸟道弯斜石纵横。
遥指岭前初祖洞，黄花一路问游程。

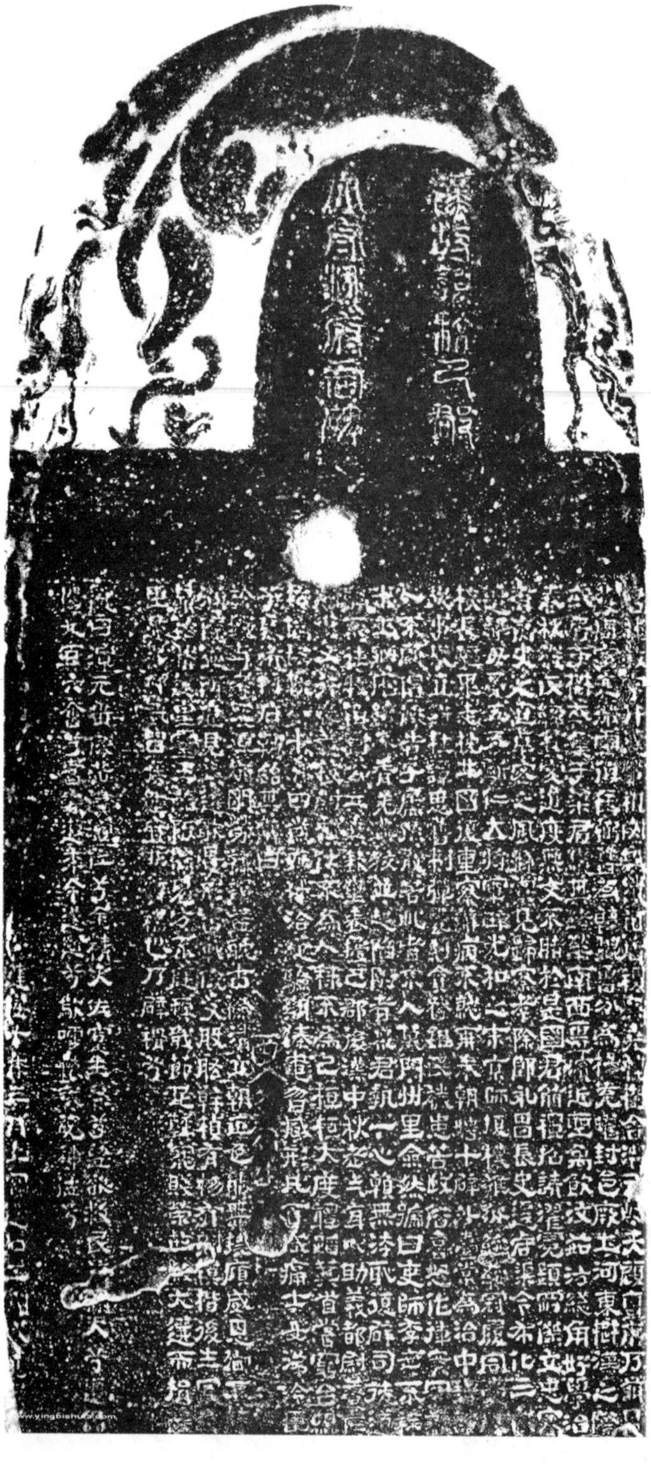

《樊敏碑》

《樊敏碑》碑文

汉故领校巴郡　太守樊府君碑

君讳敏字升达肇祖宓戏遗苗后稷为尧种树舍潜于岐天顾亶甫乃萌昌发周室衰微霸伯匡弼晋为韩魏鲁分为扬充曜封邑厥土河东楚汉之际或居于楚或集于梁君缵其绪华南西畺滨近圣禹饮汶茹汸总角好学治春秋严氏经贯究道度无文不睹于是国君备礼招请濯冕题刚杰立忠謇有夷史之直卓密之风乡党见归察孝除郎永昌长史迁宕渠令布化三载遭离母忧五五断仁大将军辟光和之末京师扰穰雄狐绥绥冠履同囊投核长驱毕志枕丘国复重察辞病不就再奉朝娉十辟外台常为治中诸部从事举直错枉谭思旧制弹饕纠贪务锄民秽患苦政俗喜怒作律案罪杀人不顾猖獗告子属孙敢若此者不入墓门州里佥然号曰吏师季世不祥米巫殉疟续蠢青羌奸狡并起陷附者众君执一心赖无洿耻复辟司徒道隔不往牧伯刘公二世钦重表授巴郡后汉中秋老气身以助义都尉养疾闾里又行褒义校尉君仕不为人禄不为己桓桓大度体蹈箕首当穷台绲松侨协轨八十有四岁在汁洽纪验期臻奄曶臧形凡百咸痛士女涕泠臣子褒述刊石勒铭其辞曰

于戏与考经德炳明劳谦损益耽古俭清立朝正色能无挠庳威恩御下持满亿盈所历见慕遗歌景形书载俊乂股肱干桢有物有则模楷后生宜参鼎铉稽建皇灵王路阪险鬼方不庭恒戢节足轻宠贱荣故□大选而捐陪臣晏婴邯殿留侯距齐非辞福也乃辟祸兮

乱曰浑元垂象岳渎□□兮金精火佐实生贤兮□欲救民德弥大兮遭偶阳九百六会兮当让遐年今遂逝兮呜呼惊哉魂神往兮

建安十年三月上旬造石工刘盛息操书

赵仪碑

《赵仪碑》刻于东汉建安十三年（208年）十一月二十日。2000年6月，四川芦山县旧城改造挖地基时出土，当时碑已断为三块。其中第一石高为115厘米，宽为53厘米；第二石高为115厘米，宽为50厘米；第三石高为115厘米，宽为53厘米。三块断碑经过拼接，大体可观全貌。碑阳上部两石有铭文，字迹已漫漶不清，不可辨识句读，刻有“蜀郡属国”等大字。碑阴隶书五列一百余字保存完好，内容均与记载赵仪有关，字体均为隶书，方正古拙。从内容看，这三块残碑应该为一个整体，而相连部位，因凿开的原因，文字亦相应被毁。

碑文内容为：“汉故属国都尉楗为属国赵君讳仪字台公，在官清亮，吏民谟念，为立碑颂，遭谢酉张除反，爰傅碑在泥涂。建安十三年十一月廿日，癸酉，试守汉嘉长蜀郡临邛张河字起南，将主簿文坚，主记史邯伍，功曹坰阖，掾史许和、杨便，中部□度邑郭掾、卢馀、王贵等，以家钱雇饭石工刘盛复立，以示后贤。”

《赵仪碑》镌刻于公元208年，时为东汉末期。该碑书法风格方峻朴率，灵动活泼，用笔以方为主，点画平直古拙，结字方整而典雅，章法布白横无列，纵有行，字体之大小，长短参差错落，整体上显出疏落散逸、率意质朴、自由不拘、潇洒随意的自然韵致，并且已露出楷书笔意。临习此碑亦从点画、结体等基本元素开始，注意用笔的起讫、运行等手法与变化，现将临习要点介绍如下：

一、点画

如“赵”“河”“泥”“簿”“馀”“涂”“汉”“为”等字。其点的临写要注意它的形态、势向等要素。点的形态很多，但此碑铭的点画有一共同点，即都比较浑圆朴实。即便是出锋露角之点，也只是圆中寓方，以圆为主。有些点画，似缩短了的撇捺。点画虽小，但用笔动作须完备，逆锋入纸，毛笔回转顿挫后，涩出回锋。

二、横画

横画要写得粗壮平稳，提按变化不大，以方为主。波横的蚕头不大明显。燕尾只是提锋而出，稍带上翘之意，由于不施顿按动作，燕尾呈圆融浑朴之状，而不显粗壮。如“汉”“嘉”“酉”“十”“廿”“癸”“立”“在”“三”“王”“贵”“主”等字。横画藏锋起笔，笔毋庸往下顿，以方中寓圆为宜，然后再翻锋右行，收笔时无波平横平稳回锋而收，带波挑横画用圆势提锋趯出，捺肚呈平稳圆顺含蓄状。

三、竖画

《赵仪碑》竖画大多较平直挺拔，且都较为短促。如“王”“主”“南”“河”“傅”“仪”“十”“月”“许”“尉”等字。其竖画粗细轻重类近横画，显得匀称浑厚，端庄朴茂，刚健凝重。用笔如同不带波挑的平横。

四、撇钩

撇的起笔应方中寓圆，收笔有的回锋收，有的顺锋提收，有的略作顿按，顺势写出上翘的波磔。如“反”“史”“吏”“饭”“功”“念”“为”“家”“君”“文”等字。注意毛笔逆锋入纸后，翻笔调转时圆润厚重，行笔速度要平稳，撇尾因字而异，收笔处大多方圆兼备，姿态含蓄优美。左向竖钩的笔画很少，大多用竖画代替，不作钩画书写，有些撇画也不撇出，也用竖画代替。如“属”“尉”“谢”“蜀”“守”“垌”“石”“阖”“刘”“碑”“泥”“在”“掾”等字。其钩撇之画皆写成竖画。右向钩画大多二笔写成，收笔显得较为平缓或呈尖圆式。如“张”“长”“民”等字。

五、捺画

《赵仪碑》捺画类近波横写法，平缓浑圆，粗细反差不大。起笔逆锋入纸，行笔保持平稳，至捺处提锋而收。如“吏”“反”“史”“饭”“念”“文”等字。其捺画出锋尖圆，匀称自然。有的走之捺也保持这种形态，如“建”“赵”“起”“遭”等字。有些乙挑捺、斜捺，尤多楷意，尖起尖收，棱角分明，如“邑”“亮”“民”“记”“张”“楗”“长”等字。捺画一般写得圆润通达，中锋用笔，少有圭角露锋。

六、转折

转折大多用方折，呈直角形，“方口”部的折竖不作倾斜，而为竖向垂直书写。如“酉”“属”“国”“遭”“中”“亮”“吏”“日”“月”“石”“阖”等字。有少数方口部的折竖向上伸出，似篆书笔意，如“贵”“嘉”“南”“郭”等字。

七、结体

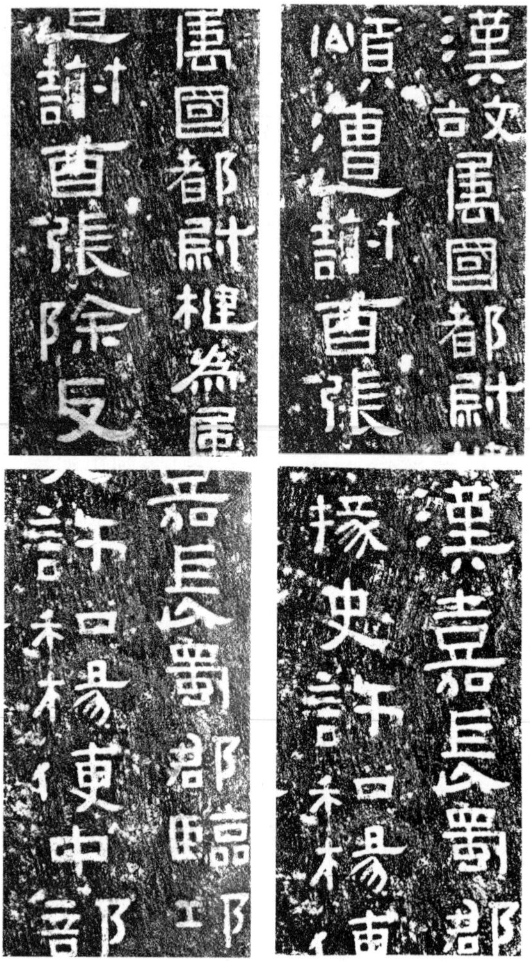

《赵仪碑》局部

《赵仪碑》的结体方正宽绰，以扁方取胜，中宫有的紧密收敛，有的外拓舒展。特别注意的是字与字之间的结体大小错落，长短相间，不拘泥于成法。再如“以”“刘”“公”“邑”等字，其某些部首本可用方口形式书写，这里却巧妙地书写成三角形，成一特色与亮点，与那些直角式的方口相映成趣。《赵仪碑》用笔起讫自然，粗细匀称，无大起大落，而以方正取势，结体端庄丰满，严整雄丽，稳如泰山。尤其是撇画与钩画并不上挑出锋或向上钩出，当竖画书写，捺画亦平稳自然，形成稚拙憨态、老成朴实之韵味。如“傅”“碑”“属”“河”“将”“蜀”“反”“石”“刘”“圞”等字，尤见方劲憨直，稳静敦实，方正浑朴的风貌。此外，有些字的部首不按常规书写，如“簿”字之寸字部，写得特别扁短，所占面积极少，“嘉”字中间的口字部写得较大，而下面的加字部写得较小，不按比例布白书写，这样的字还有“和”“亮”等。这又从另一方面营造了结体的敦实憨态端庄静穆的天趣。有的甚至还带一点儿歪斜之态，形成一个单独的、与众不同的、有个性的结体与笔画，使全篇增添了灵动与活力。

《赵仪碑》毕竟不是脱略恣肆的隶书，其用笔结体端庄方正、错落有致，有自己的个性与特色。诸多形质、情感、学问、修养等方面的因素构成了当时的刻写氛围，今人是只能意会而不大可能揣测其全部内涵的。所以，予在隶书创作中尽力倡导坚持形神兼备的标准。“为国为家，以示后贤”之句，系从《赵仪碑》铭文中集字集句，采用四尺整宣，以中堂形式书写。落有上款与下款，以起到对应平衡的作用。

赵君讳仪
河守起南挐
亮吏民镇功
曹回阁

传碑压泥
夜色郎掾
十一月廿日
饭石丕刘

字富公庶官
主簿文墼
念为立碑
记史郎伍

凃建安十三
卢释主贵
兴曹议守
人家绶屋

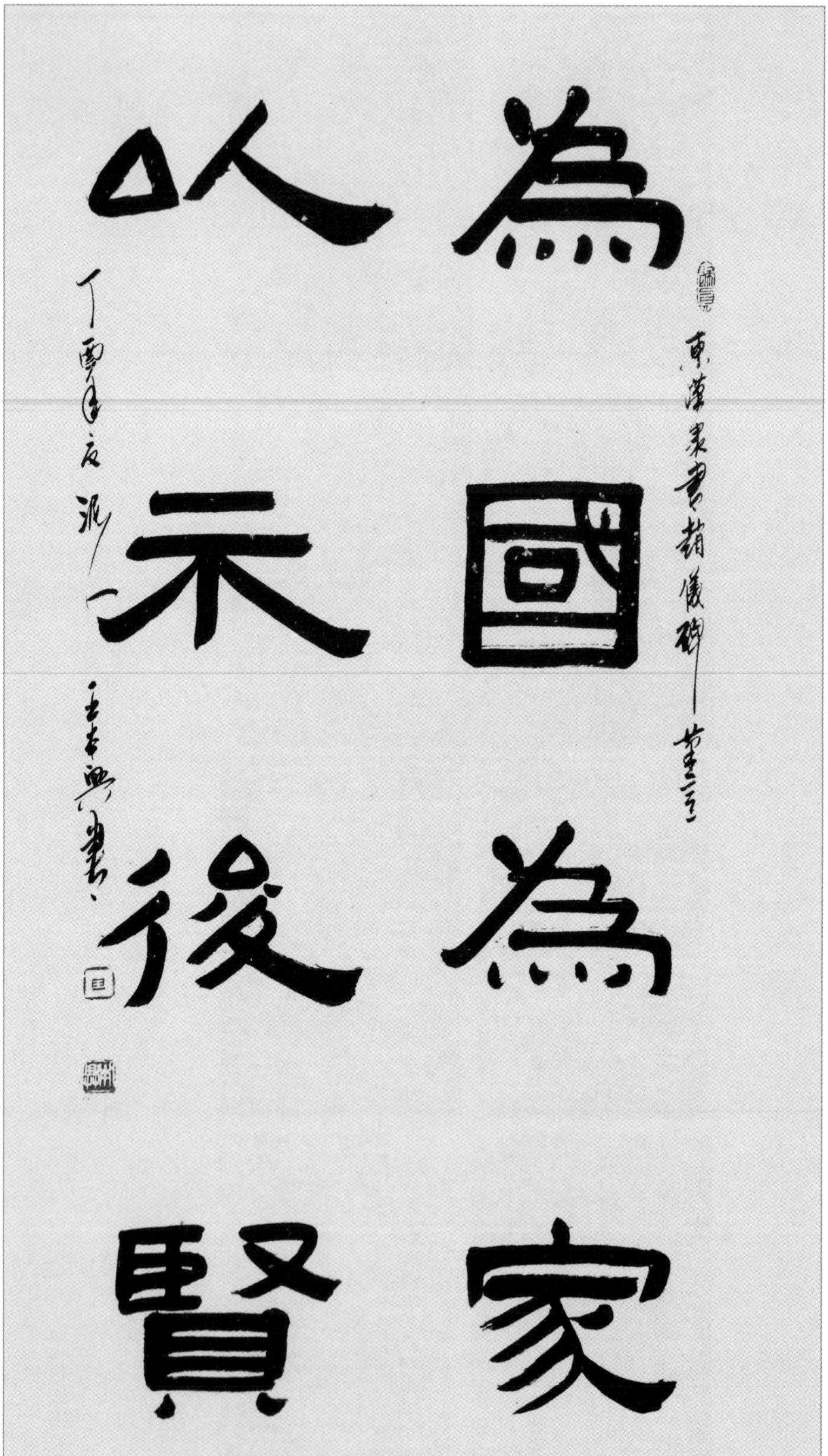

《赵仪碑》笔意　王本兴书
为国为家　以示后贤

高颐阙铭

《高颐阙铭》之高颐阙建于东汉建安十四年（209年），在四川雅安市。分东西两阙。东阙仅存阙身，铭文为："汉故益州太守，武阴令，上计史，举孝廉，诸部从事，高君字贯方。"高颐阙即西阙，阙上北面铭文为："汉故益州太守，阴平都尉，武阳令，北府丞，举孝廉，高君字贯光。"西阙隶书24字。故又称为《高颐阙横额题字》。

汉阙是汉代宫殿、祠庙和陵墓前一种表示尊严的装饰性建筑，每阙由主阙和子阙组成，一般有阙墓、阙身、阙顶三部分，既是一种古老的建筑艺术，又是一种特殊的石刻珍品。汉时，高官墓前立阙是身份和地位的象征。所以，汉阙文化是两汉文化的重要组成部分。历经千年沧桑，有些宗庙祠堂、墓冢神道两侧的石阙，还部分得以保存，雅安的高颐阙，为我国汉阙中保存比较完好，雕塑比较精美的珍贵文物古迹。

高颐字贯方，曾任益州太守等职，因政绩显著，卒后，汉皇敕建阙以表其功。高颐阙建于汉献帝建安十四年（209年），主阙13层，高约6米，宽1.6米，厚0.9米；子阙7层，高3.39米，宽1.1米，厚0.5米。阙用红砂石英岩石叠砌，阙顶为汉代木结构建筑，有角柱、枋斗；浮雕图像想象丰富，内涵深厚；阙身有三车导从，车前伍伯、骑吹、骑吏等马车出行图。其上为五层：第一层南北两面各浮雕一饕餮，转角大斗下均雕一角神；第二层浮雕内容有张良椎秦皇、高祖斩蛇、师旷鼓琴等历史故事，以及神话故事传说中的九尾狐、三足鸟等；第三层内为人兽相斗的图案；第四层向外倾斜，浮雕有天马、龙、虎等；第五层四面雕成枋头24个，并刻有隶书铭文，正中脊部刻一鲲鹏。高颐阙是全国碑、阙、墓、神道、石兽保存较为完整的汉代葬制实体，其阙身则是我国保存较为完好，雕刻较为精美，内容较为丰富的珍贵古迹。《高颐阙铭》拓本今藏故宫博物院。

《高颐阙铭》书法峻利拙雅，格调高古，别具一格，特具楷书风范。结字浑厚刚健，笔力稳重，康有为《广艺舟双楫》云：“汉隶中有极近今真楷者,《高君阙》‘故’‘益’‘州‘举’‘廉’‘丞’‘贯’等字,‘阳’‘都’字，之邑旁，直是今真楷，尤似颜清臣书。吾既察平原之所自出，而又以知学者取法之贵上也。”尽管铭文充满楷意，但其风格韵味还是隶书，它毕竟是在隶书范畴之内。现将临习要点介绍如下：

一、横画

平直的横画应逆入回出，笔力前后轻重平稳，无明显反差。大多呈方中寓圆的形状。如例图中“平”“益”“府”“丞”“廉”“字”等字的横画，即呈平稳朴厚之状。波横应藏锋入纸，有方起笔，有圆起笔，头小尾大，波磔较为夸张，到捺脚处应用力按笔，徐徐挑出波势，笔锋向上提出，呈上翘之意。如“平”“举”“孝”“上”“方”“贯”“计”等字的波横画，呈蚕头燕尾之状，且头小于尾，大多较为平直。

二、竖画

竖画基本上都呈平直、短小、粗壮之状。有的呈头粗尾尖、或头小尾粗、或整个竖画呈平直形等多种。书写时逆锋用笔，方圆兼顾，以方为主，由上而下，中锋铺毫涩行，平稳沉着。收笔有回锋圆收，有顺锋提收，同样要方圆并重，如“平”“故”“高”“都”“武”“举”“孝”“上”“计”等字，其竖画皆粗拙方直，各具特色。

三、撇画

撇画和左向的竖弯画用笔基本一致，只是斜向和带有弯势的方向不同而已，故而放在一起描述。如“令”“举”“故”“都”“太”“孝”“方”等字的撇画，与“字”“史”“事”“守”“君”“府”“光”等字的竖弯画，起笔往上方或左上取势，翻笔转锋下行，或斜向行笔，随弯而弯，注意提按与中锋用笔，收笔时注意形态变化，有的提锋平出，有的用按力挑出，带有上翘波磔，似反捺之状，笔锋要送到位，要写得圆劲浑厚，刚柔相济，体现出《高颐阙铭》隶书独特的笔致。有些撇画及竖弯画，收尾的反向捺笔之粗细形态，与对应的捺画相平衡协调，如“令”“举”“太”“史”“光”等字的左撇，与右捺粗细形态协调一致，呈八分意趣，起到了对称呼应与平衡的作用。有些字的钩撇笔画，已类近了楷笔，这些丰富而微妙的变化，在临写时要把握好并体现出来。

四、捺画

捺画起笔大多呈尖圆，头部较细，如“举”“从”“太”“令”等字的捺画，也有较为圆融的起笔，如“史”“故”“丞”等字。捺画向右下运行时迅速加大按力，捺处顿笔，向上提锋回收，捺肚大多上翘，棱角分明，十分灵动活泼。有的捺脚酷似楷捺。挑捺在《高颐阙铭》中形式多样，各具特色，大多数挑捺比较飘逸舒展，一波三折，风姿绰约，以纵取妍。

五、点画

点画即点笔,《高颐阙铭》的点笔写得很有动感与姿态。呈三角形态的点笔，虽然棱角分明，但藏锋回收均在法度之中。有的点画极为浑圆，有些点画的用笔与挑、捺相同，只是这些笔画的缩形而已。“从”“平”“汉”“丞”“阴”等字的点画，藏锋圆起，出锋尖收笔，形似楷法。特别是“从”“光”“汉”字的点，笔锋抢势入纸，带弯而下，然后迅速翻转向右挑出，这不仅是楷点的用笔，而且是楷点的形态，姿态优美峻利遒劲。

六、竖钩

《高颐阙铭》的竖钩很微妙也很有特色，如“孝”“州”字的竖钩，铺毫而下，直角左转，突然提锋尖出。“守”“府”“尉”字的竖钩，转角平缓，顺势向左下出锋斜出。“从”“故”字的钩画，更是别具一格，完全锋尖用笔，写得像钓鱼钩一样生趣多姿。

七、转折

《高颐阙铭》的转折大多呈方角平直之状，毛笔在拐角处调锋暗转，不换笔，不接笔，顺势往下运行。其横画竖画可粗可细，亦可保持一致，自然而协调。如“故”“君”“高”“字”“贯”“史”“守”“都”“益”等字。

《高颐阙铭》虽然文字不多，但点横撇捺钩竖等基本笔画俱全，结体完备，足够临摹与创作之用。通过反复临写，我们可以看到其结体线条拙厚刚劲，敛中寓雅，是汉隶雄浑憨厚的又一代表作品。因为其铭文很有个性，风格别具特色，创作中，笔者倡导必须以原铭为素材基础，再将其表象特征和自我主观愿望进行融合，尽力用最美的想象力，最高超的技巧于最好的精神状态中表现出来，形成自己的作品形式。当然，这种形式既不脱离《高颐阙铭》原味，又不失个人主观意愿。创作并非要面面俱到，笔笔见形，要具有很强的概括性和代表性，主要还是自我风格的体现。创作实践过程中，自我感觉是第一要素。创作时所谓胆大心细，就是宏观上、战略上不要担心害怕创作，要敢于落笔挥毫，大胆创作。战术上、具体内容选择、用笔、布白、用墨、款项方面，要认真细致地对待与重视。

《高颐阙铭》的隶书创作与其他传统碑帖的隶书创作一样，一是确定创作内容，二是根据内容再确定作品尺幅与形式，三是准备好相应的纸笔等材料，包括叠格、查字等准备工作，最后才提笔书写。我喜爱“海纳百川而不溢，镜含万象尚有余”之句，在浙闽地区的景点亦似曾见过，这是令人深省的对句，读之顿感意境广阔，气势博大。遂决定以此句为创作内容，并采用六尺条幅的形式书写，以纵取势。值此说明的是，此条幅中的字大多与原铭文没有什么对应的文字可以参照，因而书写创作时完全以原铭文笔意，以临摹时对原铭文线条的理解为基础，这正是上文所言及的，以原铭为素材基础，再将其表象特征和自我主观愿望进行融合，尽力用最美的想象力，以及临摹时掌握的基本技巧，在最好的精神状态中表现出来，形成自己的作品形式。

《高颐阙铭》东阙
汉故益州太守 武阴令上计史
举孝廉诸部从 事高君字贯方

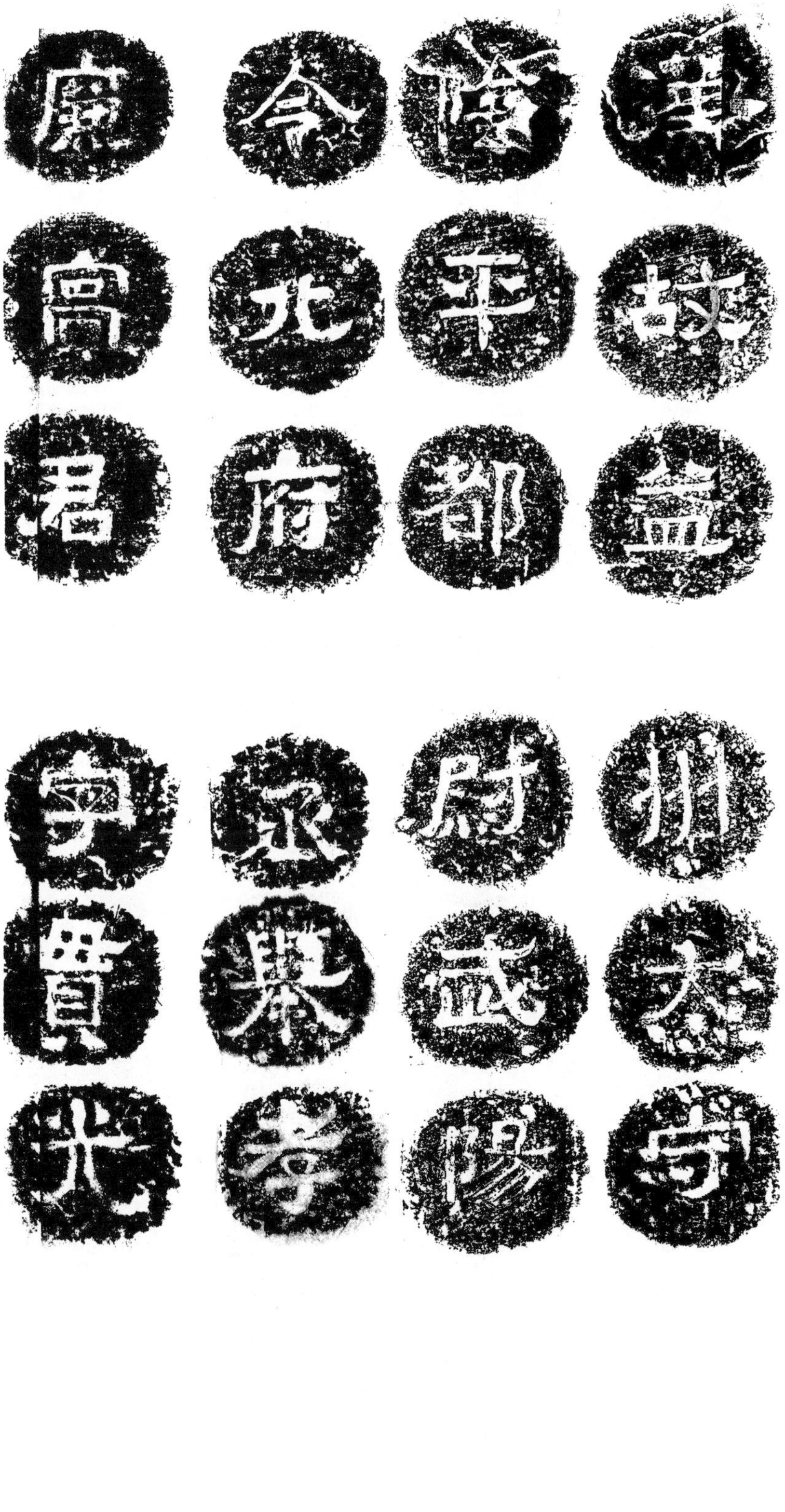

《高颐阙铭》西阙
汉故益州太守　阴平都尉武阳
令北府丞举孝　廉高君字贯光

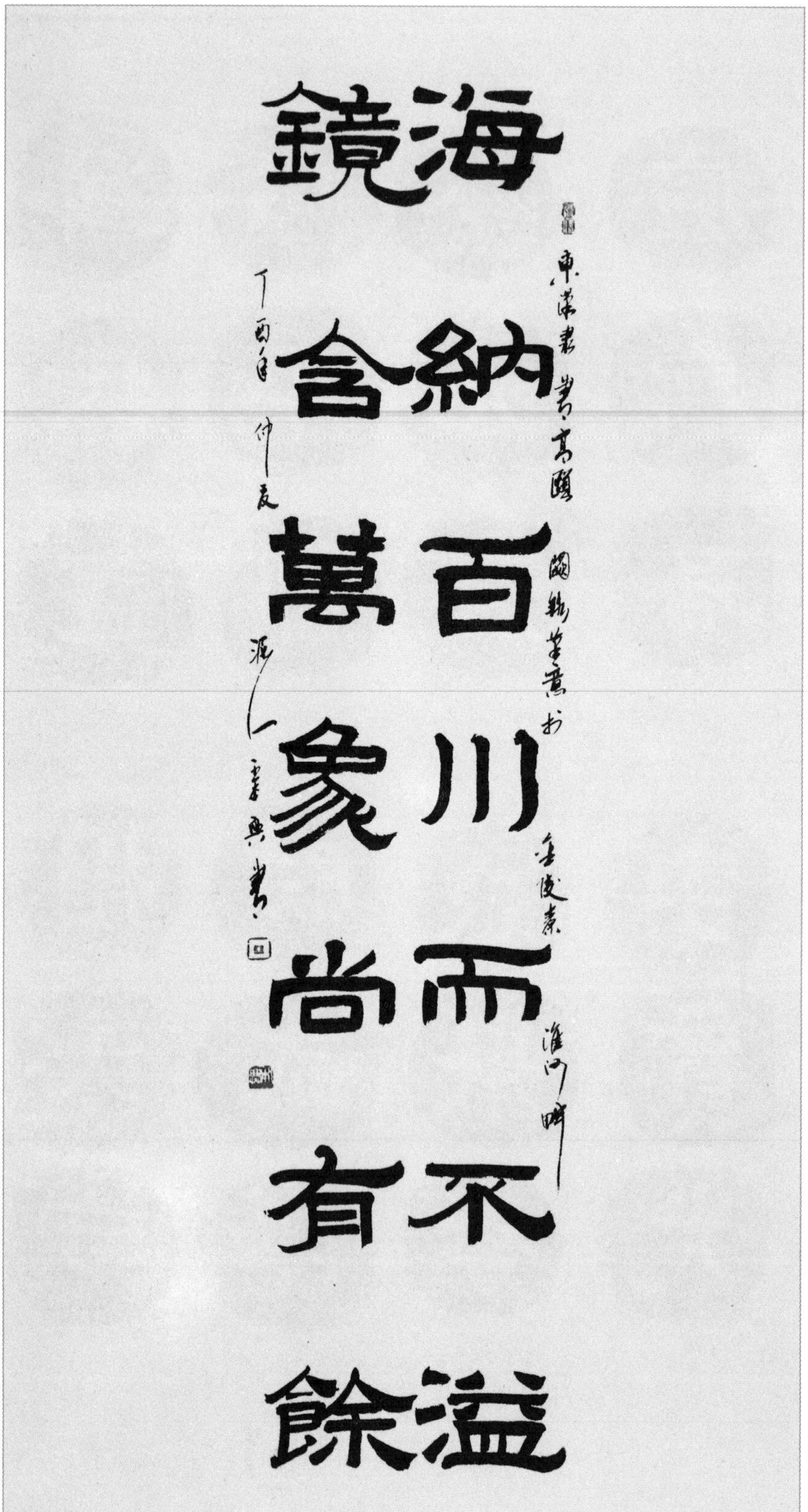

《高颐阙铭》笔意　王本兴书

海纳百川而不溢，镜含万象尚有余。

王晖石棺题铭

东汉隶书《王晖石棺题铭》1942 年在四川省芦山县石羊村汉墓中出土。石棺于东汉建安十七年（212 年）六月刻立，王晖墓原为拱券砖室墓，早年被盗，墓上封土及砖室拱部已平毁为耕地，石棺盖外露，民间传为樊敏狐妻墓。石棺用红砂岩石凿就，为长方匣式，长 2.5 米，宽 0.83 米，高 1.01 米。棺体四壁及盖头共有石刻浮雕 5 幅：棺盖头刻“饕餮衔环”画像，巨口衔环，双爪抚环，凶猛至极；棺头制双门，右门半掩，门缝中刻一头戴步摇，衣带飘拂，腿胫着甲（或鳞片）的仙童，作迎候之状；盖上刻六条弧底的渠沟；左壁刻一身有背鳍和腹鳞之虬龙；右壁刻一虎头龙身，肩有双翅，身有环节和腹鳞之螭虎，二兽皆曲身扬爪，作凌空腾飞之状；后壁刻一蛇缠龟身，两尾相交，两首欲吻之玄武图像。棺头左门上有铭文一组，刻有隶书墓志“故上计史王晖伯昭，以建安拾六岁在辛卯九月下旬卒，其拾七年六月甲戌葬。呜呼哀哉！”等 35 字，凡 5 行，行 8 字，末行 3 字。王晖石棺构图雄健精巧，造型生动，刻工精湛，内涵丰富，以石刻艺术精品闻名于世。

四川盆地西缘的芦山县是一座拥有 2300 多年历史的古城。2013 年在“4 · 20 芦山大地震”发生后，全县文物受损严重。包括东汉时期的王晖石棺、佛图寺、姜维墓等在内的 10 个省级重点保护文物均有不同程度的受损。《王晖石棺题铭》书法以其宽疏的布白，纵横有序的排列，并没有丝毫拘束板滞的感觉。自然随和的字形，敏捷排宕的笔势，都给全篇作品以一种流动飘洒的意趣。作品在方整刚峻的风气中，始终保持沉毅圆劲的活力。现将基本笔画的临习要点介绍如下：

一、点

我们既要掌握各种点的用笔方法，更要注意点画与其他笔画的笔势连贯。一点虽小，常常能起到画龙点睛的作用。起笔带圆势入纸，缓慢移动笔锋并上提，作回锋收笔之状。点画有椭圆点、三角点、短点等多种形式。如“建”“呼”“六”“鸣”“岁”“安”等字。

二、横画

横画较为平直，粗细较为匀称。平横收笔时提锋回收，波横收笔时出锋稍快，形成上翘的燕尾，尾尖棱角分明，较为锐利。碑中的横画有的处理得粗些，有的细些，主横与次横的区别不是太明显，主横大多数呈蚕头燕尾，有的主横也写成平横。平横的笔法，逆锋起笔（圆笔圆转，方笔提笔翻折），中锋行笔，提中蓄按，按中隐提，粗细匀称，变化宜小，做到圆润、匀称有质感，提笔回锋收住。波横的写法一波三折，写波首蚕头时，转向、顿挫，形成头部或平方、或圆融、或方圆兼济的形态，整个横画平直、稳当，然后提笔缓行。波腰也较为匀稳平直，无明显的圆曲弯势，至尾部笔画渐粗，至右下方顿笔后，顺势向右上方斜出，出锋略快，做成燕尾，尾尖棱角分明，较为锐利。如“王”“六”“下”“上”“计”“在”“卒”“葬”等字。《王晖石棺题铭》的波横平直或稍带弯势，上翘带斜势，波横美化了隶书，使隶书飘逸舒展，稳定而有动感，波横是隶书夸张、率意的主要特征笔画。

三、竖画

此碑隶书的竖画较为平直稳定，直竖笔法一般先上行藏锋，转锋时轻按，伏笔后下行，回锋收笔。如“上”“计”“月”“甲”“卯”“卒”“其”“晖”等字。隶书中也常见左弯竖，上部如直竖，下部渐变为弯掠，收笔时顿下蓄笔左向缓转，写出圆润遒劲之感。如“卯”“史”“旬”“月”“拾”等字。

四、撇画

撇画笔势是向左斜势伸展，它与向右的捺形成左掠右波的格局，使体势开张。如“故”“六”“以”“在”等字。撇画笔法为藏锋逆入，翻笔调锋左转下行，要求中锋运行，渐按，有些渐提出锋，有些提笔向上回转收笔，大多数收笔是裹锋提出。撇画的重心和力量集中在下部，头部峭劲轻巧。一般撇画呈上轻下重。撇画要写得伸展自如，强劲有力，雍容而有气势。

五、捺画

捺画有平捺与斜捺、乙挑捺。平捺包括走之捺、竖弯捺等形式，如“故”“史”“建”“岁”“九”“七”“戌”等字。以平直通达为主，腰部稍往下渐顿作铺毫，至捺脚处顿笔后蓄势挑出，书写时行中有留，保持一定的速度。写斜向捺画时，藏锋入纸，起笔向左上斜按，转锋后折而向右下方涩行，渐渐按笔加力铺毫，至捺脚处顿笔渐提，上挑出锋。捺画尾部包括上述的波横尾部，皆磔笔出锋，翘势巍然，空灵远引，刚劲中含柔韧，所作波磔峻峭秀拔，风度翩翩，很有动感与特色。

六、折画

折画是横与竖连接处的笔画。《王晖石棺题铭》折画大多作调锋暗转一笔处理，其笔法是以平横的笔法写好横画后，在横画末端提笔向上折后向下方行笔，转折处稍作挫笔。也有在平横末端提锋向上，使竖画露头。总之,《王晖石棺题铭》铭文的转折大多平直，近似直角状。如“甲”“月”“故”“拾”“史”“旬”“伯”“昭”“晖”等字。

以上介绍的几种笔画要反复临习，牢牢把握其特点，把握其各种表现形式。值得再次提请注意的是,《王晖石棺题铭》结体较为端庄朴实，字取扁方形态，不是过多的奔放伸展，笔画的粗细、宽窄较为匀称一致，反差不是太大，因而在书写创作时，不要过于拉长波横与撇捺，追求飘逸之姿，避免失去《王晖石棺题铭》宽博大气的格调。此铭文的结体布白以方为主，方中寓圆，并带有楷书意趣。结字上，态势各异，采用外方内圆的手法，各部首之间变化多姿、俯仰欹侧，顾盼有情，由于转折方正平直，撇捺棱角分明，故整个结体，神采奕奕，浑朴雄厚，别具一格。

所附图例系清代黄树谷书法，下方小篆书体“谦和”，上方即东汉隶书《王晖石棺题铭》笔意。黄树谷（1701—1751）字培之，号松石，浙江钱塘（今杭州）人，黄易（小松）之父。少习《经》《史》，善诗文，工书法，尤精小篆、八分。显然此隶书写得浑厚柔顺，注重个人心迹，充满笔情墨趣。

“趋炎附势之祸，甚惨亦甚速；栖恬守逸之味，最淡亦最长。”此为《菜根谭》之句，予以此为创作内容，用洒金红宣以斗方形式创作书写。共斗 22 字，下留三字空地作落款用。我背帖而书，一气呵成。尽力吸取原铭文布白宽疏，刚劲舒展的格调。从理性审美角度看，由临摹到创作，表象意趣一般重于个性意趣。我们说书法艺术审美，以书法形态表象审美作为一切创作的心理作用基础，这是很重要的一点。表象想象虽然是一种主观上的认知能力，但却建立在客观的表象审美心理基础之上。表象的想象，是书家创作的最基本的心理能力。艺术家离开想象，便成为一个地道的匠人。但是，想象如果不能超越表象，那也只能停留在直接的模仿上，其创作便失去创造性意义。我们对古代碑帖从心理上顶礼膜拜，精神心理被抑制在表象的审美之中。尽管主观意识很强烈，但是没有超越的想象也便失去创作的可能。书法爱好者应循序渐进，不要操之过急。在艺术道路上，我们多读、多写、多临、多看、多想，日积月累，定会超越，定会看到光明达到目标。

《王晖石棺题铭》局部

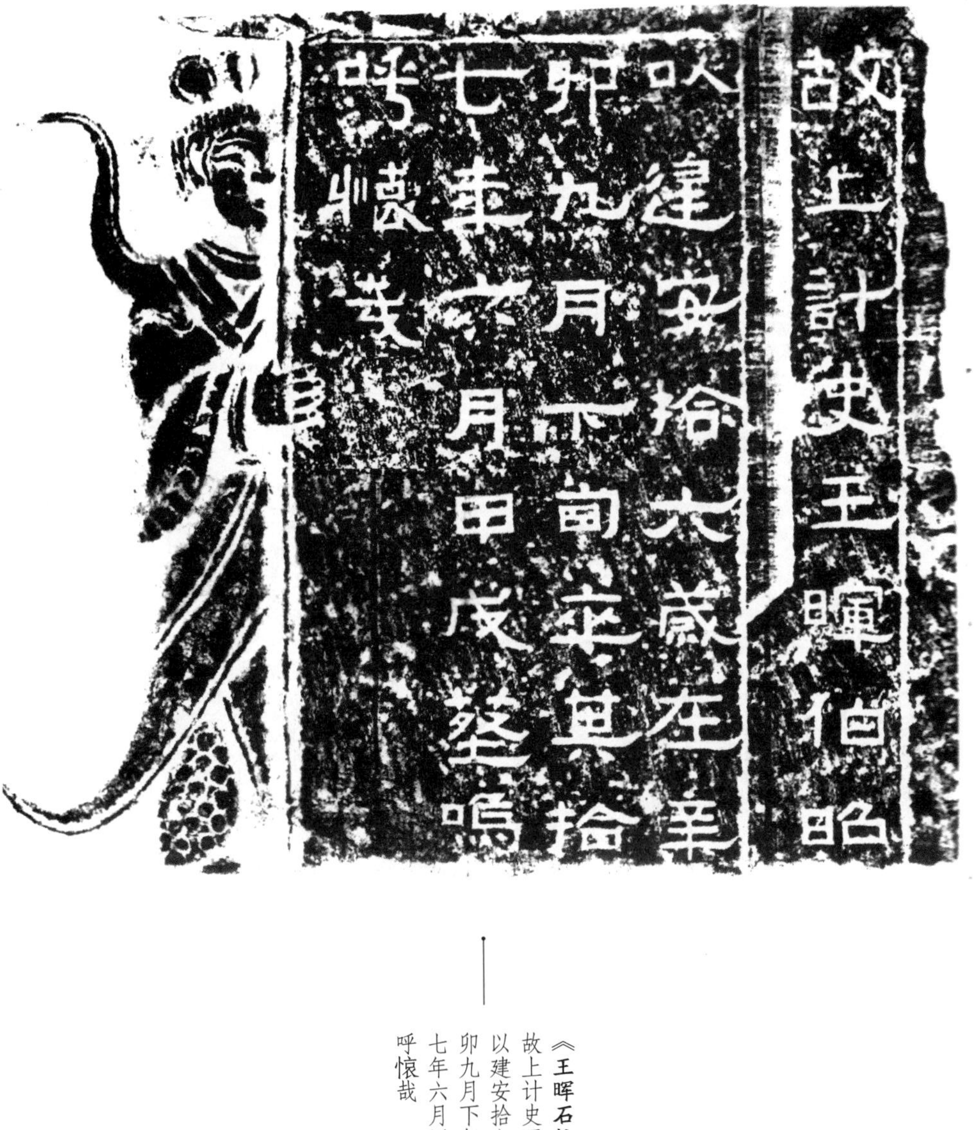

《王晖石棺题铭》碑文
故上计史王晖伯昭
以建安拾六岁在辛
卯九月下旬卒其拾
七年六月甲戌葬呜
呼悕哉

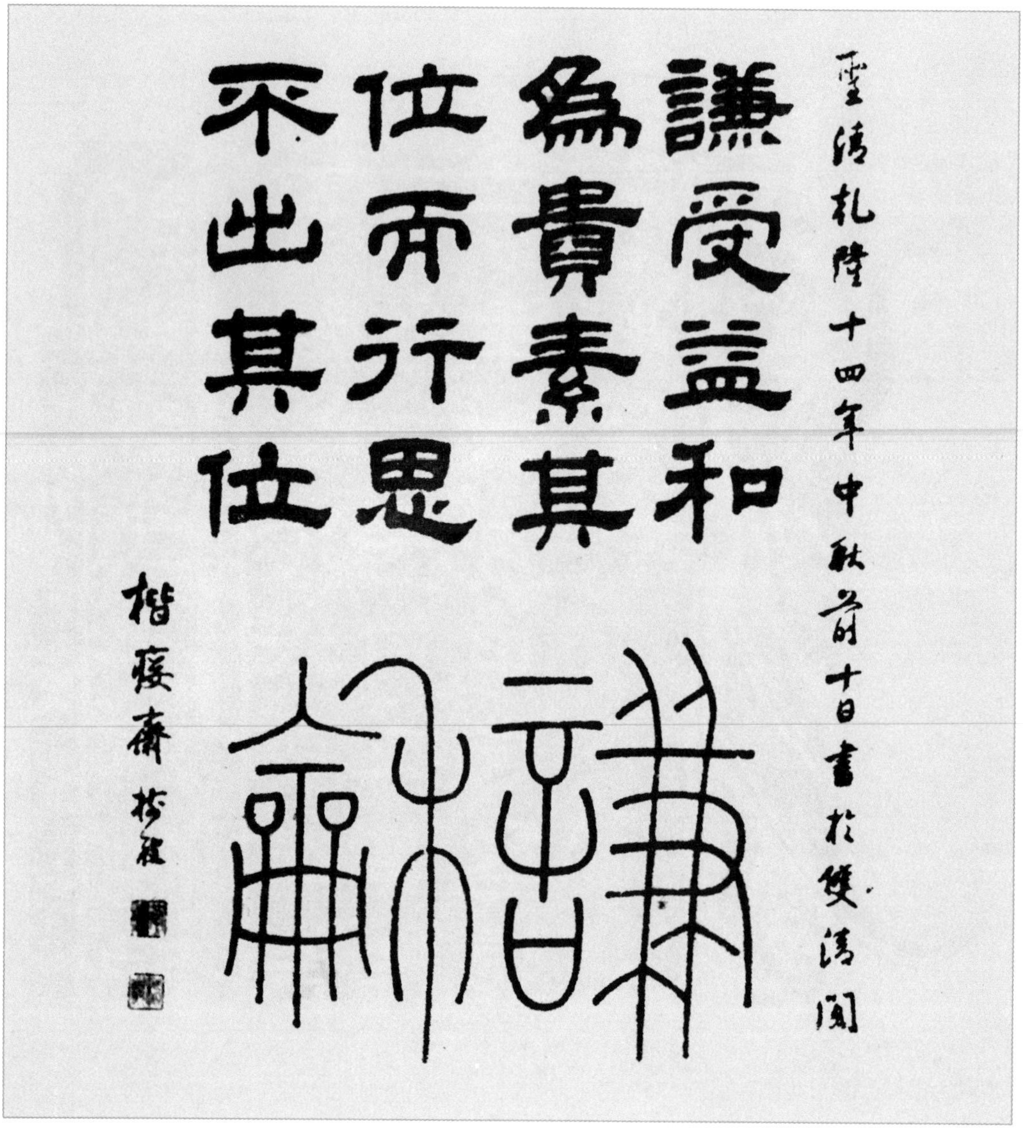

清 黄树谷《王晖石棺题铭》笔意

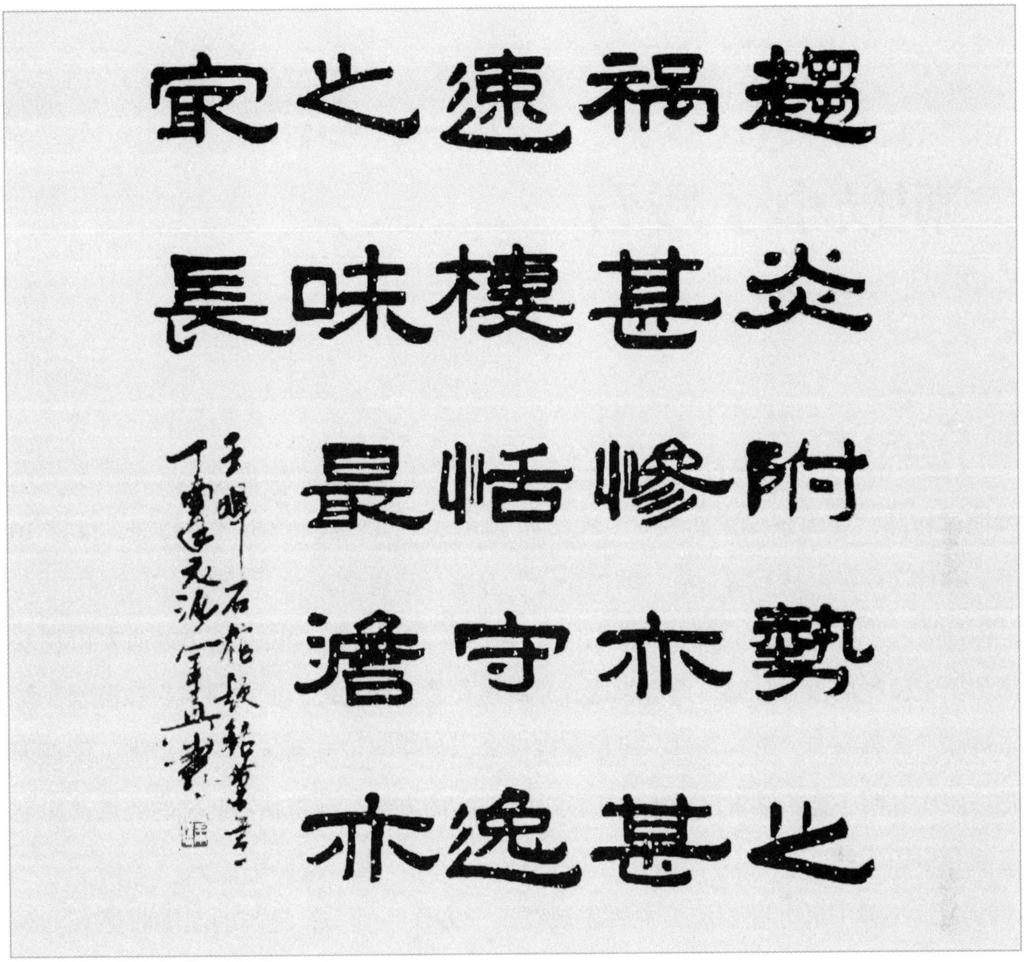

《菜根谭》句　王本兴书

《王晖石棺题铭》笔意

趋炎附势之祸，甚惨亦甚速。

栖恬守逸之味，最淡亦最长。

朝侯小子残石

《朝侯小子残石》又称《朝侯小子碑》。刻立年月不详，根据书风，系隶书成熟时期的作品，应为东汉末期刻立。碑阳存14行，行15字，碑阴字迹漫漶，仅存10字，共计204字。残石首行有“朝侯小子”等字，故得名。

清宣统三年（1911年）（一说民国三年1914年）在陕西长安县（现西安市长安区）出土，先后由阎甘园、周进收藏，原石现存故宫博物院。此碑书风平和温雅，匀净隽丽，秀美飘逸，笔致劲健。虽然此碑短缺，但文字没有剥落，字口清晰，纹理细腻，层次分明，这给学隶书者带来了读帖、临帖的方便。现将临习此碑的要点及用笔之法介绍如下：

一、此碑用笔方圆相济，主要表现在三个方面：其一，笔画的起笔收笔有方有圆，如“大”字的横画，方起方收，而撇捺则是圆起圆收，点笔也是这样，如“赙”字，其“寸”部之下的点画系露角露锋的方笔，其“贝”字部之下的点画系浑融的圆笔；其二，转折的形态有方有圆，如“晨”“百”等字，其方“口”部皆为方折，棱角分明，充满锐意，“以”“每”“署”字则全用圆转，“居”字上方用圆转，下方“口”字部则用方折，一字之中方圆兼施，变化多端；其三，线条的本身有方直、圆曲之分，如“丧”字，两个“口”部由平直的方线条组成，中间的竖弯则系圆曲之线，方圆融于一体。

二、此碑线条匀称整齐，主要表现在笔画的粗细、轻重较为一致与和谐上。当然文字线条的粗细与长短不可能绝对的一样，只是从总体上看，线形线貌的起伏、反差平稳一致而已。如“大”“被”“主”“以”“居”等字，无论横竖撇捺，其粗细都比较一致，整个文字呈现平稳嫣润、端庄典雅的感觉。这更取决于临写的用笔，要深化提按变化，从起笔、行笔到收笔，笔锋要裹紧，用力要平稳，这样才能古厚而力透纸背。

三、此碑的结体扁茂飘逸，主要表现在字形以扁取势，左右较为宽博，上下较为紧密。中宫敛收，外拓伸展。外拓系指波横、撇捺、乙挑、走之捺等笔画纵放舒展。如“五”“大”“连”等字，其波磔极力延伸，至收笔处微微向上提锋而收，圆顺含蓄，气息十分平和安详。“晨”“主”“丧”等字则相反，其波磔锋芒毕露，捺肚有棱有角，饱含方意。“晨”与“大”的撇画，也露角出锋。与右捺呈典型的“八分”意趣，姿态非常隽美。

《朝侯小子残石》格调介于《衡方碑》《张迁碑》一类的雄浑与《曹全碑》《史晨碑》《孔宙碑》一类的秀丽之间，风度娴雅、气息温畅。它的结体侧重于外放内敛，因而不乏潇洒飘逸的韵味。建议临习时要使用长锋软毫书写，蓄墨不宜过多，笔锋宜聚不宜散，心态自然平和，不温不火，方能贴近此碑主体意境。

“泉生何处忒冰清，疑是潜龙此显灵。不觉虎溪过客路，风篁一片彩云停。”此系笔者游览杭州西湖龙井后所撰七绝一首，杭州龙井大旱不涸，世人皆以为其中有龙，故而得名，位于风篁岭上。相传北宋元丰二年（1079 年），高僧辩才禅师规定：山门送客，最远不过虎溪。那里有一块高约一丈的巨石，矗立在风篁岭上，犹如一片彩云，故而命名为一片云。予以此七绝为作品内容，自拟《朝侯小子残石》笔意，取四尺整宣书写为中堂幅式。创作此作品最大的体会是要把握好“口”字部的特点，不难看出，碑帖中“晨”“百”“赠”“竭”等字，其“口”字部上大下小，棱角分明，两侧竖画均向里面带有弯弧圆曲之势。“口”字部一般是文字结体中的主部首，我们抓住了它的特点，就能使整件作品体现出相当大的视觉审美冲击力，当然对其线条的质量，结体的吻合也不能忽略。

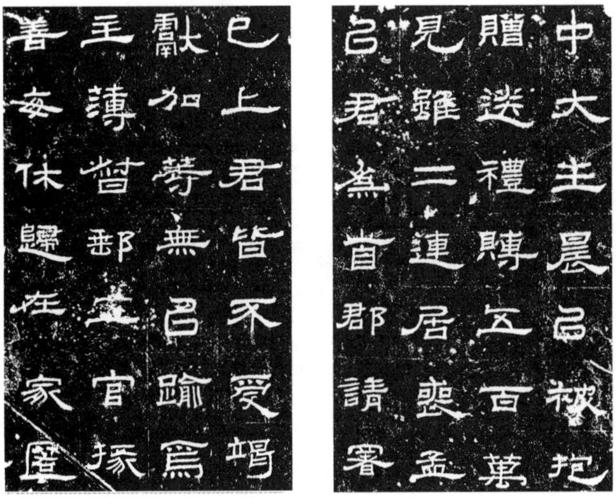

《朝侯小子残石》局部

《朝侯小子残石》碑文

朝侯之小子也，□□□□□□履
参，学兼游夏，服勤体□，□俭而度。一介
学中大主，晨以被抱，为童冠讲，远近称
僚。赠送礼赙五百万已上，君皆不受竭
不见。虽二连居丧，孟献加等，无以逾焉。
行以君为首郡，请署主簿、督邮、五官掾。
否好不废过，憎知其善，每休归，在家匿
廉。除郎中、拜谒者，以能名为光禄所上。
讨奸雄，除其蟊贼，曜德戢兵，怕然无为。
□卜葬含忧，憔悴精伤，神越终殁之日
声，形销气尽，遂以毁灭。英彦惜，痛老小，
死而不朽，当在祀典者矣。故表斯碑以
□之真。辞赙：距赗高志，凌云烝烝，其孝
顽□凶，哀动穹旻，脉并气结，以陨厥身。

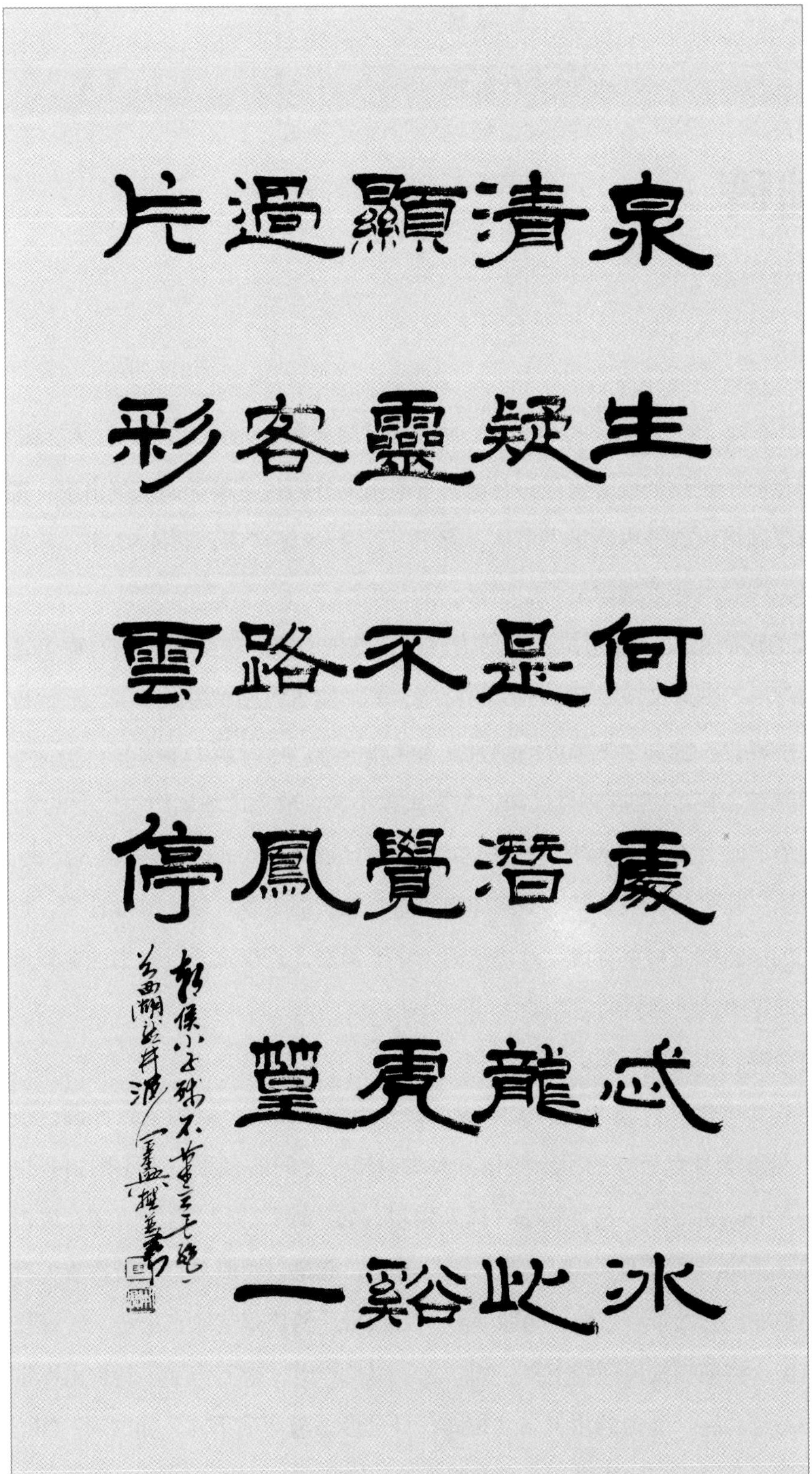

七言绝句《西湖龙井》王本兴撰并书
《朝侯小子残石》笔意
泉生何处忒冰清，疑是潜龙此显灵。
不觉虎溪过客路，凤篁一片彩云停。

赵菿碑

《赵菿碑》全称《汉郎中赵菿残碑》，或称《赵菿残碑》。1937 年春,《赵菿碑》由南阳城东李相公庄农民犁地时发现，在河南省南阳郊外明代主事李润墓侧出土，现存河南南阳市汉画馆汉碑亭内。隶书书体，有 17 行，行 5 至 7 字，共计 92 字，额题篆书二行 8 字。碑文内容系赞颂赵菿的功德。

一般汉碑的形制由三部分组成：上部为碑首，首中有额，主要用以书写碑名或装饰。中部为碑身，刻碑文或题名。下部为碑座，其形制有方座、龟趺座等。而此碑仅留碑首及上部碑身。碑首呈半圆形，刻有 3 条弧线纹饰，碑身偏上部有穿，小篆题额“汉故郎中赵君之碑”，立碑年月已缺，赵菿史籍不载，故立碑的确切年代不可考。但从书体风格看，估计在东汉后期。碑文内容是歌颂赵菿功德。碑文结体扁方严密，浑厚朴实，波磔粗壮优美，虽不是纵横恣肆与脱略奔放，但笔致沉凝，雄健朴实，行笔遒劲饱满，沉稳静穆而匀整宽博。章法疏朗，字形紧密，是汉末八分隶书的典型风格，为东汉末期汉隶达于鼎盛时之制。

临习《赵菿碑》要把握好如下几点：

一、用笔苍劲雄健，方圆并重。文字线条要写得浑朴华美。点画笔致浑圆，横画平直匀称，线条本身有很好的粗细变化，而线条相互之间的轻重、大小则很有规律，系根据文字的疏密而定，密处稍细，疏处稍粗，如“讳”“周”“晋”等字。波横的写法很有特点，如“君”“晋”“去”“无”“温”等字，起笔以圆取势，形若蚕头，行笔平直，中部稍细，有的带有弯曲。至收笔处用力顿按，斜捺落笔取右上势，转锋往下后，力势渐重，将笔顿按后回锋上提，如“之”“志”“于”“来”等字。斜撇出锋带钩意，很有姿态与动感。竖撇的用笔与之相同，只是形态与弯度不同，如“周”“甫”等字。于此可见，上翘而带钩意之撇，具有强烈的装饰趣味。此外，竖画、竖钩、乙挑、走之捺等用笔，都遵循了“起讫不狂怪，运行不拘谨，转折不枯萎”的准则，使点画线条豪迈苍劲，碑味十足。

二、结体宽博凝重，疏密有致，以扁势取妍。主要表现在：

其一，布白匀称，文字横平竖直，方正严谨，如“讳”“鼎”“卫”“菿”等字。其二，顾盼揖让，错落呼应。如“温”字，底部的波横偏左，横贯左右。若将三点水拉开距离，底横缩短，其纵横雄强之势荡然无存，那这个“温”字的体势确实变得很“温”，然而古书丹者没有这样做，而是揖让穿插，写得温而不“温”。再如“家”字，其中部的弯钩本应偏右而书，这里却居左而写，使左方三撇远远超过“盖头”，为了平衡对称，势必要把右捺写得粗大，而捺笔上方的短啄，恰到好处地嵌在里面，可谓取巧不“投机”，天衣无缝。其三，因“字”制宜，不囿成法，如“菿”字的“草”字头写得很有篆意，方正朴茂，与“汉”字的草头相映成趣。如“晋”字，其中两个“口”字，用似圆非圆、似方非方的柔细简扼之笔写出，堪称“书眼”。若按常规写成两个口字，不仅失去疏密比例，且将“晋”字拉成了长方形。

《赵菿碑》具有《史晨碑》的严谨，亦有《乙瑛碑》的沉厚，它以苍劲凝重、扁茂丰满、雍容华美的气局，奠定了别具一格的基调，是隶书爱好者享用不尽的源泉。

下面来谈谈《赵菿碑》的创作问题。

内敛外展、端庄扁方、钩捺分明、飞动灵活，此四点应是《赵菿碑》的主要特征，也是创作中必须把握住的主心骨。笔者极力倡导自撰诗文、自由挥洒的创作宗旨。马鞍山是唐代诗人李白的终老之乡、绝笔之处，其生前曾先后七次漫游于此，并留下了《望天门山》《临终歌》《悲歌行》等流芳千古的诗文五十余篇。为纪念李白，自 1989 年起，当地每年农历九月初九重阳节前后都会举办一届诗歌节。缘此笔者曾数度莅临马鞍山采石矶采风，并写下近十首七绝，于此选其“群贤毕至大江东，遍地黄花傲世雄。莫对金风空叹息，吟船共渡浪千重”之句为创作内容，用四尺整宣写成中堂形式。予以为一切艺术想象是建立在物质表象之上，想象动力来自表象的魅力。那么《赵菿碑》的创作当然要建立在《赵菿碑》书风与艺术基础之上，我们只有全面理解《赵菿碑》，才能重组属于自己的《赵菿碑》创作作品。这样的创作既不脱离《赵菿碑》原味，又不失个人主观意愿。创作实践过程中，自我感觉是第一要素。并非要面面俱到，笔笔见形，要具有很强的概括性与代表性，主要还要有自我风格。《赵菿碑》线条浑朴华美，点画笔致浑圆。结体扁茂丰满、雍容华美，成为汉隶劲健峻洁、体姿优美的代表。因个性较为强烈，其建立了独特的风格。我们在创作中，以原碑作为基础，再将其表象特征和自我主观愿望进行融合，用最美的想象力、最好的用笔技巧，于最好的精神状态中表现出来，形成作品新的表象形式。这也是一种别人无法替代的创作精神。

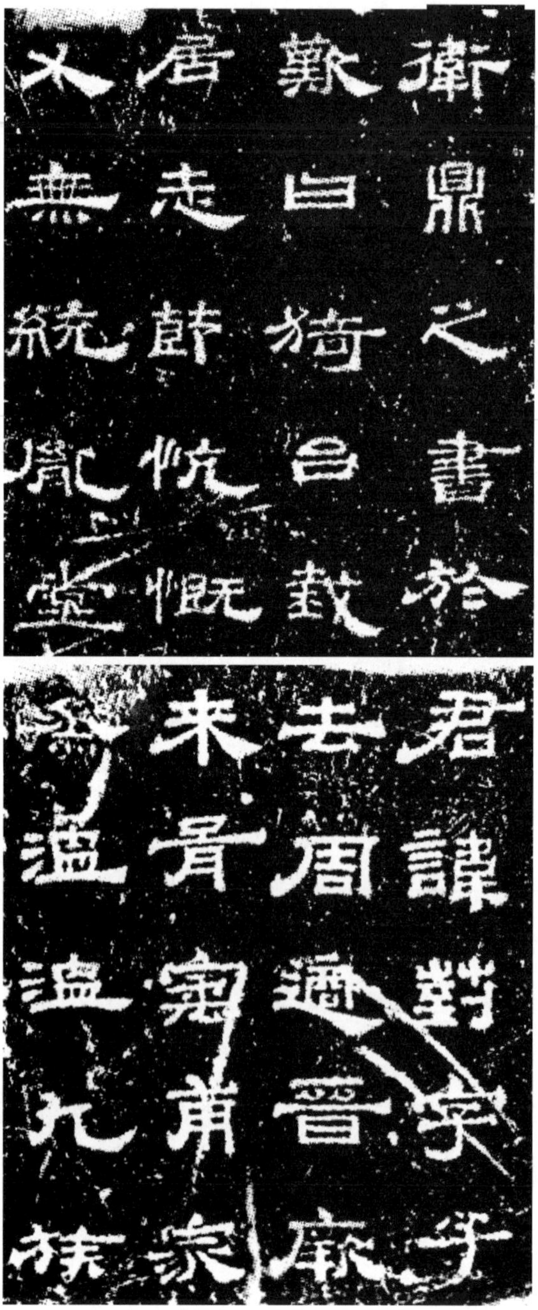

《赵菿碑》局部

《赵菿碑》碑文

汉故郎中赵君之碑
□汉中兴
报冈极歔□
君讳菿字子
去周适晋厥
来胥宰甫家
蒸温温九族
□时发雅以弘
发设櫋栝之□
光可□
祭孝□
八位不
君郎中君母弟□
于时俱沦撅□
卫鼎之书于是□
叹曰旖台□君讳
居志节慷慨时□
乂无统胤堂构坨

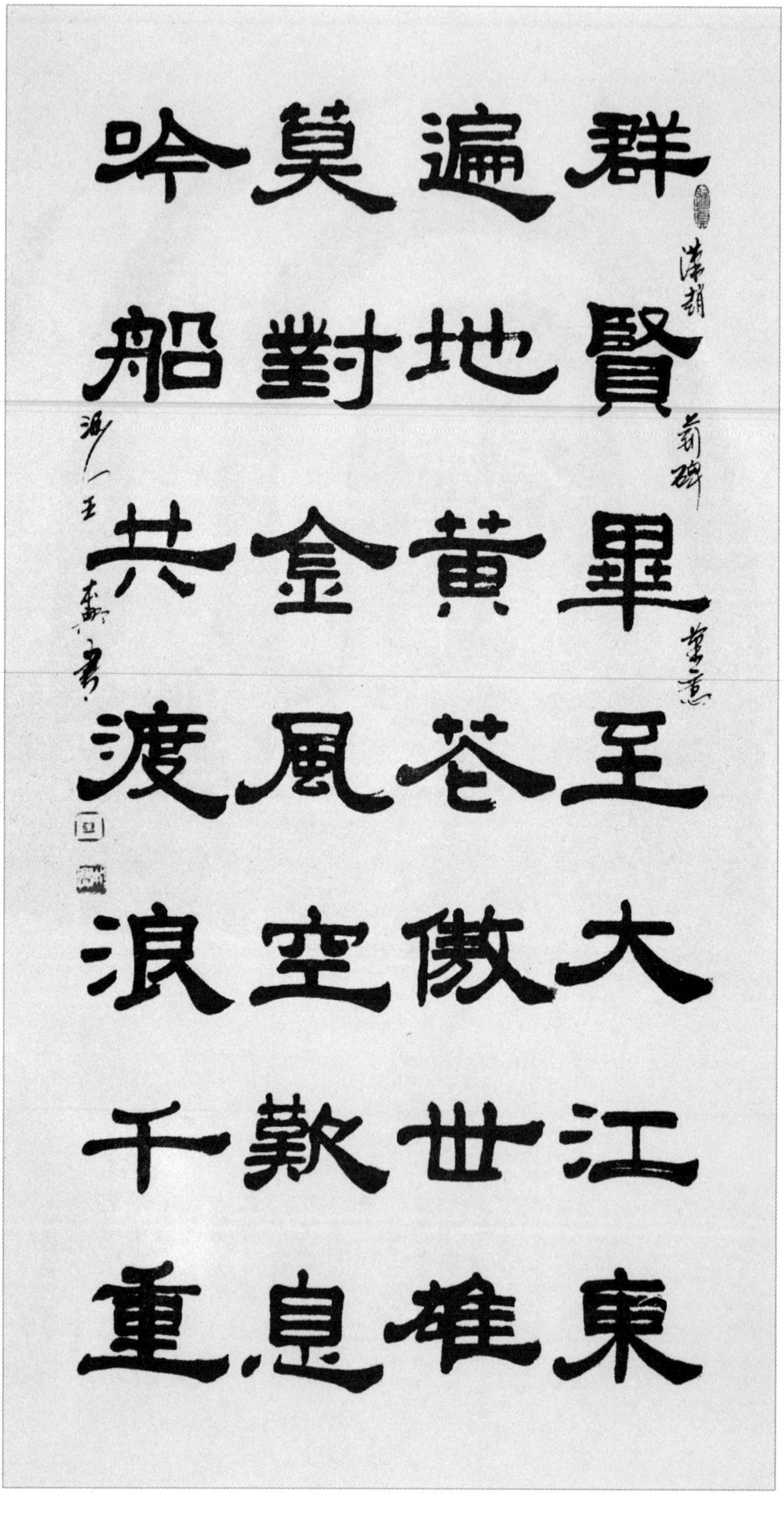
群賢畢至大江東
遍地黃花傲世雄
莫對金風空歎息
吟船共渡浪千重

七言绝句《寄马鞍山国际吟诗节》王本兴撰并书
《赵菿碑》笔意
群贤毕至大江东，遍地黄花傲世雄。
莫对金风空叹息，吟船共渡浪千重。

簿书残碑

东汉隶书《簿书残碑》又称《犀浦簿书残碑》。1966年在四川省郫县（今成都郫都区）犀浦镇二门桥汉墓出土，是一个有文字的墓门。此墓门很有意思，竟是一块簿书碑改制而成，高157厘米，宽71.5厘米，厚9.5厘米。在改作墓门时，在原碑面上雕刻了一个人像。故上部字迹有所残损，仅下部字迹清晰可见。碑文为隶书书体，存13行，每行字数不等，原石藏四川省博物馆。此碑内容记载了20多户人家的田产情况，以及奴婢、房舍、牛等价格，还指明了其价值，这是古代被称为“资簿”的文书记录。文字结体舒展逸致，方正典雅，波捺分明，与《韩仁铭》书风格调相近，但端庄古拙有过于《韩仁铭》。从书风看，此碑应当是东汉晚期的作品。

现将临习要点介绍如下：

一、基本笔画

此残碑文字剥落残损，“原汁原味”的本来面貌无法再现。以字论字，天人合一，苍莽精劲的高古气息，即是我们今天要追求的目标。如“直”“王”“白”“田”“牛”等字，其横画的用笔，必须藏锋入纸，行笔时提按的频率要快疾，而且要强化淹留之势，收笔大多驻锋提笔，方中寓圆。这种平直、粗细较为一致的平横，书写时要注意积点成线的效果。实际上，许多横画系横而不平，总带一点儿微微的倾斜、起伏与弯曲之意，内涵丰富。竖画亦然，如“千”“并”“卅”“十”“眇”等字，用笔与平横大致相同，拙直老辣，大有屋漏痕的韵味。波横一波三折，多数呈圆曲之状。如“直”“五”“千”“牛”“二”“五”“十”等字，波横的蚕头圆顺含蓄，有方有圆。毛笔在运行时，动作要有变化，在弯弧向下时加大按力，平稳地向上提锋趯出波势，大都燕尾呈上翘之姿，俊逸秀美，刚劲有力。再看捺笔，写得伸展自如，很有气势。如“人”“奴”“汶”“亩”等字，行笔不宜过快，亦不宜写得过粗，收笔时稍加重笔力，然后向上提锋趯出，尖利露角，以方为主。斜撇、竖撇的写法，一般不加按力，收笔处也不加顿按，曲锋圆收，如“奉”“婢”“舍”“广”等字，尚带竖弯钩意。如“并”“婢”“周”等字的竖弯，先做竖向运笔，然后随弯带弯向左方提，顺势回收。写得遒劲有力。无论波横、撇捺、乙挑都很纵放外拓，实际上都局限在一个无形的方框内，皆适可即止，无一笔超长的笔画与线条。尤其是撇画，大多呈敛势，而且比较短小，如“人”“眇”等字。此碑的转折大多用方折，折处皆为提锋暗过，有的折竖往里倾斜，折角呈尖方状，如“万”“田”“舍”“广”等字。（参见《簿书残碑》笔画示意图）

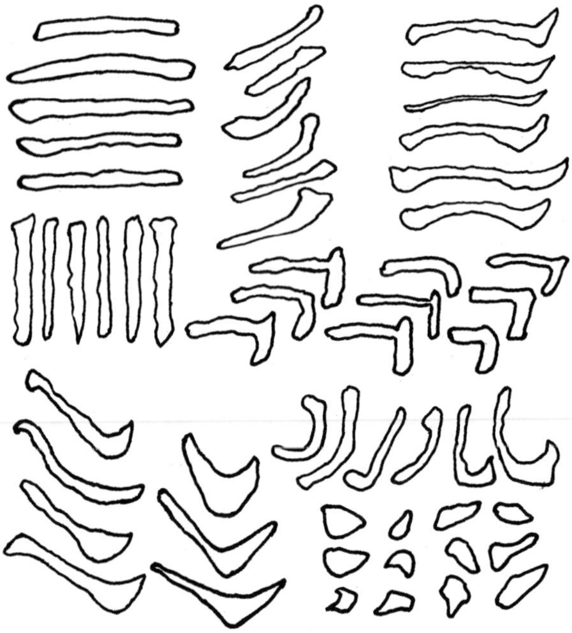

《簿书残碑》笔画示意图

二、布白结体

此碑布白行距紧，字距宽，纵横有别，这谋篇布白对于临习者来说可暂时不管，但碑文单字的布白必须讲究。它的疏密、黑白布局皆建立在方正宽博的基础上，如“田”“直”“质”“白”“并”等字，均写得疏朗匀称，间架宽绰大气。“万”字的“田”部，由于右竖向里倾斜，向左呈顾盼瞻望之状，为了平衡，下面的右竖又向外倾斜，而左竖则写成了斜点。既灵动活泼，又妙趣横生。“婢”字的“女”部瘦小细劲，并居于上方，与“田”部并列，而下面的横与竖撇，穿插揖让，参差错落，很有风致。隶书有的以飘逸秀丽取妍，笔画装饰性很强。而此碑则以拙温憨直、脱略率真取胜。如“眇”字，“少”部的撇画平直短小，憨态可爱。“质”“直”等字之“目”部，方正宽大，具有壮汉般的耿直朴实感。从这一点看，碑面上后人加刻的憨态可掬的人像，与碑文苍劲拙朴的气韵有所暗合。总之，以上这些结体的特点在临习时应注意并把握好。

《簿书残碑》的隶书创作采用横幅形式，以诸葛亮《诫子书》为内容，共计86

字，用四尺粉彩条状宣纸书写，其原纸印有竖向之条格，行四字布局，款文书写在两字空格范围内。这是一种隶书作品最传统的幅式，由于文字较多，故我们把握好原碑的点画、结体的格调非常重要，然后，可加上自身的爱好、情愫于笔墨之间，在实践中去探求一种真正的书法创作。

人作为不停运动着的生命体，其外部和内部都需要不断地进行新陈代谢和能量补充，艺术生命的形式和人的生命形式原理都是一样的。人富有想象力，在现实生活中积累了多种感受，通过想象把它们形成一个意象，待这个意象形成了一个完整体系后，在激情的作用下，这种意象就会通过某种形式表达宣泄出来，从而完成人格魅力的自我体现。艺术创作是缓解情绪冲突的最佳方式，既可以达到精神宣泄的根本目的，又找到了一种将意象和能量转换为“美”的表现形式，人们全身心地投入艺术创作，最大限度地将精神能量调动起来，得到更大的精神满足，去实现自我表达。这是精神的高度升华，也使各种情绪合理自然的疏解。所以，创作是一种最高级、最快乐、最神圣的精神性劳动。笔者一直追求并享受在这样的过程中。

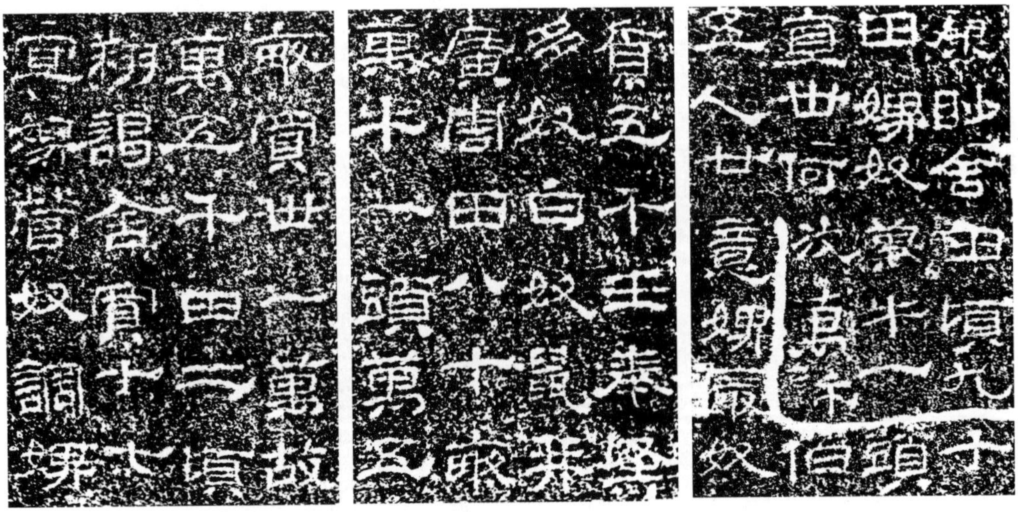

《簿书残碑》局部

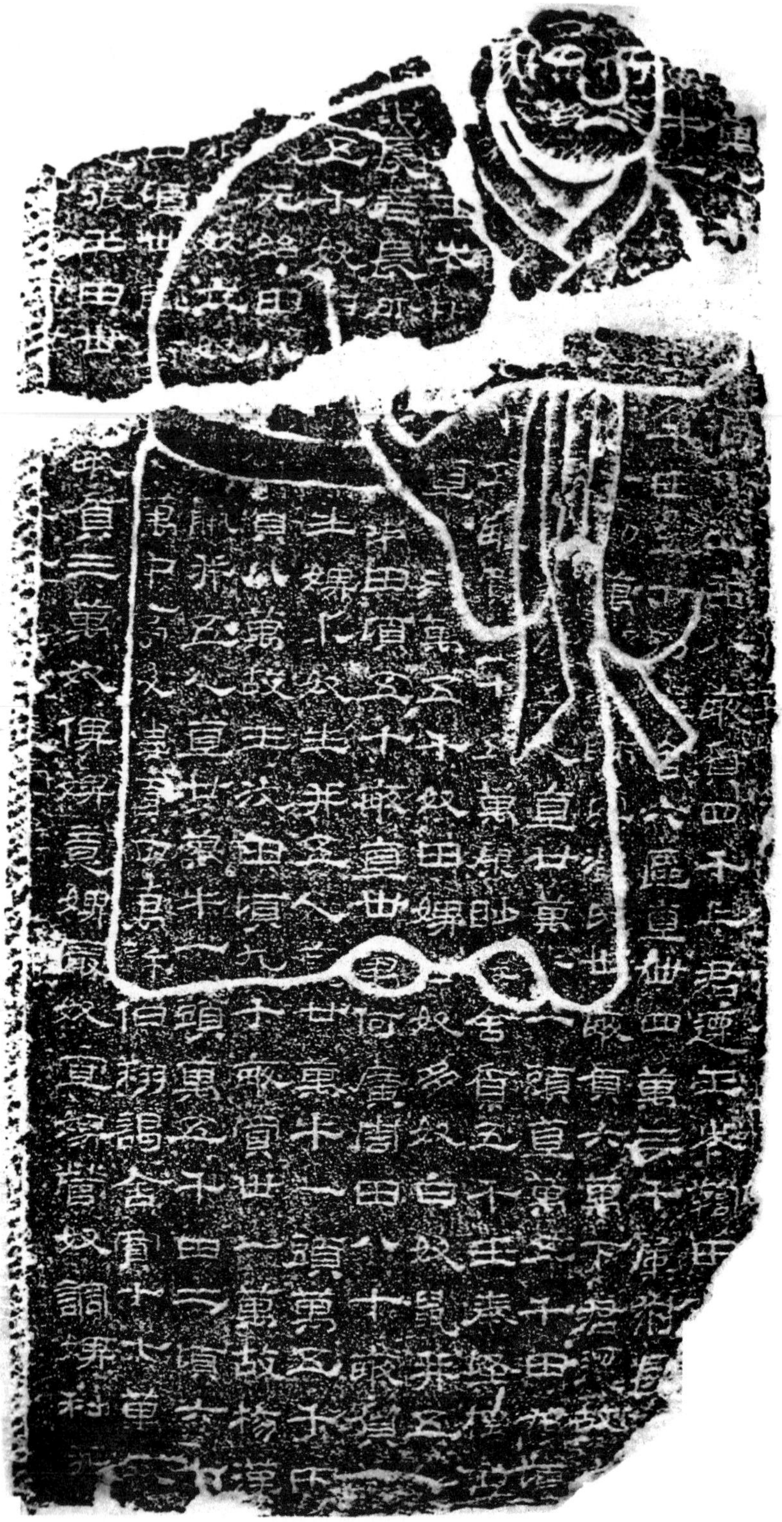

《簿书残碑》

《簿书残碑》碑文

万八千田……八亩质四千上君迁王岑鞫田

牛一……舍六区直卌四万三千属叔长

田卅亩质六万下君迁故

五人直廿万牛一头直万五千田□顷

五亩买……□十五万康眇楼舍质五千王奉坚楼舍

王岑田□□直□万五千奴田婢□奴多奴白奴鼠并五人

□长老长所□□□田顷五十亩直卅万何广周田八十亩质

五千奴□□□生婢小奴生并五人直廿万牛一头万五千田

元始田八□□质八万故王汶田顷九十亩买卅一万故杨汉

奴立奴□□鼠并五人直廿万牛一头万五千田二顷六十

田顷卅亩□□万中亭后楼买四万苏伯翔谒舍买十七万故

张王田卅□亩质三万奴俾婢意婢最奴宜婢营奴调婢利并

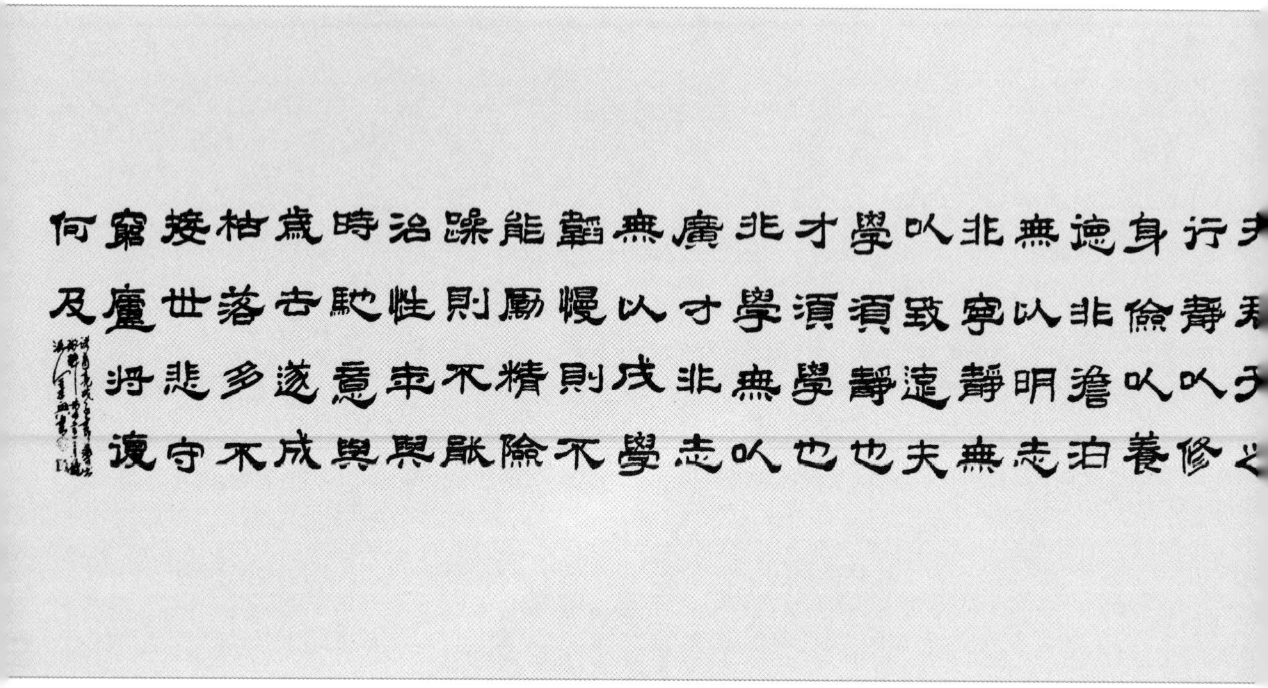

诸葛亮《诫子书》 《簿书残碑》笔意 王本兴书

好大王碑

《高句丽广开土境平安好太王陵碑》，简称《好太王碑》，亦称《好大王碑》，市肆书店有上下册的以《好大王碑》为题名的字帖。古时“太”“大”为一字，直到六朝后，才在大字下加一点为太，原碑中曾八次出现“好太王”的字样，四次出现“大臣”“大山”等字样，说明那时太与大已有区别，故原意应为《好太王碑》。

此碑在吉林省集安市东 4 千米太王与果树两乡交界的公路旁出土，其西约 200 米处为好太王陵。它是一块巨型石灰岩材质的近似四方的石柱。整个碑体矗立在一块花岗岩石板上。碑的四面均凿有天地格，而后再施竖栏。碑文镌刻在竖栏内，四面环刻，上下稍宽，约 1 米至 2 米，中段稍窄，碑高 6.39 米，底部宽 1.34 米 ~ 1.97 米，顶部宽 1 米 ~ 1.6 米，字径有 13 厘米左右见方，行间距离 13 厘米左右。存 44 行，行 41 字，共 1775 字。其中有近似 185 字脱落残损，不好辨识。碑文为方正厚重的隶书，少波磔，保留部分篆书笔意，形成一种方方正正的书法风格。

原碑无年月，近人考好太王名安，《三国史记》作谈德，谈德系高句丽王朝第十九代王，391 年即位，号永乐太王，逝于公元 412 年，在位时东征西讨，称雄于鸭绿江两岸和汉水以北的地区。一代英王，享年只有 39 岁。谥号国冈上广开土境平安好太王。此碑为其子长寿王于东晋义熙十年（414 年）刻立，系为纪念其父好太王谈德的功绩和铭记守墓烟户而立于陵墓东侧的墓碑。清初这里被封禁，碑亦被树木杂草所湮没，至清代光绪六年（1880 年）才被发现。由于此碑有重要的史料价值与艺术价值，所以受到学者和书家的高度重视。1961 年，该碑被国务院批准公布为全国重点保护文物。

《好大王碑》碑文内容分三部分：其一，记述高句丽建国的神话传说，并简述好太王的行状；其二，记述好大王南征北战、攻城略地等史实；其三，根据好太王遗教，对好太王墓守墓人烟户来源和家数作了详细记载，并刻记不得转卖守墓人的法令。碑铭是研究高句丽历史的珍贵资料，为了保护此碑，文物保护工作者在1928年曾为它建过木质碑亭，在1965年，对碑做了化学封护，1977年，在碑座四周修筑大型加固的石坛，同时对碑体做了再次封护。

《好大王碑》初拓以皮纸煤烟拓，捶拓草率，字多浑沦。或就石勾勒，复以填墨。最早的双勾本，捶拓本多有传讹、不清，而今人所拓有失神气。清代光绪中期及民国10年（1921年）之拓本较精，是临习的理想佳本。此碑字貌奇古，脱略率真，结体浑朴苍劲，凝重宽绰，气度恢宏，点画平和回出，笔力圆劲。似篆书那样，可谓“一根线条”书法，似隶似篆，有秦诏版遗意。此碑方整纯厚，气静神凝，与东汉诸隶书碑刻相比，别具风格，系秦汉以来极为少有的隶书碑刻，故此碑名贯古今。现在能见到的全文的影印本有吉林文史出版社、古吴轩出版社及四川美术出版社的版本等，现将临习此碑要掌握的要点介绍如下：

一、点画的特色及用笔

此碑的点、横、竖、撇、捺、乙挑、走之捺等笔画，粗细、轻重稍有变化，但起伏不大。横与竖写得较为平直，看不到蚕头燕尾状。本应写竖钩的笔画，都作直竖处理，如“得”“勾”“阿”等字。“好”字的钩笔写成圆曲之状，是全篇中极为少见的。撇大多很平直，如“家”“为”“广”等字，也有稍呈圆曲状的，如“太”“烟”等字。捺笔（包括走之与乙挑）都不出锋，亦无波磔。如“太”“连”“也”“是”等字。笔画书写得平稳一致，并不是不要提按与轻重变化，只是更微妙一些。它把外在的东西放到内含的品位上去。落笔都要藏锋入纸，笔意要圆劲。笔画的粗细实际上在起笔时就定下了基调，毛笔的运行不宜过快过疾，以涩行为主，强化淹留之势，强化笔与纸的摩擦力，体现出“屋漏痕、锥划沙、虫蚀叶”的效果。笔锋过处，拉出的线条要有“毛”“涩”“沉”的老辣感。如“也”的乙挑，收笔时不顿不按，提锋而收，笔力犹见苍劲古朴。转折以方折为主，调锋暗转，不急不火，用笔自然。

二、线条的艺术特色

《好大王碑》独特的用笔造就了风格独特的线条，而由这种线条来构成的单字，一个个似野鹤闲鸥，仪态独具，那些看似简单的线条立体感极强，虽没作过多的变化，但提按有度，起伏微妙，用笔完备到位，节奏感依然强烈，有极强的视觉效果。《好大王碑》用笔似乎有些略显草率，但其笔画所表现出的却是在完备的法度下的天真稚拙的效果。其入笔或逆锋或折锋，力求浑圆涩劲，完好地保留了石刻篆书的传统笔法，其线条圆浑劲涩而富有韧性，古拙宽厚而蕴藉含蓄，笔势虽无过多的顿挫、波磔，却也能收放自如，笔随意行。其中蕴藏着古拙、浑圆、直率的天趣真气，既表现出了书写者笔势的酣畅，又体现出线条的灵动和古雅，既疏散有致，又润厚凝练。

三、结体的艺术特色

此碑的结体很重要亦很关键。之所以说重要，是因为它的结体与其他隶书截然不同，与常规的文字结体截然不同，我们只有掌握好才能写出此碑的气韵来。所以说结体的特点是关键所在。《好大王碑》结字立足于平正，取势开张，却不作纵横驰骋状，当行则行，当止则止，力求整饬而不至于呆滞。以隶为体、篆籀为用、平正而不呆板、奇宕而不狂怪，雅而不媚，雅而不俗，它的特点在汉以后的隶书刻石中极难得一见，正因为《好大王碑》的结体灵活多变，形式多样，故稍有差池，就临写不出此碑的形象与意象。如下几点要把握好：

其一，结体方正。文字的笔画基本横平竖直，每个文字都有一个无形的方框，笔画都排满顶足了方框，但又不超越这个方框。

其二，结体中的“方口”都写得特别大，根本不成比例。如“资”“官”“看”“破”“以”“忠”等字，粗看似乎不顺眼，细细品味，就感到有意境、有品位、有气度。写“方口”形结体有一点要注意，不能写成正方形。换言之，四角要有大小之分，四边要有长短之分，总体上是横平竖直，实际上都带歪斜、圆曲之势，如“足”字，左竖长于右竖，上横向右下倾斜，“看”字，左竖短于右竖，上横、底横都向外歪斜，这种倾斜幅度尽管不大，但若没有这种倾斜，就会陷入呆板，失去碑味。

其三，结体简朴，以方直取势。如“连”字，凡走之旁都写成一折或一折上方加一点。不仅简化了原文的许多笔画，并且有利于表现平方正直的形态。如“此”“是”“以”等字，均以简达朴，以简达意。

其四，大小参差，宽窄相同，崎侧取势。“其”字上方写得特大，下面二点很小；“家”字有意将其拉斜，出奇制胜；“资”字则上小下大，安如磐石。点画之间、部首之间的大小宽窄相辅相成。

其五，体中有篆，方圆相济。此碑之篆意，主要表现在用笔上，但结体中亦参以篆法。如“好”“怒”“阿”等字，其方正但不古板，圆畅但不流滑，方圆相济，相映成趣。

其六，敛中有放，憨中有巧。此碑看上去整个以敛为主，不纵不展。实际上这样的“敛”，正是“纵后之敛”，堪为极谐。如“广”“为”“女”等字，它们的横竖撇捺，充满张力与弹性，均带有放纵之意。如箭在弦上，欲发未发，皆是以“敛”而书。碑文中的憨态犹足，如“资”字，由于中部的宽大，似小头大肚的憨呆之叟，双脚稳重，昂首阔步的顾盼之状妙趣横生。平中有斜，方中有圆，拙中有巧，敛中有放，意蕴万千。

临习此碑建议要认真读帖，做到意在笔先，胸中有数，丝毫不能马虎。并做到力求形似，例如“家”字，上方的一点与下面的横画不能相连的，若写成相连的，气韵立马不同，足见形似的重要性。再者，临习时用墨可浓一些，但最好不能以短锋或者硬毫书写。要选用长锋软毫，易蓄墨，易发笔力，拉出的线条质量高。

就创作而言，笔者历来主张意在笔先。《授笔要说》云:“夫欲书先当想，看所书一纸之中是何词句，言语多少，及纸色目，相称以何等书令与书体相合，或真或行或草，与纸相当。然意在笔前，笔居心后，皆须存用笔法，想有难书之字，预于心中布置，然后下笔，自然容与徘徊，意态雄逸，不得临时无法，任笔所成，则非谓能解也。”上述所言，即对书写创作书法作品之诠释，值得借鉴思考，所谓“意”者乃书家作书前酝酿于心中的构思，大到审美、师法的抉择，小到笔法、字法以及笔墨、材料诸多因素的考虑。

予以“宗门龙象，小道虫鱼”为作品内容，取四尺整宣书写，自拟《好大王碑》笔意，不计点画结体于形质之间，强调气韵与神似，背帖而书，此外，在作品的墨色浓淡上作了对应与节律式调整，作品力求古奥，憨拙，其结体、用笔、布白方中寓圆，结字奇诡，掺以《张迁碑》《衡方碑》笔意，尽量与《好大王碑》结字进行整合、锤炼。其中也有魏碑、行草诸多元素的介入。行笔时多用提按，绞锋涩进，增添线条古拙感。

《好大王碑》的美在于真实自然。我们取法《好大王碑》或临或创，作品各有风貌，但万变不离其宗，这个“宗”即原碑的随意自然、简洁高古等特征。《好大王碑》的书法雄强厚重、朴茂沉稳，结构恢宏、凝练稳重，布局严整、古朴、静穆，用笔简散，无波磔顿挫，如锥画沙，在书法史上以其鲜明的个性独树一帜，是书法艺术宝库中不可多得的璀璨瑰宝。此碑足资后来者去创新并发扬光大。

《好大王碑》局部

《好大王碑》

《好大王碑》第一面碑文

惟昔始祖邹牟王之创基也出自北夫余天帝之子母河伯女郎剖卵降出生子有圣□□□□□□命驾
巡车南下路由夫余奄利大水王临津言曰我是皇天之子母河伯女郎邹牟王为我连葭浮龟应声即为
连葭浮龟然后造渡于沸流谷忽本西城山上而建都焉永乐世位因遣黄龙来下迎王王于忽本东冈黄
龙负升天顾命世子儒留王以道兴治大朱留王绍承基业□至十七世孙国冈上广开土境平安好太王
二九登祚号为永乐太王恩泽洽于皇天威武振被四海扫除□□庶宁其业国富民殷五谷丰熟昊天不
吊卅有九晏驾弃国以甲寅年九月廿九日乙酉迁就山陵于是立碑铭记勋绩以永后世焉其辞曰
永乐五年岁在乙未王以碑丽不息□人躬率往讨过富山负山至盐水上破其丘部洛六七百当牛马群
羊不可称数于是旋驾因过襄平道东来候城力城北豊五备海游观土境田猎而还百残新罗旧是属民
由来朝贡而倭以辛卯年来渡海破百残□□新罗以为臣民以六年丙申王躬率水军讨科残国军□□
首攻取壹八城臼模卢城各模卢城干弓利□□□城阁弥城牟卢城弥沙城□舍茑城阿旦城古利□□
利城杂弥城奥利城勾牟城古模耶罗城页□□□□□分而能罗□□□□□□□□□□奴城沸□□

《好大王碑》第二面碑文

利城弥邹城也利城大山韩城扫加城敦拔城□□□□□□城散□城□娄城细城牟娄城弓娄城苏灰
城燕娄城析支利城岩门至城林城□□□□□□□□城就邹城□拔城古牟娄城闰奴城贯奴城丰穰
□□□□□□罗城仇天城□□□□□其国城贼不服气敢出百战王威赫怒渡阿利水遣刺迫城横□
□□□便国城百残王困逼献出男女生白一千人细布千匹归王自誓从今以后永为奴客太王恩赦先
迷之御录其后顺之诚于是得五十八城村七百将残王弟并大臣十人旋师还都八年戊戌教遣偏师观
帛慎土谷因便抄得莫新罗城加太罗谷男女三百余人自此以来朝贡论事九年己亥百残违誓与倭和
通王巡下平穰而新罗遣使白王云倭人满其国境溃破城池以奴客为民归王请命太王恩后称其忠诚
时遣使还告以□□十年庚子教遣步骑五万往救新罗从男居城至新罗城倭满其中官兵方至倭贼退
□□□□□□□□来背息追至任那加罗从拔城城即归服安罗人戍兵拔新罗城□城倭满倭溃城大
□□□□□□□□□□□□□□□□□九尽臣有尖安罗人戍兵满□□□□□□□□□□□□□

《好大王碑》第三面碑文

□□□□安罗人戍兵昔新罗安锦未有身来朝□□□□□□开土境好太王□□□□□□□□仆句
□□□□朝贡十四年甲辰而倭不轨侵入带方界□□□□□石城□连船平□□王躬率□□从平穰
□□□锋相遇王幢要截荡刺倭寇溃败斩杀无数十七年丁未教遣步骑五万□□□□□□□□□城
□□合战斩杀汤尽所稚铠钾一万余领军资器械不可胜数还破沙沟城娄城□伯□□□□□□□那
□城廿年庚戌东夫余旧是邹牟王属民中叛不贡王躬率往讨军到余城而余城国骈□□□□□□□
□□王恩晋虚于是旋还又其慕化随官来者味仇娄鸭卢卑斯麻鸭卢□立娄鸭卢肃斯舍□□□□□
鸭卢凡所攻破城六十四村一千四百守墓人烟户卖勾余民国烟二看烟三东海贾国烟三看烟五敦城
民四家尽为看烟于城一家为看烟碑利城二家为国烟平穰城民国烟一看烟十呰连二家为看烟住娄
人国烟一看烟卌二溪谷二家为看烟梁城二家为看烟安失连廿二家为看烟改谷三家为看烟新城三
家为看烟南苏城一家为国烟新来韩秽沙水城国烟一看烟一牟娄城二家为看烟豆比鸭岑韩五家为
看烟勾牟客头二家为看烟永底韩一家为看烟舍茑城韩秽国烟三看烟廿一古家耶罗城一家为看烟
旻古城国烟一看烟三客贤韩一家为看烟阿旦城杂珍城合十家为看烟巴奴城韩九家为看烟各模庐
城四家为看烟各模卢城二家为看烟牟水城三家为看烟干弓利城国烟二看烟三弥旧城国烟七看烟

《好大王碑》第四面碑文

□□□□□□□三家为看烟豆奴城国烟一看烟二奥利城国烟二看烟八须邹城国烟二看烟五百
残南居韩国烟一看烟五太山韩城六家为看烟农卖城国烟一看烟一闰奴城国烟二都烟廿二古牟娄
城国烟二看烟八琢城国烟一看烟八味城六家为看烟就咨城五家为看烟丰穰城廿四家为看烟散那
城一家为国烟那旦城一家为看烟勾牟城一家为看烟于利城八家为看烟比利城三家为看烟细城三
家为看烟国冈上广开土境好太王为时教言祖王先王但教取远近旧民守墓洒扫吾虑旧民转当羸劣
若吾万年之后安守墓者但取吾躬率所略来韩秽令备洒扫言教如此是以如教令取韩秽二百廿家虑
其不知法则复取旧民一百十家合新旧守墓石国烟卅看烟三百都合三百卅家自上祖先王以来墓上
不安石碑致使守墓人烟户差错惟国冈上广开土境好太王尽为祖先王墓上立碑铭其烟户不令差错
又制守墓人自今以后不得更相转卖虽有富足之者亦不得擅买其有违令卖者刑之买人制令守墓之

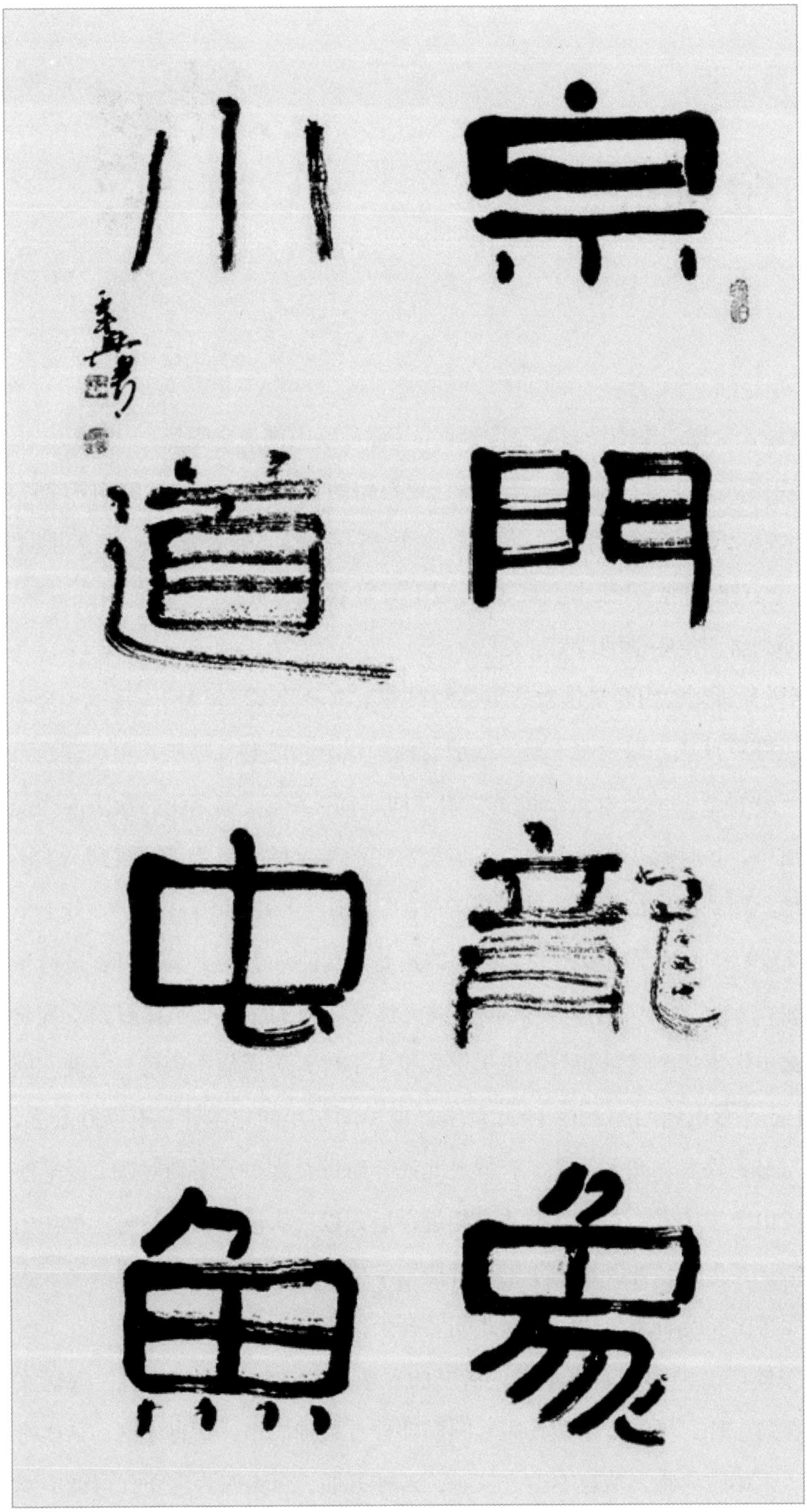

《好大王碑》笔意 王本兴书
宗门龙象 小道虫鱼

泰山金刚经

《泰山金刚经》全称《泰山经石峪金刚经》，又称《泰山佛说金刚经》。摩崖石刻，在山东泰安泰山南麓，斗母宫东北一千米幽谷经石峪的花岗岩溪石之上。面积2614平方米，自东向西刻立，有44行，每行字数10至25字不等。字径大小不一，一般上下高35厘米，左右宽40至60厘米。自31行以下皆呈双钩刻画之状，由于风吹日晒，山水冲刷，石面剥落，笔画渐渐浅显。

《泰山金刚经》所刻的内容是佛教的重要经典《金刚般若波罗蜜经》（又称《金刚经》），东晋时鸠摩罗什译。以金刚之坚，喻般若体，以金刚之利，喻般若用。“般若”是梵语，译为“妙智慧”。“波罗蜜”也是梵语，即“到彼岸”。佛家认为众生因为受了一个我字的迷惑，日日就在烦恼苦海中，倘能从生死烦恼的大海之中，渡到不生不灭清净安乐之地，即到彼岸也，也就是脱离苦海。《金刚经》共有5000多字，分上下两卷，上卷有2799个字，《泰山金刚经》镌刻的正是《金刚经》的上卷。可就是这半部《金刚经》也没刻完，经文镌刻30行以后就突然变成双钩字，很明显石刻工程是突然停止的，据史学家猜测这可能与历史上突发重大事件有关而使镌刻没有完善。据20世纪末的勘查，《泰山金刚经》存1000余字，据民国初年的拓本计，有960余字。刻石未署题记与书者姓名，亦无年月。有晋、北齐、唐以及宋、元书刻等说。因笔法与山东邹城市尖山摩崖《晋昌王唐邕题铭》相近，后人以为唐邕所书，又与《徂徕山大般若经》相似，其上有“齐武平元年王子椿造”字样，后人推测为王子椿所书。大多认为系清阮元《山左金石志》所定为南北朝北齐天保年间（550—559）刻立。

此刻石，字体以隶书为主兼有篆书、楷书的意蕴，经文被染成朱红色，通篇文字气势磅礴、苍劲古朴、风韵浑厚，其用笔圆润拙朴、风神淡雅、雍容大度，结体奇特、欹正相生。其端庄典雅、从容不迫之仪态，若神若仙，令人叹为观止。可谓中国书法史上空前绝后的摩崖巨制。《泰山金刚经》字大径尺，大小有别，雄浑朴茂，以隶书为主体，把篆、楷、行、草诸体熔于一炉，营造出一种高古脱俗、新颖独特的艺术范式。清代杨守敬《学书迩言》云："擘窠大字，此为极则。"它被称为艺术的"极则"，可见其包孕的艺术内涵不同凡响。无疑这是学习隶书的最佳范本之一。现将临习要点陈述如下：

一、点画

点大多写得浑圆沉厚，不露锋芒。但要注意长短、大小之分，并要注意点的势向。如"灭"字，六个点无一雷同。"来"字的左点，灵动活泼，右点浑厚静穆，势向相反。点的用笔要求藏锋入纸，顿按后再回锋收笔。书丹者对点似乎情有独钟，不仅以点代横，以点代竖，以点替代撇捺，而且诸多不用点处，亦以点而书。如"化""是""在"等字。这在隶书中是很少见的。

二、横画

横较为平直圆劲。逆势起笔，呈方圆状或圆状，行笔时，笔锋裹紧，中锋运行，不宜过于快疾，要逆势涩行，笔力内含，收笔不作顿按，回锋圆收，无燕尾，不出锋。横画的粗细、长短因"字"制宜。如"可""是"系长横，"舍""住"系短横。而"十"字的横，刻得圆凝粗壮，与细横的反差足有三五倍。有一点提请注意，凡"日""目""月"等部首中的短横，左面与竖画连接，而右面大多远离竖画，脱空而书。如"者""尊""是""有"等字。

三、竖画

竖画的用笔与横画基本相同，写得刚健挺拔，雄浑朴实。竖画有垂露、悬针之分，有弧向左、向右之别。亦有露锋、藏锋，方笔、圆笔，长、短、粗、细之变，书写时要因"字"制宜，灵活应用。但有些竖画别具一格，如"生""十"等字，起笔锋势向左，呈尖圆状，然后笔锋往右移动稍许，才调锋往下运行，竖而不直，稍带弯曲之状，至收笔时锋势再度向左提锋回收。这样的竖画很多见，而且诸多竖钩亦呈此状，如"尊""何""可"等字。它们既凝重又活泼，个性十分鲜明。

四、撇画

撇大多写得浑厚平稳，不出锋，无上翘之钩意，头尾皆以尖圆为主。也有起笔扭曲造势，收笔上提出锋露角的，如"伏""化""若"等字。用笔一般圆势逆入起笔，回锋重顿，转锋迟缓行笔，力量均匀。撇画有直、弯，长、短，轻、重，平、斜的不同。其用笔则随字赋形，长者纵贯上下，如“者”字。短者缩成短点，如“是”“复”等字。

五、捺画

如“舍”“是”“长”等字之捺，起讫以圆为主，粗细比较一致，用笔较为平稳。有些乙挑及走之捺亦呈此状，如“心”“边”“色”“是”等字。捺笔的变化很丰富，形式亦很多，如“来”“化”“伏”等字之捺，收笔时稍用顿笔，然后提笔出锋，写出波磔。“大”字的捺笔，先是万毫齐铺，然后是渐行渐提，缓缓向前延伸，回锋收笔，呈尖圆状。还有一些捺画写得十分粗壮，如“数”字，藏锋入纸，立即用力按锋铺毫而行，然后以圆曲之势向上提锋而收，比其他横撇笔画要粗出五六倍。所附字例已经缩小，一尺多见方的原字出锋处不会这样尖锐，故临写时笔锋要送到位，尽力写得藏而不露为好。

六、转折

转折有方有圆。如“湿”“还”“复”等字之折画系以方为主。如“佛”“何”等字之折画以圆为主。但大多数转折是方中寓圆，如“者”“尊”“舍”等字。从整体上看它是方的，从局部看它又很圆转，一般呈外方内圆之状。这是用方欲圆，用圆欲方，方后之圆的精韵和谐的体现。

七、钩画

钩的写法与部分转折、竖弯有相近之处。它们多作弯形，也有少量作钩形的。有横弯钩、竖钩等形式。如“当”“为”“地”“佛”“处”“第”等字属横弯钩，“我”“时”“食”“触”“此”等字属竖钩。用笔须逆锋入纸，中锋涩行，至弯钩处，转动毛笔，写出弯钩之状，顺势提锋钩出，或回锋收笔。

八、结体

此碑结体大异于世俗时习。首先，从字形看，不见方、不见折、不昂扬、不沉静、不恣肆放纵、也不险奇狂怪。字字成形，字字得趣，字字天真自然。像佛陀现世，精神丰满，气宇照人，雍容大度。给人以温文宽厚、举止娴雅、风规自远的感觉。此外结体的特点还有如下几点：

其一，宽博匀整。如“住”字，左右部首拉开距离，中间大量留白，显得很宽绰疏适。“尊”字上方二点拉开，即现宽意，横画与方口部的宽博匀称，给人以庄严典重之感。

其二，憨态可掬。有人批评当代书法作品中的妖气、怪气、魔气与霸气，那么此碑的结体则与之相反，它戒去了浮躁、浮动、浮快等“三浮”之弊，走追求审美的经典之路，在神采上下功夫。如“佛”“尊”“十”“边”等字，呆头呆脑，不露锋芒，然而它们居静以动，淡化了装饰性与程式化，从大智若愚、憨态可掬的结体中，表现出顾盼呼应，巧拙相生的内涵。

其三，收、放互补。“收”指结体中宫紧密，笔画短促；“放”指结体飘逸奔放，笔画纵展。此碑二者兼宜，相得益彰，如“者”“长”“色”“来”“边”等字，即敛中有放，放从敛始。结体形态别具风味。

其四，集众美于一体。魏晋南北朝时期是一个大变革、大动荡时期，它给文化艺术亦带来了巨大的冲击，《泰山金刚经》刻石作为这个时期的产物，其显著的特点就是将篆书、隶书、魏楷、行书、草书等笔意熔于一炉，集众美于一体，形成了自己独有的风貌。如“不”“伏”“化”“住”等字，以魏楷、行书笔意书写，“复”“施”等字则深得草意。而篆书笔意在线条线质上表现最多。

最后要说及的是，由于大自然的风化，其笔画交接处呈现诸多“焊疤”，使内圆尤见厚重。这种效果的用笔不可过于追求，也不可一点儿也不注意。临写时只要将笔在交接处稍许顿按一下，意到即可。此外，墨色不宜过于干浓，选用长锋羊毫书写为宜。《泰山金刚经》系以佛教为题材的隶书名作，书者是佛门信徒还是凡夫俗子，佛光是否照耀过此刻石均不重要，关键是临习者的虔诚与热情，有了这一点，一切终能化解与企及。

泰山驰名中外、誉满九州，泰山之美美在石刻，泰山是中国的一部博大精深的石刻史书和摩崖石刻书法艺术博物馆，从中国第一位封建皇帝秦始皇开始，历史上有6个王朝的12个帝王来此封禅祭祀，泰山既有高耸的摩崖刻石，又有精致的小碑，而其中的《泰山金刚经》系现存规模最大的佛教摩崖刻经，受到历代人们的推崇和珍视，被誉为大字鼻祖榜书之宗。《泰山金刚经》是与自然景色精妙融合的典范，它深藏在泰山幽谷中，依山傍水，景色宜人，经文顺着石坪就势书写，镌刻在泰山最宽阔的河床上，常年流淌着的清澈河水从经文上漫过，水面下的经文清晰可见，构成一幅天然美景呈现水漫经文的奇特景观。

笔者数次登临泰山经石峪，在那儿观赏、品味《泰山金刚经》石刻艺术，被它的独有魅力所震慑。流连忘返、感慨万端。并随即吟作七绝一首：“山弯深谷榜书经，风雨千年不改形。莫把隶情当篆读，恰如龙蛇卧方醒。”细看身前脚下的隶刻榜书大字，抬头瞻望泰山之雄伟，犹如“见寿者相，闻菩萨声”。今用心临摹《泰山金刚经》之余，不禁产生了这样的创作欲望，遂以此为创作内容。我想到《金刚经》的神圣古朴，决定采用金墨汁书写，用金色表现古典佛经的庄重辉煌。作品载体自然宜用深色宣纸，两相映衬，方能显示效果。好在我早先已于京都市肆购得金墨与蓝宣，即可随取随用。“见寿者相，闻菩萨声”此两句八字乃为工对楹联，作品当取对联形式。且每字在原碑帖中皆一一能够有所对应，书写时金墨不同于黑墨，蓝宣不同于白宣，起笔收笔行笔也有所不同，务请同道及书法爱好者同样使用金墨色宣创作时，要多实践、多体验、多积累，以达得心应手。金墨汁比较稠，毛笔拖动运行时不是那么爽快，故落款不适合使用行草书体，故此对联两侧上下款依然用隶书而为。印章若直接钤盖在蓝色宣纸上，当然不会有红印的效果，因而将印章先钤盖在白色宣纸上，然后用刀剪裁下来，粘贴在色宣纸上。

《泰山金刚经》局部

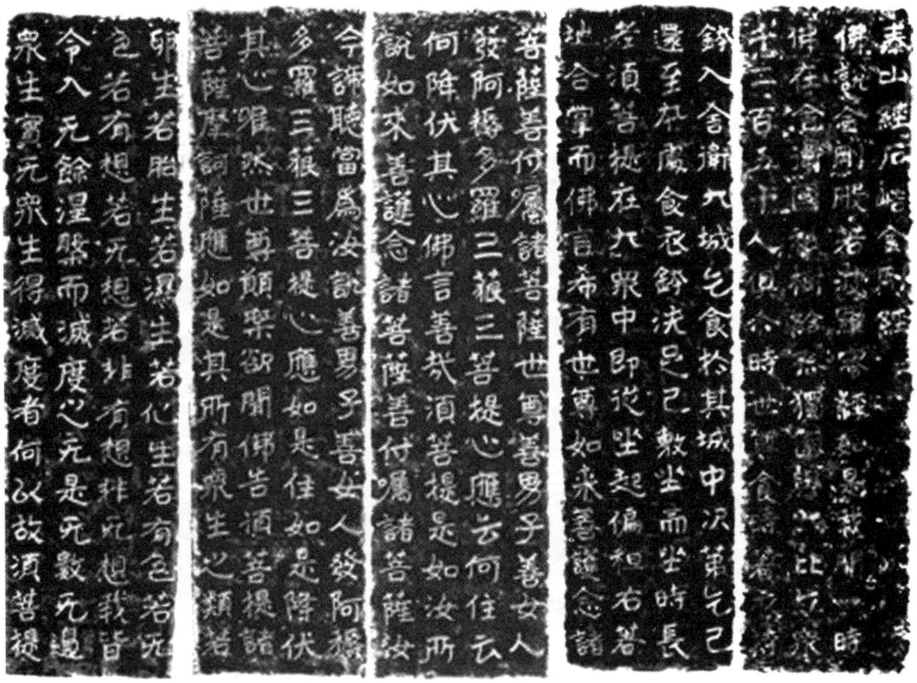

《泰山金刚经》碑文

佛说金刚般若波罗蜜经 如是我闻，一时，佛在舍卫国祇树给孤独园，与大比丘众千二百五十人俱。尔时，世尊食时，著衣持钵，入舍卫大城乞食。于其城中，次第乞已，还至本处。食衣钵，洗足已，敷坐而坐。时，长老须菩提在大众中即从坐起，偏袒，右著地。合掌而佛言：『希有！世尊！如来善护念诸菩萨，善付嘱诸菩萨。世尊！善男子、善女人，发阿耨多罗三藐三菩提心，应云何住，云何降伏其心？』佛言：『善哉。须菩提！是如汝所说，如来善护念诸菩萨，善付嘱诸菩萨。汝今谛听！当为汝说：善男子、善女人，发阿耨多罗三藐三菩提心，应如是住，如是降伏其心。』『唯然，世尊！愿乐欲闻。』佛告须菩提：『诸菩萨摩诃萨应如是其！所有众生之类：若卵生、若胎生、若湿生、若化生；若有色、若无色；若有想、若无想、若非有想非无想，我皆令入无余涅槃而灭度之。无是无数无边众生，实无众生得灭度者。何以故？须菩提！』

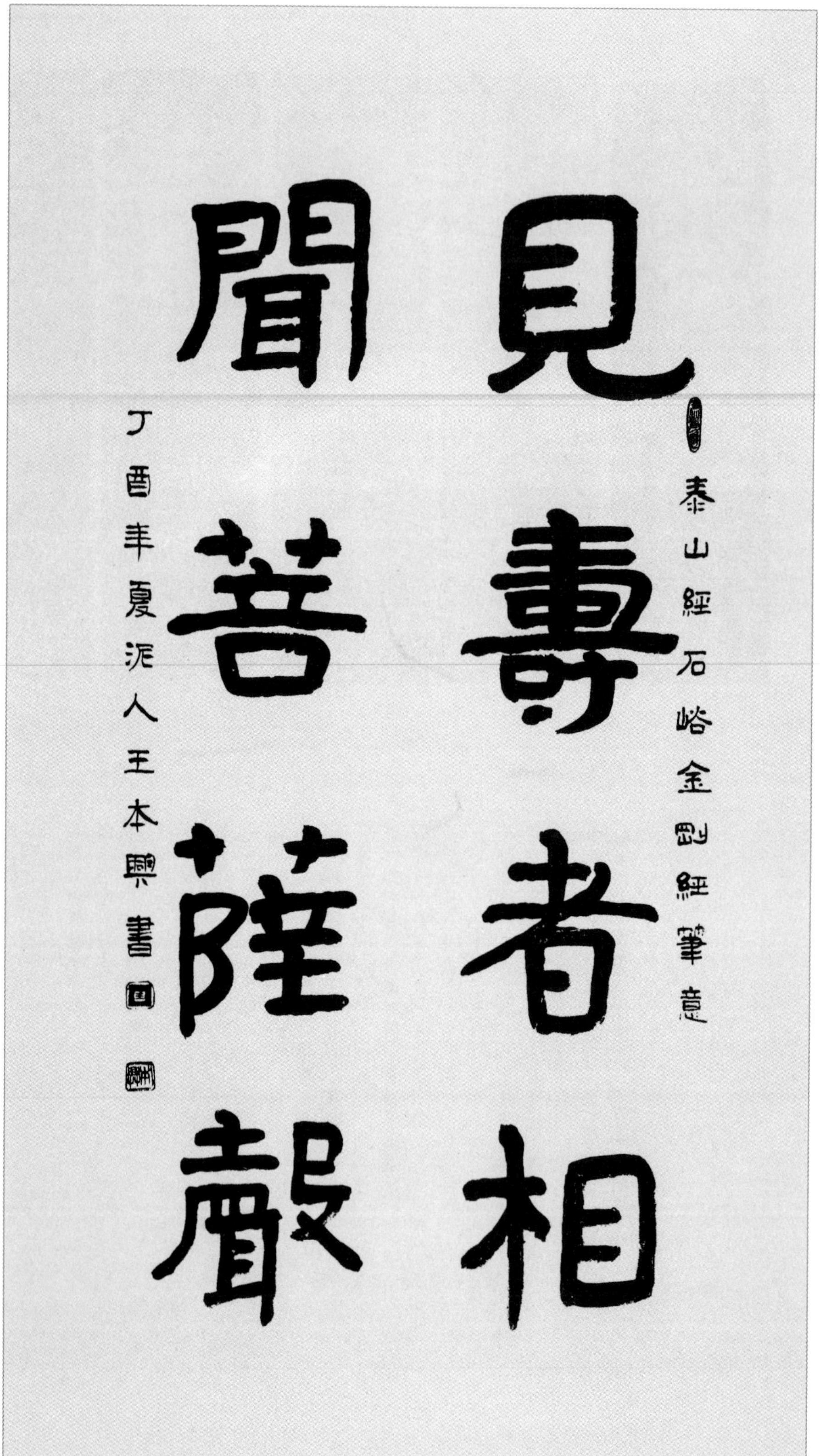
見壽者相
聞菩薩聲
泰山經石峪金剛經筆意
丁酉年夏泥人王本興書

《泰山金刚经》笔意　王本兴书
见寿者相　闻菩萨声

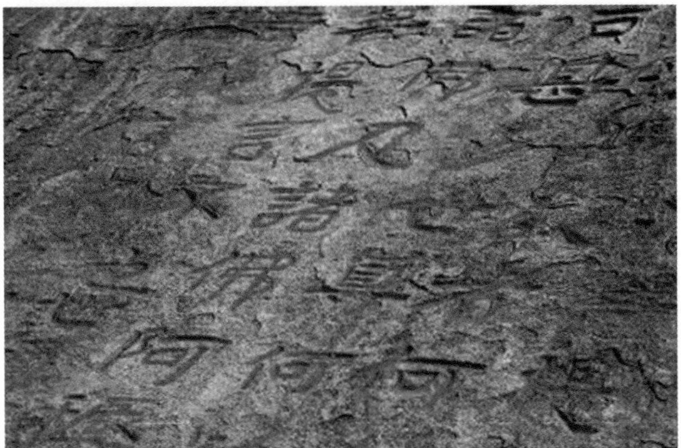

《泰山金刚经》摩崖石刻